Tal vez ahora

Colleen Hoover
Tal vez ahora
Serie Tal vez, 3

Traducción de Lara Agnelli

 Planeta

Obra editada en colaboración con Editorial Planeta – España

Título original: *Maybe Now*

© Colleen Hoover, 2018
Publicado de acuerdo con el editor original, Dystel, Goderich & Bourret LLC
mediante la agencia literaria International Editors y Yañez' Co.
© por el epílogo: Colleen Hoover, 2022
© por la traducción, Lara Agnelli, 2023

Adaptación de la portada: Booket / Área Editorial Grupo Planeta
Fotografía de la portada: © Guiyuan /Adobe Stock, © EyeEm / Adobe Stock,
© Conzorb /Adobe Stock y © Ani Dimi / Stocksy
Banda sonora de la trilogía: © Griffin Peterson /Raymond Records, LLC.
Todos los derechos reservados

© 2023, Editorial Planeta, S. A. – Barcelona, España

Derechos reservados

© 2023, Editorial Planeta Mexicana, S.A. de C.V.
Bajo el sello editorial BOOKET M.R.
Avenida Presidente Masarik núm. 111,
Piso 2, Polanco V Sección, Miguel Hidalgo
C.P. 11560, Ciudad de México
www.planetadelibros.com.mx

Primera edición impresa en España: julio de 2023
ISBN: 978-84-08-27562-6

Primera edición en esta presentación: octubre de 2023
Primera reimpresión en esta presentación: febrero de 2024
ISBN: 978-607-39-0604-3

Si necesita fotocopiar o escanear algún fragmento de esta obra diríjase al
CeMPro (Centro Mexicano de Protección y Fomento de los Derechos de
Autor, http://www.cempro.org.mx).

Impreso en los talleres de Litográfica Ingramex, S.A. de C.V.
Centeno núm. 162-1, colonia Granjas Esmeralda, Ciudad de México
Impreso en México – *Printed in Mexico*

Biografía

Colleen Hoover empezó a escribir a los cinco años. Autopublicó su primer libro en enero de 2012 y en agosto ya estaba en la lista de los más vendidos de *The New York Times*. Hasta la fecha es autora de más de veinte novelas y cuenta con el reconocimiento y apoyo incondicional de millones de lectores en todo el mundo. Ha ganado el Goodreads Choice Award a la mejor novela romántica en tres ocasiones y su novela *Romper el círculo* se ha convertido en uno de los mayores fenómenos literarios globales de los últimos años. En 2015 Hoover fundó junto con su familia The Bookworm Box, un programa de suscripción de libros sin ánimo de lucro cuyos beneficios son donados a distintas organizaciones benéficas.

*Este libro va dedicado a todas
y cada una de las CoHorts de Colleen Hoover.*

*Excepto a las asesinas.
A esas dos no se lo dedico.*

Prólogo

Maggie

Dejo el bolígrafo sobre el papel. Me tiembla demasiado la mano como para terminar de rellenarlo, así que inspiro rápidamente varias veces tratando de calmarme.

«Puedes hacerlo, Maggie.»

Cojo el bolígrafo, pero creo que la mano me tiembla más que antes de soltarlo.

—Deja que te ayude.

Alzo la vista y veo que el instructor de salto en paracaídas en tándem me está sonriendo. Me quita el bolígrafo y coge el portapapeles antes de sentarse a mi lado.

—Es normal que los novatos se pongan algo histéricos. Será más fácil si me dejas rellenar los papeles a mí, porque probablemente tu letra será ilegible por los nervios —me aconseja—. Cualquiera diría que estás a punto de saltar de un avión o algo así.

Su sonrisa irónica me tranquiliza, pero la inquietud vuelve a invadirme al recordar que mentir se me da de pena. Engañar en la sección médica me resultará más fácil si puedo rellenar el cuestionario sola. No sé si seré capaz de mentirle a este tipo a la cara.

—Gracias, puedo hacerlo sola. —Trato de recuperar el portapapeles, pero lo aleja de mí.

—No tan deprisa, Maggie Carson. —Baja la vista hacia el formulario. Me ofrece la mano, mientras mantiene la tabla fuera de mi alcance con la otra—. Me llamo Jake. Y si tienes previsto saltar de un avión bajo mi responsabilidad desde tres mil metros de altura, lo menos que puedo hacer es completar el formulario por ti.

Le estrecho la mano y quedo impresionada por la fuerza con que me devuelve el apretón. Saber que voy a poner mi vida en estas manos me tranquiliza un poco, muy poco.

—¿Cuántos saltos en tándem has realizado con éxito? —le pregunto.

Sonríe y vuelve a mirar el formulario. Mientras pasa las hojas, responde:

—Contigo serán quinientos.

—¿En serio? Quinientos es un número impresionante. ¿No deberías celebrarlo de alguna manera?

Cuando me mira a los ojos, su sonrisa ha desaparecido.

—Me has preguntado cuántos saltos he realizado con éxito. No quiero celebrar nada antes de tiempo.

Trago saliva.

Se echa a reír y me da un empujón con el hombro.

—Es broma, Maggie. Relájate. Estás en buenas manos.

Sonrío y aprovecho para respirar hondo. Él repasa las páginas del formulario.

—¿Algún problema de salud? —me pregunta, con la punta del bolígrafo situada sobre la casilla del «No».

No le contesto y mi silencio hace que me mire a los ojos y repita la pregunta.

—¿Algún problema de salud? ¿Enfermedades recientes? ¿Algún exnovio loco con el que debería andarme con cuidado?

Esta última pregunta me hace sonreír, mientras niego con la cabeza.

—No, ningún exnovio loco. Sólo uno, y fantástico.

Él asiente lentamente.

—¿Y la otra parte de la pregunta? ¿Problemas médicos? —Espera a que responda, pero me mantengo en un silencio inquieto. Entornando los ojos, se inclina hacia mí, observándome con atención. Lo hace como si buscara respuestas a más preguntas de las que figuran en el cuestionario—. ¿Es terminal?

Trato de mantenerme firme y serena.

—En realidad, no. Todavía no.

Él se acerca aún más a mí y me dirige una mirada que rezuma sinceridad.

—¿Qué pasa entonces, Maggie Carson?

No lo conozco de nada. Hay algo en él que me calma y me impulsa a sincerarme, pero no lo hago. Me miro las manos, que he cruzado sobre el regazo.

—Si te lo digo, no creo que me dejes saltar.

Se acerca hasta casi rozarme la oreja con los labios.

—Si me lo dices muy flojito, es muy probable que ni siquiera lo oiga.

Su aliento me acaricia la clavícula y todo mi cuerpo se estremece. Se aleja ligeramente y me observa, a la espera de mi respuesta.

—FQ —digo al fin. No sé si sabrá lo que es la FQ, pero opto por una respuesta simple. Tal vez se conforme con eso y no insista.

—¿Cómo tienes los niveles de oxígeno?

Vale, quizá sí que lo sepa.

—De momento, bien.

—¿Tienes permiso del médico?

Niego con la cabeza.

—Lo he decidido en el último momento. Tiendo a ser un pelín impulsiva a veces.

Él sonríe, baja la vista hacia el formulario y marca «No» en la casilla de las enfermedades. Volviéndose hacia mí, me advierte:

—Pues tienes suerte, porque resulta que soy médico. Pero, si te mueres hoy, le diré a todo el mundo que mentiste en el cuestionario.

Asiento con la cabeza, riendo, agradecida por que haya decidido pasarlo por alto. No todos lo harían.

—Gracias.

Mientras examina el impreso, comenta:

—¿Por qué me das las gracias? Yo no he hecho nada.

Y con esas palabras vuelve a hacerme sonreír. Va leyendo las preguntas del cuestionario y yo las respondo con sinceridad hasta que llegamos a la última.

—¿Por qué quieres hacer paracaidismo?

Me inclino hacia él para leer el papel.

—¿Esa pregunta sale de verdad?

Él me la señala.

—Sí, está aquí.

La leo antes de responder con brusquedad:

—Supongo que porque me estoy muriendo. Y tengo pendiente una lista muy larga de cosas que siempre he querido hacer.

Su mirada se endurece, como si mi respuesta le afectara. Vuelve a centrarse en el formulario, por lo que me inclino por encima de su hombro y veo cómo escribe una respuesta que no es la que acabo de darle.

«Quiero lanzarme en paracaídas porque quiero vivir al máximo.»

Devolviéndome el cuestionario y el bolígrafo, me indica:

—Firma. —Señala el final de la página. Cuando lo hago y se lo devuelvo, se levanta y me ofrece la mano—. Preparemos los *paracas*, Quinientos.

—¿Eres médico de verdad? —grito, para hacerme oír sobre el ruido de los motores.

Estamos sentados uno frente al otro en la avioneta. Su amplia sonrisa deja al descubierto un montón de dientes tan rectos y blancos que habría jurado que era dentista.

—¡Cardiólogo! —responde a gritos. Señalando el interior de la avioneta, añade—: Esto lo hago por diversión.

Un cardiólogo que hace paracaidismo en su tiempo libre. Impresionante.

—¿Y a tu esposa no le importa que estés siempre ocupado?

«Ay, Dios. ¿Podrías ser un poco más obvia?»

Me encojo al darme cuenta de que estoy coqueteando. Siempre se me ha dado fatal.

Él se inclina hacia delante.

—¿Qué?

¿En serio me lo va a hacer repetir?

—¡Te he preguntado si a tu esposa no le molesta que siempre estés ocupado!

Niega con la cabeza y se desabrocha el cinturón de seguridad antes de sentarse a mi lado.

—¡Hay demasiado ruido aquí! —grita, señalando a su alrededor—. ¡Dilo otra vez!

Pongo los ojos en blanco y vuelvo a empezar.

—¿A tu esposa no le...? —Me interrumpe poniéndome un dedo en los labios, pero sólo un instante. Aparta la mano y se acerca a mí. Mi corazón se altera más con ese simple gesto que con el hecho de que estoy a punto de saltar de una avioneta.

—Es broma —me dice—. Se te veía tan incómoda que me ha apetecido hacértelo repetir.

Le doy un manotazo en el brazo.

—¡Serás capullo!

Se echa a reír y se levanta. Luego busca el cierre de mi cinturón de seguridad, lo desabrocha y tira de mí para que me levante.

—¿Estás lista?

Asiento con la cabeza, aunque es mentira. Estoy absolutamente aterrorizada. Si no fuera porque este tipo es médico y hace esta clase de cosas por diversión —y porque está buenísimo—, es probable que me echara atrás.

Me coloca delante de él, con la espalda pegada a su pecho. Conecta nuestros cinturones de seguridad y quedo firmemente atada a él. Tengo los ojos cerrados cuando noto que me pone las gafas de protección. Tras varios minutos de espera hasta que acaba de prepararse, me impulsa hacia delante, hacia la abertura de la avioneta, y apoya mis manos a lado y lado de la salida. Estoy contemplando las nubes, literalmente, pero por primera vez las estoy mirando hacia abajo y no hacia arriba.

Vuelvo a cerrar los ojos, mientras él me roza la oreja con la boca.

—No estoy casado, Maggie. Y sólo estoy enamorado de mi vida.

Y así, durante uno de los momentos más aterradores de mi existencia, se me escapa una sonrisa. Su respuesta hace que merezca la pena el apuro que he pasado durante las tres veces que me ha hecho repetir la pregunta.

Me aferro con más fuerza al arnés de seguridad.

Él me rodea con sus brazos, me agarra las manos y las baja, colocándolas a los lados.

—Sesenta segundos más. ¿Me harías un favor? —me pregunta.

Yo asiento en silencio. No creo que fuera capaz de negarle nada ahora mismo, teniendo en cuenta que mi vida depende de él.

—Si llegamos al suelo con vida, ¿dejarás que te invite a cenar? Para celebrar que eres la número quinientos.

El tono sexual que le da a la invitación me hace reír. Mirándolo por encima del hombro, respondo con otra pregunta:

—¿Está permitido que los instructores de salto en tándem lleven a cenar a sus alumnas?

—No lo sé —contesta, riendo también—. La mayor parte de mis alumnos son hombres. Hasta

16

hoy nunca había sentido el impulso de invitar a ninguno.

Vuelvo a mirar al frente.

—Te responderé cuando hayamos aterrizado sanos y salvos.

—Me parece justo. —Me hace dar un paso adelante, entrelaza las manos con las mías y separa los brazos—. Es la hora, Quinientos. ¿Estás preparada?

Asiento mientras el pulso me empieza a latir aún más deprisa que hace un momento y el pecho se me contrae por el miedo que me consume ante lo que estoy a punto de hacer. Mientras me empuja hasta el mismo borde de la abertura, noto su aliento en la nuca, mezclado con el viento.

—Antes me has dicho que querías lanzarte en paracaídas porque te estás muriendo. —Me aprieta las manos—. ¡Pero esto no es morirse, Maggie! ¡Esto es vivir!

Y, con estas palabras, nos impulsa a los dos hacia delante... y saltamos.

1

Sydney

En cuanto abro los ojos, me doy la vuelta y compruebo que el otro lado de la cama está vacío. Agarro la almohada que ha usado Ridge y la abrazo. Todavía huele a él.

«No fue un sueño, gracias a Dios.»

Todavía me cuesta hacerme a la idea de lo que pasó anoche: el concierto que preparó con Brennan y Warren, las canciones que escribió para mí, y que al final fuéramos capaces de expresar lo que realmente sentimos el uno por el otro dejando de lado la culpabilidad.

Tal vez a eso se deba esta recién estrenada sensación de paz, a la ausencia del sentimiento de culpa que siempre experimentaba cuando estaba a su lado. Fue duro enamorarse de alguien que estaba comprometido con otra persona. Y tratar de evitar que sucediera fue más complicado todavía.

Me levanto de la cama y examino la habitación. La camiseta de Ridge está junto a la mía, en el suelo, lo que significa que sigue aquí. La idea de salir de la habitación y verlo me pone un poco nerviosa, aunque no sé por qué. Tal vez porque ahora es oficialmente mi novio y sólo he tenido doce horas para hacerme a la idea. Es tan... oficial.

No sé cómo van a salir las cosas ni cómo va a ser nuestra vida en común, pero la inquietud que siento es buena.

Me agacho para coger su camiseta y me la pongo. Antes de salir, paso por el baño para lavarme la cara y los dientes. Me planteo peinarme antes de salir al salón, pero Ridge me ha visto en peores condiciones. Antes éramos compañeros de piso. Me ha visto en condiciones *muuucho* más lamentables que esta.

Cuando abro la puerta del salón, lo veo, sentado a la mesa con una libreta y mi portátil. Apoyo la espalda en la puerta y me quedo un rato contemplándolo. No sé qué le parecerá a él, pero a mí me encanta poder observarlo con descaro sin que se entere de que estoy en la habitación.

Se pasa una mano por el pelo en un gesto de frustración. Por lo tensos que tiene los hombros deduzco que está estresado. Estará liado con temas de trabajo, supongo.

Finalmente, me descubre. Mi presencia parece

aliviarle el estrés, lo que me libera de los nervios. Me observa durante unos instantes antes de soltar el bolígrafo sobre la libreta. Sonriendo, echa la silla hacia atrás para levantarse. Cruza el salón y, al llegar a mi lado, me abraza y me da un beso en la cabeza.

—Buenos días —me saluda, apartándose un poco.

Nunca me voy a cansar de oírlo hablar. Sonriendo también, le respondo en lengua de signos:

—Buenos días.

Me mira las manos y vuelve a mirarme a los ojos.

—Joder, qué sexy.

—Oírte hablar sí que es jodidamente sexy.

Me bcsa y luego se aparta de mí y se dirige a la mesa. Coge el móvil y me escribe un mensaje.

Ridge: Se me está acumulando el trabajo y necesito mi portátil. Voy a volver a mi apartamento; te dejo que te arregles para ir a trabajar. ¿Quieres que vuelva esta noche?

Sydney: Paso por delante de tu casa al regresar del trabajo. Te haré una visita.

Ridge asiente y coge la libreta en la que estaba escribiendo. Cierra mi portátil y regresa a mi lado. Me rodea la cintura con un brazo y tira de mí hasta unir nuestras bocas. Le devuelvo el beso y no

21

nos detenemos, ni siquiera cuando oigo que deja la libreta sobre la barra de la cocina. Me levanta en brazos, cruza el salón y, unos instantes después, me tumba sobre el sofá. Él se tiende encima de mí y estoy segura de que esta semana me van a despedir del trabajo. No tengo ninguna intención de recordarle que llego tarde; prefiero que me despidan a que deje de besarme.

Me estoy poniendo en plan teatral. No quiero quedarme sin trabajo, pero llevo esperando esto tanto tiempo que no deseo que se vaya. Empiezo a contar hasta diez, y me prometo que dejaré de besarlo e iré a arreglarme cuando llegue a diez. Pero ya voy por veinticinco cuando, al fin, logro apartarlo.

Él se retira, sonriendo.

—Lo sé —dice—. Trabajo.

Asiento y me esfuerzo en comunicarme signando al mismo tiempo que hablo. Sé que no lo hago bien, pero deletreo las palabras que no me sé todavía.

—Deberías haber elegido el fin de semana para seducirme y no un día entre semana.

Ridge sonríe.

—No podía esperar tanto.

Me besa en el cuello y empieza a apartarse para que me pueda levantar, pero se detiene y se queda contemplándome con admiración.

—Syd, ¿sientes que...? —Se interrumpe y saca el móvil. Todavía tenemos una gran barrera a la hora de comunicarnos. Él no se siente lo bastante cómodo hablando como para mantener conversaciones largas, y yo no conozco los signos suficientes como para tener una charla signando a un ritmo decente. Hasta que ambos hayamos mejorado, creo que los mensajes de texto seguirán siendo nuestro principal medio de comunicación. Lo observo mientras escribe hasta que suena un aviso en mi teléfono.

Ridge: ¿Cómo te sientes ahora que estamos juntos?

Sydney: Es increíble. ¿Y tú? ¿Cómo te sientes?

Ridge: Increíble. Y... liberado. ¿Es esa la palabra que estoy buscando?

Todavía estoy leyendo y releyendo su mensaje cuando empieza a escribir otro. Veo que sacude la cabeza, como si no quisiera que malinterpretara su mensaje anterior.

Ridge: No estoy diciendo que no fuéramos libres antes de anoche. Ni que me sintiera prisionero estando con Maggie. Es sólo...

Hace una pausa, pero yo no espero a que acabe y le respondo antes, porque estoy casi segura de que sé lo que me quiere decir.

Sydney: Has estado viviendo para los demás desde que eras un niño. Elegir estar conmigo ha sido una especie de decisión egoísta. Nunca haces cosas para ti. A veces, ponerse por delante de los demás puede ser liberador.

Él lee mi mensaje y, cuando nuestras miradas se encuentran, sé que estamos en la misma onda.

Ridge: Exacto. Estar contigo es la primera decisión que he tomado simplemente porque quería hacerlo. No sé, supongo que pienso que no debería estar tan bien, pero así es como me siento: muy bien.

Incluso mientras está diciendo esto como si estuviera aliviado por haber tomado al fin una decisión egoísta, sigue frunciendo el ceño, lo que me hace pensar que no se ha librado por completo de la culpabilidad. Alzo la mano para alisarle la arruguita antes de apoyarle la mano en la mejilla.

—No te sientas culpable. Todo el mundo quiere que seas feliz, Ridge. Sobre todo Maggie.

Él asiente ligeramente y me besa la palma de la mano.

—Te quiero.

Anoche pronunció estas palabras muchas veces, pero oírselas decir esta mañana hace que me parezca que las estoy escuchando por primera vez. Sonriendo, recupero la mano que él me sujeta para decirle mediante signos:

—Yo también te quiero.

Me parece tan surrealista que esté aquí conmigo después de tantos meses de desearlo. Y tiene razón. Estar separada de él era sofocante. Sentía que me faltaba el aire, y esa sensación ha desaparecido ahora que está aquí. Y sé que no me está diciendo todo esto porque sienta que su vida con Maggie no era lo que deseaba. La quería; todavía la quiere. Lo que está sintiendo es el resultado de haberse pasado la vida tomando decisiones en función de lo que necesitaban los demás, y no él. Y no creo que se arrepienta de nada. Él es así. Y aunque haberme elegido a mí sea una decisión egoísta que al final logró tomar, sé que sigue siendo la misma persona altruista de siempre, por lo que es normal que siga sintiendo algún tipo de culpa residual. Pero, a veces, las personas deben ponerse por delante de todo. Si no estás viviendo la mejor versión de tu vida, no podrás ser tu mejor versión para los que te rodean.

—¿En qué piensas? —me pregunta, retirándome el pelo hacia atrás.

Niego con la cabeza.

—En nada. Sólo que... —No sé cómo expresarlo en lengua de signos, por lo que vuelvo a coger el móvil.

Sydney: Me parece todo surrealista. Todavía estoy tratando de asimilarlo. Lo de anoche fue completamente inesperado. Empezaba a pensar que habías llegado a la conclusión de que no podíamos estar juntos.

Él me busca con la mirada y se le escapa la risa, como si lo que he escrito fuera del todo absurdo. Luego se inclina hacia mí y me da el más dulce y suave de los besos antes de replicar:

Ridge: Llevo tres meses sin pegar ojo. Warren tenía que obligarme a comer, porque la ansiedad no me abandonaba ni un momento. He pensado en ti cada minuto de cada día, pero me he mantenido a distancia porque me dijiste que nos hacía falta. Y aunque me mataba la idea, sabía que tenías razón. Y, ya que no podía estar contigo, me obligué a escribir canciones sobre ti.

Sydney: ¿Son las canciones que todavía no he escuchado?

Ridge: Anoche te toqué todas las canciones nuevas, pero he estado trabajando en otra. Estaba atascado porque la letra no acababa de funcionar. Pero anoche, después de que te durmieras, la letra empezó a fluir como un río. Lo escribí todo y se lo envié a Brennan inmediatamente.

¿Escribió una canción entera anoche, después de que me durmiera? Entornando los ojos, le escribo:

Sydney: ¿No has pegado ojo en toda la noche?

Él se encoge de hombros.
—Ya haré una siesta más tarde. —Me acaricia

el labio inferior con el pulgar—. Estate pendiente del correo electrónico hoy —me dice mientras se acerca para darme otro beso.

Me encanta cuando Brennan prepara la primera versión de las canciones que escribe Ridge. No creo que me canse nunca de salir con un músico.

Ridge se levanta del sofá y tira de mí para que me levante también.

—Te dejo para que puedas vestirte.

Asiento y le doy un beso de despedida, pero cuando trato de dirigirme al dormitorio, no me suelta la mano. Me vuelvo hacia él, que me mira de forma expectante.

—¿Qué?

Él señala la camiseta que llevo puesta. Su camiseta.

—La necesito.

Bajo la vista y me echo a reír. Luego me la quito —lentamente—, y se la devuelvo. Me recorre con la vista mientras se la pone.

—¿A qué hora has dicho que vendrás esta noche? —Sigue contemplándome el pecho mientras lo pregunta, incapaz de apartar la mirada.

Riendo, lo empujo hacia la puerta. La abre y sale del apartamento, pero no antes de robarme un pico. Cierro la puerta y me doy cuenta de que, por primera vez desde que salí de mi antiguo apartamento, ya no siento rencor por el caos que causaron Hunter y Tori.

Al contrario. Les estoy profunda y sinceramente agradecida. Volvería a vivir el dolor que me causaron un millón de veces si supiera que Ridge me espera al final del camino.

Unas horas más tarde, recibo un correo de Brennan. Me escondo en uno de los cubículos del lavabo del trabajo, me pongo los auriculares y abro el correo que lleva por título *Libérame*. Apoyada en la pared, le doy al *Play*, cierro los ojos y escucho:

LIBÉRAME

Estuve corriendo en círculos.
Más por los suelos no pude estar.
Y seguí descendiendo hasta mirar al diablo a
                              [la cara.
Tú me rescataste como un barco en altamar
Al decirme que te siguiera hasta la luz del
                              [hogar.

Así que, vamos allá.
Un poco más.
Llevo mucho tiempo esperando lo que me das.
Vamos allá.
Un poco más.

Tú me diste la libertad.
Le quitaste el polvo a mi alma

Y encontraste la llave que en lo más hondo
[guardaba.
Ahora veo con claridad.
No quiero estar en ningún otro lugar.
Te tengo y tú me tienes a mí, esa es la verdad.
Tú me diste la libertad.

No sé el coste que me supondrá,
Pero cuando has perdido algo valioso,
Sabes que siempre hay un precio a pagar.
Creo que naciste para ser
La mano que me tiendes, devolviéndome la fc
Cuando pienso que no puedo más.

Así que vamos allá.
Un poco más.
Llevo mucho tiempo esperando lo que me das.
Vamos allá.
Un poco más.

Tú me diste la libertad.
Le quitaste el polvo a mi alma
Y encontraste la llave que en lo más hondo
[guardaba.
Ahora veo con claridad.
No quiero estar en ningún otro lugar.
Te tengo y tú me tienes a mí, esa es la verdad.
Tú me diste la libertad.

Estaba sentado en el suelo.

No sabía adónde ir.
Pensaba que el suelo era el techo,
Que no iba a sobrevivir.

Fuiste el avemaría para mis pecados.
Un nuevo comienzo para algo caducado.

Tú me diste la libertad.
Le quitaste el polvo a mi alma
Y encontraste la llave que en lo más hondo
                              [guardaba.
Ahora veo con claridad.
No quiero estar en ningún otro lugar.
Te tengo y tú me tienes a mí, esa es la verdad.
Tú me diste la libertad.

Permanezco en absoluto silencio cuando la canción termina. Tengo las mejillas empapadas por las lágrimas, a pesar de que no es una canción triste. Pero el significado de la letra que Ridge escribió anoche, después de quedarme dormida a su lado, me llega mucho más hondo que cualquier otra de sus letras. Y aunque esta mañana he entendido lo que quería decirme cuando me ha confesado que se sentía libre por primera vez, no me había dado cuenta de lo mucho que me identifico con sus sentimientos.

«Tú también me has liberado a mí, Ridge.»

Me quito los auriculares, por mucho que me apetezca poner la canción en bucle y pasarme el resto del día escuchándola. Al salir del baño, me pongo a cantar en el pasillo vacío con una ridícula sonrisa en la cara.

—No quiero estar en ningún otro lugar. Te tengo y tú me tienes a mí, esa es la verdad.

2

Maggie

Pienso en la muerte cada minuto de cada hora de cada día de mi vida. Estoy casi segura de que pienso más en la muerte que la mayoría de las personas. Es difícil no hacerlo cuando sabes que sólo te han concedido una fracción del tiempo otorgado al ser humano normal.

A los doce años empecé a investigar sobre mi diagnóstico. Hasta entonces, nadie me había explicado que la fibrosis quística venía acompañada de una fecha de caducidad. Pero no hablo de una fecha de caducidad de la enfermedad, sino de mi vida.

Desde ese día, a la temprana edad de doce años, empecé a ver la vida con otros ojos. Por ejemplo, cuando estoy en la sección de cosmética de unos grandes almacenes, miro las cremas antienvejecimiento y me digo que nunca necesitaré usarlas; que tendré suerte si mi piel empieza a arrugarse antes de morir.

O, en la zona de alimentación, a veces miro las fechas de caducidad de los productos y me pregunto cuál de los dos durará más, si la mostaza o yo.

En ocasiones me llegan al correo invitaciones para eventos, como una boda que tendrá lugar al cabo de un año, y mientras marco la fecha en el calendario, me cuestiono si mi vida durará más que el compromiso de esa pareja.

Incluso cuando miro a los recién nacidos pienso en la muerte. Saber que no llegaría a ver a un hijo mío alcanzar la edad adulta me ha quitado las ganas de ser madre.

No soy una persona depresiva. Ni siquiera me lamento de mi destino; hace mucho tiempo que lo acepté.

La mayor parte de la gente vive su vida como si dieran por hecho que van a llegar a los cien años. Planifican su carrera, su familia, sus vacaciones y su futuro, convencidos de que estarán allí para vivirlo todo, pero mi mente funciona de manera distinta, porque yo no tengo la opción de pensar que viviré hasta los cien años. Porque no lo haré. Partiendo de mi estado de salud actual, tendré suerte si vivo diez años más. Y esa es la razón por la que pienso en la muerte cada minuto de cada hora de cada día de mi vida.

«Hasta hoy.»

Hasta el momento en que he saltado de la avioneta y he mirado hacia abajo. La Tierra me ha parecido tan insignificante que me he echado a reír a carcajadas. Y una vez que he empezado, no podía parar. Durante todo el descenso, he estado riéndome como una histérica hasta que me he puesto a llorar, porque la experiencia era preciosa, vivificante y mucho mejor de lo que esperaba en todos los sentidos. Mientras me precipitaba hacia el suelo a más de ciento cincuenta kilómetros por hora, no he pensado en la muerte ni una sola vez. Lo único que me venía a la mente era la suerte que tenía de sentirme tan viva.

Las palabras de Jake no dejaban de repetirse en mi cabeza mientras me batía en duelo contra el viento: «¡Esto es vivir!».

Tiene toda la razón. Nunca me había sentido tan viva como ahora, tanto que quiero hacerlo otra vez. Llevamos en el suelo poco más de un minuto. El aterrizaje de Jake ha sido impecable. Sigo amarrada a él, y estamos sentados en el suelo, con las piernas extendidas ante mí, mientras trato de recuperar el aliento. Le agradezco que me haya dado un momento para asimilarlo todo.

Al fin desabrocha los arneses y se levanta, pero yo sigo sentada. Me rodea y se coloca ante mí, tan alto que me tapa el sol. Lo miro, algo avergonzada de que me vea llorando, pero no lo suficiente para tratar de ocultarlo.

—¿Y bien? —Me ofrece la mano—. ¿Qué te ha parecido?

Le tomo la mano y él tira de mí. Mientras me levanta, me seco las lágrimas con la otra mano. Sorbo por la nariz y me echo a reír.

—Quiero hacerlo otra vez.

Se echa a reír también.

—¿Ahora mismo?

Asiento vigorosamente.

—Sí. Ha sido increíble. ¿Podemos repetir?

Niega con la cabeza.

—No. La avioneta está reservada para el resto de la tarde. Pero puedo anotarte en la agenda para mi próximo día libre.

Le dedico una sonrisa.

—Me encantaría.

Jake me ayuda a quitarme el arnés, y luego le entrego el casco y las gafas. Entramos en el local y me quito el equipo protector. Cuando vuelvo al mostrador de la entrada, Jake ha impreso fotos y ha descargado un vídeo del salto.

—Te lo he enviado al correo electrónico que había en el cuestionario —comenta, mientras me entrega una carpeta con las fotos—. ¿El domicilio que aparece es tu dirección correcta?

—Sí. ¿Voy a recibir algo más por correo ordinario?

Alza la vista de la pantalla y me sonríe.

—Sí, vas a recibir una visita mía. Estaré en tu puerta a las siete.

«Oh.»

Lo de celebrarlo esta noche iba en serio. Pues vale. Vuelvo a estar de los nervios otra vez. Sin dejar que se me note, le sonrío y respondo:

—¿Será una celebración formal o informal?

Se echa a reír.

—Podría reservar mesa en algún sitio, pero, francamente, soy más de pizza y cerveza. O de hamburguesas o tacos, o cualquier otra cosa que no requiera ponerme una corbata.

Sonrío, aliviada.

—Perfecto —le digo, retrocediendo—. Nos vemos a las siete. Procura no llegar tarde.

Me doy la vuelta y camino hacia la puerta, pero antes de salir lo oigo decirme:

—No llegaré tarde. De hecho, me apetece llegar antes de la hora.

Ridge y yo estuvimos saliendo durante tanto tiempo que no me acuerdo de cuándo fue la última vez que me preocupó no saber qué ponerme para una cita. Aparte de su afición por los sujetadores con cierre delantero, no creo que Ridge se fijara en mi ropa interior. Y ahora, aquí estoy, buceando en los cajones de la cómoda en busca de algo que conjunte o, al menos, que no tenga agujeros ni que parezca de abuela.

No me puedo creer que no tenga ni unas solas bragas *cuquis*.

Abro el cajón inferior, donde guardo las cosas que, por una u otra razón, me he convencido de que nunca me iba a poner. Voy cribando entre los calcetines desparejados y tangas con abertura en la entrepierna que me regalaron en plan de broma, hasta que encuentro algo que hace que me olvide de mi búsqueda lencera.

Es una hoja de papel doblada. No necesito abrirla para saber lo que hay dentro, pero me dirijo hacia la cama y la abro igualmente. Me siento y me quedo contemplando la lista que empecé a escribir hace más de diez años, cuando sólo tenía catorce.

Era una especie de lista de deseos, a la que puse por título: «Cosas que quiero hacer antes de cumplir los dicciocho». Lo de «antes de cumplir los dieciocho» está tachado, porque pasé ese cumpleaños en el hospital. Y cuando volví a casa, estaba enfadada con el mundo y también conmigo misma porque no había logrado cumplir ni uno de mis deseos. Por eso taché el final del título y en su lugar escribí: «Cosas que quiero hacer. Tal vez un día de estos...».

La lista tiene únicamente nueve puntos:

1. Conducir un coche de carreras.
2. Lanzarme en paracaídas.
3. Ver la aurora boreal.
4. Comer espaguetis en Italia.
5. Perder 5.000 dólares en Las Vegas.

6. Visitar las cavernas de Carlsbad.
7. Hacer *puenting*.
8. Tener un rollo de una noche.
9. Visitar la torre Eiffel en París.

Al revisarlas, me doy cuenta de que, de las nueve cosas que anhelaba hacer cuando era adolescente, sólo he cumplido una, tirarme en paracaídas. Y lo he conseguido muchos años después; en concreto, hoy. Y, sin embargo, ha resultado ser el mejor momento de mi vida.

Alargo la mano buscando un bolígrafo en la mesita de noche y tacho el segundo punto de la lista. Ya tan sólo me quedan ocho. Francamente, me veo capaz de hacerlo todo. Tal vez. Si logro evitar ponerme enferma mientras viajo, creo que puedo llevar a cabo todos y cada uno de los objetivos de esta lista. Quizá incluso tache el número ocho esta misma noche.

No sé qué le parecería a Jake ser un punto a tachar en mi inventario de deseos, pero no creo que protestara demasiado si le propusiera ser mi rollo de una noche. No es que busque nada más en la cita de hoy. Lo último que necesito es volver a sentir que soy una carga. La idea de ser el irresistible rollo de una noche de alguien me resulta mucho más estimulante que ser una novia terminal.

Doblo la lista y la dejo en el cajón de la mesilla de noche. Vuelvo a la cómoda y cojo el primer par de bragas que pillo. Me da igual cómo sean. Si todo sale según lo previsto, no las llevaré puestas el tiempo suficiente como para que a Jake le importe. Mientras me subo los vaqueros, recibo un mensaje.

Ridge: Misión cumplida.

Sonrío al leerlo. Han pasado varios meses desde que lo dejamos, pero Ridge y yo seguimos escribiéndonos de vez en cuando. Aunque fue muy duro ver que nuestra larga relación terminaba de un modo tan brusco, me resultaría mucho más doloroso perder su amistad. Warren y él son los únicos dos amigos que he tenido durante los últimos seis años. Me siento agradecida por que el final de nuestra relación sentimental no haya supuesto el fin de nuestra amistad. Y, sí, claro que me resulta raro hablar de Sydney con él, pero Warren me ha estado poniendo al día en todo lo que tiene que ver con Ridge, contándome incluso algunas cosas que preferiría no saber. Sinceramente, quiero que Ridge sea feliz. Y por mucho que me enfadara cuando me enteré de que la había besado, Sydney me sigue cayendo bien. No es como si se hubiera presentado en el apartamento con la intención de robármelo. Las dos congeniamos enseguida y me consta que Ridge y ella trataron de comportarse de manera decente. No sé si alguna vez llegaremos a salir de nuevo todos juntos como amigos; sería un poco incómodo, pero me hace feliz que Ridge sea feliz. Y desde que Warren me contó que habían planeado llevar a

Sydney engañada a un bar anoche para que Ridge pudiera convencerla de volver a estar juntos, tenía curiosidad por saber cómo había ido la cosa. Le dije a Ridge que me enviara un mensaje si el plan tenía éxito, aunque espero que no me cuente los detalles. Puedo aceptar que ahora forma parte de su vida, y me alegro por él, en serio, pero creo que nunca me va a apetecer que me cuenten los pormenores.

Maggie: Ridge, ¡es fantástico!

Ridge: Sí, y hasta aquí llega el tema, porque todavía me cuesta hablar de estas cosas contigo. ¿Sabes ya algo de la tesis?

Me alegra mucho comprobar que estamos en la misma onda. Y no me puedo creer que me olvidara de darle las buenas noticias.

Maggie: ¡Sí! Me enteré ayer. He sacado un cinco, ¡la nota máxima!

Antes de que me responda, llaman a la puerta. Miro la hora en el teléfono y son sólo las seis y media. Lanzo el móvil sobre la cama, salgo al salón y miro por la mirilla. Jake no bromeaba con lo de presentarse antes de la hora. Ni siquiera he terminado de arreglarme.

Voy hasta el espejo del pasillo y, mientras miro cómo estoy, grito:

40

—¡Un segundo!

Vuelvo a la puerta y me asomo otra vez a la mirilla. Jake está contemplando el jardín con las manos en los bolsillos mientras espera a que le abra. Me parece delirante pensar que tengo una cita con este tipo. ¡Es doctor, por Dios! ¿Por qué demonios sigue soltero? Es una monada. Y tan alto. Y ha triunfado en la vida. Y... eso es un...

Abro la puerta bruscamente y salgo al exterior.

—¡Me cago en todo, Jake! ¿Eso es un Tesla?

No pretendo ser maleducada, pero paso por su lado, ignorándolo, y me dirijo directamente al coche. Lo oigo reírse a mi espalda mientras me sigue hasta el lugar donde ha aparcado, frente a la casa.

No soy una fanática de los coches, en absoluto, pero una de mis vecinas sale con un tipo que conduce un Tesla, y mentiría si dijera que no estoy un pelín obsesionada con estos automóviles. Lo malo es que no conozco tanto a la vecina como para pedirle que me lleve a dar una vuelta en el coche de su novio.

Le acaricio la capota negra y elegante.

—¿Es verdad que no tienen motor? —Al darme la vuelta, me encuentro a Jake, al que parece hacerle mucha gracia que esté comiéndome con los ojos al Tesla en vez de a él.

Asiente con la cabeza.

—¿Quieres ver lo que hay bajo el capó?

—Sí.

41

Hace que el capó se abra con el mando de la llave y se coloca a mi lado para abrirlo. No hay nada dentro, sólo un maletero vacío, forrado con moqueta. No hay motor ni transmisión. Está simplemente... vacío.

—Entonces, ¿estos coches no tienen motor? ¿No hay que echarles gasolina?

Él niega con la cabeza.

—*Nop*. Ni siquiera hay que cambiarles el aceite. De hecho, lo único que necesita mantenimiento son los frenos y las ruedas.

—¿Y cómo lo cargas?

—Tengo un cargador en el garaje.

—¿Lo enchufas por la noche, como quien carga el móvil?

—Básicamente.

Me vuelvo hacia el coche y me quedo admirándolo. No me puedo creer que vaya a montar en un Tesla. Llevo dos años queriendo subirme a uno. Si hubiera actualizado mi lista de deseos durante los últimos años, este sería uno de los puntos que tacharía esta noche.

—Son buenos para el medio ambiente —añade, apoyándose en el capó. No generan emisiones.

Pongo los ojos en blanco.

—Ya, ya, eso está muy bien, pero ¿qué velocidad alcanza?

Se echa a reír, estira las piernas y cruza los tobillos. Alzando una ceja, usa su voz más profunda y sexy para responder:

—De cero a cien en dos segundos y medio.

—¡Dios mío!

Señala el coche con la cabeza.

—¿Quieres conducirlo?

Miro el coche y después a él.

—¿En serio?

Me dirige una sonrisa muy dulce.

—De hecho..., deja que haga una llamada. —Se saca el móvil del bolsillo—. Tal vez pueda hacer que nos cuelen en Harris Hill.

—¿Qué es Harris Hill?

Él se lleva el teléfono al oído.

—Un circuito de carreras público en San Marcos.

Me cubro la boca con la mano, tratando de disimular mi entusiasmo. ¿Será posible que haga un triplete en un día? ¿Paracaidismo, conducir un coche de carreras y un posible rollo de una noche?

3

Ridge

Abro los ojos y me pongo a contemplar el techo. Lo primero que me viene a la cabeza es Sydney. Lo segundo, que no me puedo creer que me haya quedado dormido en el sofá en plena tarde.

Aunque es verdad que anoche apenas pegué ojo. De hecho, casi no he dormido en toda la semana. Estaba demasiado nervioso por la actuación que preparamos para Sydney, sin saber cómo iba a responder. Y luego, cuando ella reaccionó mejor de lo que esperaba, acabamos en su apartamento. Y allí tampoco dormí, porque no podía parar de enviarle letras a Brennan. Con todo lo que le mandé anoche, tendrá material para componer al menos tres canciones.

Cuando me he marchado del apartamento de

Sydney esta mañana, mi idea era venir a casa y ponerme al día con el trabajo, pero he sido incapaz de concentrarme en nada porque estaba agotado. Al final me tumbé en el sofá y puse *Juego de tronos*. Probablemente sea la última persona en empezar la serie, pero Warren lleva meses insistiéndome en que la vea. Él va por la tercera temporada y yo he visto los tres primeros episodios de la primera temporada antes de quedarme frito.

Me pregunto si Sydney habrá visto la serie. Si no, preferiría volver a empezarla y verla con ella.

Cojo el móvil y veo que tengo varios mensajes de texto sin leer: dos de Warren, uno de Maggie, uno de Brennan y uno de Sydney. El primero que abro es el suyo, por supuesto.

Sydney: He escuchado la canción. Me ha hecho llorar. Es muy buena, Ridge.

Ridge: Creo que el amor que sientes por mí no te deja ser objetiva.

Ella replica de inmediato.

Sydney: *Nop*. Me gustaría aunque no te conociera.

Ridge: Eres perjudicial para mi ego. ¿A qué hora vendrás?

Sydney: Voy de camino. ¿Están Warren y Bridgette?

45

Ridge: Creo que los dos trabajaban esta noche.

Sydney: Perfecto. Nos vemos pronto.

Cierro los mensajes de Sydney y abro el de Warren.

Warren: Brennan me ha enviado la nueva canción. Me gusta.

Ridge: Gracias. Hoy he empezado a ver *Juego de tronos*. Me gusta.

Warren: ¡YA ERA HORA, JODER! ¿Has llegado ya al capítulo en que decapitan a Stark delante de sus hijas?

Me llevo el móvil al pecho y cierro los ojos. A veces, lo odio. Lo odio de verdad.

Ridge: Eres un cabrón de mierda.

Warren: ¡Tío, es el mejor capítulo!

Suelto el móvil en la mesita y me levanto. Voy a la cocina y abro la nevera, buscando una manera de vengarme de él. Espero que fuera una broma. ¿Ned Stark? ¿En serio, George?

Hay una cuña de uno de esos quesos caros que compra Bridgette. La saco y abro el envase. Es un queso blanco con trocitos de espinacas o algo así.

Huele como el culo, pero, sin el envoltorio, parece una pastilla de jabón. Voy al baño de Warren, le quito la pastilla de jabón de la ducha y la sustituyo por el queso.

¿Decapitan a Ned? Juro por Dios que, como pase de verdad, voy a tirar el televisor por la ventana.

Cuando vuelvo al salón, la luz del móvil me avisa de que ha entrado algo. Es un mensaje de texto de Sydney en el que me avisa de que acaba de aparcar. Voy hacia la puerta y la abro. No puedo esperar y empiezo a bajar la escalera. Ella está subiendo y, en cuanto la veo sonreír, se me olvida la dichosa decapitación que espero que sea una broma de Warren.

Nos encontramos a mitad de la escalera. Ella se echa a reír al comprobar mi fogosidad cuando la empujo contra la barandilla y la beso.

Dios, cómo la quiero. Juro que no sé lo que habría pasado si anoche no hubiera hecho el signo de «cuándo». Estoy convencido de que seguiría sentado en aquel escenario, tocando cualquier canción triste que se me ocurriera mientras me bebía hasta el agua de los floreros de todo el bar.

Pero no sólo no se cumplieron mis peores pronósticos, sino que pasó lo mejor que podía ocurrir. A Sydney le encantó la sorpresa y le encantó yo. No, más que eso: me quiere. Por eso ahora estamos aquí, juntos, a punto de pasar una perfecta noche aburrida en mi apartamento, sin hacer nada más que tomar comida a domicilio y mirar la tele.

Me aparto un poco y ella me limpia el brillo labial de la boca.

—¿Has visto *Juego de tronos*?

Ella niega con la cabeza.

—¿Quieres verla?

Cuando asiente, le doy la mano y subimos la escalera. Al entrar, ella se mete en el baño y yo cojo el teléfono y leo el mensaje que me ha enviado Maggie.

> Maggie: ¡Sí! Me enteré ayer. He sacado un cinco, ¡la nota máxima!

> Ridge: ¿Por qué no me sorprende? ¡Felicidades! Espero que hagas algo especial para celebrarlo.

> Maggie: Así es, he hecho paracaidismo.

¿Paracaidismo? Espero que esté bromeando. Hacer paracaidismo no le conviene; no puede ser bueno para sus pulmones. Empiezo a escribir, pero me detengo a media frase. Esto era lo que menos soportaba de mí, que me estuviera preocupando constantemente. Tengo que dejar de estresarme cuando hace cosas que empeoran su estado. Es su vida y merece vivirla como le dé la gana.

Elimino el mensaje. Cuando levanto la mirada, veo a Sydney junto a la nevera, observándome.

—¿Estás bien? —me pregunta.

Me levanto y me guardo el móvil en el bolsillo. No me apetece hablar de Maggie ahora mismo, así que sonrío y dejo el tema para otro momento.

—Ven aquí —le digo.

Ella sonríe, se acerca a mí y me abraza por la cintura. Yo la pego más a mí.

—¿Cómo te ha ido el día?

—Fantástico —responde, sonriendo—. Mi novio me ha escrito una canción.

Le doy un beso en la frente y apoyo el pulgar bajo su barbilla para que alce la cabeza y me mire a los ojos.

Cuando empiezo a besarla, me agarra de la camiseta y tira de mí hacia el dormitorio, caminando de espaldas. No dejamos de besarnos hasta que se deja caer sobre la cama y yo me tumbo sobre ella.

Seguimos besándonos durante varios minutos, vestidos, situación que preferiría cambiar, pero igualmente es agradable. Lo nuestro no fue un enamoramiento típico. Pasamos de un beso que nos hizo sentir culpables durante semanas a un periodo de tres meses de incomunicación. Y de ahí saltamos a una noche reconciliándonos en la cama. Hemos pasado de no ser nada a ir con todo. Por eso me gusta que nos lo estemos tomando con calma ahora. Quiero estar besándola toda la noche porque llevo tres meses soñando con ello.

Ella me empuja, rompiendo el beso y tumbándome de espaldas, y se coloca encima de mí. El pelo le cae sobre la cara y se lo aparta detrás del hombro. Me besa con suavidad en los labios y luego se sienta sobre mis caderas para poder hablarme mediante signos.

—Lo de anoche parece que fue... —Hace una pausa, esforzándose en encontrar los signos adecuados, pero acaba la frase hablando—. Parece que haya pasado una eternidad.

Asiento con la cabeza y le muestro cuál es el signo para expresar el concepto de «eterno» o «para siempre». Lo digo en voz alta mientras ella practica.

Cuando lo consigue, asiento y replico, signando:

—Bien hecho.

Ella se deja caer en la cama a mi lado y se apoya en un codo.

—¿Cuál es el signo para decir «sordo»?

Hago el gesto, deslizando la mano por la mandíbula en dirección a la boca.

Ella arrastra el pulgar desde la oreja hasta la barbilla.

—¿Así?

Niego con la cabeza. Me incorporo un poco, apoyándome en el codo, y le tomo la mano. Le oculto el pulgar y hago que estire el dedo índice. Se lo pongo en la oreja y hago que lo deslice por la mandíbula hacia la boca.

—Así —le indico. Ella lo repite a la perfección, lo que me provoca una sonrisa—. Perfecto.

Se deja caer sobre la almohada y me devuelve la sonrisa. Me encanta que se haya pasado los tres meses que estuvimos separados estudiando la lengua de signos. Por mucho que odie a Warren por haberme arruinado *Juego de tronos*, nunca podré pagarle lo que ha hecho para que Sydney y yo podamos comunicarnos sin tantas barreras. Es un buen amigo..., cuando no se dedica a ser un capullo integral.

Es impresionante lo rápido que ha aprendido a signar Sydney. Cada vez que me dice algo mediante signos, me vuelvo a maravillar. Hace que me apetezca que me hable sólo signando a partir de ahora, pero al mismo tiempo hace que desee pronunciar todas las palabras en voz alta para ella.

—Me toca —le digo—. ¿Cómo suena el sonido que hace el gato?

Hay muchas palabras que todavía no entiendo, y los sonidos de los animales me cuestan especialmente. Supongo que porque es imposible leer los labios cuando el sonido sale de un perro o un gato.

—¿Te refieres a «miau»?

Asintiendo con la cabeza, apoyo mis dedos en su garganta para sentir su voz mientras lo pronuncia. Ella repite la palabra y luego intento hacerlo yo.

—¿Me... u?

Ella niega con la cabeza.

—La primera parte suena como... —Signa la palabra «mi».

—¿Mi?

Ella asiente.

—Y la segunda parte... —Deletrea las letras «a» y «u» mientras las pronuncia en voz alta.

No he apartado los dedos de su garganta en ningún momento.

—Otra vez —le pido.

Ella pronuncia lentamente:

—Mi... au.

Me encanta el círculo que forman sus labios al final. Me inclino sobre ella y la beso antes de que pueda repetirlo.

—Mi... yau.

Ella sonríe.

—Mejor.

Lo digo más deprisa.

—Miau.

—Perfecto.

Empiezo a preguntarle por qué se usa «miau» en algunas conversaciones, pero me olvido de que es novata todavía y pronto abre los ojos como platos, tratando de seguir el ritmo de mis manos. Inclinándome sobre ella, cojo el teléfono y le escribo la pregunta.

Ridge: ¿Por qué a veces se usa la palabra «miau» para describir algo que es sexy? ¿Suena sexy cuando se pronuncia en voz alta?

Ella se echa a reír y se ruboriza un poco al responderme:

—Mucho.

Qué interesante.

Ridge: Y cuando alguien ladra como un perro, ¿también es sexy?

Ella niega con la cabeza.

—No, en absoluto.

La lengua hablada me resulta de lo más confusa. Pero me encanta aprender con Sydney. Lo primero que me atrajo de ella, dejando a un lado la atracción física, fue su paciencia con mi incapacidad para oír y su curiosidad por saberlo todo sobre ella. No hay mucha gente así en el mundo, y cada vez que signa para hablar conmigo, pienso en lo afortunado que soy.

La atraigo hacia mí y me inclino hasta rozarle la oreja.

—Miau —susurro.

Cuando me aparto, ya no está sonriendo. Me está mirando como si fuera lo más sexy que ha oído en la vida. Mi teoría se confirma cuando me enreda los dedos en el pelo y tira de mí hasta unir nuestras bocas. Tumbándome sobre ella, le separo los labios con la lengua. Cuando profundizo el beso, siento la vibración de su gemido y estoy perdido.

Igual que su ropa y la mía. Creo que esta noche tampoco nos lo vamos a tomar con calma.

4

Sydney

Sigo con la vista el movimiento del dedo de Ridge, que me traza dibujos sobre el estómago. Llevamos así tumbados cinco minutos, mientras él me observa y va describiéndome círculos sobre la piel. De vez en cuando, me besa, pero ambos estamos demasiado agotados para iniciar el segundo asalto.

No entiendo cómo se mantiene despierto. Anoche apenas pegó ojo en mi casa porque estuvo escribiéndome la canción, y hoy, cuando llegué aquí hace una hora y media, nos metimos directamente en el dormitorio, donde hemos estado bastante ocupados. Son casi las ocho y, como no cenemos pronto, me voy a quedar dormida aquí mismo.

El estómago me ruge, lo que hace reír a Ridge, que presiona la palma contra mi piel.

—¿Tienes hambre?

—¿Lo has notado?

Él asiente con la cabeza.

—Deja que me duche y te preparo algo.

Con un último beso, se levanta de la cama y se dirige al baño. Cojo su camiseta y me la pongo antes de ir a la cocina a por algo de beber. Al abrir la nevera, alguien a mi espalda me saluda:

—Hola.

Suelto un grito y luego abro del todo la puerta de la nevera y trato de esconder la parte que no me he molestado en cubrirme con ropa. Brennan está sentado en el sofá, con una amplia sonrisa en la cara. Igual que los otros dos integrantes de la banda, que todavía no me han presentado oficialmente.

Brennan ladea la cabeza.

—Cuando te vi por primera vez, ibas sin camiseta. Ahora, en cambio, sólo llevas una camiseta.

Creo que nunca me había sentido tan abochornada en toda mi vida. Ni siquiera me he molestado en ponerme las bragas y, aunque la camiseta de Ridge me tapa el culo, no sé cómo voy a salir de aquí para volver a la habitación sin perder los últimos vestigios de mi dignidad.

—Hola, chicos. —Agito la mano por encima de la puerta en un saludo patético—. ¿Os importaría mirar hacia otro lado hasta que me ponga unos vaqueros?

Los tres se echan a reír, pero se vuelven hacia la pared para darme tiempo de volver corriendo a la habitación de Ridge. Pero, justo cuando empiezo a cerrar la puerta de la nevera, la de la calle se abre y Warren entra a grandes zancadas, por lo que vuelvo a esconderme detrás del frigorífico.

Bridgette se mete en su habitación y cierra dando un portazo. Me asomo y veo a Warren, que está mirando a Brennan y a los otros dos chicos sentados en el sofá.

—Hola —los saluda, sin percatarse aún de mi presencia—. ¿Qué pasa?

Ninguno se vuelve a mirarlo. Con la vista clavada en la pared, Brennan le responde:

—Hola, Warren.

—¿Por qué estáis mirando la pared?

Brennan señala hacia la nevera, sin apartar la vista de la pared.

—Estamos esperando a que vuelva a la habitación de Ridge y se ponga algo encima.

Warren se vuelve hacia mí, y la mirada se le ilumina al instante.

—Vaya, dichosos los ojos —comenta, soltando las llaves en la barra de la cocina—. Ya sé que nos vemos constantemente, pero me alegro de verte al fin de vuelta en el apartamento.

Yo trago saliva y me esfuerzo en aparentar una calma que no siento.

—Me... alegro de estar de vuelta, Warren.

Él señala la nevera.

—No deberías estar ahí con la puerta abierta. Ahora Ridge me obliga a pagar la mitad de los gastos y estás malgastando un montón de electricidad.

Asiento con la cabeza.

—Sí. Lo siento. Pero es que no llevo nada debajo de la camiseta. Si pudieras ponerte allí con esos chicos y mirar hacia la pared, cerraría la nevera y volvería a la habitación de Ridge.

Warren ladea la cabeza, da dos pasos hacia mí y se inclina hacia la derecha, como si tratara de ver lo que esconde la puerta.

—¿Lo ves? —grita Bridgette desde la puerta de la habitación de Warren, que vuelve a estar abierta—. ¡Esto es exactamente a lo que me refería, Warren! ¡Le tiras los tejos a todo el mundo!
—Cierra, dando otro portazo.

Warren ladea la cabeza y suspira, antes de dirigirse al dormitorio. Yo aprovecho la oportunidad para regresar a toda prisa a la habitación de Ridge. Cierro la puerta y me apoyo en ella, cubriéndome la cara con las manos.

No pienso salir de aquí nunca más.

Me dirijo al baño de Ridge justo cuando él abre la puerta. Lleva una toalla atada a la cintura y se está secando el pelo con otra. Corro hacia él y lo abrazo, enterrando la cara en su pecho y cerrando los ojos con fuerza. Niego con la cabeza una y otra vez hasta que él me aparta de su pecho para verme el rostro. No sé qué pinta debo de tener, porque estoy gruñendo, frunciendo el ceño y riéndome de mi propio bochorno a la vez.

—¿Qué ha pasado?

Señalo hacia el salón y luego empiezo a signar.

—Tu hermano. Warren. La banda. Aquí.

Después señalo mi cuerpo medio desnudo y las nalgas desnudas que prácticamente asoman por debajo de la camiseta.

Él me mira arriba y abajo, se gira hacia el salón y vuelve a mirarme a mí, entornando los ojos, como si tratara de recordar algo.

—La primera vez que viste a Brennan... solo ibas en sujetador. Y ahora...

—¡No hace falta que me lo recuerdes! —refunfuño, dejándome caer en la cama.

Ridge se echa a reír mientras se pone los vaqueros. Cuando se inclina hacia mí, pienso que quiere besarme, pero lo que hace es quitarme la camiseta. Él está ya vestido del todo, y yo en cambio estoy todavía más desnuda que cuando fui hacia el salón.

Me acerca la ropa y sé que quiere presentarme oficialmente a la banda, pero lo que a mí me apetece es hacerme un ovillo en la cama y esconderme aquí hasta que se vayan todos.

Hago un esfuerzo y me visto, porque Ridge me está sonriendo como si todo le resultara muy divertido, y su sonrisa hace que se me olvide lo avergonzada que me siento. Y cuando tira de mí hacia la puerta y me da un último beso, se me acaba de olvidar del todo.

Al volver al salón, Brennan está sentado en la barra, columpiando las piernas. Me sonríe y pienso en lo inquietante que resulta que dos personas tan parecidas se comporten de manera tan distinta. Ridge me acompaña hasta el sofá, donde los otros dos integrantes de Sounds of Cedar se están levantando para estrecharme la mano.

—Spencer —se presenta el alto y moreno. Es el batería. Lo sé porque los he visto tocar, pero hasta ahora no me los habían presentado.

—Price —dice el otro, estrechándome la mano.

Es el guitarra solista y también hace los coros. Y aunque Brennan es la estrella indiscutible, Price no se queda atrás. Clava el rollito de estrella del rock, aunque su música no es estrictamente de este estilo, sino más bien rock alternativo con un poco de pop. Pero seguro que se le daría bien cualquier cosa que tocara porque tiene mucho carisma en el escenario. A veces Brennan se hace a un lado y lo deja brillar.

—Soy Sydney —saludo, con aplomo fingido—. Me alegro mucho de conoceros por fin, chicos. Soy muy fan de la banda. —Los saludo con el brazo hasta llegar a Brennan—. Es impresionante lo rápido que grabáis las canciones.

Price se echa a reír.

—Sydney —me dice—, nosotros somos fans tuyos. Ridge llevaba un periodo muy largo de sequía hasta que llegaste.

Abriendo mucho los ojos, miro a Ridge, que

está mirando a Brennan, quien le está traduciendo lo que dice todo el mundo.

—¿Sequía? —protesta Ridge en voz alta.

—¡Sequía musical! —aclara Price—. Quería decir sequía musical. —El pobre parece avergonzado.

«Dios, qué incómodo es esto.»

—Tengo hambre —dice Brennan, golpeando la barra con las dos manos—. ¿Habéis cenado ya?

—Comida china estaría bien —sugiero.

Brennan coge el teléfono y busca.

—Una chica que sabe lo que quiere. Me gusta —comenta, llevándose el teléfono a la oreja—. Comida china, adjudicado. Pediré una burrada de todo.

Trato de no observarlo con demasiado descaro, pero me cuesta asimilar que exista alguien tan parecido físicamente a Ridge, aunque con una personalidad radicalmente distinta. Mientras que Ridge es responsable y maduro, da la impresión de que a Brennan todo le importa una mierda. Es como si no tuviera ninguna preocupación en la vida. Su hermano, en cambio, parece cargar con todos los problemas del mundo.

—Vale. Bridgette y yo estamos peleados, por si no os habéis dado cuenta —nos informa Warren, mientras se sienta en el sofá y revisa sus mensajes de texto—. Dice que flirteo con todo el mundo.

—Porque es verdad —confirmo, riendo.

—Traidora —murmura Warren, poniendo los ojos en blanco—. Se supone que estás en mi bando.

—No hay bandos cuando se están discutiendo hechos objetivos —replico—. Flirteas conmigo, con Bridgette, con la anciana que vive en el bloque... Joder, si es que hasta flirteas con su perro, Warren.

—Y conmigo —confirma Spencer.

Warren sigue revisando sus mensajes hasta que llega a uno que le llama la atención. Se echa a reír y mira a Ridge y a Brennan.

—Maggie se ha tirado en paracaídas.

Contengo el aliento al oír su nombre y, automáticamente, me vuelvo hacia Ridge, que está apoyado en la barra, al lado de su hermano. Brennan cubre el teléfono con la mano para hablar.

—Bien por ella.

Ridge asiente, con el rostro inexpresivo, y dice:

—Lo sé; me lo ha dicho antes. —Me mira un instante y baja la vista hacia el móvil.

Noto que se me seca la boca y presiono los labios. Me viene a la mente la imagen de Ridge hace un rato, cuando he salido del baño. Me ha parecido que estaba preocupado y lo he achacado al trabajo.

Pero no; no era por eso, era por Maggie. Estaba sufriendo por Maggie.

No me gusta lo que estoy sintiendo ahora mismo. Miro el móvil para tener algo que hacer, pero estoy en medio del salón, muy incómoda. Brennan cuelga tras encargar la comida en el restaurante chino. Warren y Ridge están también con sus móviles. De pronto me siento fuera de lugar, como si no pintara nada en esta estancia, con esta gente y en este apartamento. Brennan le dice algo por signos a Ridge, sin hablar, y ambos inician una charla silenciosa con Warren. Signan tan deprisa que soy incapaz de seguirlos, lo que me hace pensar que no quieren que me entere de lo que están diciendo. Trato de ignorarlos, pero no puedo evitar mirarlos cuando Warren afirma:

—Te preocupas demasiado, tío.

—Lo normal en Ridge —corrobora Brennan. En cuanto cierra la boca, se vuelve hacia mí y luego hacia Ridge. Tensándose un poco, añade—: Perdona. ¿Estás incómoda? No deberíamos estar hablando de Maggie. Es raro. —Se gira hacia Warren, que es el que ha iniciado la conversación—. Cállate la boca, Warren.

Pero él le quita importancia al tema, moviendo el brazo en mi dirección.

—Sydney mola. ¡No es una NOVIA CELOSA Y PSICÓPATA COMO OTRAS! —grita en dirección a la habitación.

Dos segundos más tarde, Bridgette abre la puerta y replica:

—No soy tu novia. He roto contigo.

Warren parece ofendido. Y confuso.

—¿Cuándo? —pregunta, levantando las manos.

—Ahora mismo. Estoy rompiendo contigo aho-

62

ra mismo, capullo. —Bridgette da un portazo. Es triste, pero nadie le hace ni caso. Algunas cosas no han cambiado por aquí. Warren ni siquiera se levanta para ir tras ella.

Miro el móvil al notar que vibra.

Ridge: Hola.

Me vuelvo hacia él, que de nuevo está sentado en la barra, al lado de Brennan. Ambos están en la misma postura y balancean las piernas del mismo modo. Ridge es totalmente adorable cuando me sonríe así. Y sus miradas hacen que pierda el mundo de vista. Me hace un gesto para que vaya a su lado y me acerco a él, que separa las piernas y me coloca entre ellas, con mi espalda pegada a su pecho. Me da un beso en la sien y me abraza a la altura de los hombros.

—Eh, Sydney —me llama Brennan—. ¿Te ha enseñado Ridge la canción que escribió Price?

Miro a Price y luego a Brennan.

—No. ¿Cuál es?

Cuando Brennan le indica a Ridge por signos que me la ponga, él alza el móvil delante de mí y busca en sus archivos.

—Se llama *Aunque me estés dando la espalda* —responde Price desde el sofá.

—La grabamos la semana pasada —me dice Brennan—. Me gusta. Creo que puede funcionar bien. Price la escribió para su mami.

Price le lanza un cojín.

—Que te den. —Volviéndose hacia mí, se encoge de hombros—. Es verdad, soy un niño de mamá.

Se me escapa la risa, porque nunca lo habría dicho. No tiene pinta de ser el clásico niño de mamá.

Ridge la localiza al fin y le da al *Play*. Se apoya el móvil en el muslo y vuelve a abrazarme mientras suena. En ese momento, oigo el aviso de que le ha entrado un mensaje y bajo la vista hacia la pantalla.

Maggie: ¿A que no lo adivinas? ¡Por fin voy a conducir un TESLA!

Ridge debe de haberlo visto al mismo tiempo que yo, porque deja de columpiar las piernas y se tensa. Ambos seguimos mirando el móvil y sé que está esperando a ver cómo respondo, pero yo no reacciono de ninguna manera porque no sé cómo debería hacerlo. Ni siquiera sé lo que debería estar sintiendo ahora mismo. Todo es muy raro y muy incómodo. Alargo la mano y hago deslizar el mensaje hacia arriba para que desaparezca. Luego pauso la canción y le digo a Price:

—La escucharé luego; hay demasiado ruido ahora.

Ridge me abraza con fuerza por la cintura. Coge el móvil y empieza a escribir con una mano.

No sé si le está contestando a Maggie o no, pero supongo que no es asunto mío. ¿O sí? Ni siquiera sé si debería molestarme o no. Creo que no estoy molesta. «Confundida» sería una descripción más acertada de lo que me ocurre, aunque supongo que la palabra que mejor lo define es «incómoda».

Ridge me tira de la mano para que lo mire. Sigo de pie entre sus piernas, pero ahora lo estoy mirando a la cara, tratando de ocultarle lo que pienso. Él me coloca el móvil en la mano y, cuando bajo la vista para leer lo que ha escrito en su aplicación de notas, apoya la frente en la mía.

Ridge: Es mi amiga, Sydney. Nos escribimos de vez en cuando.

Mientras leo la nota, él me acaricia los brazos, como si quisiera consolarme. Es asombroso lo bien que se le da comunicarse sin palabras, aunque supongo que es consecuencia de sus limitaciones con el lenguaje verbal. Al presionar la frente contra la mía mientras leo el mensaje, es como si me estuviera diciendo: «Somos un equipo, Sydney. Tú y yo».

Y el modo en que me acaricia los brazos arriba y abajo vale más que mil palabras de consuelo.

No es que me extrañe que siga hablando con Maggie; ya me lo imaginaba. Lo que no me imaginaba era que me fuera a molestar tanto. No porque piense que estén haciendo nada malo; es porque creo que siempre me voy a sentir como la chica que se interpuso entre ellos, por mucho que conserven su amistad. Sé que no me va a costar ser amiga de los amigos de Ridge, pero con Maggie no lo tengo tan claro. Por eso, comprobar que ellos siguen siendo amigos me hace sentir la tercera en discordia.

Es una sensación muy extraña y ciertamente desagradable, por lo que no puedo evitar que se me note. Sobre todo ante Ridge, a quien no se le escapa ninguna reacción no verbal, porque es una parte vital de su modo de comunicarse.

Le devuelvo el móvil y me obligo a sonreírle, pero sé que de todas formas debe de estar leyendo mis auténticos sentimientos. Me envuelve en un abrazo reconfortante y me besa en la sien. Con la cara enterrada en su cuello, suspiro.

—Por favor, qué monos sois cuando estáis juntos —comenta Brennan—. Me dan ganas de tener novia. Por lo menos, durante una semana. Tal vez.

Su comentario me hace reír. Me separo de Ridge y me doy la vuelta antes de volver a apoyarme en su pecho.

—Vas a tener una durante más de una semana —interviene Spencer—. Sadie va a ser nuestra telonera durante los próximos dos meses.

A Brennan se le escapa un gruñido.

—No me lo recuerdes.

Agradezco mucho el cambio de tema.

—¿Quién es Sadie?

Brennan me mira fijamente al responder:

—Sadie es Satanás.

—Se llama Sadie Brennan —dice Warren, levantándose—. No confundir con Brennan Lawson. Es casualidad que compartan parte del nombre, igual que fue casualidad que Brennan pensara que era una grupi la primera vez que la vio.

Brennan coge un rollo de papel de cocina de encima de la barra y se lo lanza a Warren.

—Podría haberle pasado a cualquiera.

—Creo que necesito los detalles de esta historia —les digo.

—No —replica Brennan, con rotundidad.

Pero mientras Brennan se está negando, Warren se ofrece voluntario con su entusiasmo habitual.

—Yo te la cuento. —Arrastra una de las sillas del comedor, le da la vuelta y se sienta delante de nosotros—. Brennan tiene una costumbre —dice, signando al mismo tiempo—. Sounds of Cedar no es demasiado conocida fuera de aquí, pero a nivel local ya sabes que el seguimiento es bastante digno. Después de los conciertos siempre hay varias chicas que vienen al *backstage* para conocernos en persona.

Warren lo está signando todo para Ridge, y me hace mucha gracia cuando Brennan deja caer la cabeza hacia atrás y le dice a Warren que se calle al mismo tiempo que lo signa. Nunca me canso de ver cómo lo signan todo para Ridge. Les sale de un modo tan natural que ni se dan cuenta de que lo hacen. Y ese es mi objetivo. Quiero aprender a comunicarme así, para que no haya barreras con el lenguaje entre Ridge y yo.

—A veces, después de los conciertos, si a Brennan le gusta alguna de las chicas, le da una nota con el nombre del hotel, el número de habitación, y la invita a una charla privada. Cinco veces de cada diez, una hora más tarde ya está alguna llamando a su puerta.

—Diez veces de cada diez —le corrige Brennan.

Madre mía, Ridge y él son tan distintos.

Warren pone la mirada en blanco y sigue hablando.

—Sadie resultó ser una de las chicas a las que les dio la nota, pero lo que Brennan no sabía era que ella no estaba allí como *groupie*, sino que quería hablarle de la próxima gira. Y lo que ella desconocía es que, cuando Brennan le da la nota a una chica después de una actuación, es porque quiere montárselo con ella. Sadie creyó que él quería hablar en privado sobre la posibilidad de ser nuestra telonera. Por lo tanto, cuando esa noche se presentó en su habitación, digamos que la cosa se complicó bastante.

Miro a Brennan, que se está pasando la mano por la cara, como si se sintiera avergonzado.

—Tío, cómo odio esta historia.

No dudo de que él la odie, pero yo la estoy disfrutando a tope.

—¿Qué pasó?

Brennan vuelve a gruñir.

—¿No podemos dejarlo así?

—No —responde Warren—. Ahora es cuando empieza lo bueno.

Brennan parece estarse muriendo de la vergüenza, pero es él quien continúa con la historia.

—Digamos que ella tardó unos segundos en darse cuenta de lo que esperaba de su visita, y yo tardé un poco más en darme cuenta de que ella no había venido para que le quitara la camiseta.

—Oh, no. Pobre chica.

Brennan hace una mueca.

—¡Y una mierda! De pobre chica, nada. Ya te he dicho que es Satanás en persona. A su lado, Bridgette es un ángel.

—¡Te he oído! —grita Bridgette desde su habitación.

Brennan se encoge de hombros.

—Es la verdad.

—No es tan mala —le rebate Price a Brennan—. Lo que pasa es que te odia.

—Pero ¿no habéis dicho que será vuestra telonera? —pregunto—. No os puede odiar tanto.

Brennan niega con la cabeza.

—No odia al grupo, sólo a mí. Pero tiene tanto talento como mala leche. Y esa es la única razón por la que nos la llevamos de gira.

—¿Tienes alguna canción suya? Me gustaría escucharla.

Brennan se acerca a nosotros y me pasa su teléfono, tras seleccionar un vídeo en YouTube. Ridge me aparta de él, baja de la barra y saca platos para la comida china. Yo me quedo embobada mirando el vídeo. La chica es preciosa y tiene muchísimo talento. Cuando acaba el primer vídeo, miro otro. Mientras miro el tercero me doy cuenta de que Brennan no ha movido ni un músculo. Puede decir que no le gusta, si quiere, pero contiene el aliento cada vez que empieza a cantar y no aparta los ojos de la pantalla.

Estamos ya con el cuarto vídeo cuando llega la comida. Todos nos servimos y nos sentamos a la mesa. Es la primera vez que Ridge y yo comemos juntos desde que somos pareja. Está sentado a mi lado y ha apoyado la mano en mi muslo. Hemos comido un montón de veces en esta mesa, obligándonos a sentarnos tan separados como podíamos. Qué sensación tan agradable poder tocarlo al fin, sentarme a su lado y no tener que luchar por reprimir todo lo que estaba naciendo dentro de mí.

Me gusta.

La puerta del baño que está entre las habitaciones de Warren y de Bridgette se abre de golpe. Bridgette va tapada con una toalla, pero está empapada. Busca con la mirada hasta que localiza a Warren y le tira algo, que lo alcanza en mitad del pecho. Sea lo que sea, va a parar a su plato mientras ella se va dando otro portazo.

Todo el mundo se vuelve hacia Warren, que coge lo que sea que Bridgette acaba de lanzarle y se lo queda mirando unos momentos. Luego lo huele y se vuelve lentamente hacia Ridge.

—¿Queso? ¿Me has puesto queso en la ducha?

Me vuelvo hacia Ridge, que está tratando de aguantarse la risa.

Warren vuelve a oler el queso y le da un mordisquito.

Yo me cubro la boca con la mano.

«Pero ¡qué asco! ¿Es que no piensa en que Bridgette ha tenido que frotarse el queso por alguna parte de su cuerpo antes de darse cuenta de que no era jabón?»

Warren deja el queso en el plato, como si fuera un acompañamiento gratis que le hubiera tocado con la comida.

Aunque algunas de sus gansadas son asquerosas, la verdad es que las echaba mucho de menos. Le aprieto la pierna a Ridge para que sepa que me ha parecido una buena broma.

Cuando acabamos de comer, le escribo un mensaje a Ridge, diciéndole que tendría que irme. Mañana entro a trabajar temprano y serán más de las diez cuando llegue a casa. Me despido de los chicos y Ridge me acompaña a la calle. Cuando llegamos al coche, me abre la puerta, pero no me da un beso de buenas noches. Espera a que me siente, rodea el automóvil y se sienta a mi lado.

Coge el móvil que he dejado en el salpicadero y me lo da.

Ridge: ¿Estás bien?

Asiento con la cabeza, pero él no parece convencido. No sé cómo decirle: «¡Deja de tener amigas!», sin sonar un poco como Bridgette.

Ridge: ¿Te molesta?

Ni siquiera hace falta que le pregunte a qué se refiere. Ambos lo sabemos perfectamente. Lo que no sé es cómo responderle. No quiero ser la típica novia celosa que se molesta por todo, pero cómo puedo no estar celosa, cuando una parte de mí sigue teniendo envidia de lo que Ridge tenía con Maggie.

Ridge: Por favor, sé sincera, Syd. Quiero saber lo que piensas.

Suspiro. Me alegra que se preocupe lo suficiente como para sacar el tema, pero ahora mismo preferiría esconder los trapos sucios.

Sydney: Es incómodo. Me ha disgustado un poco que te preocuparas tanto por ella, aunque también me molestaría que no lo hicieras. Así que es... raro. Supongo que tardaré un tiempo en acostumbrarme.

Ridge: Me preocupo por ella porque me importa, pero no estoy enamorado de ella, Sydney. Estoy enamorado de ti.

Cuando acabo de leer el mensaje, él se inclina hacia mí y me toma la cara entre las manos.

—Te quiero.

Me está dirigiendo una mirada tan honesta que se me escapa una sonrisa.

—Ya lo sé. Yo también te quiero.

Él me observa durante unos instantes, como si buscara rastros de duda en mi expresión, y luego me da un beso de buenas noches. Cuando sale del coche, sube los escalones de dos en dos y, al llegar arriba, me escribe otro mensaje.

Ridge: Avísame cuando llegues a casa. Y gracias.

Ridge: Por ser tú.

Alzo la vista hacia él, que me sonríe antes de entrar en el apartamento. Me quedo contemplando la puerta unos instantes y luego dejo el móvil en el bolso, justo cuando alguien da unos golpes en la ventanilla. Me llevo la mano al pecho, sobresaltada, y al mirar por la ventana pongo los ojos en blanco.

«Sí, hombre. Está de broma, ¿no?»

Es Hunter quien está junto a mi coche, observándome expectante. Me había olvidado hasta de que frecuentaba este complejo de apartamentos. Supongo que eso significa que sigue con Tori. Me lo quedo mirando un momento y no siento absolutamente nada, ni siquiera enfado.

Pongo marcha atrás y acelero, alejándome de aquí sin mirar atrás. A partir de ahora, sólo pienso mirar hacia delante.

Ridge: ¿Duermes?

Miro la hora a la que me ha enviado el mensaje. Sólo han pasado dos minutos. Me quito la toalla de la cabeza y me peino con los dedos antes de responder:

Sydney: *Nop*. Acabo de salir de la ducha.

Ridge: ¿Ah, sí? ¿Estás desnuda?

Sydney: Llevo una toalla. Y no, no pienso enviarte una foto.

Ridge: No quiero una foto. Quiero que abras la puerta y me dejes entrar.

Miro hacia el salón y vuelvo a bajar la vista al móvil.

«¿Estás aquí?»

Sólo hace una hora que he salido de su apartamento. Cruzo corriendo el salón, con un nudo en el estómago. Espero que no haya pasado nada malo. No creo que Hunter hiciera alguna estupidez después de que me fuera.

Miro por la mirilla y ahí está, frente a la puerta. Apago la luz del salón, porque estoy a punto de abrir y llevo únicamente una toalla. Ridge se cuela en el apartamento y cierro la puerta. Está oscuro y, de repente, ya no llevo la toalla. Ridge se apodera de mi boca mientras me empotra contra la pared del salón.

No es normal en él presentarse sin avisar, pero, francamente, no me importa.

No me importa en absoluto.

Lo que no me convence es que él siga vestido cuando yo ya no lo estoy.

Le quito la camiseta y le desabrocho los vaqueros. Él me mantiene prisionera entre sus brazos mientras me besa por todas partes. Se libra de los vaqueros dando patadas y luego me levanta en brazos, rodeándose la cintura con mis piernas. Se dirige al dormitorio pero, al darse cuenta de que el sofá nos queda más cerca, me suelta sobre él.

Seguimos besándonos cuando se tumba encima de mí, y no dejamos de besarnos cuando se clava en mí. Es increíble. Este hombre me vuelve loca; no puedo quererlo más.

Deja de besarme durante un momento. Aprovecho para relajar la cabeza, dejándola caer sobre el cojín, mientras él me besa el cuello. Luego vuelve a ascender, buscándome la boca, pero se echa hacia atrás y se queda contemplándome. Mientras me aparta el pelo, la luz que entra por la ventana me permite ver todas las emociones que brillan en sus ojos. Con una carga enorme de sentimiento, me dice:

—Te quiero, Sydney. —Hace una pausa, para que me concentre en sus palabras y en nada más—. Te quiero más de lo que nunca he querido a nadie.

Cierro los ojos porque el impacto de sus palabras me alcanza en todas partes por igual. No tenía ni idea de lo mucho que deseaba escucharlas. No sólo lo deseaba, sino que lo necesitaba. Él sabe que nunca le pediría que comparara lo que siente por mí con su última relación, pero lo hace de todos modos, como si quisiera borrar cualquier rastro de duda que haya podido sentir en su apartamento esta noche. Repito sus palabras en silencio, memorizándolas, porque no quiero olvidarme nunca de este momento.

«Te quiero más de lo que nunca he querido a nadie.»

Vuelve a pegar su cálida boca a la mía, cruzando delicadamente la barrera de mis labios con su lengua, que busca la mía. Cuando le devuelvo el beso, enredo la mano en su pelo y tiro de él, intentando acercarlo a mí lo máximo posible. Durante los minutos siguientes, Ridge me demuestra lo importante que soy para él sin pronunciar ni signar una palabra más.

Incluso cuando ya hemos terminado, pasamos varios minutos con los labios unidos. Cada vez que trata de dejar de besarme, fracasa. A un beso le sigue otro, y otro, y otro. Finalmente, hunde la cara en mi cuello y suspira.

—¿Puedo quedarme a dormir contigo?

La pregunta me hace reír; no sé por qué. Supongo que, a estas alturas, lo daba por hecho. Cuando le digo que sí, tira de mis brazos para levantarme. Me coge en brazos y me lleva al dormitorio.

Tras tumbarme en la cama, se mete bajo las sábanas a mi lado, y me rodea con sus piernas desnudas. Me encanta que no estemos vestidos; es la primera vez que dormimos así.

Lo beso en la nariz y quiero hablarle por signos, pero está oscuro. Y él tampoco puede leer mis labios en la oscuridad, por lo que cojo el teléfono.

Sydney: Esto ha sido totalmente inesperado.

Ridge: ¿Preferirías que tu novio fuera más predecible?

Sydney: Prefiero que mi novio seas tú. Ese es el único requisito. Limítate a ser Ridge Lawson si quieres salir conmigo.

Ridge: Se me da bastante bien ser Ridge Lawson. Estás de suerte.

Somos un par de cursis. Nos odio y nos adoro.

Sydney: Espontáneo o predecible, me gustan todas las versiones de ti.

Ridge: A mí también me gustan todas las versiones de ti. Incluso si el resto de nuestra vida fuera predecible, nunca me cansaría de ti. Podríamos revivir el mismo día una y otra vez y seguiría pidiendo más.

Sydney: Como en el día de la marmota. Sí, pienso lo mismo.

Ridge: Haces que la rutina suene como algo apetecible, deseable. Si me dijeras que quieres que vayamos a fregar los platos ahora mismo, me excitaría.

Sydney: Y si te pidiera que hiciéramos la colada juntos, ¿también te excitarías?

La luz de los móviles me permite verlo cuando me mira. Asiente lentamente, como si la idea de lavar la ropa a mi lado lo pusiera como una moto. Sonriendo, bajo la vista hacia la pantalla.

Sydney: ¿Te parecería apetecible comer lo mismo todos los días?

Ridge: Sí, si pudiera comer a tu lado.

Sydney: ¿Serías capaz de beber lo mismo todos los días?

Ridge: Si lo bebiera a tu lado, seguiría deseando beberlo en mi lecho de muerte.

Sydney: Eh, ese es un buen verso. Sigue por ahí.

Ridge: Si pudiera oír la música, escucharía la misma canción una y otra vez, y nunca me cansaría de escucharla si pudiera oírla a tu lado.

Me echo a reír.

Sydney: Veo que sigues con las mismas bromas de sordos de siempre.

Ridge se acerca y me acaricia la boca.

—Y tú sigues teniendo la misma preciosa sonrisa de siempre. —Recorre mi labio inferior con el pulgar y su mirada se enciende mientras contempla mi boca—. La misma sonrisa... y la misma risa.

Aparta la mano y se incorpora.

—Esto parece una canción. —En cuanto acaba de decirlo, se da la vuelta y enciende la lamparita—. ¿Tienes papel? —Abre el cajón superior de la mesilla. No encuentra papel, pero sí un bolígrafo. —Se vuelve hacia mí como si fuera muy urgente—. Necesito papel.

Me levanto de la cama y me dirijo al escritorio. Cojo un bloc de notas y un libro para que se apoye. Él me los arrebata antes de que me haya sentado en la cama y empieza a escribir. Echaba tanto

de menos esto. Escribe varias frases y yo me inclino por encima de su hombro y lo observo.

En el sofá siempre nos sentamos en el mismo
                                    [lugar.
Siempre pedimos lo mismo cuando vamos al
                                    [bar.
La misma sonrisa, la misma risa.
Sabes que de ellas nunca me voy a cansar.

Hace una pausa y me mira. Sonriendo, me ofrece el bolígrafo.
—Te toca.
Es como en los viejos tiempos. Cojo el boli y el
bloc de notas y me quedo pensando un rato antes
de añadir mi estrofa.

Siempre la misma ropa en el suelo de la
                                    [habitación.
Siempre el mismo perro ladrando en el salón.
La misma casa, el mismo colchón.
No se me ocurre nada mejor.

Él está leyendo los versos, pero de repente se levanta de un salto y se pone a buscar a su alrededor.
—¿Los vaqueros? —pregunta, y yo le señalo
hacia el salón. Él asiente, como si se le hubiera
olvidado que hemos entrado en la habitación des-
nudos. Señalando por encima del hombro, me
dice—: Guitarra. Mi coche.

Sale corriendo y un minuto más tarde oigo que se cierra la puerta de la calle. Miro la libreta y releo los versos. Cuando él regresa con la guitarra, he escrito un par más.

En un mundo cambiante,
Cariño, tú estás grabada en piedra.

Deja la guitarra en la cama, relee la letra y coge el bolígrafo. Arranca la página donde está la letra y empieza a anotar acordes y notas en otra página. Esta es mi parte favorita del proceso. Esta es la parte mágica, cuando él oye una canción que todavía no tiene sonido porque aún no existe. El bolígrafo vuela frenéticamente sobre el papel. Se coloca la letra delante y escribe más versos.

Parece que lo hemos conseguido al final.
Tenemos algo que es sólo nuestro y de nadie
                                    [más.
Tal vez sea predecible,
Pero me da igual.
Cuando se trata de ti y de mí, nena,
Quiero más de lo mismo, y más y más.
Más de lo mismo, mucho más.

Me devuelve el bloc de notas y el bolígrafo para coger la guitarra. Empieza a tocar mientras yo leo la nueva estrofa y me pregunto cómo es capaz de hacerlo con tanta facilidad. Como si nada, acaba de componer una nueva canción. Una canción completa con nada más que unas cuantas frases y un poco de inspiración.

Mientras él prueba los acordes, escribo otra estrofa.

Siempre escuchamos las mismas canciones en
[el coche
Porque nunca necesitamos ir muy lejos.
No tengas miedo, no te voy a dejar.
Sigue siendo tú, cariño, siempre igual.
Siempre he sabido que
En un mundo cambiante,
Cariño, tú estás grabada en piedra.
Parece que lo hemos conseguido al final,
Tenemos algo que es sólo nuestro y de nadie
[más.
Tal vez sea predecible,
Pero me da igual.
Cuando se trata de ti y de mí, nena,
Quiero más de lo mismo, más y más.
Más de lo mismo, mucho más.

Termino de repetir el estribillo y él lee la letra entera. Me devuelve el bloc y se echa hacia atrás, apoyándose en el cabecero. Cuando me hace un gesto para que me siente entre sus piernas, me doy la vuelta, dándole la espalda. Él me rodea la cintura con el brazo y tira de mí hasta que quedo pegada a su pecho. Luego nos cubre a los dos con la guitarra. Ni siquiera tiene que pedirme que cante la canción. Empieza a tocar, apoyando la cabeza en la mía, y yo canto la canción para que él pueda pulirla.

La primera vez que tocó para mí, estábamos sentados así. Y, al igual que ese primer día, me maravilla lo que es capaz de hacer. Su nivel de concentración es inspirador. Me admira que sea capaz de crear un sonido tan agradable cuando no puede escucharlo. Me cuesta centrarme en la letra porque quiero darme la vuelta y contemplarlo mientras toca. Pero me gusta demasiado la sensación de estar arrebujados, juntos, en mi cama. Me encanta sentirme aprisionada entre su pecho y su guitarra, y notar que me da un beso en la sien de vez en cuando.

Podría pasarme haciendo esto todas las noches y seguiría queriendo más.

Cantamos y tocamos la canción tres veces. Después de cada una, él hace una pausa para tomar notas y hacer arreglos. Tras la cuarta y última vez, tira el bolígrafo al suelo y empuja la guitarra hacia el otro extremo de la cama. Luego me da la vuelta y quedo sentada sobre su regazo. Ambos sonreímos.

Es genial cuando alguien encuentra su pasión en la vida, pero no puede compararse con lo maravilloso que es compartirla con la persona a la que amas apasionadamente.

Es divertido, es intenso, y creo que ambos nos estamos dando cuenta a la vez de que vamos a poder hacer esto todo el tiempo: escribir canciones, besarnos, hacer el amor e inspirarnos para escribir más canciones.

Ridge me besa.

—Esta es mi nueva canción favorita.

—Y la mía.

Me toma la cara entre las manos y se muerde el labio un segundo. Luego se aclara la garganta.

—Cuando se trata de ti y de mí, nena... Quiero más de lo mismo, más y más...

¡Ay, Dios! ¡Está cantando! Ridge Lawson está cantando para mí. Desafina horriblemente, pero aun así se me escapa una lágrima porque es lo más hermoso que he presenciado, oído o sentido en toda mi vida.

Él me seca la lágrima con el pulgar y sonríe.

—Tan mal, ¿eh?

Me echo a reír y niego con la cabeza y luego lo beso con más pasión que nunca, porque es imposible expresar con palabras el amor que siento por él en estos momentos. Así que opto por amarlo en silencio. Él no rompe el beso ni siquiera para apagar la lamparita. Nos cubre con las mantas y mete mi cabeza bajo su barbilla mientras me rodea con los brazos.

Ninguno de los dos dice «te quiero» antes de quedarnos dormidos.

A veces, dos personas comparten un silencio que es tan profundo y poderoso que una frase como «te quiero» corre el riesgo de perder su significado si se pronuncia en voz alta.

5

Maggie

Solamente le he dado tres bocados a la hamburguesa, pero empujo el plato y me reclino hacia atrás.

—No puedo acabármela —murmuro, dejando caer la cabeza sobre el respaldo del banco corrido—. Lo siento.

Jake se echa a reír.

—Has saltado en paracaídas por primera vez en la vida y luego has estado dando vueltas a un circuito durante una hora. Me sorprende que hayas podido tomar bocado.

Lo dice con el plato vacío mientras se está puliendo un batido. Supongo que, cuando estás acostumbrado a saltar de aviones y conducir coches de carreras, la adrenalina no te afecta al equilibrio hasta el punto de sentir que el mundo está girando dentro de tu estómago.

—Pero ha sido divertido —admito, sonriendo—. No todos los días tacho dos puntos de mi lista de deseos.

Él aparta su plato y el mío hacia el borde de la mesa y se echa hacia delante.

—¿Qué más hay apuntado en esa lista?

—Las Vegas. La aurora boreal. París. Lo normal. —Evito mencionar que espero que él se convierta en el punto número ocho. Nos hemos divertido tanto esta noche que me gustaría repetir. Pero, por la misma razón, no quiero repetir. Me he pasado toda mi vida adulta en una relación estable. Y no quiero volver a caer en lo mismo, ni siquiera admitiendo que Jake es tan alucinante que cuesta creer que sea real—. ¿Por qué estás soltero?

Él pone la mirada en blanco, como si le diera vergüenza que se lo preguntara. Coge el vaso de agua y se lo pone delante. Luego va dando sorbitos, para ganar tiempo. Cuando deja caer la pajita, se encoge de hombros.

—Normalmente no lo estoy.

Me echo a reír. Supongo que es normal. Un cardiólogo que salta en paracaídas, conduce un Tesla y está buenísimo no se va a quedar solo en casa los viernes por la noche.

—¿Tienes citas en serie?

Niega con la cabeza.

—No, todo lo contrario. Es que acabo de salir de una relación, una relación muy larga.

Eso no me lo esperaba.

—¿Cuánto tiempo estuvisteis juntos?

—Doce años.

Me atraganto.

—¿Doce años? Pero ¿cuántos años tienes?

—Veintinueve. Empezamos a salir en el instituto.

—¿Puedo preguntarte por qué lo dejasteis o prefieres cambiar de tema?

Jake vuelve a sacudir la cabeza.

—No me importa hablar de ello. Me fui de casa hace unos seis meses. Estábamos prometidos; le pedí matrimonio hace cuatro años, pero no llegamos a preparar nada de la boda porque estábamos esperando a terminar la residencia.

—¿Ella también es médico?

—Oncóloga.

«Dios.» De repente me siento... una cría. Mientras yo me peleaba con mi tesis, él estaba saliendo con una doctora, que ahora es su ex, pero que sigue con su importante labor de salvar vidas. Me llevo la bebida a la boca y doy un sorbito, tratando de acallar mis inseguridades.

—¿Fue una decisión mutua? —le pregunto.

Él se mira las manos. Cuando responde, no puede ocultar la culpabilidad que siente.

—En realidad, no. Tardé doce años en hacerlo, pero finalmente me di cuenta de que no quería pasar el resto de mi vida con ella. Sé que suena espantoso después de haber vivido tanto tiempo juntos. No sé por qué, pero estar toda la vida a su lado era más fácil que romper con ella.

¿Por qué me identifico tanto con todo lo que está diciendo? Me vienen ganas de levantar el brazo y decir «Amén», como si estuviera en la iglesia.

—Entiendo perfectamente lo difícil que tiene que haber sido.

Jake se echa hacia delante, doblando los brazos sobre la mesa. Ladea la cabeza, en un gesto reflexivo, antes de seguir hablando.

—Hubo un momento clave justo antes de dejarlo. Recuerdo que pensé: «¿De qué te vas a arrepentir más, de ponerle fin a algo que era bueno para no tener que lamentarlo luego, o de pasar el resto de tu vida lamentando no haber tenido el valor de ponerle fin por miedo a los remordimientos?». Me di cuenta de que me iba a ser imposible librarme del arrepentimiento en ninguno de los dos casos, y elegí romper. Fue muy duro. Pero ahora sé que prefiero arrepentirme de haberle puesto fin a algo bueno que ser la causa que impida que ella encuentre algo extraordinario.

Lo observo unos momentos, pero tengo que apartar la mirada porque estoy volviendo a tener la misma sensación de antes, la de que quiero que sea más que un rollo de una noche.

—¿Y vosotros? ¿Cuánto tiempo estuvisteis juntos? —me pregunta.

—Casi seis años.

—¿Fuiste tú la que cortó?

Me quedo reflexionando unos instantes. Aparentemente sí, desde fuera lo parecería, pero desde dentro..., no lo tengo tan claro.

—No lo sé —admito—. Él se enamoró de otra chica. No estoy hablando de un rollito tórrido y escandaloso. Es una buena persona y sé que se habría quedado conmigo. Pero habría hecho esa elección por las razones equivocadas.

Jake parece sorprendido.

—¿Te puso los cuernos?

Odio esa expresión; por eso sacudo la cabeza, aunque técnicamente lo hizo. Ridge me engañó, pero esas palabras hacen que parezca una mala persona, y no lo es.

—Poner los cuernos es una manera muy fea de describir lo que pasó. —Reflexiono en silencio unos instantes, mientras doy vueltas a la bebida con la pajita. Alzo la vista hacia Jake y le digo—: Él conectó con alguien a un nivel más profundo, creo. Llamarlo infiel por eso me parece un insulto que no se merece. Cruzó una línea con alguien con quien había conectado, dejémoslo así.

Jake me observa con atención, tratando de interpretar la expresión de mi cara.

—No tenemos que hablar de ello si no quieres, pero me fascina el hecho de que no pareces odiarlo.

Sonrío.

—Es uno de mis mejores amigos, y me consta que trató de hacer lo correcto, pero, a veces, lo correcto es lo incorrecto.

Jake se esfuerza en disimular una sonrisa, como si estuviera impresionado con nuestra conversación pero no quisiera demostrarlo. Me gusta. Me gusta que sea tan interesante. Y me encanta que él parezca encontrarme interesante a mí.

Me sigue observando, como si quisiera que siguiera hablando, así que digo:

—Ridge escribe letras de canciones para un grupo. Dos años atrás, sacaron un tema nuevo. Nunca olvidaré la primera vez que lo escuché. Ridge siempre me enviaba las canciones antes de publicarlas, pero por alguna razón, esa no me la había enviado. Cuando me la descargué y la escuché, entendí al momento por qué no lo había hecho. La canción era sobre nosotros.

—¿Una canción de amor?

Niego con la cabeza antes de seguir hablando.

—No. Diría que todo lo contrario. Es más bien una canción sobre cuando te desenamoras; sobre una pareja que necesitaba separarse y seguir adelante con sus vidas, pero no sabían cómo hacerlo. Al escucharla, me di cuenta de que él se sentía igual que yo. Pero en aquel entonces, ninguno de los dos era capaz de admitirlo.

—¿Se lo comentaste en algún momento?

—No, no hizo falta. Supe que hablaba de mí en cuanto escuché el primer verso.

—¿Qué decía?

—«No dejo de preguntarme por qué no puedo decirte adiós.»

—¡Vaya! —Jake se echa hacia atrás—. Revelador, ciertamente.

Asiento con la cabeza.

—No sé por qué esperamos tanto después de aquello. Supongo que por lo que has dicho tú antes. Entre nosotros, las cosas estaban bien, pero en el fondo sabía que le estaba impidiendo vivir algo fantástico con otra chica. Y él se merecía algo mejor que estar simplemente bien.

Jake me contempla en silencio, con expresión estoica, durante unos segundos, pero luego me sonríe mientras sacude la cabeza.

—¿Cuántos años tienes?

—Veinticuatro.

Él hace una mueca, como si estuviera impresionado.

—Eres muy joven para entender tan bien de qué va la vida.

Sus palabras me hacen sonreír.

—Ya, bueno. Mi esperanza de vida es más corta que la de los demás. Tengo que concentrarlo todo en menos tiempo.

Estoy a punto de arrepentirme de haber hecho una broma sobre mi enfermedad terminal, pero veo que a él no parece afectarle para nada. De hecho, está sonriendo.

«Dios, cómo odio que me guste tanto.»

—¿Esta es tu primera cita después de Ridge? —me pregunta. Cuando asiento con la cabeza, él añade—: Para mí también es la primera.

Me quedo pensando un momento. Si no ha salido con nadie desde su ruptura, eso significa que no ha salido con nadie nuevo desde el instituto. Y sé que debería morderme la lengua, pero las palabras ya se me están escapando de la boca.

—Si estuviste con tu novia doce años, eso significa que sólo has estado con...

—Sólo con ella —acaba la frase con decisión—. Así es.

Estamos charlando sobre parejas sexuales en la primera cita y, curiosamente, no resulta incómodo en absoluto. De hecho, toda la conversación ha sido fantástica. No ha habido silencios incómodos en ningún momento, ni siquiera mientras conducía su coche a ciento sesenta kilómetros por hora dando vueltas a un circuito de carreras.

La química entre nosotros tampoco ha aflojado. Ha habido un par de veces a lo largo de la noche en las que me ha parecido que estaba a punto de besarme —y se lo hubiera permitido encantada—, pero en el último momento ha sonreído y se ha apartado de mí, como si disfrutara de esta sensación de tortura. Supongo que tiene sentido. Es un adicto a la adrenalina, y la adrenalina y la atracción van muy ligadas.

Me está observando y yo le estoy devolviendo la mirada. No sé exactamente qué estoy sintiendo.

Un poco de adrenalina. Atracción. Tal vez incluso algo más. Sea lo que sea, tengo un mal presentimiento. No conozco a Jake lo suficiente, pero la intensidad de su mirada me hace pensar que él está sintiendo algo parecido.

Rompo el contacto visual y me aclaro la garganta.

—Jake... —Alzo los ojos y le sostengo la mirada—. No quiero una relación, en absoluto, ni por asomo.

Mis palabras no parecen afectarlo. Frunce los labios y, un instante después, me pregunta:

—¿Qué es lo que quieres?

Me encojo de hombros lentamente.

—No lo sé —admito, dejando caer los hombros—. Sólo pretendía divertirme un rato contigo. Y lo he hecho, y lo sigo haciendo. Pero no tengo claro que sea buena idea volver a salir otro día.

Me gustaría poder explicarle todas las razones por las que no quiero volver a salir con él, pero el problema básico es que hay demasiadas razones para no hacerlo y sólo una buena razón para hacerlo.

Jake se agarra la nuca y la aprieta. Luego se echa de nuevo hacia delante y vuelve a apoyar los brazos en la mesa.

—Maggie —me dice—. Estoy muy desentrenado en todo esto de las citas. Pero... tengo la sensación de que te gusto. ¿Es verdad? ¿Te gusto? ¿O es que no logro ver tu desinterés porque esta loca atracción que siento por ti me ciega?

Uf. No consigo reprimir la sonrisa que se me escapa. Como tampoco puedo evitar ruborizarme al oír que se siente locamente atraído por mí.

—Me gustas. Y... —Cómo me cuesta decir esto. Lo de flirtear se me da de pena—. Yo también siento la misma loca atracción hacia ti. Pero, cuando la noche acabe, no quiero volver a salir contigo. No es nada personal. Es que quiero vivir el momento y una relación seria no forma parte de mi momento actual. He pasado por ello y no quiero repetirlo. Tengo otros planes.

Jake parece sentirse decepcionado e intrigado al mismo tiempo, si es posible sentir ambas cosas a la vez. Asiente y dice:

—Entonces, ¿hasta aquí hemos llegado? ¿Dejo una propina en la mesa, te dejo en tu casa y no volvemos a vernos nunca más?

Me muerdo el labio inferior porque saber que ha llegado el momento de la verdad me pone nerviosa. O aprovecho para tachar otro de los puntos de mi lista o me despertaré mañana lamentando no haberme atrevido a invitarlo a casa.

No tengo miedo; sé que puedo hacerlo. Soy Maggie Carson, joder. Soy la chica que se tiró en paracaídas y condujo un coche de carreras el mismo día.

Tragándome los restos de timidez, lo miro a los ojos.

—La cita no tiene por qué terminar cuando lleguemos frente a mi casa.

Noto de inmediato su cambio de actitud. Veo la intriga, la atracción y la esperanza en sus ojos, que no aparta de mi boca. Bajando un poco el tono de voz, pregunta:

—¿Y cuándo tiene que terminar exactamente?

Joder. Va a hacerse realidad. Tengo el punto número ocho de la lista casi en el bote.

—¿Qué tal si nos dejamos llevar y vivimos el momento? —sugiero—. Y, cuando el momento haya pasado, tú te vas a casa y yo me duermo.

Se le dibuja una sonrisa en la cara. Luego saca la cartera y deja la propina sobre la mesa. Se levanta y me ofrece la mano. Yo entrelazo los dedos con los suyos y salimos del restaurante, viviendo el momento y ni un segundo más allá.

6

Maggie

Me doy la vuelta para comprobar si se ha marchado justo cuando abro los ojos.

«Se ha ido.»

Paso la mano sobre su almohada, preguntándome cómo es posible que me sienta tan vacía.

Anoche fue... Bueno, digamos que fue una noche digna de estar en una lista de deseos. En cuanto salimos del restaurante, nos dirigimos a mi casa. Me dejó conducir. Fuimos charlando sobre coches, de mi tesis y mi intención de hacer *puenting*. Él se ofreció a llevarme, pero al darse cuenta de que, básicamente, me estaba invitando a salir otra vez, rectificó y me recomendó un sitio. Al llegar a casa, entramos riendo porque los aspersores se pusieron en marcha cuando salimos del coche, y nos alcanzaron en la cara. Entré en la cocina y cogí un trapo para secarme. Jake me siguió y cuando le pasé el trapo, lo lanzó por encima del hombro y me besó como si hubiera estado esperando a hacerlo desde el momento en que me puso los ojos encima.

Fue inesperado pero deseado y, a pesar de que me volqué en todas las sensaciones que me recorrieron mientras nuestras bocas estuvieron unidas, no logré librarme del todo de la incertidumbre. Sólo he tenido dos parejas sexuales en la vida y, en ambos casos, estaba enamorada de ellos. Por primera vez, estaba a punto de acostarme con alguien de quien no estaba enamorada. No sabía qué esperar, aunque saber que él tampoco estaba enamorado de mí me lo puso más fácil. Así que fui recordándomelo cada vez que me besaba en una nueva zona del cuello.

Tras unos quince minutos de magrearnos a conciencia, algo había cambiado en mí. No sé cómo lo hizo, pero Jake se mostró tan atento y entregado que hizo que mis preocupaciones e inseguridades acabaran tiradas en el suelo, junto con la ropa. Cuando al fin llegamos al dormitorio, yo estaba tan rendida como él. Y luego él acabó de entregarse, en más de un sentido.

Fue una experiencia total. Al terminar, nos tumbamos de espaldas y, cuando ya pensaba que iba a marcharse, se volvió hacia mí y me preguntó: «¿Hay alguna regla que prohíba hacerlo más de una vez durante los rollos de una noche? Es que no estoy muy puesto en el tema».

Me eché a reír y, un instante después, volví a tenerlo sobre mí. Y aunque disfruté muchísimo de la primera vez, la segunda fue aún mejor. Fue intensa, lenta. Fue perfecta.

Al terminar la segunda vez, no se tumbó de espaldas. Se puso de lado, me envolvió entre sus brazos y susurró «buenas noches», antes de besarme. Me gustó que dijera «buenas noches» en vez de «adiós», porque así fue más fácil no pensar en lo que ambos sabíamos: que él se habría marchado cuando yo me despertara.

Me imaginé que me despertaría feliz, casi eufórica, y no en este estado de melancolía.

Sin embargo, sentirme un poco triste porque ha terminado no me parece algo necesariamente malo, ya que significa que elegí a la mejor persona con la que tener un rollo de una noche. Si se hubiera tratado de cualquier otro hombre, dudo que hubiera disfrutado como lo he hecho. Y, si no lo hubiera disfrutado, creo que no habría sido capaz de tacharlo de la lista.

Resumiendo, es un asco no poder encontrarle ningún defecto, pero peor sería recaer en algo de lo que sé que tendría que desprenderme tarde o temprano. No puedo volver a estar en una relación en la que alguien se sienta obligado a cuidarme.

No es una sensación agradable saber que una

persona se ha convencido de que te quiere más de lo que piensa, sólo porque dependes de ella. Prefiero sentirme melancólica antes que patética.

Cojo la almohada que ha usado Jake —la misma que hace un momento acariciaba con añoranza— y la tiro fuera de la cama. La tiraré a la basura más tarde; no quiero volver a oler su aroma nunca más.

Voy hasta la cómoda y cojo la lista de deseos. Tacho el punto número ocho y reviso el resto de puntos. De pronto, me siento realizada, ya que el punto número ocho era el que pensaba que nunca iba a tener agallas para llevar a cabo.

«Maggie Carson, cabronaza, eres una tía dura.»

Doblo la lista y la dejo sobre la cómoda. Abro el segundo cajón, cojo unas bragas y una camiseta de tirantes y me las pongo. Quiero ir a ver a mi abuelo hoy, pero antes necesito gofres y una ducha.

Los gofres antes de la ducha. Me apetecen demasiado después de que anoche casi no fuera capaz de cenar.

Tal vez vaya a hacerme la manicura también. Entro en el salón examinándome las uñas, pero me quedo paralizada cuando me llega el olor a beicon. Alzo la cabeza lentamente y me encuentro a Jake en la cocina.

Cocinando.

Al darse la vuelta para coger un plato, me ve y sonríe.

—Buenos días.

Yo no le devuelvo la sonrisa. Ni hablo. Ni siquiera asiento para devolverle el saludo. Me quedo quieta, observándolo y preguntándome cómo es posible que un hombre de veintinueve años no haya entendido lo que significa tener un rollo de una noche. La palabra clave aquí es «noche», término en el que no va incluido el concepto «mañana».

Bajo la vista hacia la ropa interior que me he puesto y, de pronto, me siento incómoda, aunque sé que se ha pasado media noche encima de mí y que, probablemente, ha memorizado cada centímetro de mi cuerpo.

—¿Qué haces? —le pregunto al fin.

Él me está observando, un poco inseguro ante mi reacción. Mira la sartén, se vuelve hacia mí y veo cómo se desinfla ante mis ojos.

—Oh —responde, como si de pronto se sintiera fuera de lugar—. Pensabas que... Vale. —Asiente varias veces mientras apaga el fuego—. Fallo mío —añade, sin mirarme. Coge un vaso que está en la encimera y da un trago rápido. Cuando se vuelve hacia mí, no es capaz de sostenerme la mirada—. Esto es muy incómodo. Ya me voy. Yo sólo... —Finalmente me mira a los ojos. Me abrazo aún con más fuerza, porque odio haber creado un momento tan desagradable cuando es obvio que él estaba tratando de hacer algo agradable.

—Siento que sea raro —le digo—, es que no esperaba verte todavía por aquí.

Jake asiente con la cabeza y se acerca, buscando los zapatos que anoche se quitó de un par de patadas.

—No pasa nada. Es evidente que he malinterpretado las cosas. Sé que me lo dejaste claro ayer por la noche, pero eso fue antes de que nosotros... dos veces... que fueron...

Frunzo los labios.

Se pone los zapatos y se levanta.

—Supongo que me hice ilusiones infundadas. —Señala hacia la puerta—. Ya me voy.

Asiento. Supongo que será lo mejor. Ya me he cargado todos los buenos recuerdos de anoche.

Aunque, en realidad, ha sido él quien lo ha estropeado todo. Cuando he entrado en el salón, ya había asumido que no volvería a verlo más, pero él lo ha echado a perder al dar por sentado que yo querría que se quedara y que me preparara el desayuno.

Agarra el pomo de la puerta, pero, antes de abrirla, se detiene. Se vuelve hacia mí, se me queda mirando unos instantes y se acerca de nuevo. Se para a medio metro de distancia y ladea la cabeza.

—¿Estás segura de que no quieres volver a verme? ¿No hay espacio de maniobra para tratar de convencerte de que me des otra oportunidad?

Suspiro.

—Estaré muerta dentro de unos años, Jake.

Él retrocede un poco, sin dejar de mirarme a los ojos.

—Vaya. —Se lleva una mano a la boca y se acaricia la mandíbula—. ¿Vas a usar eso como excusa?

—No es una excusa, es un hecho.

—Un hecho del que soy muy consciente —replica, apretando los dientes.

¡Lo que faltaba! Ahora se ha enfadado. Si se hubiera ido antes de que me despertara, esto habría tenido un final redondo. Ahora, cuando se marche, los dos vamos a quedarnos frustrados y llenos de remordimientos.

Doy un paso hacia él.

—Me estoy muriendo, Jake. Muriendo. ¿Qué esperas que salga de aquí? Ni siquiera quiero casarme ni tener hijos. No quiero tener otra relación donde acabe siendo una carga para otra persona. Sí, me gustas. Y sí, lo de anoche fue increíble. Pero, precisamente por eso, deberías haberte marchado ya, porque quiero hacer muchas cosas, pero enamorarme y discutir con alguien sobre cómo debo vivir mis últimos años nunca ha estado en mi lista de deseos. Así que gracias por lo de anoche y gracias por querer prepararme el desayuno, pero necesito que te vayas.

Suelto un resoplido de frustración y bajo la vista al suelo, porque odio la mirada que me está dirigiendo. Pasan varios segundos y él no reacciona. Se queda quieto, como absorbiendo todo lo que le he dicho. Al final retrocede un paso y, luego, otro. Lo miro a los ojos, pero él aparta la mirada y se vuelve hacia la puerta. La abre y sale, pero, antes de cerrarla, me mira fijamente.

—Que conste, Maggie, que sólo te estaba preparando el desayuno. No tenía intención de pedirte que te casaras conmigo.

Cuando cierra la puerta, siento como si la casa se quedara hueca. Nunca la había sentido tan vacía como en este momento.

Odio esto. Odio todo lo que le he dicho. Odio lo mucho que deseo que no fuera verdad. Odio esta puta enfermedad de mierda.

Y odio haberle dicho todo eso y haber hecho que se fuera antes de que acabara de preparar el puto beicon. Me quedo mirando la sartén y luego voy a cogerla y vacío el contenido en la basura.

Me apoyo en la barra, dándole vueltas al asunto, malhumorada. Que Jake rompiera una relación con doce años de retraso, ¿es mejor o peor que arrancarla de cuajo demasiado pronto como acabo de hacer yo? Jake es alguien de quien podría enamorarme. Si tuviera una vida en la que poder hacerlo.

Me llevo las manos a la nuca, junto los codos y me echo hacia delante. Trato de no dejarme llevar demasiado por el desánimo. El hecho de sentirme decepcionada por un tipo al que no hace ni veinticuatro horas que conozco me desalienta aún

más. Tardo unos minutos en recuperarme lo suficiente como enderezar la espalda.

Saco de la nevera la caja de gofres que tenía
previsto desayunar. Lo malo es que ahora ya no
me hacen la misma ilusión.

7

Ridge

Sydney abre la puerta del dormitorio con decisión. Estoy sentado en mi escritorio, acabando una web para un cliente, cuando ella va directa a la cama y se deja caer sobre ella boca abajo.

«Parece que ha tenido un mal día.»

Probablemente sea culpa mía, porque volví a quedarme en su casa anoche. Tal vez debería darle una noche para que recupere el sueño. Hemos pasado juntos todas las horas desde el lunes, excepto cuando estaba trabajando. Ya sé que sólo es viernes, pero es que cuando estamos juntos, acabamos agotados. En el buen sentido.

Me encargaré de que esta noche sea más relajada que las anteriores. Podemos pasar una noche de tranquis mirando Netflix, pero asegurándonos de ver realmente Netflix. Y mañana dejaré que duerma hasta la hora que quiera. Qué demonios, es probable que yo duerma tanto como ella.

Me acerco a la cama y me tumbo a su lado. Cuando le retiro el pelo de la cara, ella abre los ojos y me sonríe, a pesar de su aspecto agotado.

—¿Mal día? —le pregunto.

Ella niega con la cabeza y se da la vuelta, tumbándose de espaldas. Alza las manos para signar, pero al parecer no conoce el signo de lo que quiere decir.

—Parciales —dice finalmente.

Ladeo la cabeza.

—¿Parciales? —Cuando ella asiente, insisto—: ¿Has tenido exámenes parciales esta semana? Cuando vuelve a asentir, me siento como un capullo. Cojo el teléfono y le escribo.

Ridge: ¿Por qué no me lo dijiste? No me habría quedado en tu apartamento.

Sydney: Los tuve el lunes, así que no te preocupes. De hecho, no podrías haber elegido un momento mejor que el lunes por la noche. Lo que pasa es que la biblioteca es una locura cuando hay exámenes. Los estudiantes están desquiciados y los profesores no se quedan atrás. ¡Cómo me alegro de que sea viernes!

Ridge: Yo también. Esta noche no hagamos nada. Tan

sólo miremos la tele. Necesito averiguar de una vez si a Ned lo decapitan o no.

Sydney: ¿A quién?

Mierda. Warren me está pegando sus malas costumbres. No quiero que sepa que acabo de hacerle espóiler de la primera temporada de *Juego de tronos*.

Ridge: Oh, nada, nada. Hablaba de *The Walking Dead*.

Sydney se queda mirando la pantalla, desconcertada.

Sydney: No recuerdo ese momento en *The Walking Dead*.

Ha visto *The Walking Dead*. Fantástico. Y ahora me arrepiento de haberle dicho que nos tomaríamos la noche de forma relajada, porque vuelvo a tener ganas de sexo.
Sydney mira hacia la puerta.
—Están llamando.
Me levanto y voy hasta el salón. Por la mirilla veo que se trata de una chica vestida con el uniforme de FedEx. Abro la puerta y me entrega un paquete. Después de firmar, lo llevo hasta la barra y espero a Sydney, que se acerca a la cocina. Leo la etiqueta y veo que yo soy el destinatario, pero no hay remitente.

Inclinándose sobre mí, Sydney me pregunta:

—¿Te han enviado un regalo?

Me encojo de hombros, porque no se me ocurre qué puede ser. No espero nada. Cuando abro el paquete, encuentro otro dentro. Es un tubo para pósteres. Conociendo a Warren, probablemente sea un rollo de papel higiénico con su cara estampada. Empiezo a quitar la tapa, pero noto que Sydney me rodea y se dirige al salón. Al mirarla, veo que me está enfocando con la cámara del móvil.

—¿Me estás grabando?

Ella asiente, sonriéndome con dulzura.

—Es que es un regalo mío.

—¿Me has comprado algo?

Su sonrisa tímida es adorable, joder. Cada vez que pienso que estoy demasiado agotado para llevármela a cuestas a la habitación y lanzarla sobre la cama, ella hace algo que me devuelve el vigor y me hace sentir como si pudiera correr un maratón.

Bajo la mirada hacia el paquete y me siento mal. Yo soy un desastre en esto de los regalos. ¿Y si ella es de esas personas que hacen siempre el regalo perfecto? Yo soy el tipo que una vez le compró a su hermano de nueve años un hámster por Navidad, pero no se dio cuenta de que se había muerto en la caja. Cuando Brennan la abrió, se pasó el día llorando.

Y esta preciosidad de chica ha elegido a este desastre como novio.

Aunque la verdad es que esta tapa va durísima y no hay quien la abra. Dejo el tubo en la barra y tiro de la tapa con fuerza.

Una súbita nube de polvo sale disparada y me golpea la cara. Todo pasa tan deprisa que ni siquiera me da tiempo a cerrar la boca. Doy un paso atrás, alejándome de lo que sea que haya en el tubo, y escupo.

«¿Qué demonios ha sido eso?»

Me acerco al fregadero y me lavo las manos y la cara. Al mirarme las manos, veo que brillan como un puto unicornio.

Purpurina. Por todas partes.

En los brazos, la camiseta, las manos, la encimera. En la boca. Me vuelvo hacia Sydney, que está en el suelo, revolcándose de risa. Se está riendo tanto que le lloran los ojos.

Me ha enviado una bomba de purpurina.

«Vaya, vaya.»

Eso significa que la guerra de bromas ha vuelto a empezar.

Me enjuago la boca y regreso lentamente a la barra donde acaba de tener lugar la explosión. Recojo un puñado de purpurina, pensando:

«Yo también sé jugar a esto».

Sydney no ha dejado de reír en ningún momento. Creo que se ríe todavía con más fuerza ahora que me ve de cerca. Seguro que soy el rey del *brillibrilli*.

He leído alguna vez la palabra «carcajadas».

Sé que es una forma de risa, aunque no sé cómo suenan. Pero, en cuanto le doy la vuelta a la mano y observo caer sobre ella la lluvia de purpurina, estoy seguro de que es lo que está haciendo: reírse a carcajadas.

Se agarra el estómago y se cae de espaldas mientras una lágrima le resbala por la mejilla.

«Dios santo.»

Daría cualquier cosa por poder oírla ahora mismo. Me paso gran parte del tiempo tratando de imaginarme cómo suenan su voz, su risa, sus suspiros, pero no hay imaginación en el mundo capaz de adivinar exactamente cómo deben de sonar.

Al verme la cara, deja de reír en seco. Con el ceño fruncido, me pregunta, signando:

—¿Estás enfadado?

Sonriendo, niego con la cabeza.

—No. Es que no te imaginas cómo me gustaría poder oírte ahora mismo.

Su expresión se relaja un poco, incluso parece que se entristece. Se muerde el labio inferior mientras me observa. Luego me toma la mano y tira de mí hacia abajo. Me tumbo a su lado en el suelo y deslizo una rodilla entre sus piernas.

Tal vez no pueda oírla como me gustaría, pero puedo olerla y probar su sabor. Y puedo amarla. Recorro su mandíbula con la nariz hasta que nuestros labios se encuentran. Cuando se los acaricio en un beso, me cuela la lengua en la boca, suave, acogedora. Yo la imito y me lanzo a la exploración, buscando en su boca los restos de sus carcajadas.

Es una gran comunicadora cuando se trata de besar. Muchas veces me dice más cosas en un beso de lo que podría expresar signando, escribiendo o hablando. Por eso, cuando algo la distrae, lo noto al instante. No necesito oír nada; ella me lo transmite. Y entonces percibo su reacción, y lo sé. Me incorporo un poco y la miro, mientras ella vuelve la cara hacia el baño de Warren y Bridgette. Sigo la dirección de su mirada y veo que Bridgette sale del baño. Se detiene y nos observa, tumbados en el suelo del salón, cubiertos de purpurina.

Y entonces sucede lo impensable.

Bridgette sonríe.

Y luego nos pasa por encima y se dirige a la puerta. Cuando sale del apartamento, bajo la vista hacia Sydney, preguntándome si está tan sorprendida como yo por lo que acaba de pasar. Ella me mira con los ojos muy abiertos y se echa a reír de nuevo. Rápidamente, apoyo la oreja en su pecho, deseando sentir su risa, pero se apaga enseguida. Le pongo una mano en la cintura y le hago cosquillas. Y al notar que empieza a reírse al instante, sigo haciéndole cosquillas, porque no quiero renunciar a notar su risa, ya que no puedo oírla.

Tiene el teléfono en el suelo, a su lado; por eso cuando la pantalla se ilumina, los ojos se me van hacia allí. Y dejo de hacerle cosquillas en cuanto leo el nombre y el texto que aparecen:

Hunter: Gracias, Syd. Eres la mejor.

Ella todavía no se ha dado cuenta de que ha recibido el mensaje, porque sigue riendo y tratando de escapar de mí. Me siento sobre las rodillas y cojo el teléfono. Se lo doy mientras me levanto. Trato de controlar la rabia cogiendo un trapo y pasándolo sobre la barra para quitar la purpurina. La miro de reojo para ver su reacción, pero ella simplemente se ha sentado y está respondiendo el mensaje de ese capullo.

¿Por qué habla con él?

¿Por qué parece que, por alguna milagrosa razón que se me escapa, vuelven a llevarse bien?

«Gracias, Syd.»

¿Por qué la llama Syd, como si tuviera derecho a tratarla con tanta familiaridad después de lo que le hizo? ¿Y por qué ella está tan tranquila, como si todo fuera de lo más normal?

Cojo mi teléfono y escribo:

Ridge: Avísame cuando acabes de chatear con tu ex. Estaré en la ducha.

Sin mirarla, me dirijo a mi habitación y, de allí, al baño. Descorro la cortina de la ducha y abro el agua antes de quitarme la camiseta. Me apetece hacer ruido. No es algo que me suceda a menudo, pero, en situaciones como esta, supongo que me gustaría gruñir y notar cómo las frustraciones abandonan mi cuerpo. Sin embargo, en vez de eso, lo que hago es lanzar la camiseta hacia la pared y desabrocharme los vaqueros, sin que mi ruido encuentre adónde ir.

Cuando se abre la puerta del baño, lamento no haber cerrado con pestillo porque, francamente, necesitaba un minuto. O dos, o tres. Miro a Sydney, que se apoya en la puerta y alza una ceja.

—¿En serio?

La miro, expectante. ¿Qué espera que diga? ¿Quiere que me parezca bien? ¿Pretende que sonría y le pregunte qué tal está Hunter?

Sydney me pasa su teléfono y desplaza el chat hacia atrás para que pueda leerlo desde el principio. No tengo ningunas ganas de hacerlo, pero ella usa las dos manos para obligarme a sostener el móvil y me hace un gesto con la cabeza para que lo lea. Bajo la vista hacia el hilo de mensajes.

Hunter: Sé que no quieres hablar conmigo. No te culpo por no dirigirme la palabra el otro día. Y te dejaría en paz, créeme, pero te di todos mis documentos fiscales el año pasado, cuando la fusión de la empresa, para que se los enseñaras a tu padre. Estamos casi en abril y los necesito para hacer la declaración. Llamé a la oficina de tu padre y me dijeron que te los habían devuelto hacía unos meses.

Sydney: Están en el apartamento de Tori, en mi antigua habitación. Mira en la carpeta roja, encima del armario.

Hunter: ¡Los he encontrado!

Hunter: Gracias, Syd. Eres la mejor.

Sydney: Y, ahora, ¿puedes borrar mi contacto?

Hunter: ¡Hecho!

Me apoyo en el lavamanos y me froto la cara con una mano. Cuando le devuelvo el móvil, Sydney empieza a escribir de inmediato, así que cojo el mío.

Sydney: Sé que mi situación con Hunter no se parece en nada a la tuya con Maggie, pero he sido exageradamente tolerante con la amistad que tú decidiste mantener con ella. ¡EXAGERADAMENTE TOLERANTE! Y, ahora mismo, tú te estás comportando como un bobo hipócrita. Y no me resulta nada atractivo.

Suelto el aire en un suspiro de alivio y arrepentimiento. Tiene toda la razón del mundo, soy un bobo y un hipócrita.

Ridge: Tienes razón. Lo siento.

Sydney: Ya sé que tengo razón. Y esa insignificante disculpa no ha hecho que se me pase el enfado.

La miro y trago saliva, porque hacía mucho tiempo que no la veía tan furiosa. La he visto molesta y frustrada, pero creo que no la había vuelto a ver tan enfadada desde la mañana en que se despertó en mi cama y descubrió que tenía novia.

¿Por qué he reaccionado así? Tiene razón. Ella ha tenido toda la paciencia del mundo conmigo y, a la primera oportunidad que se me ha presentado de devolverle la misma paciencia y confianza, me marcho enrabietado.

Ridge: Estaba celoso y equivocado. 100 % equivocado. De hecho, estaba tan equivocado que creo que me he pasado del límite. Estaba equivocado al 101 %.

Al mirarla, agradezco ser capaz de leer tan bien su lenguaje corporal porque, aunque trata de disimularlo, noto que se relaja un poco. Por eso le envío otro mensaje. Me pasaré la noche entera disculpándome si es necesario para eliminar esta tensión que he causado.

Ridge: ¿Te acuerdas de cuando teníamos que confesarnos defectos para luchar contra nuestra atracción mutua?

Sydney: Mi defecto es que perdono demasiado y no me duran los enfados.

Tal vez ella crea que eso es un defecto, pero yo no podría estar más agradecido por esa faceta de su personalidad. Sobre todo, ahora. Me mira y se encoge de hombros, como si ya se le hubiera olvidado todo. No puedo resistirme a darle un rápido beso en la frente antes de escribirle:

Ridge: Mi defecto es que estoy cubierto de purpurina. Tengo purpurina hasta en...

Tiro de mis vaqueros.
—Ahí abajo.
Ella se echa a reír, y yo sonrío porque... que le den a Hunter. Tengo la mejor novia sobre la faz de la Tierra.

Sydney: Mi defecto es que ya se me ha olvidado por qué discutíamos, porque estás monísimo cuando brillas.

Ridge: Estábamos discutiendo porque tú eres perfecta y yo no te merezco.

Sydney pone los ojos en blanco y deja el teléfono. Yo me incorporo y dejo el mío encima del suyo y los empujo juntos hacia el fondo de la encimera. Me coloco ante ella, que se agarra a la encimera con las dos manos, mirándome con purpurina en los párpados y en el pelo. Es tan hermosa, tanto por dentro como por fuera. Bajo la cabeza hasta unir nuestras bocas mientras busco la cintura de sus vaqueros. Me ocupo del botón y de la cremallera y no dejo de besarla mientras la desnudo.

Tiro de ella para que entre en la ducha conmigo y, a lo largo de la siguiente media hora, uso la boca para deshacerme en disculpas sin pronunciar ni una palabra.

8

Maggie

He pasado diecisiete noches en el hospital sólo en lo que va de año.

He estado en la consulta de mi doctora todavía en más ocasiones. Desde el día en que nací, he ido más veces a hacerme revisiones médicas que al supermercado.

Y estoy hasta las narices.

A veces, cuando llego a la consulta de algún médico, me quedo sentada observando el edificio y preguntándome qué ocurriría si pasara de largo y no volviera nunca más. ¿Qué ocurriría si dejaran de hacerme pruebas? ¿Qué pasaría si dejara de recibir tratamiento cada vez que me resfrío?

Que pillaría una neumonía, eso es lo que pasaría. Y me moriría.

Al menos así no tendría que volver a la consulta de ningún médico.

La enfermera me retira el brazalete del tensiómetro.

—Está un pelín alta.

—He tomado mucho sodio en el desayuno. —Me bajo la manga. Tengo la tensión alta porque estoy aquí, en la consulta del médico. Lo llaman el síndrome de la bata blanca. Cada vez que me toman la tensión en la consulta de algún médico, sale alta porque me pongo nerviosa. Pero, en cuanto salgo, vuelve a la normalidad.

Me paso la lengua por los labios, tratando de humedecerlos. Tengo la boca seca por lo mismo, por la inquietud de estar aquí. No quiero estar aquí, pero aquí estoy. Ya no hay vuelta atrás.

La enfermera me da una bata y me dice que me la ponga cuando ella se vaya. Bajo la vista hacia la bata y hago una mueca.

—¿Es necesario? —le pregunto, alzando la pieza de ropa.

Ella asiente con la cabeza.

—Sí, tienes que ponértela. Probablemente te haremos varias pruebas y es necesario poder acceder al pecho con facilidad.

Asiento y veo cómo deja mi historial en el soporte de la puerta y empieza a cerrarla.

—El doctor llegará enseguida —me dice, dirigiéndome una mirada compasiva, como si quisiera abrazarme.

Me pasa muchas veces. Sobre todo con las enfermeras que son especialmente majas. Les recuerdo sus años de formación, cuando eran jóvenes, vibrantes y llenas de vida. Tratan de imaginarse lo que tiene que ser estar en mi piel a esta edad y sienten lástima por mí. Estoy acostumbrada. Algunas veces incluso yo siento pena por mí, aunque no creo que eso tenga que ver con la enfermedad. Supongo que todos los humanos nos compadecemos de nosotros mismos en mayor o menor medida.

Dejo ir el aire, más nerviosa de lo que he estado nunca en la consulta de un médico. Me quito la camiseta con las manos temblorosas. Me pongo la bata a toda prisa y me siento en la camilla. Hace frío, así que me froto los brazos para librarme de los escalofríos. Junto las rodillas y me las aprieto con las manos, tratando de no pensar en la razón por la que estoy aquí. Cuando me angustio, empiezo a sudar, y no quiero sudar ahora.

Siento un nudo en el pecho, y luego me empieza a picar la garganta y me viene un ataque de tos. Toso con tanta fuerza que tengo que levantarme y acercarme al lavamanos para sostenerme. En mitad del ataque, llaman a la puerta. Al volverme, veo a la enfermera, que asoma la cabeza.

—¿Estás bien?

Asiento sin dejar de toser. Ella se acerca al lavamanos, coge un vaso y lo llena de agua. Pero no necesito más líquido en mi garganta ahora mismo. Acepto el vaso y le doy las gracias, pero espero a que se me acabe de pasar la tos para dar un trago. Ella vuelve a salir de la consulta. Regreso a la camilla y, tan pronto como me siento, llaman de nuevo a la puerta.

«Llegó la hora de la verdad.»

Cuando la puerta empieza a abrirse, mi corazón late con tanta fuerza que me alegro de que no me estén tomando la tensión en estos momentos. Él abre el historial y comienza a leerlo antes de mirarme, pero enseguida se detiene en seco, supongo que sorprendido al ver mi nombre.

Ya sabía que se iba a quedar de piedra. Ostras, hasta yo estoy sorprendida de haber reunido el valor para venir.

Jake alza la vista inmediatamente y me mira. Soy consciente de que podría haber elegido una mejor manera de ponerme en contacto, pero me ha parecido que tenía que demostrarle mi irresistible atracción de un modo igual de dramático que cuando lo aparté de mi vida. Aún me siento un poco culpable por cómo dejamos las cosas hace unos días. Desde que salió por la puerta, no he levantado cabeza, porque no dejo de pensar en lo bien que lo pasamos juntos. Fue divertido. Fácil. No he dejado de pensar en él. En especial, en las últimas palabras que me dijo: «Sólo te estaba preparando el desayuno. No tenía intención de pedirte que te casaras conmigo».

Llevo toda la semana dándole vueltas. Sí, es evidente que sólo me estaba preparando el desayuno, pero cuando un médico tan guapo te prepara el desayuno es fácil que del desayuno se pase a la comida, y luego a la cena, y después otra vez al desayuno. Y más tarde vienen los viajes de fin de semana, y luego las compras en el supermercado y, de repente, esa persona acaba convertida en tu persona de contacto en el hospital.

Así que, sí, ya sé que sólo me estaba preparando el desayuno, pero me gusta tanto que sé que las cosas no se habrían quedado allí. Y la idea de que se vea obligado a cuidarme me resulta deprimente.

Aunque, por otro lado, no puedo dejar de pensar en él. Y cuando pienso en él, siento como si tuviera un pozo en el estómago, que no me deja concentrar y que hace que las cosas que deseo en la vida palidezcan comparadas con la idea de pasar tiempo con él. Lo malo es que la idea de volcarnos emocionalmente en una relación me entristece, porque sé que no acabará bien. Y entonces, ¿qué hago? ¿Cuál es la mejor opción? ¿Mantenerme alejada y estar triste? ¿O lanzarme en sus brazos y estar triste?

En cualquier caso, voy a estar triste.

Por eso estoy aquí, fingiendo que necesito ver a un cardiólogo para decirle que mi reacción del otro día fue exagerada. Y para decirle también que el plan de hacer *puenting* sola me resulta aburrido.

Noto que está sorprendido, aunque lo disimula bien. Vuelve a examinar el historial y dice:

—Aquí pone que has venido porque tienes un exceso de palpitaciones. —Veo que se aguanta la risa antes de volver a mirarme.

Asiento en silencio.

—Algo así.

Jake me observa de arriba abajo durante un momento. Deja el historial en la encimera, junto al lavamanos, y se coloca el estetoscopio en los oídos. Pasando una pierna por encima del taburete, se sienta y lo hace rodar hacia mí.

—Vamos a echar un vistazo.

«Ay, Dios.» No tenía palpitaciones. Él sabe que es una excusa para plantarme aquí, pero piensa auscultarme porque es un idiota que sabe que estoy atacada de los nervios ahora mismo. Y aunque en casa no tenía palpitaciones, ahora sí que las tengo, porque hoy está todavía más guapo con la bata blanca y el estetoscopio, sentado en el taburete como si montara a caballo. Si me ausculta ahora mismo, lo más probable es que pida a gritos que le traigan un desfibrilador.

Se desplaza rodando hasta la camilla. Hasta mí. Estamos a la misma altura. Alza el estetoscopio y me lo coloca sobre el corazón. Cierra los ojos y agacha la cabeza, como si se estuviera concentrando en mis latidos.

Yo cierro mis ojos tratando de calmarme. Al escuchar los latidos de mi corazón, no puedo ocultarle nada, mis sentimientos se han vuelto transparentes para él. Los mantengo cerrados cuando él aparta el estetoscopio. Tras unos instantes de silencio, me pregunta:

—¿Qué estás haciendo aquí, Maggie?

Cuando abro los ojos, él me está observando con atención. Inspiro hondo y expiro lentamente antes de responder:

—Estoy tratando de vivir el momento.

Él suspira, pero está tan inexpresivo que no sé interpretar si es un suspiro bueno o malo. Pero, entonces, apoya la mano en mi rodilla y me la acaricia con el pulgar. Mirándome a la cara, me coloca un mechón de pelo detrás de la oreja.

—Eso es lo único que quiero —me dice—. Pasar momentos juntos de vez en cuando. No te estoy pidiendo que me reserves tu agenda entera.

No puedo dejar de mirarlo; estoy totalmente colgada de su boca, sus ojos azules y de las palabras que acaba de decir. Asiento levemente, pero no tengo nada que decir. Lo único que quiero es que me bese. Y eso es lo que hace.

Me toma la cara entre sus grandes y cálidas manos y une nuestros labios mientras se levanta y echa el taburete hacia atrás de una patada. Suspirando contra sus labios, lo agarro por las solapas de la bata y le doy la bienvenida a su lengua, mientras él me separa las rodillas y se desliza entre ellas hasta quedar pegado a mí. Cómo me alegro de que me hayan obligado a ponerme esta bata. Le aprisiono la cintura con las piernas mientras él me tumba sobre la camilla y se inclina sobre mí, besándome como si le fuera la vida en ello. Pero, segundos más tarde, rompe el beso con la misma urgencia. Respira de manera entrecortada y me dirige una mirada encendida.

—Aquí no —me recuerda, negando con la cabeza.

Ya. No esperaba que pasara nada aquí. Noto que está a punto de alejarse, pero se lo piensa mejor y me devora con la mirada. Casi puedo ver cómo sus principios éticos se funden en el suelo. Vuelve a besarme y, cuando su mano me recorre el muslo hacia arriba, me olvido de que es médico, de que esto es una clínica y de que técnicamente ahora soy su paciente. Nada de eso importa porque las sensaciones que me provoca con sus manos son increíbles y las que despierta con su boca son todavía mejores. Nunca me lo había pasado tan bien en la consulta de un médico.

Está a punto de besarme el cuello cuando se detiene en seco y se vuelve hacia la puerta. Al instante tira de mí, dejándome sentada en la camilla, y me cubre los muslos con la bata, de un tirón. Se dirige al lavamanos y abre el grifo.

La puerta se abre y me vuelvo hacia la enfermera, que se queda en el umbral. Jake se está lavando las manos tranquilamente, disimulando, como si no acabara de recorrer mi muslo con esa mano y de meterme la lengua hasta la campanilla. Estoy tratando de recuperar el aliento, pero esas manos y ese beso han dejado a mis maltrechos pulmones temblando. Estoy casi jadeando.

La enfermera me dirige una mirada preocupada y compasiva.

—¿Seguro que estás bien?

Entre el ataque de tos de antes y esto, es probable que piense que estoy al borde de la muerte.

Asiento rápidamente.

—Sí, estoy bien. Es sólo... que mis pulmones funcionan como el culo. Un efecto secundario de la FQ.

Oigo que Jake se aclara la garganta, disimulando la risa, antes de volverse hacia la enfermera.

—Te necesitan en la tres —le informa ella—. Parece urgente.

Jake asiente con la cabeza.

—Gracias, Vicky. Enseguida voy.

Cuando cierra la puerta, Jake se cubre la cara con una mano, pero cuando me mira, veo que está sonriendo. Se aparta de la encimera y, al pasar por mi lado, se vuelve hacia mí.

—Ponte la ropa, Maggie —me dice, retrocediendo hacia la puerta—. Esta noche iré a tu casa y te la volveré a quitar.

Cuando sale de la consulta, estoy sonriendo como una idiota. Bajo de la camilla de un salto y me dirijo a la silla donde he dejado la ropa. Al sentir que está a punto de entrarme otro ataque de tos, me cubro la boca, que todavía no ha perdido la sonrisa. Estoy tan contenta de haber venido.

Me aclaro la garganta, pero no sirve de nada. Y apoyarme en la encimera tampoco me ayuda porque aquí está.

«Hola, vieja amiga.»

Sé lo que va a pasar antes de que pase. Siempre lo veo venir.

Cuando la habitación empieza a dar vueltas, doblo las rodillas para que el impacto no sea tan fuerte cuando choque contra el suelo.

9

Jake

Mi padre me llevó a Puerto Vallarta cuando tenía diez años para que pudiera saltar en paracaídas.

Le había rogado que me llevara con él a hacer paracaidismo desde que aprendí a hablar, pero en Texas no es tan fácil que permitan a un menor saltar de un avión, por mucho que sea con consentimiento paterno.

Mi padre era un adicto a la adrenalina y su hijo salió igual que él. Por eso, prácticamente me crie en la zona de saltos donde él pasaba todo su tiempo libre. La mayoría de los padres juegan a golf los domingos. Mi padre saltaba en paracaídas.

Cuando me gradué en el instituto, había llevado a cabo ya cuatrocientos cincuenta de los quinientos saltos necesarios para sacarse el título de instructor de saltos en tándem. El giro que dio mi vida durante mi último año de instituto hizo que tardara varios años en completar esos últimos cincuenta saltos. Al final conseguí sacarme el título de instructor cuando acabé la carrera de Medicina. Y, aunque Maggie fue mi salto en tándem número quinientos, probablemente he triplicado esa cifra saltando en solitario desde los diez años.

A pesar de toda la experiencia que acumulo, el salto en tándem número quinientos fue el más aterrador de mi vida. No recuerdo haber estado nunca tan nervioso antes de saltar de un avión. Nunca he tenido miedo de que el paracaídas no se abriera. Nunca había sufrido por mi vida hasta aquel momento. Porque si ese salto no salía bien, ya podía olvidarme de cenar con Maggie. Y tenía muchas ganas de ir a cenar con ella. Había decidido invitarla en el momento en que le puse los ojos encima al entrar en el recinto aquel día.

Mi brusca reacción me sorprendió. No recuerdo la última vez que me sentí tan atraído por alguien. Pero en cuanto la vi, algo se despertó en mi interior. Algo que sabía que estaba ahí, pero que nadie había logrado agitar hasta ese momento. Hacía tanto tiempo que no me quedaba instantáneamente colgado de una chica que se me había olvidado lo asombrosa que puede resultar la atracción.

Ella estaba en el mostrador, donde Corey le estaba entregando la documentación que debía rellenar. Era él el instructor asignado para ese salto. Cuando me di cuenta de que ella había venido sola, esperé a que se sentara a cumplimentar el formulario para rogarle a Corey que me dejara ocupar su lugar.

—Jake, tú sólo vienes una vez al mes. Este ni siquiera es tu trabajo —me dijo—. Yo, en cambio, vengo todos los días porque necesito el dinero.

—Quédate con el dinero, pondremos el salto a tu nombre, pero déjame saltar, por favor.

Al oír que podía quedarse el dinero sin trabajar, me miró como si fuera idiota y señaló hacia Maggie con la mano.

—Toda tuya —me dijo, alejándose.

Durante un instante, me invadió una gran sensación de triunfo, pero al volverme hacia Maggie y verla ahí sentada, sola, mi estado de ánimo cambió. Tirarse en paracaídas suele ser un momento importante en la vida de las personas. Casi siempre hay alguien que los acompaña y comparten con ellos ese momento importante. O, por lo menos, tienen a alguien que los espera en tierra, para celebrar que han llegado al suelo sanos y salvos.

Francamente, era la primera vez que me encontraba a una persona que daba su primer salto y no venía acompañada. La independencia que demostraba al hacerlo me intrigó, pero también me intimidó un poco. Y, desde el momento en que me acerqué a ella y le pregunté si necesitaba ayuda con los papeles, nada ha cambiado dentro de mi pecho. Han pasado los días, pero sigo cargado de la misma energía nerviosa. Sigo intrigado e intimidado.

Y no tengo ni idea de cómo seguir de ahora en adelante.

Por eso estoy aquí, parado en este pasillo frente a la puerta de la habitación del hospital donde la han traído hace un par de horas.

Estaba atendiendo a otro paciente cuando Vicky encontró a Maggie y se ocupó de todo sin que yo me enterara de nada. No me lo comentó hasta que hube acabado de atender a dos pacientes más. Para entonces, hacía ya una hora que se habían llevado a Maggie.

Vicky me contó que, al darse cuenta de que Maggie tardaba mucho en cambiarse y salir de la consulta, entró a ver si todo iba bien y se la encontró en el suelo, cuando empezaba a despertarse después de haber perdido el conocimiento. Vicky comprobó de inmediato sus niveles de azúcar y le pidió a alguien que la acompañara al hospital. La clínica en la que trabajo está pegada al hospital, y estamos acostumbrados a tener que trasladar pacientes allí de vez en cuando. A lo que no estoy habituado es a que esas emergencias me afecten personalmente.

Desde el momento en que Vicky me informó de lo que había pasado, no he sido capaz de concentrarme. Al final le he pedido a un colega que me cubriera para poder venir a ver a Maggie.

Pero ahora que estoy en el pasillo, frente a su habitación, no sé qué debo sentir ni qué debo hacer ni cómo afrontar la situación. Hemos tenido una cita con posibilidad de repetir. Pero ahora ella está ingresada y exactamente en las circunstancias que más temía en lo relativo a nosotros: viéndose limitada por su enfermedad, conmigo como testigo.

Me hago a un lado cuando se abre la puerta de la habitación y sale una enfermera, que se dirige a la estación de enfermería. La sigo y le llamo, tocándole el hombro.

—Disculpe. —Cuando se detiene, señalo hacia la habitación de Maggie—. ¿Han avisado a la familia de esa paciente?

La enfermera se fija en la placa con mi nombre antes de responder.

—Sí. Les he dejado un mensaje en el contestador en cuanto la han traído. —Baja la vista hacia el historial—. Pensaba que era paciente de la doctora Kastner.

—Lo es. Yo soy su cardiólogo. Estaba en mi consulta cuando empeoró, por eso pasaba para interesarme por su estado.

—¿De cardiología? —pregunta, sin alzar la vista del historial—. Aquí está anotada la diabetes asociada a la fibrosis quística, pero no pone nada de problemas de corazón.

—Se estaba haciendo un chequeo preventivo —replico, retirándome, antes de que se entrome-

132

ta demasiado en mi entrometimiento—. Únicamente quería saber si se había avisado a la familia. ¿Está despierta la paciente?

La enfermera asiente, haciendo una mueca, como si no le hiciera gracia que ponga en cuestión su habilidad para llevar a cabo su trabajo. Regreso a la habitación de Maggie, pero me detengo en la puerta. De nuevo, no me atrevo a entrar porque no la conozco lo suficiente para saber qué preferiría que hiciera. Si entro y actúo como si su desmayo no tuviera importancia, tal vez se moleste por mi falta de sensibilidad, pero si me muestro preocupado, podría usar esa preocupación en contra de lo nuestro.

Supongo que, si lleváramos más de una cita a las espaldas, mi reacción actual no sería tan relevante, pero es que tan sólo hemos salido una vez. Y estoy casi seguro de que ella está ahora mismo ahí dentro arrepintiéndose de haberse presentado en mi consulta, lamentando que pueda verla en un estado tan vulnerable y, probablemente, lamentándose también de haberme conocido el martes. Por eso siento que mis próximas acciones van a ser cruciales en nuestra relación.

Creo que nunca le había dado tantas vueltas a cómo actuar frente a otra persona. Hasta ahora, siempre he pensado que, si a alguien no le gusto, mi vida va a seguir igual, por lo que siempre he dicho y hecho lo que me ha apetecido en cada momento. Pero ahora mismo, con Maggie, daría cualquier cosa por tener un manual de instrucciones.

Necesito saber qué necesita de mí, para que no me aleje de su lado.

Apoyo la mano en la puerta, pero el teléfono empieza a sonar cuando comienzo a abrirla. Retrocedo de inmediato, para que no se dé cuenta de que estoy allí. Tras dar unos cuantos pasos, saco el móvil del bolsillo.

Sonrío al ver que se trata de Justice, que quiere charlar por FaceTime. Me alegro de tener unos minutos más para prepararme antes de entrar a ver a Maggie.

Acepto la llamada y espero unos segundos a que FaceTime nos conecte. Pero lo que aparece en la pantalla no es la cara de Justice, sino un trozo de papel. Trato de leer lo que pone, pero está demasiado borroso.

—Está demasiado cerca del teléfono —le digo.

Cuando aleja el papel unos centímetros, veo la calificación de 8,5 dentro de un círculo en el extremo superior derecho.

—8,5 de 10. No está mal después de una noche de películas de terror.

La cara de Justice ocupa la pantalla. Me está mirando como si yo fuera el hijo y él el padre.

—Papá, es un notable. Es el primer notable que he sacado en todo el curso. Se supone que tendrías que estar gritándome que no vuelva a sacar un notable nunca más.

Me echo a reír. Me está mirando muy serio, como si estuviera más decepcionado al ver que no estoy furioso que por la nota en sí.

—A ver —le digo, apoyándome en la pared—. Los dos sabemos que te sabes la materia. Me enfadaría si no hubieras estudiado, pero lo hiciste. Si has sacado un notable es porque te fuiste a dormir demasiado tarde. Y ya te grité por eso.

Me he despertado a las tres de la madrugada y he oído el televisor encendido en el salón. Al levantarme para apagarlo, me he encontrado a Justice en el sofá con un bol de palomitas viendo *La visita*. Está obsesionado con M. Night Shyamalan. Aunque el culpable soy yo por dejarle ver *El sexto sentido* a los cinco años. Ahora tiene once y la obsesión no ha dejado de agravarse.

¿Qué puedo decir? Ha salido a su padre. Pero, por mucho que se parezca a mí, también tiene muchas cosas de su madre. Ella sufría con cada examen y cada trabajo del instituto y de la universidad. Una vez tuve que consolarla porque sacó un 9,9 en un trabajo en el que esperaba un 10.

Justice ha heredado el perfeccionismo de su madre, pero esa parte de él lucha contra otra que hace que quiera quedarse levantado hasta tarde mirando películas de terror cuando no le conviene. Esta mañana, al dejarlo en el colegio, he tenido que despertarlo porque se había dormido por el camino.

He sabido que el examen de matemáticas no

le iba a salir muy bien cuando se ha secado la baba de la boca, ha abierto la portezuela y me ha dicho: «Buenas noches, papá».

Se ha pensado que lo estaba dejando en casa de su madre. Me he reído cuando ha salido del coche y se ha dado cuenta de que le tocaba entrar en el colegio. Se ha vuelto hacia el vehículo y ha intentado abrir la puerta, pero he cerrado el seguro antes de que pudiera rogarme que le dejara saltarse las clases.

He abierto un centímetro la ventanilla y él ha colado los dedos dentro.

—Por favor, papá. No se lo diré a mamá. Déjame quedarme en casa durmiendo.

—Los actos tienen consecuencias, Justice. Te quiero. Buena suerte, y mantente despierto.

Ha dejado caer los dedos y se ha ido, derrotado, mientras me alejaba conduciendo.

Miro la pantalla mientras él arruga el test y lo lanza por encima del hombro. Frotándose los ojos, dice:

—Voy a pedirle al señor Banks si puedo repetirlo.

Me echo a reír.

—O también puedes aceptar la nota. Un ocho y medio no está tan mal.

Justice se encoge de hombros y se rasca la mejilla.

—Mamá volvió a salir ayer con aquel tipo.

Lo dice con naturalidad, como si la posibilidad

de tener un padrastro no le preocupara. Eso es bueno. Supongo.

—Ah, ¿sí? ¿Volvió a llamarte renacuajo y a revolverte el pelo?

Justice pone la mirada en blanco.

—No, esta vez no fue tan malo. Creo que no tiene hijos, pero mamá le aclaró que la gente ya no llama «renacuajos» a los niños de once años. En todo caso, ella quiere que te pregunte si estás ocupado esta noche porque piensan volver a salir.

Todavía me cuesta oír hablar de las citas de Chrissy, y más viniendo de boca del hijo que creamos entre los dos. Es un territorio desconocido que no sé cómo afrontar, así que hago lo posible para que parezca que no me resulta raro. Fui yo quien decidí poner fin a lo nuestro, y no fue fácil, sobre todo por el niño que compartimos. Pero ser consciente de que Justice era la única razón que nos mantenía juntos no me parecía justo para ninguno de nosotros.

Al principio, Chrissy se lo tomó mal, pero sólo porque la vida que habíamos construido era muy cómoda. Porque había un vacío en nuestra relación y ella lo sabía.

Cuando hablamos de amar a otra persona, siempre he creído que tiene que haber un poco de locura enterrada en ese amor, una locura del tipo: «quiero pasar cada minuto de cada día contigo». Pero Chrissy y yo nunca tuvimos ese tipo de relación. La nuestra se basa en la responsabilidad y el

respeto mutuo, no es un amor de los que enloque-
cen y hacen que se te pare el corazón.

Cuando Justice nació, ambos nos enamoramos
locamente de él, y ese amor nos bastó para aguantar juntos la graduación, la carrera de Medicina y
la mayor parte de la residencia, pero lo que sentía-
mos el uno por el otro era otro tipo de amor, uno
demasiado débil como para poder estirarlo durante toda una vida.

Nos separamos hace más de un año, pero yo
no me mudé hasta hace seis meses. Me compré
una casa a dos calles de donde criamos a Justice. El juez nos concedió la custodia compartida,
con una serie de indicaciones sobre quién se lo
queda y cuándo, pero nunca nos hemos ceñido
a esas normas. Justice pasa tiempo con los dos,
más o menos la mitad con cada uno, pero básicamente es él quien decide dónde quiere quedarse. Las casas están tan cerca que va y viene
de un sitio al otro cuando le apetece. Yo lo prefiero así. Se ha adaptado muy bien a la situación. Creo que darle poder de decisión la mayoría de las veces ha hecho que la transición sea
más fácil.

A veces me parece que incluso demasiado.

Porque, por alguna extraña razón, piensa que
me interesan los detalles de la vida amorosa de su
madre, cuando lo cierto es que preferiría no saber
nada. Pero sólo tiene once años. Es inocente en
casi todos los sentidos, por eso en realidad me gus-

ta que me informe de esa parte de su vida de la que ya no formo parte.

—Papá —me dice Justice—. ¿Me has oído? ¿Puedo quedarme a dormir en tu casa esta noche?

Asiento con la cabeza.

—Sí, claro.

Le dije a Maggie que iría a su casa esta noche, pero eso fue antes de... esto. Estoy casi seguro de que le harán pasar la noche aquí, para monitorizarla, por lo que mi viernes por la noche vuelve a estar libre. Pero, aunque no fuera así, igualmente habría estado disponible para Justice. Trabajo mucho y tengo muchas aficiones, pero todo pasa a un segundo plano cuando se trata de él.

—¿Dónde estás? —Justice se echa hacia delante, entornando los ojos—. Eso no parece tu despacho.

Le doy la vuelta al móvil, enfocando hacia el pasillo vacío y la puerta de Maggie.

—He venido al hospital, a visitar a una amiga que está enferma. —Vuelvo a enfocarme la cara—. Si es que ella quiere verme.

—¿Por qué no iba a querer?

Me lo quedo mirando un momento, y sacudo la cabeza. No pretendía decir eso último en voz alta.

—No tiene importancia.

—¿Está enfadada contigo?

Me resulta rarísimo hablar con él de una chica con la que salí y que no es su madre. Aunque él se lo toma con mucha naturalidad, yo no creo que vaya a sentirme nunca cómodo hablándole de mi vida amorosa. Me acerco el teléfono a la cara y alzo una ceja.

—No pienso hablar contigo de este tipo de cosas.

Justice se acerca a la pantalla y me imita.

—Recordaré esta conversación cuando empiece a tener citas.

Me echo a reír. Con ganas. Solamente tiene once años, pero es más ingenioso que la mayoría de adultos.

—Bien. Si te hablo de ella, ¿me prometes que me contarás la primera vez que beses a alguien?

Justice asiente.

—Sólo si no se lo cuentas a mamá.

—Trato hecho.

—Trato hecho.

—Se llama Maggie. Salimos a cenar el martes, y estoy casi seguro de que le gusto, pero me dijo que no quería que nos volviéramos a ver porque su vida es un lío ahora mismo. Hoy la han ingresado en el hospital y he venido a verla, pero no tengo ni idea de cómo actuar cuando entre en su habitación.

—¿Qué quieres decir con que no sabes cómo actuar? No tienes que actuar ni fingir cuando estás con otras personas. Tú siempre me dices que sea yo mismo.

Me encanta comprobar que mis consejos paternos no caen en saco roto, aunque en estos momentos a mí no me sirvan de gran cosa.

—Tienes razón, lo que he de hacer es entrar ahí y ser yo mismo.

—Sí, pero tu «yo» real, no tu «yo» médico.

Empiezo a reír.

—Y eso, ¿qué demonios significa?

Justice ladea la cabeza y pone una cara que probablemente es una cara que pongo yo a menudo.

—Eres un padre molón, pero cuando te pones en modo médico, te vuelves aburrido. Si te gusta, no le hables de trabajo ni de rollos médicos.

«¿En modo médico?»

Me río de nuevo.

—¿Algún consejo más antes de entrar?

—Llévale una chocolatina.

—¿Una chocolatina?

Justice asiente con la cabeza.

—Sí, un Twix. Si alguien me trajera un Twix, yo querría ser su amigo.

Asiento levemente.

—Vale, buen consejo. Cuando nos veamos esta noche, te cuento cómo ha ido.

Justice se despide con la mano y da por finalizada la llamada por FaceTime.

Me guardo el teléfono en el bolsillo y me dirijo a la puerta de Maggie.

«Sé tú mismo.»

Me detengo ante la puerta e inspiro hondo antes de llamar. Espero a que ella diga «adelante» antes de abrir. Cuando entro en la habitación, veo que está tumbada de lado, hecha un ovillo. Al verme, sonríe y se incorpora, apoyándose en el codo.

Esa sonrisa era todo lo que necesitaba.

Me aproximo a la cama mientras ella ajusta la postura, elevando el cabecero. Me siento en la silla que hay junto a la cama. Ella reposa la cabeza en su brazo. Le acaricio la cara y le doy un discreto beso en los labios. Al apartarme, no tengo ni idea de qué decir. Apoyo la barbilla en la barandilla y la contemplo, mientras le acaricio el pelo.

Me gusta mucho cómo me siento cuando estoy con ella, lleno de adrenalina, como si acabara de saltar en paracaídas en plena noche. Pero, aunque me siento lleno de adrenalina y le estoy acariciando el pelo y ella me ha sonreído cuando he entrado en la habitación, veo en sus ojos que el paracaídas está a punto de fallar, y que voy a desplomarme solo, en caída libre, y que lo que me espera al llegar abajo no es más que un feo impacto.

Aparta la mirada durante un instante. Se lleva la mascarilla de oxígeno a la boca e inhala una bocanada de aire. Cuando se la quita, sonríe, pero es una sonrisa forzada.

—¿Cuántos años tiene tu hijo?

Entorno los ojos, preguntándome cómo sabe que tengo un hijo, pero el silencio de la habitación me da la respuesta. Todo lo que pasa al otro lado de la puerta se oye perfectamente.

Aparto la mano de su pelo y la apoyo en la que tiene reposando sobre la almohada. Trazo un delicado círculo alrededor del esparadrapo que le sujeta la vía a la piel.

—Once.

Ella vuelve a sonreír.

—No pretendía cotillear.

Niego con la cabeza.

—No pasa nada. No era mi intención ocultar que tengo un hijo, pero no encontré un buen momento para sacarlo en la conversación durante la primera cita. Soy bastante protector, por eso suelo guardar esa parte de mi vida hasta estar seguro de que quiero compartirla con la otra persona.

Maggie asiente, comprensiva, y le da la vuelta a la mano. Me deja acariciarle la muñeca durante un momento, observando cómo mis dedos le rozan la palma, la muñeca, y van a parar de nuevo a la vía. Entonces me mira a los ojos.

—¿Cómo se llama?

—Justice.

—Es un gran nombre.

—Es un gran chico —le aseguro, sonriendo.

Sigo acariciándole la mano mientras permanecemos en silencio. No quiero ahondar en una conversación que sé que me va a llevar adonde no quiero que me lleve. Aunque, por otro lado, si no sigo hablando, puede que ella tome la iniciativa y me repita, una vez más, por qué no quiere formar parte de esto.

—Su madre se llama Chrissy. Empezamos a salir porque teníamos mucho en común. Los dos queríamos estudiar Medicina. A los dos nos aceptaron en la Universidad de Texas, pero la dejé embarazada en el último curso de instituto. Dio a luz a Justice una semana antes de la graduación.

Dejo de acariciarla y entrelazo nuestros dedos. Me encanta que me permita hacerlo. Me encanta notar su mano envolviendo la mía.

—Me parece impresionante que tuvierais un bebé en el instituto e igualmente lograrais acabar Medicina.

Agradezco que reconozca el esfuerzo que hicimos.

—Hubo un momento, durante el embarazo, en que busqué información sobre otras carreras menos exigentes. Pero cuando le vi la cara por primera vez, tuve claro que no quería sentir nunca que él nos lastró la vida por el único hecho de haberlo tenido tan pronto. Así que hicimos lo necesario para no desviarnos de nuestro objetivo. Fue un auténtico reto llevar a cabo los cursos y pruebas preparatorios para la universidad con un bebé en casa. Pero la madre de Chrissy nos salvó la vida..., y nos la sigue salvando muchas veces. No lo habríamos logrado sin su ayuda.

Maggie me aprieta la mano ligeramente cuando dejo de hablar. Es un apretón cariñoso, como si me estuviera diciendo: «Buen trabajo».

—¿Qué tipo de padre eres?

Es la primera vez que me preguntan por mi habilidad paternal. Me lo quedo pensando unos instantes y luego respondo con total seguridad:

—Uno inseguro —admito—. En la mayoría de empleos, uno sabe desde el primer momento si se le va a dar bien o no. Pero cuando se trata de ser padre o madre, en realidad no sabes si lo has hecho bien o mal hasta que el niño ha crecido. Y sufro constantemente por si estoy haciéndolo todo mal, sin poder saberlo hasta que sea demasiado tarde.

—Creo que tu preocupación sobre si eres o no un buen padre es la mejor prueba de que no tienes por qué preocuparte.

Me encojo de hombros.

—Tal vez, pero de todos modos me preocupo. No creo que deje de hacerlo nunca.

Durante un instante, leo la duda en su rostro y enseguida quiero retirar lo que he dicho. No quiero que piense que ya tengo demasiadas preocupaciones en mi vida. Sólo quiero que piense en el aquí y ahora. Ni en mañana ni en la semana o el año que viene. Pero lo está haciendo. Lo noto en su modo de mirarme. Se está preguntando cómo se podría acoplar a mi vida. Y su modo de fijar la vista en cualquier sitio que no sea yo me dice que no se ve encajando de ninguna manera.

Maggie ya tenía dudas cuando pensaba que mi mayor preocupación fuera del trabajo era si el tiempo sería adecuado para hacer paracaidismo.

Y por mucho que hoy se haya presentado en mi consulta, dispuesta a darnos una oportunidad, me doy cuenta de que conocer la existencia de Justice ha hecho que se reafirme en su decisión de echarme a patadas de su vida.

Le suelto la mano y vuelvo a apoyársela en la cabeza, acariciándole la mejilla con el pulgar para atraer su atención. Cuando finalmente me mira, ha tomado una decisión. Lo noto en los trocitos de esperanza rota que flotan alrededor de sus ojos. Es asombroso todo lo que puede transmitirse en una mirada.

Suspiro, acariciándole los labios con el pulgar.

—No me pidas que me marche —le ruego.

Ella desfrunce un poco el ceño. Parece rota, incapaz de decidirse entre lo que quiere y lo que sabe que necesita.

—Jake —dice, y no añade nada detrás de mi nombre, que permanece flotando en el aire, pesado, desencantado.

Sé que no puedo hacerle cambiar de idea, pero es que, además, ni siquiera sé si debo hacerlo. Por mucho que desee volver a verla y por mucho que me apetezca conocerla mejor, no sería justo rogárselo. Ella conoce su situación mejor que nadie en el mundo. Sabe lo que es capaz de asumir y cómo quiere que sea su vida. No puedo darle un listado de motivos por los que no debería apartarme de su lado, porque estoy casi seguro de que yo haría lo mismo que ella si nuestras situaciones fueran inversas.

Tal vez por eso estamos los dos tan callados. Porque la comprendo.

El ambiente en la habitación es opresivo; está lleno de tensión, y de atracción y de decepción. Trato de imaginarme cómo sería amarla. Porque si tras pasar una sola noche con ella la habitación está tan llena de desengaño, me imagino que esto sería el inicio de una historia de amor desquiciante, de las que hacen perder la cordura.

Por fin he encontrado a alguien que creo que puede llenar el hueco que existe en mi vida. Pero ella lo ve como si, al entrar en mi vida, su ausencia crearía un hueco en el futuro.

«Desquiciante.»

—¿Te ha visitado ya la doctora Kastner?

Ella asiente, pero no me da explicaciones.

—¿Ha habido algún cambio en tu estado?

Ella niega con la cabeza, pero no sé si miente o no. Ha respondido demasiado deprisa.

—Estoy bien, aunque supongo que debería descansar.

Me está pidiendo que me vaya, pero yo quiero decirle que, aunque apenas la conozco, quiero estar a su lado. Quiero ayudarla a tachar los últimos puntos de su lista de deseos. Quiero asegurarme de que sigue viviendo en vez de pasarse el tiempo obsesionada por el hecho de que puede que no le quede tanto tiempo de vida como a los demás.

Pero no digo nada, porque ¿quién soy yo para asumir que ella no tiene ya una vida plena, de la que no quiere que forme parte? Eso es algo que sólo pensaría un narcisista. La chica que tengo delante ahora mismo es la misma que se presentó sola para saltar en paracaídas por primera vez esta misma semana. Por eso respetaré su decisión y me marcharé, por la misma razón que me atrajo: porque es una tía dura e independiente que no me necesita para llenar ningún vacío. No hay ningún hueco en su vida.

Y yo aquí, desando rogarle egoístamente que llene el mío.

—Ibas lanzada con la lista de deseos. Prométeme que tacharás unos cuantos puntos más.

Ella asiente de inmediato y, al hacerlo, se le escapa una lágrima. Pone los ojos en blanco como si se avergonzara.

—No me puedo creer que esté llorando. Apenas te conozco. —Se echa a reír. Cierra los ojos con fuerza y los vuelve a abrir—. Estoy siendo ridícula.

—Qué va. —Le sonrío—. Estás llorando porque sabes que, si las circunstancias fueran distintas, te estarías enamorando de mí en este mismo momento.

Ella deja escapar una risa triste.

—Si mis circunstancias fueran distintas, habría dado ese salto en caída libre ya el martes.

No soy capaz de encontrar una frase a la altura. Me levanto de la silla y me inclino para darle un beso. Ella me lo devuelve, sujetándome la cara con las dos manos. Al acabar, apoyo la frente en la suya, con los ojos cerrados.

—Casi desearía no haberte conocido.

—Yo no. —Maggie niega con la cabeza—. Yo agradezco haberte conocido. Gracias a ti cumplí un tercio de los puntos de mi lista.

Me incorporo un poco y le sonrío, luchando contra mis impulsos egoístas que quieren hacerle cambiar de idea. Pero, de momento, me conformo con saber que el día que pasamos juntos fue importante para ella. Tengo que conformarme.

Le doy un último beso.

—Puedo quedarme hasta que llegue tu familia.

Al oír mi ofrecimiento, algo cambia en su expresión, que se endurece. Negando con la cabeza, aparta las manos de mi cara.

—Estaré bien. Deberías irte.

Asiento y me incorporo del todo. No sé nada de su familia. No sé nada de sus padres y tampoco sé si tiene hermanos, pero no me apetece mucho estar aquí cuando lleguen. No quiero conocer a las personas más importantes de su vida si no voy a tener la oportunidad de convertirme en uno de ellos algún día.

Le aprieto la mano una vez más, mirándola y tratando de que no se note lo mucho que lo lamento todo.

—Debería haberte traído un Twix.

Ella pone cara de no entender nada, pero no se lo explico. Retrocedo y cuando ella se despide con la mano, le devuelvo el saludo, pero luego me doy la vuelta sin decir adiós y salgo de la habitación tan deprisa como puedo.

Soy una persona que ha necesitado chutes de adrenalina durante toda su vida y admito que muchas veces las decisiones que he tomado no han sido las más sensatas. La adrenalina te impulsa a hacer tonterías sin darles demasiadas vueltas.

Fue una tontería por mi parte chocar expresamente con la bicicleta porque quería saber qué se sentía al romperte un hueso.

Fue una tontería acostarme con Chrissy a los dieciocho años sin condón, sólo porque nos pareció excitante y preferimos pensar que éramos inmunes a las consecuencias.

Fue una tontería saltar de espaldas desde un acantilado desconocido en Cancún a los veintitrés años y disfrutar del subidón que me dio no saber si habría rocas bajo la superficie del agua.

Y ahora, a los veintinueve, sería una tontería rogarle a una chica que se lanzara de cabeza a una situación que puede resultar ser ese desquiciante amor loco que llevo anhelando toda la vida. Cuando una persona se sumerge en un amor tan profundo, no hay salida, ni siquiera cuando se acaba. Es como arenas movedizas. No puedes salir de ellas, pase lo que pase.

Creo que Maggie es consciente de ello. Estoy seguro de que esa es la razón por la que ha vuelto a apartarme de su vida.

No empujaría con tanta vehemencia a alguien si no temiera que su muerte pudiera acabar con los dos. Yo, al menos, me siento así. Creo que ha visto en lo nuestro algo con tanto potencial que ha sentido la necesidad de ponerle fin antes de que ambos nos hundiéramos.

10

Ridge

Estoy en el fregadero, colando la pasta y siguiendo con la mirada a Sydney, que va desplazándose por la cocina y el salón mientras va señalando cosas. Yo la corrijo cuando se equivoca, pero casi siempre acierta. Señala la lámpara y signa «lámpara». Luego hace lo mismo con el sofá, el cojín, la mesa, la ventana. Se señala la toalla que lleva en la cabeza y signa «toalla».

Cuando asiento, ella se la quita de la cabeza, sonriendo. El pelo húmedo le cae sobre los hombros. Me he imaginado más veces de las que quiero admitir cómo huele su cabello recién salida de la ducha, por eso me acerco a ella y le hundo la cara en el pelo para inhalar su aroma.

Luego vuelvo a la cocina y la dejo en medio del

salón, mirándome como si fuera un tipo raro. Encogiéndome de hombros, vierto la salsa Alfredo sobre los *noodles*. Cuando alguien me agarra del hombro por detrás, sé inmediatamente que se trata de Warren. Me vuelvo hacia él.

—¿Hay suficiente para Bridgette y para mí?

No sé por qué no hemos quedado en casa de Sydney. Yo estoy mucho más tranquilo allí, y eso que no oigo, así que me imagino que para ella no debe de haber punto de comparación.

—Hay de sobra —signo, mientras pienso que tengo que llevar a Sydney a cenar fuera, a una cita de verdad. Tengo que sacarla de este apartamento. Lo haré mañana mismo. La invitaré a una cita de doce horas. Comeremos juntos, iremos al cine y luego cenaremos juntos y no tendremos que ver a Warren ni a Bridgette en todo el día.

Estoy sacando el pan de ajo del horno cuando Sydney sale corriendo hacia el baño. Al principio me preocupa que haya salido así, pero luego me acuerdo de que hemos dejado los móviles junto al lavamanos. Debe de haber recibido una llamada.

Regresa a la cocina segundos más tarde, con el móvil en la oreja. Se está riendo mientras habla con alguien, probablemente su madre.

Quiero conocer a sus padres. Sydney no me ha contado muchas cosas sobre ellos, aparte de que su padre es abogado y su madre, ama de casa. Pero no parece incómoda cuando habla con ellos. Los únicos conocidos suyos que he visto han sido Hunter y Tori, aunque, la verdad, preferiría olvidarme de ellos. Pero con su familia es distinto. Son su gente y quiero conocerlos, aunque sólo sea para decirles que han criado a una mujer excepcional a la que quiero con toda mi alma.

Sydney me sonríe mientras signa «mamá» y señala el móvil. Luego hace deslizar mi teléfono sobre la barra en mi dirección, y veo que tengo una llamada perdida y un mensaje de voz. No suelo recibir llamadas, porque todos mis conocidos saben que no puedo mantener conversaciones telefónicas. Por lo general, sólo recibo mensajes de texto.

Abro la aplicación que me traduce los mensajes de voz a texto, pero me sale «transcripción no disponible». Me meto el móvil en el bolsillo y espero a que Sydney acabe de hablar por teléfono. Le pediré que lo escuche y me diga qué dice.

Apago la cocina y el horno, pongo los platos en la mesa y llevo la comida hasta allí. Warren y Bridgette aparecen milagrosamente justo cuando la cena está lista. Son tan predecibles como un reloj. Desaparecen a la hora de fregar los platos o de pagar las facturas, pero aparecen cada vez que hay comida. Si algún día se mudan a otro sitio, se van a morir de hambre.

Tal vez debería mudarme yo. Dejarles el apartamento y que vean lo divertido que es tener que pagar las facturas a tiempo. Un día de estos lo haré. Me iré a vivir con Sydney. Pero todavía no.

No quiero hacerlo antes de conocer a todos los miembros de su familia. Además, quiero que pueda vivir sola por un tiempo, tal como siempre había deseado.

Sydney termina de hablar por teléfono y se sienta a la mesa, a mi lado. Le hago llegar mi móvil, deslizándolo sobre la mesa, y señalo el mensaje de voz.

—¿Puedes escucharlo?

Hace un rato me ha pedido que signe todo lo que le diga, y así lo hago. Así aprenderá más deprisa. Cojo su plato mientras ella escucha el mensaje y le sirvo la pasta. Pongo un trozo de pan de ajo encima y lo dejo ante ella, mientras se retira el móvil de la oreja.

Se queda mirando la pantalla unos instantes y luego mira a Warren antes de volverse hacia mí. Nunca le había visto poner esta cara y no sé cómo interpretarla. Parece indecisa, preocupada y como si se estuviera mareando. No me gusta nada.

—¿Qué pasa?

Ella me devuelve el teléfono y coge el vaso de agua que le he servido.

—Maggie —contesta, y su respuesta hace que casi se me pare el corazón.

Añade algo, pero se olvida de signarlo y no puedo leerle los labios. Me vuelvo hacia Warren, que me traduce lo que acaba de decir Sydney.

—Era una llamada del hospital. Han ingresado a Maggie.

Todo se detiene a nuestro alrededor. Bueno, casi todo, porque Bridgette sigue sirviéndose la pasta, ajena a todo. Vuelvo a mirar a Sydney, que está bebiendo agua, evitando cualquier contacto visual. Al dirigir la vista hacia Warren, él me está mirando como si yo supiera lo que hay que hacer.

No sé por qué me mira como si yo fuera el director de esta escena. Maggie también es su amiga. Le dirijo una mirada expectante y al fin le digo:

—Llámala.

Sydney me mira y yo le devuelvo la mirada, pero no tengo ni puta idea de cómo gestionar esta situación. No quiero parecer demasiado preocupado, pero me resulta imposible no preocuparme sabiendo que Maggie está ingresada en el hospital. Y, al mismo tiempo, estoy intranquilo por cómo se debe de estar sintiendo Sydney. Suspirando, busco su mano por debajo de la mesa, mientras espero a que Warren se ponga en contacto con Maggie. Sydney entrelaza los dedos con los míos, pero apoya el otro brazo en la mesa y se cubre la boca con la mano. Sigue atentamente con la mirada a Warren, que se ha levantado y está hablando por teléfono. Yo lo observo y espero. Sydney lo observa y espera. Bridgette se ayuda con el pan para llevarse a la boca una buena porción de pasta.

Sydney hace rebotar la pierna arriba y abajo. Mi corazón late aún más deprisa que su pierna. Me da la sensación de que la conversación de Warren se alarga demasiado. No termina de hablar nunca. No sé qué es lo que se están diciendo, pero a mitad de la conversación Sydney hace una mueca y luego me suelta la mano y abandona la mesa. Me levanto para seguirla, justo cuando Warren acaba de hablar.

Estoy en medio del salón, a punto de seguir a Sydney, pero Warren empieza a signar.

—Se ha desmayado en la consulta de un médico. La han ingresado y se tiene que quedar a pasar la noche en observación.

Suelto un gran suspiro de alivio. Una hospitalización causada por su diabetes es la mejor de las opciones posibles. Cuando pilla un resfriado o algún otro virus es cuando tarda semanas en recuperarse.

La expresión de Warren me indica que todavía no ha acabado de hablar. Hay algo que aún no me ha dicho; algo que ha disgustado lo suficiente a Sydney como para que se haya levantado de la mesa.

—¿Qué más? —le pregunto.

—Estaba llorando. Sonaba... asustada. Necesitaba nuestra ayuda, pero no ha querido darme detalles. Le he dicho que salimos hacia allí.

Maggie quiere que vayamos.

Pero Maggie nunca quiere que vayamos al hospital cuando la ingresan. Le da mucha rabia pensar que es una molestia.

Tiene que haber pasado algo más.

Me cubro la boca con la mano; me he quedado paralizado, no puedo moverme ni pensar.

Me vuelvo para ir al dormitorio, pero veo a Sydney en la puerta, con los zapatos puestos y el bolso al hombro.

—Lo siento —dice—. No estoy enfadada. Me voy porque necesito procesar todo esto.

Sacude la mano, señalando a su alrededor, y la deja caer a un costado, pero no se va. Sigue ahí, quieta, confundida.

Me acerco a ella y le tomo la cara entre las manos, porque yo también estoy confundido. Cuando apoyo la frente en la suya, ella cierra los ojos con fuerza. No sé cómo manejar esta situación. Tengo tantas cosas que decirle, pero un mensaje de texto es demasiado lento, y tampoco me veo capaz de verbalizar todo lo que quiero decirle. No sé si me entendería. Me separo de ella, le tomo la mano y tiro de ella para que vuelva a la mesa.

Le hago un gesto a Warren para que nos ayude a comunicarnos si hace falta. Sydney se sienta en su silla y yo arrastro la mía hasta que quedamos cara a cara.

—¿Estás bien?

Ella parece no saber cómo responder. Cuando al fin lo hace, no la entiendo, y Warren me lo traduce.

—Lo intento, Ridge. Lo estoy intentando, de verdad.

Ver lo mal que lo está pasando hace que se convierta en mi absoluta prioridad. No puedo irme dejándola así. Volviéndome hacia Warren, le pregunto:

—¿Puedes ir tú solo?

Él me dirige una mirada de decepción.

—¿Esperas que yo sepa lo que hay que hacer? —Alza las manos, frustrado—. No puedes dejarla de lado tan sólo porque ahora tienes una novia nueva. Somos todo lo que tiene, ya lo sabes.

La respuesta de Warren me frustra tanto como mi propia pregunta. Por supuesto que no pienso dejar a Maggie de lado. Pero ahora mismo no sé cómo estar por Maggie y por Sydney a la vez. La verdad es que no pensé en este tipo de situaciones cuando Maggie y yo rompimos, y dudo que ella lo hiciera, pero Warren tiene razón. ¿Qué tipo de persona sería si dejara de lado a la chica que ha contado conmigo durante los últimos seis años para sus necesidades médicas? Joder, todavía soy su persona de contacto para emergencias. Esa es la prueba definitiva de que su sistema de apoyo familiar hace aguas por todas partes. Y no puedo enviar a Warren solo. Es incapaz de cuidarse a sí mismo, ¿cómo va a cuidar de Maggie? Yo soy el único que está al corriente de todo lo que requiere su enfermedad. Conozco su historial médico al dedillo. Sé la medicación que toma, los nombres de todos sus médicos, cómo actuar en caso de emergencia, cómo hacer funcionar el equipo respiratorio que tiene en su casa. Warren estaría perdido sin mí.

Como si pudiera leerme la mente, Sydney habla con Warren, que me traduce sus palabras.

—¿Qué soléis hacer en estos casos?

—Normalmente, cuando pasa esto, Ridge va al hospital. A veces vamos los dos, pero Ridge va siempre. La ayudamos a ir a su casa, vamos a buscarle la medicación, nos aseguramos de que está bien instalada, ella se enfada con nosotros porque cree que no necesita ayuda de nadie y, tras un día o dos, nos obliga a volver a casa. Siempre se repite la misma rutina, desde que su abuelo ya no pudo seguir cuidándola.

—¿No tiene a nadie más? ¿Padres? ¿Hermanos? ¿Primos? ¿Tíos, tías, amigos? ¿Un cartero de fiar?

—Tiene parientes, pero viven en otro estado y apenas los conoce. Ninguno de ellos iría en coche a recogerla al hospital. Y ninguno de ellos sabría qué hacer con su enfermedad. No como Ridge.

Sydney parece exasperada.

—¿En serio que no tiene a nadie más?

Niego con la cabeza.

—Ha dedicado sus seis últimos años a los estudios, a sus abuelos y a su novio. Somos todo lo que tiene, literalmente.

Sydney escucha lo que le digo y asiente poco a poco, como si tratara de ser comprensiva. Pero sé que es demasiado como para asimilarlo en un momento. Probablemente ha pasado los últimos meses tratando de convencerse de que Maggie y yo no volveríamos a estar juntos. Dudo que se haya dado cuenta de que, aunque Maggie y yo ya no estamos en una relación, sigo siendo su principal cuidador cuando ella no está en situación de cuidar de sí misma.

Sé que tolera que nos enviemos mensajes de vez en cuando, pero como durante los últimos meses Maggie no había sufrido ninguna crisis, esta parte de Maggie y nuestra situación había quedado por determinar. Y yo he estado tan ocupado intentando que Sydney me diera otra oportunidad, que hasta este momento no se me había ocurrido pensar que tal vez a Sydney le parecería mal.

Al darme cuenta, siento una opresión en el pecho, pesada como una montaña de ladrillos. Si a Sydney no le parece bien, ¿en qué lugar nos deja eso? ¿Seré capaz de abandonar a Maggie, sabiendo que no tiene a nadie más? ¿Sería capaz Sydney de hacerme elegir entre su felicidad o la salud de Maggie?

Me empiezan a temblar las manos. Siento una presión que me oprime por todas partes. Tomo a Sydney de la mano y la llevo hasta el dormitorio. Cierro la puerta y me apoyo en ella. Atraigo a Sydney contra mi pecho y la aprietujo, porque me aterra la idea de que esté a punto de ponerme ante un dilema imposible. Y no la culparía. Pedirle que apoye una relación inusual con la chica de la que estuve enamorado durante años sería pedirle algo heroico.

—Te quiero —le digo.

Es lo único que me veo con fuerzas de decir ahora mismo. Siento que ella signa las mismas palabras sobre mi pecho. Se aferra a mí y yo me aferro a ella y, un instante después, noto que empieza a llorar entre mis brazos. Apoyando la mejilla en su cabeza, la sigo abrazando, como si quisiera quitarle cada gramo de dolor que su corazón está sintiendo ahora mismo. Y podría hacerlo. Podría enviarle un mensaje a Maggie y decirle que Sydney se está viendo superada por la situación y que ya no puedo seguir formando parte de su vida.

Pero ¿en qué clase de persona me convertiría eso? ¿Podría Sydney amar a un tipo capaz de echar a alguien de su vida de esa manera?

Y si Sydney me pidiera que lo hiciera, si me exigiera no volver a hablar con Maggie nunca más, ¿en qué clase de persona se convertiría si los celos se impusieran a la humanidad?

Ella no es de ese tipo de gente. Y yo tampoco. Por eso estamos los dos aquí, de pie en la oscuridad, abrazándonos con fuerza mientras ella llora. Porque ambos sabemos lo que acabará pasando esta noche. Yo me iré a cuidar de Maggie y no será la última vez, porque Maggie va a necesitarme hasta que deje de hacerlo por completo. Y eso es algo en lo que no tengo ganas de pensar ahora mismo.

Sé que he tratado de portarme bien con ellas, pero no siempre lo he conseguido. Parte de mí siente que esto es cosa del karma, que me está obligando a hacerle daño a Sydney porque le hice daño a Maggie. Y lastimar a cualquiera de las dos me duele a mí.

Le aparto la cabeza de mi pecho para besarla, sosteniendo su cara entre mis manos. Tiene los ojos tristes y las mejillas llenas de lágrimas. Vuelvo a besarla.

—Ven conmigo —le propongo, pero ella suspira y niega con la cabeza.

—Es demasiado pronto para eso. A ella no le gustaría que fuera.

Le aparto el pelo de la cara y la beso dos veces en la frente. Ella da un paso atrás y se mete la mano en el bolsillo, buscando el móvil. Me escribe un mensaje, pero mi teléfono se ha quedado en la mesa, por lo que me ofrece el suyo para que lo lea.

Sydney: Si te vas, probablemente me dormiré llorando. Pero ella está en el hospital, Ridge. Y está sola. Si no vas, la que se dormirá llorando será ella.

Tecleo la respuesta.

Ridge: Tus lágrimas me importan más, Sydney.

Sydney: Lo sé. Y aunque esta situación es una mierda y me duele mucho, verte roto porque no quieres abandonarla hace que mi opinión sobre ti haya mejorado todavía más. Así que ve, Ridge, por favor. Yo estaré bien, mientras sepa que vas a volver.

Le devuelvo el teléfono y me hundo las manos en el pelo. Me doy la vuelta y me quedo de cara a la puerta, apretándome la nuca. Trato de controlarme pero es que, en mis veinticuatro años de vida, nunca he sentido un amor como el que ella me entrega. Ni Maggie ni, por supuesto, mis padres me han querido así. Y, por mucho que quiera a Brennan, creo que el amor de mi hermano tampoco es tan profundo como este.

Sin lugar a dudas, Sydney Blake me quiere más de lo que me han querido nunca. Me quiere más de lo que me merezco y más de lo que puedo asimilar en estos momentos.

Desearía que hubiera un signo en la lengua de signos con el que pudiera expresar mi necesidad de abrazarla con todo mi ser, no simplemente con mis brazos. Pero no existe, por eso me vuelvo hacia ella, la abrazo y hundo la cara en su pelo.

—No merezco tu compasión ni tu corazón.

Me ayuda a preparar la bolsa.

Asimilo la importancia del momento y siento un profundo respeto. Mi nueva novia me está ayudando a preparar la bolsa para que pase la noche en el hospital y me asegure de que mi exnovia no se queda sola.

Y mientras Sydney va metiendo las cosas en mi bolsa de viaje, yo la distraigo, abrazándola y besándola. Creo que nunca la he amado tanto como en este instante. Y aunque no voy a estar aquí esta noche, quiero que la pase en mi cama. Le quito el teléfono y le escribo un mensaje:

Ridge: Deberías quedarte a dormir aquí. Quiero olerte en mi almohada mañana.

Sydney: Lo tenía previsto. No he comido nada. Después de cenar, recogeré la cocina.

Ridge: Puedo hacerlo mañana. Cena, pero déjame los platos. O tal vez Bridgette tenga un detalle por fin.

Ella pone la mirada en blanco y se ríe al leer el mensaje. Los dos sabemos que sería muy raro que eso pasara. Al salir de la habitación, Warren y Bridgette siguen sentados a la mesa. Warren está engullendo la cena, con la mochila preparada colgando de la silla. Bridgette está sentada frente a él, mirando el teléfono. Alza la vista y parece sorprenderse al ver que Sydney y yo salimos juntos del dormitorio. Supongo que no esperaba que las cosas se resolvieran de un modo tan civilizado y cordial.

—¿Estás listo? —me pregunta Warren, signando.

Asiento mientras me acerco a la mesa para recuperar el móvil. Warren rodea la mesa para darle un beso a Bridgette, pero ella vuelve la cara para que el beso la alcance en la mejilla. Poniendo los ojos en blanco, Warren se incorpora, coge la mochila y se aleja de la mesa.

—¿Se ha enfadado contigo? —le pregunto por signos.

Warren parece confundido. Se gira hacia Bridgette antes de volver a mirarme a los ojos.

—No. ¿Por qué?

—No te ha dado un beso de despedida.

Warren se empieza a reír.

—Porque acabamos de echar un polvo de despedida.

Miro a Bridgette, que sigue sin apartar la vista de la pantalla. Cuando miro a Warren, él me sonríe y se encoge de hombros.

—Somos rápidos.

Bridgette aparta la atención del teléfono para fulminar a Warren con la mirada. Él pone los ojos en blanco y se dirige a la puerta, caminando de espaldas.

—Tengo que aprender a dejar de hablar en voz alta mientras me comunico contigo por signos. —Observa a Sydney y le pregunta—: ¿Te parece bien?

Ella asiente y luego los dos se vuelven hacia Bridgette, que está hablando, lo que no es muy habitual en ella. Miro a Warren, que se encarga de signar todo lo que dice.

—Créeme, Sydney. Algunos hombres tienen una mochila emocional muy pesada, así como cinco hijos de tres madres distintas, pero lo de Ridge y Warren no es más que una exnovia con la que a veces hacen fiestas de pijama. Deja que se vayan a jugar con su Barbie. Nosotras nos quedaremos aquí, nos emborracharemos y pediremos pizza con la tarjeta de Warren. Total, la pasta de Ridge no valía nada.

«Guau.»

Bridgette nunca había hablado tanto. Sydney me mira con los ojos como platos. No estoy seguro de qué la sorprende más: que Sydney haya hablado tanto o que acabe de invitarla a cenar y a pasar el rato juntas. Ninguna de las dos cosas tiene precedentes.

—Debe de ser cosa de la luna llena —comenta Warren, abriendo la puerta de la calle.

Bajo la vista hacia Sydney, le rodeo la cintura con el brazo y la atraigo hacia mí. Agacho la cabeza y uno sus labios a los míos.

Ella me devuelve el beso, mientras me empuja hacia la puerta. Le digo que la quiero tres veces antes de cerrarla. Y en cuanto llego al coche de

Warren, saco el móvil y le escribo mientras nos alejamos.

Ridge: Te quiero, te quiero. TE. QUIERO. SYDNEY. JODER.

11

Maggie

Qué ganas tengo de comerme un Twix ahora mismo.

«Maldita sea, Jake.»

No me he enterado de casi nada de lo que ha hablado con su hijo mientras estaba en el pasillo. He reconocido alguna palabra suelta y sabía que estaba hablando con un niño, por eso cuando he oído la palabra «papá» todo ha encajado.

De repente he entendido por qué me parecía un macho alfa a nivel superficial, pero con un fondo extremadamente adorable y romántico. Sabía que le gustaban los coches rápidos y los deportes de aventura, pero durante nuestra cita no pude evitar preguntarme qué lo habría impulsado a tomarse su carrera tan en serio.

Resulta que la razón se llama Justice.

Aún no sé por qué Jake ha hecho ese comentario sobre el Twix, pero ahora mismo en lo único que puedo pensar es en lo rápido que Jake ha salido de la habitación... y en un Twix.

Cojo el teléfono que está sobre la mesita de noche. No sé cuál de los dos está conduciendo, por lo que abro un grupo con los tres y escribo:

Maggie: Necesito un Twix.

Warren: ¿Un Twix? ¿La chocolatina?

Maggie: Sí. Y una lata de Dr Pepper, por favor.

Ridge: Warren, deja de escribir mientras conduces.

Warren: No pasa nada, soy invencible.

Ridge: Pero yo no.

Maggie: ¿Os falta mucho para llegar?

Warren: Estamos a cinco minutos, pero hemos de parar en la tienda. El Dr Pepper será *light*, porque tienes que controlarte el azúcar. ¿Necesitas algo más?

Maggie: Creo que ya va siendo hora de que me coja el alta voluntaria.

Ridge: No, no lo creo.

Warren: ¿Alguien ha dicho «alta voluntaria»? (Y el Twix. Te llevaré el Twix, Maggie.)

Ridge: No.

Warren: ¡HAGÁMOSLO! ¡Estaremos en la puerta en cinco minutos, Maggie!

Ridge: Maggie, no lo hagas. Llegaremos a la habitación en cinco minutos.

Warren: No, en la puerta en cinco minutos.

Sin hacer caso de la preocupación de Ridge, me alío con Warren. Me quito las mantas de encima y siento el primer destello de felicidad desde que Jake entró en la habitación. Dios, cómo los echaba de menos. Echo un vistazo a mi alrededor para asegurarme de que no me dejo nada. Mi doctora se marchó aproximadamente una hora antes de que Jake apareciera, por lo que no espero otra visita suya hasta mañana por la mañana. Es la hora perfecta para escaparse. Mientras me arranco el esparadrapo y me retiro la vía intravenosa, sé lo que está pensando Ridge ahora mismo.

El alta voluntaria es cuando un paciente se marcha del hospital en contra de la opinión de su médico. Durante toda mi vida sólo he sido capaz de escaparme del hospital dos veces, pero las dos veces Warren y Ridge estaban a mi lado. Y no es algo tan irresponsable como piensa Ridge. Soy una experta en agujas y en vías intravenosas. Y sé que, si me retienen aquí esta noche, es para monitorizarme, no porque esté en peligro inminente. Hoy he estado más congestionada de lo habitual, pero mi azúcar en sangre está estabilizado. Y eso es todo. Estoy lo bastante estable como para comerme al menos un bocado del Twix. Y lo último que quiero hacer es estar aquí, tumbada en una cama de hospital, sabiendo que no podré pegar ojo en toda la noche.

Por la mañana me pondré en contacto con el hospital y me disculparé, diciendo que me surgió una emergencia familiar. Mi doctora se enfadará, pero no será la primera vez que la haga enfadar; ya está acostumbrada.

Cuando estuvo aquí hace un rato, empezó a meterse más de la cuenta en mi vida privada, pidiéndome explicaciones sobre mi «sistema de apoyo familiar», ya que mi salud ha pegado un bajón durante el último año. Desde hace diez años es la doctora que me lleva, por lo que conoce a la perfección mi situación. Me criaron mis abuelos, que ya no me cuidan. Mi abuela falleció y mi abuelo ingresó recientemente en una residencia. La doctora también conoce a Ridge y sabe que rompimos hace poco, porque siempre me acompañaba a las visitas y en los ingresos. Durante la última visita concertada, notó su ausencia y me preguntó por él. Y cuando ha visto que hoy estaba sola otra vez, ha vuelto a preguntar.

Tras escuchar sus palabras de preocupación, por un instante lamenté haber apartado a Ridge de mi vida. Ya no estoy enamorada de él, pero aún le quiero. Y parte de mí teme haber cometido un error, sobre todo cuando me invade el miedo a la soledad. Y entonces pienso que tal vez debería haberme aferrado a su amor y a su lealtad. Pero el resto de mí sabe que hice lo correcto al poner fin a nuestra relación. Para mí habría sido más cómodo seguir como siempre, y sé que él se habría conformado con mantener una relación mediocre conmigo hasta el final de mi vida, si no lo hubiera obligado a examinar lo nuestro con una lupa y no a través de las gafas de color de rosa que llevaba puestas.

Nuestra relación no era sana. Ridge me estaba asfixiando, obligándome a ser alguien que yo no quería ser. Ya estaba empezando a amargarme bajo el peso de su protección y me sentía siempre culpable. Cada vez que él lo dejaba todo para venir a cuidarme, me culpabilizaba por estar apartándolo de su vida.

Y, a pesar de todo, aquí estamos de nuevo, sumidos en el mismo problema.

Creo que no me daba cuenta de lo sola que estaba cuando salía con él. Al separarnos fue cuando entendí que Warren y él eran las únicas personas con las que contaba. Y esa es, en parte, la razón por la que he aceptado que vengan esta noche. Creo que debemos sentarnos los tres y tener una conversación a corazón abierto sobre la situación. No quiero que Ridge sienta que es mi único recurso en caso de emergencia. Pero la cuestión es que... en la práctica, lo es. Y no quiero que eso perjudique su relación con Sydney. Y sí, ya sé que también tengo a Warren, pero, francamente, Warren necesita a alguien que lo cuide aún más que yo.

Mi vida empieza a parecerse a un tiovivo, pero yo soy la única que va montada. A veces es divertido y emocionante, pero otras me mareo, tengo ganas de vomitar y quiero que pare. Sé que presto demasiada atención a los aspectos negativos, aunque supongo que es debido a mi situación. La mayor parte de la gente tiene un entorno numeroso en el que apoyarse para poder llevar vidas normales. Mi entorno era mi familia, pero ha desaparecido. Luego pasó a serlo Ridge, pero ¿y ahora? Sigue siéndolo Ridge, aunque las reglas han cambiado. Durante estos últimos meses he estado examinando la situación y el resultado ha sido muy esclarecedor. Y deprimente. Me dan bajones muy chungos. Antes me sentía asfixiada, pero nunca sola.

Me gustaría ser capaz de encontrar un buen equilibrio mental. Quiero hacer cosas, ver cosas, llevar una vida normal. Y hay temporadas en que puedo hacerlo y todo va bien. Pero, luego, vuelven los días o las semanas en que la enfermedad me recuerda que no tengo el control de mi vida.

A veces tengo la sensación de que conviven dos personas distintas dentro de mí. Soy Maggie, la chica que tacha puntos de su lista de deseos a ciento sesenta kilómetros por hora, la que rechaza a doctores que están buenísimos porque quiere estar soltera, la que se escapa de los hospitales porque le gustan las emociones fuertes, la que rompió con su novio después de seis años de relación porque quiere vivir su vida sin que nadie le ponga límites.

La chica que se siente llena de vida a pesar de su enfermedad.

Pero, por otro lado, está la otra versión, más tranquila y callada, la que me ha estado devolviendo la mirada desde el espejo durante estos últimos días. La Maggie que deja que las preocupaciones la consuman; la que cree que es una carga demasiado pesada para salir con un hombre que no puede gustarle más. La Maggie que a ratos se arrepiente de haberle puesto fin a una relación de seis años, aunque sabe que era absolutamente necesario hacerlo. La Maggie que permite que su enfermedad la haga sentirse moribunda, aunque está vivita y coleando. La Maggie que ha dejado a su doctora tan preocupada en la última visita que le ha recetado antidepresivos.

No me gusta esta versión de mí; es una Maggie mucho más triste y solitaria que, por suerte, sólo hace su aparición muy de vez en cuando. Lucho por ser siempre la versión original de mí misma, la que soy durante casi todo el tiempo. Aunque esta semana... no ha sido así, especialmente después de la visita con la doctora. Nunca la había visto tan intranquila por mí como hoy, y eso ha hecho que mi preocupación creciera como nunca. Y por eso mismo acabo de arrancarme la vía, me estoy quitando la bata de hospital y estoy a punto de largarme de aquí.

Necesito volver a ser la Maggie original, al menos durante unas horas. La otra versión es agotadora. El trayecto desde la habitación hasta el vestíbulo es sorprendentemente tranquilo. Me cruzo incluso con una de las enfermeras de guardia, que me sonríe como si no se acordara de que me ha cambiado la bolsa del gotero hace una hora.

Cuando salgo del ascensor y llego al vestíbulo, veo el coche de Warren esperándome fuera. Siento un fuerte chute de adrenalina mientras cruzo el vestíbulo y salgo al exterior. Ridge se baja del asiento del pasajero y me abre la portezuela. Se fuerza para sonreírme, pero no puede disimular que está enfadado. No le hace ninguna gracia que me vaya del hospital sin recibir el alta. Y está enfadado con Warren por jalearme. Pero, a diferencia de lo que habría hecho el Ridge previo a la ruptura, este nuevo Ridge no me dice nada. Se aguanta las ganas igual que me aguanta la puerta mientras subo rápidamente al coche. Cierra la puerta y yo me estoy poniendo ya el cinturón cuando Warren se inclina hacia mí y me da un beso en la mejilla.

—Te echaba de menos.

Sonrío, aliviada y contenta por estar en este coche. Aliviada de verlo a él y a Ridge. Aliviada por perder de vista el hospital. Warren alarga la mano hacia la bandeja que queda entre los dos y coge un Twix y un Dr Pepper *light*.

—Te hemos traído la cena. Tamaño grande.

Abro el paquete inmediatamente y saco una de las barritas.

—Gracias —le digo, con la boca llena. Le doy otra de las chocolatinas a Warren justo cuando acelera y nos alejamos del hospital. Me vuelvo hacia atrás. Ridge está sentado en el centro del asiento trasero, mirando por la ventanilla. Cuando me mira, le doy un Twix. Él lo acepta sonriendo.

—Gracias —me dice.

De la sorpresa abro tanto la boca que está a punto de caérseme un trozo de chocolate. Me cubro la boca con la mano cuando se me escapa la risa.

—Tú... —Miro a Warren—. Ha hablado. —Volviéndome hacia Ridge, añado—: ¿Hablas?

—Mola, ¿eh? —comenta Warren.

No doy crédito a mis oídos. Nunca lo había oído pronunciar ni una sola palabra.

—¿Cuánto tiempo hace que verbalizas? —le pregunto por signos.

Ridge se encoge de hombros, como si no fuera gran cosa.

—Desde hace unos meses.

Niego con la cabeza, totalmente pasmada. Su voz suena tal como siempre me la había imaginado. Nuestra relación con la cultura de la sordera es lo que nos unió. Los padres de Warren, Ridge y yo sufrimos pérdida de audición, pero la de Ridge es la más profunda. La mía es tan leve que no me causa problemas a la hora de llevar una vida normal. Por eso, durante los años que pasamos juntos, yo hablaba por los dos. Y aunque nos comunicábamos mediante signos, siempre deseé fervientemente que aprendiera a hablar. Nunca lo presioné para que lo hiciera porque, en realidad, no sé cómo es tener una pérdida de audición tan severa; por eso no sabía qué era lo que le impedía hablar.

Pero, al parecer, ya lo ha resuelto. Y quiero que me cuente todos los detalles. ¡Me alegro tanto por él! ¡Es una gran noticia!

—¿Cómo? ¿Por qué? ¿Cuándo? ¿Cuál fue la primera palabra que pronunciaste?

Su expresión cambia bruscamente y su mirada se vuelve reservada, como si no le apeteciera hablar del tema conmigo. Miro a Warren, que tiene la vista fija en la calzada, como si de manera voluntaria se hubiera excluido de esta conversación. Y al volverme hacia Ridge, veo que él está mirando por la ventanilla de nuevo.

Y entonces lo entiendo.

Sydney.

Ella es la causa de que haya empezado a hablar.

Me asalta la envidia. Siento envidia de ellos. De ella. Me pregunto qué tendrá ella para que Ridge haya superado lo que fuera que le impedía hablar. ¿Por qué yo no era una motivación suficiente? ¿Por qué nunca sintió la necesidad de decirme nada?

Y aquí está de nuevo: la versión insegura y deprimente de mí.

Cojo la lata de Dr Pepper *light* y doy un trago, tratando de ahogar este súbito ataque de celos. Me alegro por él. Y me siento orgullosa de su logro; da igual lo que motivara su necesidad de comunicarse de otra manera. Lo único que importa es que lo está haciendo. Y aunque todavía siento una opresión en el pecho, sonrío. Me doy la vuelta hacia él y me aseguro de que vea en mi expresión lo orgullosa que me siento.

—¿Has soltado algún taco ya? —le pregunto por señas.

Él se echa a reír y se limpia la comisura de los labios con el dedo.

—Sí, el primero que solté fue «mierda».

Me río. No me sorprende. Le gustaba mucho observarme cuando yo lo decía, furiosa. Comprendo que soltar tacos sin poder escucharlos no ha de ser tan liberador como escuchar tu propia voz, pero de todas formas tiene que ser satisfactorio poder decir insultos en voz alta.

—Llama «idiota» a Warren —le pido.

—Eres un idiota —le dice Ridge en la nuca a Warren.

Me cubro la boca con la mano, totalmente en shock al oír a Ridge Lawson verbalizando. Es como si fuera una persona distinta.

Warren me mira y aguanta el volante con la rodilla para signar:

—No es un bebé. Ni un loro.

Le doy un puñetazo en el hombro.

—Oh, cállate y déjame disfrutar del momento. —Vuelvo a mirar a Ridge, apoyando la barbilla en el reposacabezas—. Di «joder».

—Joder —repite él, riéndose de mi inmadurez—. ¿Algo más? Maldición. Maldita sea. Cabrón. Demonios. Hijo de puta. Bridgette.

Me entra un ataque de risa al oírlo incluir el nombre de Bridgette en la lista de insultos. Al parecer, a Warren no le hace tanta gracia porque le hace una peineta. Vuelvo a sentarme mirando a la carretera, sin dejar de reír. Doy otro trago al refresco y me relajo en el asiento, suspirando.

—Os echaba de menos, chicos. —Sí, ya sé que sólo me ha oído Warren.

—Nosotros también te echábamos de menos, puré Maggie.

Pongo los ojos en blanco cuando oigo que usa ese absurdo mote de nuevo. Me vuelvo hacia él, pero me aseguro de que el reposacabezas sirva de barrera entre Ridge y yo, para que no pueda leerme los labios.

—¿Se ha enfadado Sydney porque haya venido?

Warren me dirige una mirada furtiva antes de volver a centrarse en la conducción.

—«Enfadada» no sería la palabra adecuada. Reaccionó, pero no como lo habría hecho la mayoría de la gente. —Hace una pausa antes de seguir hablando—. Es buena para él, Maggie. Es simplemente... buena. Y punto. Y si esta situación no fuera tan jodidamente complicada, creo que te caería bien.

—No me cae mal.

Warren me mira de reojo y me dedica una sonrisa irónica.

—Ya, pero dudo que vayáis a haceros la manicura juntas ni que te vayas de viaje con ella un día de estos.

Me empiezo a reír, dándole la razón.

—Ya te digo.

Ridge se echa hacia delante entre los asientos, abrazándose a ambos reposacabezas. Me mira a mí y luego a Warren.

—Espejos retrovisores. Son como un sistema de altavoces para los sordos. —Se reclina hacia atrás en el asiento—. Dejad de hablar de nosotros como si no estuviera aquí.

Warren se ríe mientras yo me hundo en el asiento, dándole vueltas a su última frase.

«Dejad de hablar de nosotros como si no estuviera aquí.»

«Dejad de hablar de nosotros...»

«Nosotros.»

Usa la palabra «nosotros» para referirse a Sydney y a él. Y habla en voz alta. Y... doy un sorbo al refresco porque esto no me está resultando tan fácil de tragar como pensaba.

12

Sydney

No sé qué es más incómodo: ver cómo Ridge se va a pasar la noche con su exnovia o quedarme en su apartamento, a solas con Bridgette.

Tan pronto como Warren y Ridge se marcharon, el teléfono de Bridgette empezó a sonar. Respondió y se fue a hablar a su habitación, pasando de mí. Creo que hablaba con su hermana, pero de eso ya hace una hora. Y luego la he oído abrir el agua de la ducha.

Y aquí estoy yo, recogiendo la cocina y los platos. Sé que Ridge me dijo que no hacía falta, pero sería incapaz de dormir sabiendo que hay comida en la encimera.

Estoy acabando de cargar los cubiertos en el lavaplatos cuando Bridgette sale de su habitación en pijama. Vuelve a tener el móvil pegado a la oreja, pero esta vez me está mirando.

—No eres celíaca ni vegetariana ni nada de eso, ¿no?

«Vaya.»

Iba en serio. Y, ¡vaya!, la verdad es que me hace cierta ilusión. Niego con la cabeza.

—Hasta ahora nunca he probado una porción de pizza que no me gustara.

Bridgette deja el teléfono sobre la barra y conecta el manos libres para ir a sacar una botella de vino de la nevera. Me la da, para que la abra, así que me pongo a buscar el abridor.

—Pizza Shack —responde un tipo al fin—. ¿Es un pedido para llevar o entrega a domicilio?

—A domicilio.

—¿Qué va a querer?

—Dos pizzas grandes con un poco de todo. Una con el borde fino y la otra, grueso.

Abro la botella mientras ella sigue haciendo el pedido.

—¿Les pongo todo tipo de carne?

—Sí, ponga de todo.

—¿Quiere que les ponga también queso feta?

—He dicho que lo quiero todo.

Se oye como si alguien estuviera tecleando al otro lado.

—¿Piña también?

Bridgette pone la mirada en blanco.

—Todo. Ya se lo he dicho tres veces. Todo

tipo de carne, todas las verduras y todas las frutas. Échele todo lo que tenga y tráiganos las malditas pizzas.

Me vuelvo a mirarla y ella hace una mueca, como si estuviera hablando con el tipo más obtuso del mundo. Pobre hombre. No me extraña que no le haga más preguntas. Toma nota de la dirección y luego Bridgette le da el número de la tarjeta de débito de Warren antes de colgar.

Siento curiosidad por ver cómo serán las pizzas. Espero que esa pizzería no tenga sardinas o anchoas. Sirvo dos vasos de vino y le doy uno a Bridgette. Ella da un trago y se cruza de brazos, con el vaso pegado a los labios, mientras me observa de arriba abajo.

Es muy bonita, y muy sexy. No me extraña que Warren se sienta atraído por ella. La verdad es que forman la pareja más interesante que he conocido. Y uso la palabra «interesante» no precisamente como un cumplido.

—Antes te odiaba —admite, sin darle importancia. Se apoya en la barra y da otro trago.

Y se queda tan ancha, como si este fuera el modo habitual en que la gente se relaciona. Me recuerda a una de mis amigas de la infancia. Se llamaba Tasara y soltaba todo lo que le pasaba por la cabeza. Juro que pasó más tiempo castigada que en clase. Supongo que eso era lo que me atraía de ella. Tenía muy mala leche, pero era sincera.

Una cosa es ser mala persona y mentir. Pero cuando el problema de alguien es ser brutalmente honesto, es difícil que te caiga mal.

No veo a Bridgette capaz de perder el tiempo mintiendo, por eso no me tomo a mal su comentario. De hecho, al diseccionar sus palabras, me doy cuenta de que ha usado el verbo en pasado. Me odiaba, antes. Creo que es lo más parecido a un elogio que me va a dirigir nunca.

—Yo también me estoy encariñando contigo, Bridgette.

Ella pone los ojos en blanco y pasa por mi lado mientras se dirige al armarito de debajo del fregadero. Coge la botella de Pine-Sol que contiene el licor y va a por dos vasos de chupito.

«¿No le basta con el vino?»

Sirve los chupitos y me ofrece uno, diciendo:

—Ese vino no es lo bastante fuerte para mí. Me siento muy incómoda cuando la gente es amable conmigo. Voy a necesitar licor para esto.

Acepto el chupito, riendo. Los alzamos al mismo tiempo y propongo un brindis:

—Por las mujeres que no necesitan a sus novios para pasárselo bien.

Hacemos chocar los vasos antes de bebernos los chupitos de un trago. Ni siquiera sé qué estoy bebiendo. Podría ser whisky. Qué más da, mientras cumpla su función.

Bridgette sirve dos vasos más.

—Ese brindis ha sido demasiado alegre, Sydney. —Alzamos las manos otra vez y ella se aclara la garganta antes de decir—: Brindo por Maggie y por su tremenda habilidad para seguir siendo amiga de sus ex, hasta el punto de seguir teniéndolos a su disposición a pesar de que ya no hay sexo de por medio.

Me quedo pasmada, mientras ella lleva su vaso hasta el mío y lo hace chocar antes de bebérselo de un trago. Yo permanezco inmóvil. Al ver que sus palabras me han dejado sin habla, me empuja el vasito hacia la boca y lo alza hasta que, finalmente, me lo bebo.

—Buena chica —me dice, antes de quitarme el vaso de la mano y cambiármelo por el de vino. De un salto sube a la barra y se sienta con las piernas cruzadas—. Y bien, ¿qué hacen las chicas en este tipo de reuniones?

Es tan distinta a todas las personas con las que he tratado desde que soy adulta que es como si fuera una especie animal propia. Hay anfibios, reptiles, mamíferos, pájaros, peces... y luego está Bridgette.

Me encojo de hombros, riendo un poco, y me siento también en la barra, en el otro lado de la cocina, donde quedamos cara a cara.

—Hacía mucho tiempo que no tenía una noche de chicas, pero se supone que hemos de criticar a nuestros novios mientras charlamos sobre Jason Momoa.

Ella ladea la cabeza.

—¿Quién es Jason Momoa?

Me echo a reír, pero ella me mira como si realmente no lo supiera. ¡Dios mío! ¿Lo dice en serio? ¿No sabe quién es Jason Momoa?

—Oh, Bridgette —le digo, apenada—. ¿En serio? —Ella sigue sin saber de qué le hablo. Cojo el teléfono, pero como no tengo ganas de bajar de la barra y llevárselo, le digo—: Te envío una foto.

Busco una foto suya y se la mando. Hasta ahora, desde que la conozco, tan sólo le había escrito una vez. Enviarle un segundo mensaje nos convierte prácticamente en amigas del alma.

Tras darle a enviar, reviso los mensajes y abro uno que Ridge me ha enviado hace cinco minutos, y que se me había pasado por alto.

Ridge: Sólo decirte que Maggie no ha querido quedarse en el hospital y que ha convencido a Warren para que la ayudara a escapar. Vamos a llevarla a su casa y probablemente nos quedaremos allí para asegurarnos de que está bien. ¿Te parece bien? Y, por otro lado, ¿te lo estás pasando bien con Bridgette?

Leo el mensaje dos veces. Quiero darle una respuesta desenfadada, a pesar de la guerra que mis emociones están librando en mi interior, pero tengo miedo de que, si me muestro demasiado despreocupada, Ridge saldrá corriendo a su lado cada vez que ella lo eche de menos. Aunque, si mi respuesta es tensa, me sentiré mal por no empatizar lo suficiente con la situación de Maggie. No sé cómo responder, por eso hago algo impensable: buscar consejo en Bridgette.

—Ridge dice que están llevando a Maggie a su casa. Se ha ido antes de que le den el alta. Lo más seguro es que Warren y él pasen la noche allí.

Bridgette también está leyendo algo en su teléfono.

—Menuda mierda.

No puedo estar más de acuerdo, aunque no sé a qué parte del mensaje se refiere. ¿Cree que es una mierda que Maggie los haya llamado cuando no parece que le pase nada grave? ¿O que Ridge haya dicho que seguramente se quedarán en su casa? ¿O todo, en conjunto?

—¿No te molesta que Warren y ella sean tan amigos?

Bridgette alza la vista de inmediato.

—Sí, claro que me molesta, joder. Warren no para de coquetear con ella cada vez que viene. Pero también lo hace contigo y con cualquier otra mujer que pase por su lado. Así que, no sé. En general, me fío de él. Además, con ese cuerpo de tabla, a Maggie el uniforme de Hooters se le caería, y ese uniforme es lo que más le gusta a Warren de mí.

Su explicación iba en buena dirección, hasta que se ha caído en picado. Ni siquiera sé qué me ha llevado a preguntarle su opinión, sabiendo que su situación es tan distinta de la nuestra. Warren salió con Maggie durante unas semanas cuando tenían diecisiete años. Nada que ver con Ridge, que ha pasado a su lado seis años de su vida, hasta hace unos pocos meses.

Bridgette debe de darse cuenta de mi preocupación, que no me deja apartar los ojos de la pantalla.

—Yo de ti no me preocuparía demasiado —me dice—. He visto cómo se comporta Ridge contigo y cómo lo hace con Maggie. Es como comparar palillos chinos con ordenadores.

Le dirijo una mirada desconcertada.

—¿Palillos chinos y ordenadores? ¿Cómo puedes...?

—Exacto —añade Bridgette—. No puedes compararlos porque son incomparables.

Y, de algún modo, entiendo lo que me está diciendo. Y me hace sentir mucho mejor. Pienso en la bomba de purpurina y en la sonrisa que Bridgette me dirigió mientras Ridge y yo estábamos partiéndonos de risa por el suelo. No me puedo creer que nunca haya pasado un rato con esta chica. La verdad es que no es tan mala cuando le quitas todas las capas de... maldad.

—Hostia. Puta. —Bridgette tiene la vista clavada en la pantalla y su modo de pronunciar esas palabras sólo puede significar una cosa: acaba de abrir la fotografía que le he enviado—. ¿Quién es este espécimen ejemplar de hombre que no sé cómo no había entrado todavía en mi vida?

Me echo a reír antes de responder:

—Ese es Jason Momoa.

Bridgette se acerca el móvil a la cara y le da lametazos a la pantalla.

Yo me río con más ganas, haciendo una mueca de asco a la vez.

—Eres igual de asquerosa que Warren.

Ella alza una mano.

—Haz el favor de no mencionar su nombre mientras contemplo a este hombre. Me estás estropeando el momento.

Le doy tiempo para que haga una búsqueda en Google Imágenes mientras yo me acabo el vino y reabro el mensaje de Ridge. Le escribo una respuesta, tratando de evitar el tema espinoso, aunque es como ignorar un elefante en una habitación. ¿O debería decir un elefante en el teléfono, ya que Ridge y yo no estamos en la misma habitación?

Vale, sí, tal vez los chupitos han empezado a hacerme efecto.

Sydney: Me alegro de que Maggie esté mejor. Y Bridgette no está tan mal, francamente. Es raro; como haber entrado en otra dimensión.

Ridge: Vaya. ¿Estáis manteniendo una conversación de verdad, como si fuera un ser humano normal?

Sydney: Yo no diría tanto, pero algo así. Básicamente, me está dando consejos sobre ti. ;)

Ridge: Eso es inquietante.

Sydney: Bien. Quiero que te sientas inquieto hasta que volvamos a vernos mañana.

Ridge: Por eso no sufras. Me siento inquieto y un montón de cosas más. Me siento culpable por haberte dejado sola. Preocupado porque estás triste. Solo, porque estoy aquí en vez de contigo. Pero, sobre todo, me siento agradecido porque haces que las situaciones difíciles sean mucho más fáciles para todos los que te rodean.

Me llevo la mano a la boca y trazo la sonrisa que me ha provocado. Me encanta que diga exactamente lo que necesitaba oír.

Sydney: Te quiero.

Bridgette: Despídete de Ridge. Este rato es para mí.

Levanto la vista hacia Bridgette, que me está dirigiendo una mirada de aburrimiento supino. No puedo aguantarme la risa.

Sydney: Bridgette dice que ya no puedo seguir hablando contigo.

Ridge: Más te vale hacer lo que te diga. Quién sabe qué consecuencias podría haber si no le haces caso. Te quiero. Buenas noches. Te quiero. Buenas noches.

Sydney: Me lo has dicho dos veces.

Ridge: Lo siento muchas veces más.

Cierro los mensajes, sin dejar de sonreír, y dejo el móvil boca abajo en la barra. Bridgette se está sirviendo otro vaso de vino.

—¿Puedo hacerte una pregunta personal?

—Claro. —Salto de la barra en busca de la botella de vino para rellenar mi vaso.

—¿Ridge... gime?

Me vuelvo en redondo hacia ella.

—¿Perdona?

Bridgette hace un gesto con la mano, quitándole importancia a mi sorpresa.

—Respóndeme. Siempre me he preguntado si hace ruidos durante el sexo, ya que no oye nada.

Me aguanto la risa.

—¿Te preguntas qué ruidos hace mi novio durante el sexo?

Ella ladea la cabeza y me fulmina con la mirada.

—Oh, venga ya. Mucha gente se pregunta eso mismo sobre los sordos.

Sacudo la cabeza.

—No, estoy segura de que la mayoría de la gente no se hace esa pregunta, Bridgette.

—Lo que tú digas. Pero va, contéstame.

No piensa dejarlo correr. Noto la cara y el cuello ardiendo, pero no sé si es por el alcohol o por la pregunta tan personal que me ha hecho. Doy un trago largo y asiento con la cabeza.

—Sí, hace ruidos. Gime, gruñe y suspira. Y, no sé por qué, pero saber que es sordo hace que sus ruidos me exciten todavía más.

Bridgette sonríe.

—Qué sexy, por favor.

—Eh, no digas que los ruidos que hace mi novio son sexis.

Ella se encoge de hombros.

—La culpa es tuya por hacer que suenen tan sexis.

Se pasa los siguientes minutos contemplando imágenes de Jason Momoa. Y aunque ya las conozco todas, ella me acerca el teléfono para que las vea, como si me estuviera haciendo un favor.

Finalmente, llaman a la puerta y, de repente, Bridgette se ilumina. Nunca la había visto tan contenta. Corre entusiasmada hacia la puerta, como si no se hubiera zampado un buen plato de pasta Alfredo hace dos horas.

—Ve a buscar dinero para la propina, Syd. Yo no tengo.

Es perfecta para Warren. Absolutamente perfecta.

13

Ridge

Es la primera vez que entro en casa de Maggie desde la noche en que rompimos. Es un poco incómodo, pero podría ser mucho peor. Warren siempre ha tenido esa habilidad casi mágica de lograr que cualquier situación, por rara que sea, se vuelva aún más rara. Y eso es lo que está sucediendo ahora mismo. Acaba de asaltar la nevera y el congelador de Maggie y está en mitad de la cocina, mojando barritas de pescado blandengues que ha calentado en el microondas en pudin de chocolate.

—¿Cómo puedes comer esas cochinadas? —le pregunta Maggie, mientras abre el lavavajillas.

Estoy sentado en el sofá de Maggie, observándolos. Están gastándose bromas, riendo. Maggie está recogiendo la cocina, mientras Warren vuelve a ensuciársela. Me fijo en la muñeca de Maggie —donde aún lleva la pulsera del hospital—, tratando de no molestarme por estar aquí. Pero es que ya lo estoy. Más que molesto, estoy enfadado. Si está lo bastante bien como para salir del hospital y ponerse a limpiar la cocina, ¿qué demonios hago yo aquí?

Maggie coge una servilleta de papel y se cubre la boca con ella mientras Warren le da golpecitos en la espalda. En el coche ya me di cuenta de que tosía mucho. Cuando salíamos juntos y veía que tosía, le apoyaba la mano en la espalda o en el pecho para ver si era un ataque fuerte o más suave, pero ya no puedo hacerlo. Lo único que puedo hacer es preguntarle si está bien y esperar que no esté quitándole importancia a su salud.

Este ataque de tos dura un minuto entero. Probablemente no ha usado el chaleco vibratorio en todo el día. Me levanto, voy a su habitación y lo veo en la silla, junto a la cama. Cojo el chaleco y el generador al que se enchufa y me dirijo al sofá, para enchufarlo en el salón.

Se supone que debe usarlo dos o tres veces al día, para romper la mucosidad que se le acumula en los pulmones. Cuando una persona tiene fibrosis quística, su mucosidad se espesa, lo que causa bloqueo en órganos importantes. Antes de que se inventaran estos chalecos, los pacientes necesitaban que otras personas les hicieran percusiones manuales en el tórax, lo que significa que debían darles golpes en la espalda y el pecho varias veces al día para romper la mucosidad.

Estos chalecos vibratorios son auténticos salvavidas. Sobre todo en casos como el de Maggie, que vive sola y no tiene a nadie que pueda administrarle las percusiones torácicas. Pero siempre lo usa menos de lo que debería, lo que solía generar conflictos entre nosotros. Y supongo que sigue haciéndolo, porque aquí estoy, enchufándolo y a punto de obligarla a usarlo.

Cuando acabo de enchufarlo, Maggie me da unos golpecitos en el hombro.

—Está roto.

Bajo la vista hasta el generador y le doy al botón de encendido, pero como si nada.

—¿Qué le pasa?

Ella se encoge de hombros.

—Dejó de funcionar hace un par de días. Lo llevaré el lunes para que me lo cambien.

«¿El lunes?»

No puede pasar todo el fin de semana sin él, sobre todo si ya está tosiendo de esta manera. Me siento en el sofá y trato de averiguar qué le pasa. Maggie regresa a la cocina y le dice algo a Warren. Por el lenguaje corporal de este y por cómo me mira de reojo, sé que ella ha dicho algo sobre mí.

—¿Qué ha dicho?

Warren se dirige a Maggie:

—Ridge quiere saber qué has dicho.

Ella me mira por encima del hombro, se ríe y se vuelve hacia mí.

—Le he dicho que no has cambiado.

—Ya, bueno, tú tampoco.

Maggie parece ofendida, pero la verdad es que me da igual. Siempre ha tratado de hacerme sentir culpable por preocuparme por ella. Por lo visto no ha cambiado nada; mi preocupación le sigue jorobando. Y mis palabras parecen haberla molestado aún más.

—Ya, es que resulta que no se puede dejar de tener fibrosis quística.

Me la quedo mirando, preguntándome por qué está tan enfadada. Probablemente por la misma razón que yo. Estamos teniendo la misma discusión que habíamos tenido tantas veces, pero esta vez no hay entre nosotros una relación que nos arrope y amortigüe lo que sentimos.

Que se haya ido del hospital antes de que le dieran el alta me ha molestado, pero el poco valor que le da a que hayamos venido con ella a su casa para ayudarla me está sacando de quicio. Mi novia ha llorado porque me iba y la dejaba sola. Y también porque estaba preocupada por nosotros. Y ahora Maggie me está riñendo —y burlándose de mí— a pesar de que estoy aquí. Por ella.

No puedo seguir aquí y mantener esta conversación ahora mismo. Me levanto, desenchufo el generador y lo llevo todo de vuelta al dormitorio.

Maggie y Warren pueden comerse esa sacrílega combinación de barritas de pescado y pudin de chocolate; mientras, yo estaré en la habitación de al lado, tratando de reparar un chaleco que la ayuda a seguir con vida, literalmente.

Antes de llegar a su habitación, me vuelvo y veo que me está siguiendo. Dejo el generador en la mesa. Me siento en la silla y enciendo la lámpara que hay junto a la mesa. A todo esto, Maggie sigue de pie en el umbral.

—¿Qué problema tienes, Ridge?

Me río, y no porque nada de lo que ha pasado esta noche me parezca gracioso.

—¿Qué comiste esta mañana antes de desmayarte por el bajón de azúcar? —Se lo pregunto porque lo más seguro es que ni siquiera se acuerde. Maggie entorna los ojos. Joder, probablemente no comió nada—. ¿Te has controlado al menos el nivel de glucosa después de comerte la mitad de una chocolatina extragrande?

Sé que está a punto de ponerse a gritar. Cuando se enfada mucho conmigo, signa y grita a la vez. Antes me ponía mucho, pero ahora daría cualquier cosa por poder gritarle yo también.

—No tienes derecho a meterte en lo que como o dejo de comer, Ridge. Por si acaso se te ha olvidado, ya no soy tu novia.

—Si no puedo opinar sobre cómo te cuidas, ¿por qué estoy aquí? —Me levanto y me acerco a ella—. Como no te cuidas, acabas en el hospital, y entonces llamas a Warren, llorando, asustada. Lo dejamos todo para acompañarte pero, en cuanto llegamos, ¡te vas del hospital sin el alta! Perdóname, pero tengo cosas más importantes que hacer que salir corriendo cada vez que eres una irresponsable.

—¡No tenías por qué venir, Ridge! Ni siquiera sabía que el hospital os había llamado. ¡Y no le dije a Warren que estaba asustada ni me he echado a llorar! Él me ha preguntado si me apetecía compañía y le he dicho que sí, ¡porque he pensado que podríamos hablar sobre esta estúpida situación como personas adultas! ¡PERO SUPONGO QUE NO PODEMOS!

Maggie da un portazo antes de irse. Yo vuelvo a abrir la puerta de inmediato, pero no para seguirla, sino que me dirijo a la cocina e increpo a Warren.

—¿Por qué me has dicho que estaba asustada y llorando?

Maggie se ha puesto a mi lado, con los brazos cruzados, y está fulminando a Warren con la mirada. Él nos mira a uno y al otro alternativamente, con un refresco en la mano. Al fin su mirada se detiene en mí.

—Exageré un poco, no es tan grave. Si no, no habrías venido —dice. Me obligo a inspirar hondo para calmarme. Es eso o darle un puñetazo—. Hay mucha distancia desde Austin a San Antonio —dice Warren—. Y ya era hora de que nos reuniéramos, los tres, sin nadie más. Tenemos que hablar sobre cómo vamos a afrontar todo esto de ahora en adelante.

—¿Todo esto? —repite Maggie, señalándose—. ¿Te refieres a mí? ¿Tenemos que hablar de cómo afrontarme... a mí? Creo que con esto queda demostrado que no soy más que una carga para vosotros.

Ya no grita, únicamente está signando. Pero, aunque sé que está dolida y disgustada, sigo pensando que las cosas podrían ser distintas si se las tomara un poco más en serio, como llevo insistiéndole desde hace seis años.

—No eres una carga, Maggie —signo—. Pero eres egoísta. Si te cuidaras más, te controlaras el azúcar, usaras el chaleco como deberías y, no sé, tal vez si no saltaras en un puto paracaídas, quizá no estaríamos aquí discutiendo. He puesto a Sydney en una situación muy incómoda, por la que no tendría que haber pasado si te hubieras cuidado un poco.

Warren se tapa la cara con la mano, como si acabara de meter la pata hasta el fondo.

Maggie pone la mirada en blanco, haciendo una mueca dramática.

—Pobre Sydney. Tienes razón, ella es la auténtica víctima de todo esto, ¿verdad? Se lleva al hombre de sus sueños y está sana. ¡Pobre Sydney, joder! —Se vuelve hacia Warren—. ¡Ni se te ocurra volver a obligarlo a venir! No necesito que me cuide. ¡No necesito que me cuidéis ninguno de los dos!

Warren alza una ceja, pero su expresión permanece estoica.

—Con todos los respetos, un poco sí que nos necesitas, Maggie.

Cierro los ojos con fuerza y agacho la cabeza. Eso ha tenido que dolerle y no quiero verla sufrir. Cuando abro los ojos, ella se está dirigiendo a su habitación. Veo que cierra de un portazo. Warren se da la vuelta y le da un puñetazo a la nevera. Me acerco a la mesa que hay junto al sofá y cojo las llaves del coche de Warren.

—Quiero largarme.

Le lanzo las llaves a Warren, pero él se vuelve de repente hacia la habitación de Maggie. Cruza el salón a toda prisa y abre la puerta. Yo lo sigo porque no oigo lo que sea que ha oído él.

Maggie está en su baño, abrazada al retrete, vomitando. Warren coge una toalla y se agacha a su lado. Yo me siento en el borde de la bañera.

Esto suele pasarle cuando tiene demasiada mucosidad en los pulmones. Estoy seguro de que es una combinación de no haber usado el chaleco durante los últimos días y de haber gritado tanto. Alargo el brazo y le aparto el pelo de la cara hasta que deja de vomitar. En estos momentos, soy incapaz de seguir enfadado con ella. Está llorando, apoyada en Warren.

Desconozco lo que supone sufrir esta enfermedad, pero lo que sí sé es que no debería juzgarla con tanta dureza. Tan sólo sé lo que supone ser el cuidador de alguien con esta enfermedad. Solía tener que recordármelo constantemente. Por muy frustrado que me sienta, no es nada comparado con lo que ella tiene que soportar.

Al parecer, todavía tengo que recordármelo.

Maggie ni siquiera me mira durante el rato que pasamos a su lado, esperando a ver si el episodio ha terminado. Sigue sin mirarme cuando al fin lo damos por finalizado y Warren la acompaña hasta su habitación. Me está castigando con su silencio. Se negaba a mirarme cuando se enfadaba conmigo, porque no quería darme la oportunidad de comunicarme signando.

Warren la ayuda a meterse en la cama y yo vuelvo a llevar el generador al salón. Cuando Maggie está acomodada, Warren deja su puerta entreabierta, regresa al salón y se sienta en el sofá.

Todavía sigo enfadado con él por haberme mentido sobre la llamada para que viniera, pero entiendo que usara la carta de la culpabilidad para convencerme. Tiene razón, hemos de sentarnos los tres con calma y resolver esto. Maggie no quiere ser una carga, pero hasta que se mentalice y ponga su salud por delante de todo, a Warren y a mí nos va a tocar cuidarla.

Sé que somos la única familia que tiene. Y sé que Sydney lo comprende. Nunca podría dejar de lado a Maggie por completo, sabiendo lo mucho que necesita el apoyo de alguien, tener un equipo detrás. Pero, cuando continuamente haces cosas que subestiman o incluso desprecian el esfuerzo de los miembros de tu equipo, al final te quedas sin él. Y cuando te quedas sin él, acabas perdiendo la batalla.

No quiero que pierda la batalla; ninguno de nosotros lo quiere. Por eso Warren y yo nos quedamos con ella, porque necesita tratamiento, y no va a recibirlo a menos que le arregle el chaleco.

Warren se pasa la hora siguiente mirando la tele, excepto una vez que se levanta para llevarle a Maggie un vaso de agua. Cuando vuelve, sacude la mano para llamarme la atención.

—Su tos suena mal —me avisa.

Asiento, porque ya lo sé. Por eso sigo tratando de reparar el chaleco.

Pasan de las dos de la madrugada cuando al fin me doy cuenta de cuál es el problema. He encontrado en el armario del pasillo un generador antiguo y he cambiado los cables. Ahora el generador nuevo funciona, siempre y cuando sostenga el cable entre los dedos.

Warren se ha quedado dormido en el sofá cuando le llevo el chaleco a Maggie. Tiene la lamparita encendida y veo que está despierta. Me acerco a la cama y enchufo el generador. Cuando le ofrezco el chaleco, ella se incorpora en la cama y se lo pone.

204

—Hay un cortocircuito. Tengo que aguantar el cable mientras funciona o se apagará.

Ella asiente con la cabeza, pero no dice nada. Ambos sabemos lo que hay que hacer. Hay que dejar funcionar la máquina durante cinco minutos y luego tiene que toser para limpiar los pulmones. Cinco minutos más de vibración y otra pausa para toser. Y así durante media hora.

Cuando acabamos el tratamiento, Maggie se quita el chaleco y se da la vuelta, evitando el contacto visual. Lo dejo en el suelo y cuando vuelvo a mirarla, noto que está llorando por el movimiento de sus hombros.

«Y ahora me siento como un completo imbécil.»

Sé que me saca de quicio, pero es que no es perfecta. Igual que yo. Y mientras lo único que hagamos sea discutir y echarnos en cara mutuamente nuestros defectos, nunca vamos a conseguir que mejore.

Me siento a su lado y le doy un apretón en el hombro. Es lo que solía hacer siempre que me sentía impotente ante su situación. Ella alza el brazo para apretarme la mano y, con eso, ponemos fin a la discusión. Se tumba de espaldas y me mira.

—No le he dicho a Warren que estuviera asustada.

Asiento con la cabeza.

—Sí, ahora ya lo sé. Antes no lo sabía.

Le cae una lágrima, que le va a parar al pelo.

—Pero tiene razón, Ridge. Estoy asustada.

Nunca la había visto así, y la expresión de su cara me destroza. Odio que tenga que pasar por esto. Cuando se echa a llorar con más fuerza, se vuelve, dándome la espalda. Y aunque me gustaría decirle que pasaría menos miedo si dejara de actuar como si fuera inmune a los efectos de su enfermedad, no digo nada. La abrazo, porque lo que ahora necesita no es un sermón.

Sólo necesita a un amigo.

Me aseguré de que Maggie repitiera otra sesión de chaleco en mitad de la noche. Creo que me quedé dormido en algún momento durante ese segundo tratamiento, porque al despertarme a las ocho de la mañana, me he dado cuenta de que estaba en su cama. Sé que a Sydney no le haría ninguna gracia, por lo que me he ido al sofá, que es donde estoy ahora, boca abajo, tratando de dormir. Pero Warren me está sacudiendo para despertarme.

Cojo el móvil y veo con sorpresa que ya son las doce. Me siento inmediatamente, y me pregunto por qué me ha dejado dormir tanto.

—Levántate. Hemos de ir a buscar el coche de Maggie y dejárselo aquí antes de regresar a Austin.

Asiento, frotándome los ojos.

—Y antes hemos de pasar por la ortopedia

—le digo—. Quiero ver si pueden dejarle un generador hasta que reparen el suyo.

Warren signa que está de acuerdo y se dirige al baño.

Me dejo caer sobre el sofá y suspiro. Odio cómo ha salido todo en este viaje. Me ha dejado una gran inquietud, lo que, curiosamente, era lo que Sydney esperaba que sintiera. Sonrío, pensando que ha logrado su objetivo, aunque ella ni siquiera se ha dado cuenta. No he vuelto a hablar con ella desde que Maggie, Warren y yo empezamos a discutir anoche. Abro los mensajes y veo que ella no me ha escrito nada desde entonces. Me pregunto cómo le habrá ido la noche con Bridgette.

Ridge: Volveremos pronto. ¿Qué tal la fiesta de pijamas?

Ella me responde al instante. Veo aparecer y desaparecer las burbujas de texto hasta que acaba de escribir y me llega el mensaje.

Sydney: Al parecer no tan movidita como la tuya.

Su mensaje me confunde. Miro a Warren, que está saliendo del baño.

—¿Le has contado a Sydney la discusión de anoche?

—No. No he hablado con ninguna de las dos. Me imagino que estarán durmiendo todavía, resacosas.

Siento una opresión en el pecho. Ese mensaje no es normal en ella.

Ridge: ¿A qué te refieres?

Sydney: Mira Instagram.

Inmediatamente cierro la aplicación de mensajería y abro Instagram. Voy bajando hasta que encuentro lo que busco.

«Me cago en la puta.»

Maggie ha subido una foto de los dos. Está haciendo una mueca a la cámara y yo estoy a su lado. En su cama. Dormido. El texto que acompaña a la foto dice: «No echaba de menos sus ronquidos».

Aprieto el móvil entre ambas manos y me lo apoyo en la frente, cerrando los ojos con fuerza.

«Por esto.» Por esto debería haberme quedado en casa.

Me levanto.

—¿Dónde está Maggie?

Warren señala con la cabeza en dirección al pasillo y signa:

—En el lavadero.

Voy hasta allí y la encuentro tendiendo una camisa, tan pancha, como si no acabara de boicotear mi relación con Sydney con su cruel post de Instagram. Le muestro mi teléfono.

—¿Qué es esto?

—Una foto tuya —responde, sin inmutarse.

—Ya lo veo, pero ¿por qué?

Ella acaba de tender la camisa y se apoya en la lavadora.

—También he subido una foto de Warren. ¿Por qué te enfadas tanto?

Giro la cabeza y levanto las manos, frustrado. No entendía por qué había colgado la foto, y ahora tampoco entiendo por qué actúa como si no fuera gran cosa.

Se separa de la lavadora.

—No sabía que le habíamos puesto reglas a nuestra amistad. Llevo seis años colgando fotos con vosotros. ¿Hemos de cambiar nuestras vidas para complacer a Sydney a partir de ahora?

Se dirige hacia la puerta, pero yo me cruzo en su camino.

—Podrías mostrar un poco de respeto por nuestra situación.

Maggie entorna los ojos.

—¿En serio? ¿En serio acabas de pedirme que muestre respeto por la relación que mantienes con la chica con la que me engañaste?

No es justo. Esto ya lo teníamos superado. O, al menos, eso pensaba.

—Podrías haber subido cualquier otra foto, pero has elegido publicar una en la que estoy en tu cama; una cama en la que estaba porque me he pasado media noche despierto para asegurarme de que estabas bien. Usarlo para echarme en cara mi error no me parece justo, Maggie.

Ella aprieta los dientes.

—¿Quieres que hablemos de lo que es y lo que no es justo? Fuiste tú el que tuvo un rollo emocional con otra persona. ¿Por qué tengo que ser yo la que vaya con cuidado con lo que cuelgo en Instagram? ¿Es eso justo? ¿Y por qué tengo que ser la mala por comerme un Twix? ¡Quería un puto Twix, Ridge! —Me da un empujón para salir del lavadero y yo la sigo.

Ella se da media vuelta al llegar al salón.

—Se me había olvidado que no tengo derecho a divertirme cuando tú estás conmigo. Tal vez sea mejor que no vuelvas, porque este ha sido el peor día que he tenido en meses.

Durante todos los años que hace que la conozco, nunca me había enfadado tanto con ella. No sé qué me hacía pensar que esto podría funcionar.

—Si tienes una emergencia de verdad, avísame y vendré, Maggie. Pero, mientras tanto, no puedo ser tu amigo. —Me dirijo al recibidor, abro la puerta y me vuelvo hacia Warren—. Vámonos.

Él está en el salón, paralizado, sin saber qué hacer ni qué decir.

—¿Y el coche de Maggie?

—Que pida un Uber.

Salgo de casa de Maggie y me encamino hacia el coche de Warren.

Él tarda unos minutos en salir. Estoy seguro de que la está consolando. Pues que lo haga. Tal vez él pueda justificar lo injustificable, pero yo no puedo.

Cuando Warren llega al fin al coche, vuelvo a abrir los mensajes de Sydney. Ni siquiera me molesto en buscar una excusa para la foto. Se lo explicaré todo cuando estemos cara a cara.

Ridge: Siento que haya publicado esa foto. Ya de camino hacia mi apartamento.

Sydney: No tengas prisa. Yo no estaré allí cuando llegues.

Recibo otro mensaje, este es de Bridgette.

Bridgette: Capullo. Eres un capullo. Capullo, capullo, capullo.

Sydney: Y no te molestes en venir a mi apartamento. Bridgette y yo vamos a hacer otra fiesta de pijamas.

Bridgette: ¡NO SE ADMITEN CAPULLOS!

Cierro los dos chats y apoyo la cabeza en el asiento.

—Pasa primero por casa de Sydney.

14

Maggie

Cuando Warren cierra la puerta, me siento en el sofá y me quedo observando el suelo.

Hundo la cara entre las manos.

«¿Qué me está pasando?»

Primero aparto a Jake de mi vida y luego hago lo mismo con Ridge. Incluso a Warren, al que he echado a gritos de casa cuando me ha pedido que le explique por qué estaba actuando así.

No sé qué me está pasando esta semana. Yo no soy así. Juro por lo más sagrado que no quiero una relación con Ridge, pero cuando me he despertado esta mañana y lo he visto durmiendo a mi lado, me ha resultado agradable. Lo echaba de menos; no de un modo romántico, pero añoraba su compañía. Y me he empezado a preguntar si él también me echaría de menos a mí o si lo único que necesita en su vida es a Sydney. Y entonces he comenzado a sentirme insegura porque él estaba aquí, aunque había manifestado que no tenía ningunas ganas de estar aquí. Y mientras estaba en la cama, observándolo, he recordado el día en que encontré los mensajes que Sydney y él se habían enviado y me he vuelto a enfurecer.

No debería haber publicado esa foto, lo sé. Creo que lo he hecho pensando que me haría sentir mejor, por alguna retorcida razón. Lo echaba en falta, estaba enfadada con él y estaba enfadada conmigo. Creo que tantos años de esforzarme en vivir a pesar de mi enfermedad me están pasando factura. Porque Ridge tiene razón: no me cuido como debería, pero es que estoy harta de esta enfermedad y algunas veces me da igual si gana. Lo digo en serio.

Cojo el teléfono y elimino la foto. Luego le escribo un mensaje a Ridge.

Maggie: Ha sido la peor semana de mi vida. Dile a Sydney que lo siento mucho. Ya he borrado la foto.

Envío el mensaje, apago el móvil y me tumbo. Con la cara escondida en el sofá, me echo a llorar.

El problema de odiarte a ti misma cuando estás sola es que no tienes a nadie que te recuerde que también tienes buenas cualidades. Y eso hace que cada vez te odies más, hasta que acabas saboteando todo lo bueno que hay en tu vida y en ti.

Estoy en ese punto.

«Maggie Carson, hoy no estás siendo una tía dura.»

15

Sydney

Anoche me divertí muchísimo.

Me comí la asquerosa pizza que había encargado Bridgette, y luego ella me contó con pelos y señales cómo había empezado a salir con Warren, lo que no hizo más que confirmarme lo que ya sabía: que los dos son raros de narices. Luego miramos *Liga de la Justicia*, saltándonos todos los trozos donde no aparece Jason Momoa.

Después de aquello, ya no recuerdo gran cosa, ya que nos habíamos bebido varias botellas de vino. Pero la diversión se ha acabado tan bruscamente como el sueño cuando Bridgette me ha despertado para enseñarme la foto que había colgado Maggie, plantándome el móvil en la cara.

Me siento más dolida que enfadada. Estoy segura de que Ridge tendrá una buena excusa, siempre la tiene; pero ¿cuál es la excusa de Maggie? Sé que, según se mire, yo soy la otra mujer, la que se entrometió entre ellos. Yo fui la Tori de nuestra historia, pero, francamente, pensaba que todo eso ya estaba superado. Por lo que Warren y Ridge me explicaron, Maggie se lo había tomado bien, con una actitud muy madura, pero esto es muy inmaduro. Es mezquino, repugnante incluso.

Tras ver su publicación, no fui capaz de quedarme en casa de Ridge. Durante un rato, volví a sentir la honda tristeza que me asaltó los primeros días que pasé allí. Además, el piso entero olía a pepperoni y a anchoas. Cuando le dije a Bridgette que me iba a mi casa, ella entró en su cuarto a por sus cosas y me dijo que se venía conmigo.

Creo que ella está igual de disgustada que yo, porque se ha traído otra botella de vino. Y aquí estamos, bebiendo de nuevo, y eso que aún no son las dos del mediodía. Pero no me importa que esté aquí. De hecho, lo agradezco; porque, si me quedara a solas, empezaría a darle demasiadas vueltas a la situación y no me apetece, porque sé que acabaría llegando a alguna conclusión peregrina sobre la razón por la que Ridge ha pasado la noche en esa cama y no conmigo. Y sé que luego no le habría dejado ni abrir la boca cuando él quisiera explicarse.

Bridgette está en mi cama, sentada con las piernas cruzadas. Alarga el brazo para coger el bolso que ha dejado en el suelo y saca el móvil.

—Ya está. No puedo más. Voy a dejarle un comentario en el post.

Trato de arrebatarle el móvil.

—No lo hagas. No quiero que sepa que lo he visto. Entonces sabrá que se ha salido con la suya.

Bridgette se tumba boca abajo para que no le quite el móvil.

—Por eso he dicho que voy a comentar yo. Pondré algo que la haga sentir tan insegura como quiere que te sientas tú. Le diré que se la ve sanota. Todo el mundo sabe que cuando te dicen eso, te están diciendo que te ven gorda.

—No puedes decirle eso a alguien que está enfermo. Y casi en los huesos.

Gruñendo, Bridgette se tumba de espaldas y suelta el móvil.

—¡Mierda! ¡Lo ha borrado!

Gracias a Dios. Agradezco el apoyo de Bridgette, pero lo último que necesito es que se entrometa en nuestros asuntos... los míos con Ridge... y con Maggie.

—¿Quieres que llame a Warren y le pregunte qué ha pasado? —Bridgette suena francamente animada. Creo que le gusta demasiado el drama.

Y no voy a mentir. Yo también he pensado en llamar a Warren para que me aclare todas las dudas que tengo. Sé que ya están de camino y que Ridge me lo explicará todo cuando lleguen, pero estaría bien tener un poco de información previa para saber con exactitud cuánto rato tengo que gritarle y cómo de fuerte. Ya sé que a él le darán igual los decibelios que use, pero yo me sentiré mejor si le suelto cuatro gritos.

Bridgette llama a Warren y pone el teléfono en modo manos libres.

—Hola, nena.

—A ver, ¿qué coño pasó anoche?

Sí, ya, el tacto no es lo suyo. Warren se aclara la garganta, pero antes de que empiece a hablar, lo interrumpo.

—¿Piensas signar la conversación para Ridge? Porque ahora mismo no quiero hablar con él.

—Estoy conduciendo. Lo iba a tener difícil para conducir, coger el móvil, comerme la hamburguesa y signarle a Ridge. Además, él está mirando por la ventanilla, malhumorado.

Bridgette se inclina sobre el teléfono.

—¿La relación de Sydney y Ridge está en riesgo y vosotros paráis a comeros unas hamburguesas?

—He parado yo. Ridge no quiere comer nada hasta que todo esté arreglado con Sydney.

Pongo los ojos en blanco.

—Ya, pues creo que va a pasar mucha hambre.

—No ha hecho nada malo, Sydney —me dice Warren—. Te lo juro. La culpa ha sido de Maggie.

—¡Estaba durmiendo en su cama! —le recuerda Bridgette.

—Sí, porque se pasó dos horas reparándole el generador del chaleco y luego tuvo que aguantar el cable para que pudiera usarlo. Se ha pasado casi toda la noche en vela y, cuando al fin se durmió unas horas, Maggie le hizo una foto y no se le ocurrió nada mejor que subirla a Instagram. Muy turbio todo. Ya te digo, ha sido sólo culpa de Maggie; nunca la había visto así.

Me vuelvo hacia Bridgette, porque no sé si puedo fiarme de Warren. Como si supiera lo que estoy pensando, ella dice:

—No somos idiotas, Warren. Ya sabemos que los tíos siempre os defendéis. Defenderías a Ridge aunque acabara de asesinarte.

—Un momento, tengo que beber —interrumpe Warren.

Bridgette y yo esperamos mientras lo escuchamos engullir su bebida. Me dejo caer de espaldas en la cama, molesta con Warren, con Ridge, con Maggie. Pero, por una vez, no estoy molesta en absoluto con Bridgette.

—Vale —sigue diciendo Warren—. Esto es lo que pasó. Cuando salimos del hospital y fuimos a casa de Maggie, ellos dos se pasaron una hora discutiendo a gritos. Es como si los dos se estuvieran quitando de encima años enteros de agresividad. Se cruzaron todo tipo de insultos y...

—Un momento —lo interrumpe Bridgette—. Te he pillado, estás mintiendo.

—¡No estoy mintiendo! —protesta él.

—Has dicho que se estuvieron gritando insultos, pero Ridge no puede gritar, idiota.

Me llevo la mano a la frente.

—Es una manera de hablar, Bridgette. Estaba signando enfadado. A eso se refiere Warren cuando dice que gritaba. —Bridgette me dirige una mirada desconfiada, como si no acabara de creerse lo que Warren nos está contando. Volviéndome hacia el teléfono, le pregunto—: ¿Por qué discutían?

—¡Pregunta más bien por qué no discutían! Ridge estaba furioso por estar en su casa cuando ella no estaba tan grave. Le echó en cara que ella no se tomara su salud en serio, le dijo que era una irresponsable y que sus actos estaban causando molestias en su entorno. Ella se enfureció porque Ridge la acusó de causarte molestias y de dificultar su relación contigo. En serio, nunca los había visto así. No fue una pelea como las nuestras. Cuando Bridgette y yo discutimos, lo que queremos es tocarnos las narices mutuamente, pero esto era otra cosa. Era una pelea real, de dos personas que se odian.

Cierro los ojos, porque no me gusta nada esta situación. Odio que se peleen, eso no ayuda a nadie. Pero al menos ahora entiendo por qué publicó esa foto. No pretendía atacarme a mí. Estaba rabiosa con Ridge y sabe que la mejor manera de vengarse de él es involucrarme a mí.

—Y luego los dos se enfadaron conmigo —sigue diciendo Warren—. Y con tantos gritos, Maggie acabó vomitando. Y después Ridge hizo que se pusiera el chaleco y se quedó dormido durante una de las sesiones de tratamiento. Cuando se despertó, se fue directo al sofá, donde ha dormido cuatro horas hasta que lo he despertado y ha estallado el InstaGate. Y eso es todo.

Le doy una patada al colchón.

—¡Aaah! ¡No sé con quién enfadarme! ¡Necesito enfadarme con alguien!

Señalando hacia el teléfono, Bridgette susurra:

—Enfádate con Warren. Es perfecto para liberar el estrés. —Levantando la voz para que él la oiga, pregunta—: ¿Por qué se han mosqueado contigo?

—No tiene importancia. Estamos aparcando frente a tu casa, Sydney. ¿Nos abres?

Warren pone fin a la llamada y no sé si me siento mejor que antes o no. En ningún momento he pensado que Ridge estuviera siéndome infiel con Maggie. Estaba segura de que tendría una buena razón, relacionada con su salud. Pero ¿por qué no podrían haber estado en el sofá en vez de en la cama? O en el suelo. ¿Por qué ha tenido que quedarse dormido en un sitio donde probablemente han compartido momentos muy íntimos durante muchos años?

Me levanto y anuncio:

—Necesito más vino.

—Eso, eso. Más vino. —Bridgette me sigue hasta la cocina.

Cuando Ridge y Warren entran al fin, acabo de

beberme el segundo vaso del día. Warren entra primero, seguido de Ridge. Odio la expresión de Ridge mientras me busca con la mirada frenéticamente. Y odio que parezca aliviado cuando por fin me ve. Quiero seguir enfadada con él, pero me lo pone muy difícil con esos labios tan besables y esos ojos arrepentidos.

Ya sé lo que haré: no lo miraré. De este modo no sucumbiré tan deprisa. Me doy la vuelta con rapidez para no verlo y me encuentro con Warren, que trata de abrazar a Bridgette, pero ella lo empuja por la frente.

Darle la espalda a Ridge no sirve de nada, porque él se acerca a mí y me abraza por detrás, hundiendo la cara entre mi cuello y el hombro. Sin soltarme, me da un delicado beso en el cuello, disculpándose sin palabras.

No acepto su disculpa. Sigo furiosa y, por eso, permanezco tensa, sin reaccionar a su caricia. Al menos, externamente. Internamente, acabo de entrar en combustión.

Bridgette se acaba el vino y se dirige a Warren.

—¿Por qué estaban enfadados contigo Ridge y Maggie?

Quiero escuchar la respuesta de Warren, pero Ridge me suelta y me da la vuelta para que quedemos cara a cara. Apoya las manos en mis mejillas y me dirige una mirada muy seria.

—Lo siento.

Yo me encojo de hombros.

—Me sigue doliendo.

Ignorando a Bridgette, Warren se dirige hacia nosotros. Miro por encima del hombro de Ridge mientras Warren se lleva la mano al pecho, en un gesto que denota cierta culpabilidad.

—La culpa ha sido mía, Sydney. Lo siento de verdad.

—¿Quién lo iba a decir? —Bridgette se dirige a la cocina en busca de más vino. Luego se coloca entre Ridge y yo, separándonos—. Suéltalo de una vez, Warren.

Él se aprieta la nuca, mientras hace una mueca.

—Es una historia de lo más graciosa...

—Estoy segura de que nos vamos a partir el culo de risa —lo interrumpe Bridgette.

—Tal vez exageré un poco sobre la llamada de teléfono de Maggie. En verdad no estaba llorando y, técnicamente, no nos rogó que fuéramos. Lo que pasa es que sabía que, si no retorcía un poco la realidad, Ridge no habría ido.

Bridgette se queda boquiabierta, conteniendo el aliento. Luego suelta una exclamación de indignación; me mira a mí y vuelve a mirar a Warren.

—¿Querías hacer fiesta de pijamas con tu ex, y por eso le mentiste a todo el mundo?

—Eres un capullo, Warren —le digo.

¿Por qué tuvo que mentir y poner a Ridge en esa situación? Dios, estoy furiosa con él. Y me alegro de tener al fin un buen objetivo contra el que dirigir mi ira.

—A ver. —Warren levanta las manos—. Hacía tiempo que Ridge y Maggie necesitaban discutir el tema. No lo hice con mala intención. ¡Estaba tratando de ayudar!

—Pues sí, parece que el viaje ha sido un éxito —comento.

Warren se encoge de hombros y se apoya las manos en las caderas.

—Tal vez el conflicto no se haya cerrado todavía, pero Maggie necesitaba oír todo lo que Ridge le dijo. De hecho, creo que deberías estar orgullosa de él. Después de escuchar lo que dijo para defenderte, ya no me queda ninguna duda de que está en tu equipo al cien por cien.

Me cruzo de brazos.

—¿Estás diciendo que hasta ayer no lo tenías claro?

Warren mira hacia el techo.

—No, no era eso lo que quería decir. —Se vuelve hacia Bridgette y me doy cuenta de que no puede más—. Vámonos. Necesitan privacidad, y nosotros también.

Bridgette separa una de las sillas de la barra de la cocina y se sienta.

—No, todavía no me he acabado el vino.

Warren se acerca a la encimera y coge la botella. Luego le quita la copa de la mano y sale por la puerta con las dos cosas. Bridgette mira hacia la puerta y luego me dirige una mirada aterrada.

—El vino —murmura, señalando la puerta con impotencia.

—Ve a por él —le digo, rodeando a Ridge y acompañándola hasta la puerta.

Cuando ella entra, la cierro. Al darme la vuelta, Ridge está apoyado en la nevera, contemplándome. Suspirando, le devuelvo la mirada. Parece agotado y no me gusta verlo así. Sigo furiosa con Warren, pero le agradezco que nos lo haya explicado todo. Ahora ya no estoy tan enfadada con Ridge.

Ridge se saca el móvil del bolsillo y me escribe algo. Voy a mi habitación, a por mi teléfono, y regreso a la cocina para leer su mensaje.

Ridge: No tengo ni idea de lo que ha pasado durante los últimos diez minutos. Nadie ha signado ni una palabra y es muy difícil leer los labios cuando la gente está enfadada y no para de moverse.

Dejo caer los hombros al leer sus palabras. Me siento fatal por haberlo excluido mientras discutíamos a su alrededor.

Sydney: Resumiendo, Warren ha dicho que eres inocente, que la culpa fue suya, que Maggie estaba muy resentida y que ha sido la fiesta de pijamas más desastrosa de la historia.

Tras leer el mensaje, Ridge se encoge de hombros.

Ridge: La razón es lo de menos. No debería haber estado en la cama de Maggie sin pensar en cómo te haría sentir. Pero que conste que me quedé dormido durante el tratamiento y luego me fui al sofá en cuanto me desperté.

Sydney: Ya, pues fue demasiado tarde, porque tu buena acción se volvió en tu contra.

Ridge: Quien diga que el karma es muy cabrón es que no lo conoce. Porque el karma es un encanto. Me sigue a todas partes. A todas partes. Siempre.

Sonrío, pero Ridge no. Pocas veces lo he visto tan triste. Odio que la vida nos haya puesto en esta situación, teniendo que reconciliarnos otra vez cuando apenas llevamos una semana juntos. Espero que no sea una señal de cómo va a ser el resto de nuestra relación. Claro que de la primera discusión tuvo la culpa Ridge, por idiota, pero, en cambio, en esta...

No lo sé. Por lo que he deducido de la explicación de Warren, Ridge intenta que yo sea su prioridad, pero no lo tiene fácil, porque la vida no deja de ponerle obstáculos en el camino.

«Ay, Dios.»

¿Acabo de referirme a Maggie como un obstáculo? Ella no es ningún obstáculo, aunque su actitud reciente sí.

Ridge: ¿Puedo besarte, por favor? Lo necesito. Desesperadamente.

Se me escapa una sonrisilla al leerlo. Y él debe de verla, porque no espera a que alce la vista y le responda. Se acerca a mí a toda prisa, me levanta la cara y une su boca a la mía con firmeza. Me besa como si estuviera hambriento de mí. De todos los besos que me ha dado, este es mi favorito. Es un beso desesperado. Y desequilibrado, porque le pone tanta intensidad que acabo retrocediendo. Él sigue besándome hasta que mi espalda choca contra la pared del salón. Pero, aunque es un beso desesperado, no es sensual. Está cargado de necesidad; de la necesidad de sentirme y de saber que no estoy enfadada. Necesita estar seguro. Necesita mi perdón.

Tras un minuto en que no deja de besarme, apoya la frente en la mía. Aunque le he dado permiso para besarme, sigue pareciendo disgustado. Apoyo la mano en su mejilla y se la acaricio con el pulgar hasta que me mira a los ojos.

—¿Estás bien?

Ridge inspira hondo y exhala lentamente. Asiente de un modo poco convincente y luego me atrae hacia él. Sin darme tiempo a abrazarlo, se agacha y me coge en brazos. Me lleva hasta el dormitorio y me deja en la cama.

Sea lo que sea lo que le preocupa, parece que puede esperar, porque vuelve a apoderarse de mi boca. Pero esta vez no está buscando consuelo, lo que necesita ahora soy yo. Se quita la camiseta antes de levantarse y quitarme los pantalones del pijama. Vuelve a tumbarse sobre mí, y desliza su lengua en mi boca mientras me recorre el muslo con la mano y me levanta la pierna.

Quiero oírlo. Desde que describí lo sexis que son los sonidos que hace, he estado deseando oírlos de nuevo. Le desabrocho los vaqueros y cuelo la mano dentro. Cuando encuentro lo que busco, lo guío hasta mi interior.

Cuando gruñe, lo hace con la boca pegada a mi cuello. El gruñido retumba en su pecho mientras se clava en mí. Luego suspira con suavidad al retirarse. Lo repite rítmicamente y yo cierro los ojos y me dejo llevar mientras me hace el amor. Y durante todo el rato, permanezco en silencio, escuchando los sensuales sonidos de Ridge.

16

Ridge

Hay tres cosas que producen unos sonidos tan hermosos que se han escrito innumerables poemas sobre ellos.

Los océanos, las cascadas y la lluvia.

Yo sólo he visto el océano una vez. Hace dos años, a Sounds of Cedar le salió un bolo en Galveston y los acompañé. La mañana siguiente al concierto, me acerqué hasta la playa. Me quité los zapatos y me senté en la arena a ver salir el sol.

Recuerdo la sensación que se fue apoderando de mí a medida que observaba. Como si todas y cada una de las emociones negativas que había sentido en la vida se evaporaran al entrar en contacto con cada nuevo rayo de sol que aparecía lentamente por el horizonte.

Era una sensación de sobrecogimiento total y absoluto, que no se parecía a nada que hubiera experimentado hasta aquel momento. Y mientras estaba allí sentado, me di cuenta de que me estaba maravillando por algo que tiene lugar todos los días y que se ha venido repitiendo cada día desde el primer amanecer. Y recuerdo haber pensado: «¿Cómo algo tan cotidiano puede ser tan magnífico?».

La salida y la puesta del sol son hechos esperados, repetitivos, de los que todo el mundo puede fiarse. Y, sin embargo, es una de las pocas cosas capaces de dejar a las personas sin habla.

En ese momento, sentado a solas en la playa, abrazándome las rodillas con los pies hundidos en la arena, me pregunté por primera vez si el amanecer haría ruido. Estaba casi seguro de que no, porque, de lo contrario, habría encontrado alguna referencia escrita por alguna parte. Estaba convencido de que, si hiciera ruido, le habrían dedicado más poemas que a los océanos, las cascadas o la lluvia.

Y entonces me pregunté cómo debían de sentir el amanecer las personas que pueden oír el ruido del océano mientras el sol se libera de las ataduras del horizonte. Si un amanecer silencioso me había impactado tanto, ¿qué impresión causaría en las personas capaces de escuchar las olas al mismo tiempo?

Me eché a llorar.

Lloré... porque era sordo.

Fue una de las pocas veces que he estado resentido con la vida por esta parte de mí que me ha limitado de manera considerable. Y ha sido la única ocasión en que he llorado por ello. Todavía recuerdo cómo me sentí en aquel momento. Estaba enfadado, amargado. Disgustado por lo que sentía como una maldición que me ponía trabas constantemente, a pesar de que la mayoría de los días ni siquiera pensaba en ello.

Pero ese día —ese instante en concreto— me devastó. Quería sentir el amanecer al completo; absorber los graznidos de las gaviotas que volaban sobre mi cabeza. Quería que el sonido de las olas me entrara por los oídos y se deslizara por mi pecho hasta poder sentirlo dando vueltas en el estómago.

Lloré porque me compadecí de mí mismo. Cuando el sol hubo acabado de salir del todo, me levanté y me alejé de la playa, pero no logré alejarme de la sensación. La amargura me persiguió durante todo el día.

Desde entonces, no he vuelto a ver el mar.

Mientras estoy aquí, con las manos apoyadas en los baldosines de la ducha y el agua cayéndome sobre la cara, no puedo quitarme esa sensación de encima. Ese día me di cuenta de que, hasta ese momento, no había acabado de entender lo que probablemente siente Maggie a diario. Amargura y dolor ante las cartas que la vida le ha repartido y que se supone que debe aceptar con elegancia y sin protestar.

Es fácil contemplar la situación desde fuera y pensar que Maggie es egoísta y que no se preocupa de los sentimientos de los demás; incluso yo lo pienso muchas veces. Pero hasta ese día en la playa no la entendí de verdad, con cada fibra de mi ser.

Ser sordo me limita muy poco. Sigo pudiendo hacer cualquier cosa excepto oír.

Pero la enfermedad de Maggie la limita de muchas maneras, y sé que no puedo llegar a imaginármelas todas. Lo que sentí en la playa aquel día en que me abrumó el peso de mi discapacidad es probablemente lo que siente Maggie todos los días de su vida. Y, sin embargo, muchos la mirarán desde fuera y juzgarán su conducta, llamándola desagradecida, egoísta, e incluso despreciable.

Y tendrían razón. Es todas esas cosas. Pero la diferencia entre Maggie y las personas que no son Maggie, aunque a pesar de ello la juzgan, es que ella tiene todo el derecho del mundo a actuar así.

Desde el día en que la conocí, siempre ha defendido su independencia con uñas y dientes. Odia sentir que es una carga para los que la rodean. Sueña con viajar por todo el mundo, con arriesgarse, con hacer todas las cosas que su enfermedad le dice que no puede hacer. Quiere sentir el estrés de la universidad y del mundo laboral. Quiere disfrutar de la independencia que el mundo cree que no merece. Quiere liberarse de las cadenas que no la dejan olvidarse de su enfermedad.

Y cada vez que quiero reprenderla y señalarle que está haciendo algo perjudicial que va a acortarle la vida, solamente tengo que pensar en aquel momento en la playa. Aquel instante en el que habría dado cualquier cosa por poder oír lo que estaba sintiendo.

Habría dado años de mi vida a cambio de un minuto de normalidad.

Y eso es justo lo que está haciendo Maggie. Sólo quiere un minuto de normalidad. Y la única manera de conseguir un momento de normalidad es ignorar el peso de la realidad.

Si pudiera hacer retroceder el reloj y revivir el día de ayer, haría las cosas de otra manera.

Habría incluido a Sydney en el viaje. No habría dejado que Maggie saliera del hospital. Me habría sentado con ella y le habría explicado que quiero ayudarla, que quiero estar a su lado, pero que no puedo hacerlo si ella se niega a ayudarse a sí misma.

Pero, en vez de eso, lo que hice fue soltar de golpe todos los pensamientos negativos que se habían acumulado en mi interior. No dije ninguna mentira, pero mi modo de decirle las cosas fue demasiado hiriente. Hay maneras mucho mejores de decir verdades que forzar a alguien a escucharlas aunque le duelan.

Sé que le hice daño a Maggie, lastimé su orgullo. Y aunque lo fácil sería decirme que se lo merecía, que fueron sus acciones las que generaron mi reacción, la verdad es que me arrepiento de haber actuado así.

Y, aunque estoy tratando de no darle más vueltas al tema, lo cierto es que me está consumiendo. Sé que lo único que podría aliviar lo que estoy sintiendo sería hablar con la persona en el mundo que mejor me entiende, pero es que ella es también la última persona con la que quiero tocar el tema de Maggie.

Cierro el agua de la ducha de Sydney, donde llevo más de media hora, y trato de reprimir mis sentimientos actuales. Sydney se merece una noche que no esté manchada por mi última relación. La semana ha sido dura y se ha ganado una noche que sea perfecta, en la que ella sea todo mi mundo y yo el suyo.

Y eso es lo que le voy a dar.

Salgo del baño cubierto tan sólo por una toalla. Y no porque trate de distraerla mientras hace un trabajo de clase tumbada en la cama, sino porque mis pantalones siguen en el suelo de su habitación. Cuando suelto la toalla para ponerme los vaqueros, alza la vista y se me queda mirando con una sonrisa, mientras muerde el lápiz.

Yo le devuelvo la sonrisa porque no puedo evitarlo. Ella echa los libros a un lado y da golpecitos en la cama. Me siento a su lado y apoyo la espalda en el cabecero. Se monta sobre mí y hunde las manos en mi pelo mojado. Echándose hacia delante, me besa en la frente. Creo que es la primera vez que lo hace, no estoy seguro.

Cierro los ojos mientras me va plantando besos por toda la cara hasta acabar con un suave pico en los labios.

Quiero disfrutar de este momento, por lo que la atraigo hacia mí. No estoy especialmente interesado en charlar ni en montármelo con ella. Lo que quiero es abrazarla con los ojos cerrados y disfrutar sabiendo que es mía. Ella me lo permite durante un par de minutos, pero una de las ventajas que tiene sobre mí es que escucha los susurros que se me escapan sin darme cuenta.

Y eso incluye el profundo suspiro que hace que vuelva a preocuparse.

Se aparta un poco y me sostiene la cara entre las manos. Me mira con los ojos entornados, como advirtiéndome de que más me vale no mentirle.

—¿Puede saberse qué te pasa? Y esta vez sé sincero.

Sé que no voy a salir ileso de esto si no soy absolutamente transparente. Deslizo las manos desde su cintura hasta sus hombros. Le doy un apretón y la aparto de mí con delicadeza.

—Portátiles —le digo.

Usamos los ordenadores portátiles siempre que hemos de mantener conversaciones sobre temas serios; las que no podemos mantener signando ni leyendo los labios ni por mensajes de texto, porque requerirían demasiada paciencia. Me dirijo al salón y saco mi portátil de la bolsa. Al volver a su habitación, ella está sentada en la cama, con el portátil en el regazo, apoyada en el cabecero, y me sigue con la mirada mientras yo me siento al otro lado de la cama. Abro el programa de mensajería e inicio la conversación.

Ridge: Que conste que no quería hablar de esto esta noche, pero creo que soy incapaz de sentir cualquier emoción sin que lo notes.

Sydney: No eres tan transparente como crees que eres.

Ridge: Sólo me siento transparente ante ti.

Sydney: Bueno, pues vamos a comprobarlo. Voy a tratar de averiguar qué te preocupa.

Ridge: Vale. ¿Apostamos algo? Si lo adivinas, te llevo a cenar fuera esta noche. Si no lo aciertas, tendrás que salir a cenar conmigo esta noche.

Sydney: ;) Nunca hemos tenido una cita.

Ridge: Más te vale acertar o fallar entonces, o no iremos.

Sydney: De acuerdo. Pues voy a intentarlo. Tu lenguaje corporal me dice que tienes la mente en otra parte. Y, basándome en lo que has vivido durante las últimas veinticuatro horas, supongo que estás pensando en Maggie.

Ridge: Ojalá pudiera decirte que te equivocas, pero tienes razón. Espero que sepas también que son pensamientos totalmente inocentes. Es que no puedo evitar sentirme mal por todo lo que le dije.

Sydney: ¿Has hablado con ella desde que saliste de su casa esta mañana?

Ridge: Me escribió un mensaje al poco de que nos fuéramos; dos líneas en las que se excusaba contigo y conmigo, pero no le respondí. Estaba demasiado furioso. Y ahora no sé cómo responder, porque me siento culpable, pero, al mismo tiempo, no siento que se merezca que me disculpe. Y eso es lo que me tiene hecho un lío. ¿Por qué me siento culpable si no tengo ganas de disculparme por lo que he hecho?

Sydney: Porque sí. Te preocupa pensar que, si la situación de Maggie fuera otra, vosotros dos no volveríais a hablar nunca. Sois muy distintos y, de no ser por su enfermedad, lo más seguro es que hubierais puesto fin a la relación hace mucho tiempo. Pero la situación es la que es y, probablemente, a ella le está costando asimilar que sólo sigues en su vida por obligación.

Leo el mensaje y siento que la verdad me cala hasta los huesos. Sydney tiene razón, la enfermedad de Maggie es lo único que nos mantiene conectados. Aunque lo sabía, no quería admitirlo. Pero Maggie y yo estamos tan distanciados, como si viviéramos en extremos opuestos del planeta y una cuerda llamada fibrosis quística nos mantuviera atados.

Ridge: Tienes razón. Ojalá no la tuvieras.

Sydney: Estoy segura de que ella también desearía que las cosas fueran de otra manera. ¿Cómo crees que se sintió sabiendo que estabas en su casa porque te sentías obligado y no porque querías estar allí?

Ridge: Me imagino que se sentiría muy dolida y estaría resentida.

Sydney: Exacto. Y cuando la gente está resentida, actúa de manera poco razonable y dice cosas que en realidad no siente.

Ridge: Tal vez. Pero ¿y yo? ¿Cuál es mi excusa? Le grité cosas que no he dicho a nadie. Por eso no puedo parar de pensar en todo esto, porque siento que perdí la paciencia con ella.

Sydney: Sí, eso parece, pero no creo que debas atormentarte. A veces querer a alguien implica decir cosas que uno no quiere decir, pero que deben ser dichas.

Ridge: Sí, quizá tengas razón.

Sydney: Tu corazón es mi parte favorita de ti, Ridge.

Ella ama una parte de mí que Maggie no puede amar. Supongo que por eso funcionan las cosas entre nosotros. Por fin he encontrado a alguien que ama todos los aspectos de mí.

Sydney: Tampoco quiero engañarte; a veces tu corazón me asusta.

Ridge: ¿Por qué?

Sydney: Porque sí. Me preocupa que la salud de Maggie empeore con rapidez. Sé que a ti también te preocupa. Y me da miedo que la preocupación y la culpa te impulsen a volver con ella, para poder arreglar sus problemas.

Ridge: Sydney...

Sydney: Eh, estamos siendo incómodamente sinceros ahora mismo.

La miro, totalmente pasmado por sus palabras. Cuando ella me devuelve la mirada, veo un rastro de miedo en su expresión, como si temiera que fuera a estar de acuerdo con su absurda preocupación.

Ridge: Sydney, nunca te dejaría para arreglar sus problemas. Perderte me destrozaría y, entonces, ¿quién me
arreglaría a mí?

Tras leer mi mensaje, lleva una mano a la pantalla y acaricia mis palabras con el pulgar. Luego
selecciona la frase y la copia. Abre un documento
de Word y la pega debajo de un montón de mensajes.

Me inclino hacia ella para verlo mejor, pero lo
cierra a toda prisa y sólo logro verlo un instante.
Juraría que el documento se llamaba «Cosas que
dice Ridge».

Ridge: Me ha parecido ver mi nombre en ese documento.

Sydney: Es posible. No te preocupes.

Me vuelvo hacia Sydney y veo que está tratando de disimular una sonrisa. Sacudo la cabeza,
porque creo que sé lo que acaba de hacer.

Ridge: ¿Guardas esas cosas? ¿Las cosas que te digo?
¿En serio tienes un documento con cosas que te he
dicho?

Sydney: Oh, déjalo. No es tan raro. Como si fuera la
única persona del mundo que colecciona cosas.

Ridge: Tú lo has dicho: cosas, como monedas o anima-

les disecados. No creo que haya mucha gente que co-
leccione pedazos de conversación.

Sydney: Que te den.

Me echo a reír. Selecciono su última frase y la
copio. Abro un nuevo archivo de Word y la pego
antes de guardar el documento con el nombre
«Cosas que dice Sydney».

Me da un empujón con el hombro. Cierro mi
portátil y luego el suyo, y los dejo los dos en el
otro lado de la cama. La abrazo y apoyo la barbilla en su pecho, mirándola a la cara.

—Te quiero.

Ella alza una ceja.

—Ceja ayer compota.

Ladeo la cabeza.

—¿Podrías repetir eso? Estoy casi seguro de
que te he leído mal los labios.

—Deja de hacer el idiota.

Me río de mi confusión y la beso en el pecho,
en el cuello. Le doy un pico rápido en los labios y
tiro de ella para que se levante.

—Hora de la cita, vamos a vestirnos.

—¿Adónde vamos? —signa.

Me encojo de hombros.

—¿Adónde quieres ir?

Coge el teléfono y me escribe mientras yo me
pongo la camisa.

Sydney: ¿Sería raro si fuéramos a aquella cafetería?

Trato de recordar a qué cafetería se refiere. La única que me viene a la cabeza es a la que fuimos el día en que nos conocimos. Era su cumpleaños, pero había tenido un día de mierda, así que la invité a tomar pastel.

Ridge: ¿La que está cerca de mi apartamento?

Ella asiente con la cabeza.

Ridge: ¿Por qué tendría que parecerme raro?

Sydney: Porque sí. Fuimos el día en que nos conocimos. Volver allí para nuestra primera cita sería una manera de celebrarlo.

Ridge: Sydney Blake. Tienes que perdonarte de una vez por haberte enamorado de mí. Hemos compartido muchos capítulos que no necesitamos arrancar de nuestro libro aunque haya cosas en ellos que no nos gusten. Forman parte de nuestra historia, y cada una de las frases del libro, ya sean buenas o malas, nos acercan a nuestro final feliz.

Sydney lee mi mensaje y se guarda el móvil en el bolsillo, como si lo que acabo de escribirle haya confirmado la elección de local para la cita. Luego elige signar para decirme:

—Gracias. Eso ha sido muy bonito. Puente. Nube. Espinilla.

Me echo a reír.

—¿Se supone que eso es una frase?

Sydney niega con la cabeza.

—Todavía hay muchas palabras que no sé signar, así que he decidido que voy a inventarme palabras al azar cuando no conozca el signo de lo que quiero decir.

Le señalo el bolsillo para que coja el móvil.

> Ridge: Has dicho: «puente, nube y espinilla». *LOL.* ¿Qué pretendías decir?

> Sydney: No sabía cómo decir que esta noche vas a triunfar sí o sí.

Me río y la abrazo, acercándola a mí hasta que pego los labios a su frente. Joder, no logro saciarme de ella nunca. Y creo que nunca voy a cansarme de puente, nube, espinilla.

Hemos ido en el coche de Sydney hasta mi apartamento porque no había traído el mío y no podemos ir andando hasta la cafetería desde aquí. Sydney ha insistido en que fuéramos a pie desde mi apartamento, igual que hicimos la primera vez. Ella se ha pedido un menú de desayuno para cenar, pero también se ha comido la mitad de

mis aros de cebolla y tres bocados de mi hamburguesa.

Hemos jugado a las veinte preguntas mientras
cenábamos, pero hemos optado por escribir en el
móvil, porque es incómodo signar y comer a la
vez. Durante los cuarenta y cinco minutos que
llevamos aquí, no he vuelto a pensar en mi pelea
con Maggie. Ni he pensado en lo retrasado que
voy en el trabajo. Ni siquiera he pensado en el
dichoso espóiler de *Juego de tronos*. Cuando estoy
así con Sydney, su presencia absorbe todas las
partes malas de ese día, y no me cuesta nada concentrarme sólo en ella.

Hasta que Brennan hace su aparición.

Ahora es él quien acapara toda mi atención,
mientras se sienta en el banco corrido junto a Sydney y se echa hacia delante para apoderarse de mi
último aro de cebolla.

—Hola.

Se mete el aro de cebolla en la boca y yo me reclino hacia atrás en el banco, preguntándome qué
demonios está haciendo aquí. No es que me importe, pero esta es nuestra primera cita oficial y no entiendo por qué viene a interrumpirla.

—¿Qué haces aquí? —signo.

Brennan se encoge de hombros.

—No tenía plan para esta noche y estaba aburrido. He ido a tu apartamento, pero no estabas
allí.

—¿Y cómo has sabido dónde encontrarnos?

—Por la aplicación —responde, y me quita el refresco y da un trago. Yo le dirijo una mirada que indica que no tengo ni idea de qué me está hablando—. Ya sabes, una de esas *apps* que se usan para localizar los teléfonos de la gente. Yo te tengo siempre localizado.

«¿Qué demonios?»

—Pero, para instalarla, necesitas acceder a mi teléfono.

Brennan asiente con la cabeza.

—Lo hice hace un año. Así siempre sé dónde estás.

La verdad es que ahora entiendo muchas cosas.

—Eso no es normal, Brennan.

—Claro que lo es; eres mi hermano. —Se vuelve hacia Sydney y la saluda—: Hola, encantado de verte totalmente vestida, para variar.

Cuando le doy una patada por debajo de la mesa, él se echa a reír. Cruzándose de brazos, dice lo que ha venido a decir:

—¿Te apetece escribir algo esta noche?

Niego con la cabeza.

—Estoy en plena cita con mi novia.

Brennan se deja caer sobre el respaldo del banco, abatido. Sydney alterna la mirada entre los dos.

—¿Una canción? —pregunta—. ¿Quieres escribir una canción esta noche?

Brennan se encoge de hombros.

—¿Por qué no? Necesito más material y me apetece. Tengo la guitarra en el coche.

Sydney asiente, entusiasmada.

—Sí, por favor, Ridge. Quiero ver cómo componéis una canción juntos.

—Por favor, Ridge —repite Brennan.

Que Brennan me lo suplique me da igual. Sus ruegos no me van a hacer cambiar de opinión..., porque ya he cambiado de opinión antes, cuando me lo ha pedido Sydney. Además, durante toda la cita he tenido versos de canción dándome vueltas en la cabeza. Más me vale dejarlos salir ahora que estoy en racha.

Pago la cuenta y salimos del local con la intención de volver a casa, pero Brennan señala hacia el parque que hay al otro lado de la calle. Va hasta su coche de una carrera y vuelve con la guitarra y algo donde escribir. Los tres nos dirigimos al parque y elegimos dos bancos que quedan uno frente al otro. Brennan se sienta en uno; Sydney y yo, en el otro. Brennan le da la vuelta a la guitarra y la usa como mesa para hacer algunas anotaciones. Escribe durante varios minutos y me lo da para que lo lea. Ha escrito la música para un estribillo, que aún no tiene letra. Me paso varios minutos estudiándolo. Veo que Brennan y Sydney están hablando mientras yo examino la música y trato de encontrar el primer verso del estribillo. Al principio, Brennan signa la conversación, pero, cuando ve que no les estoy prestando atención, deja de hacerlo y siguen charlando. Me gusta que estén hablando entre ellos. Esto no tiene nada que ver con las veces que la gente se olvida de incluirme en la conversación. Si están charlando es porque saben que necesito un rato para poder concentrarme en la canción.

Pienso en la conversación que he mantenido con Sydney hace un rato, cuando me ha dicho que teme que algún día vuelva con Maggie para reparar todo lo que no funcione en su vida. Trato de condensarlo en un par de frases, pero no me sale nada. Con los ojos cerrados, intento recordar las palabras exactas que le he dicho.

«Perderte me destrozaría y, entonces, ¿quién me arreglaría a mí?»

Releo la frase una y otra vez.

«¿Quién me arreglaría a mí?»

Esta es una de las maneras en las que construyo la base de una canción. Pienso en alguien, en una conversación que haya mantenido con esa persona o en las ideas que me despierta. Y, a partir de ahí, empiezo a escribir los versos.

Y, entonces, ¿quién me arreglaría? La única persona capaz de recomponer mi corazón roto sería Sydney.

Satisfecho con la respuesta, anoto: «Eres la única capaz de curarme».

Doy golpecitos con el lápiz sobre el papel, siguiendo el ritmo de la música que ha escrito Brennan. Él coge la guitarra, observa el lápiz y empieza a tocar. Veo de reojo a Sydney, que dobla las rodillas y se abraza las piernas mientras nos observa. La miro un instante, buscando inspiración para otro verso. ¿Qué mensaje quiero que reciba al escuchar esta canción?

Anoto varias frases, sin seguir ningún orden en concreto. Al principio, nada rima, pero todo me recuerda a Sydney. El siguiente paso será trabajar las frases y convertirlas en versos de una estrofa, pero primero tengo que sacar de dentro las ideas que quiero transmitir.

> Desde el principio vi la verdad que hay en ti.
> Qué bonita eres cuando hablas.
> Yo soy el caos, tú el orden y la limpieza.
> Con el tiempo verás que es así.
> Eres la única capaz de curarme.

Levanto la vista de la página. Brennan continúa tocando, puliendo el tempo de la canción de la que acabo de escribir el estribillo. Sydney me está contemplando, sonriente, y no necesito más motivación para seguir componiendo. Me levanto para sentarme junto a Brennan y le muestro la letra, que encaja en las notas del estribillo. Él sigue puliendo notas mientras yo acabo la letra.

Casi una hora más tarde, tenemos la canción acabada. Es la primera vez que componemos algo juntos a tanta velocidad. Brennan todavía no ha cantado la canción en voz alta para que Sydney la escuche. Regreso a su lado y la atraigo hacia mí antes de que empiece. Brennan comienza a rasguear la guitarra, mientras Sydney me rodea la

cintura con un brazo y apoya la cabeza en mi
hombro.

Me levanto temprano, pero me acuesto tarde.
Ya sé que es un error, pero no lo puedo evitar.
Me olvido de las cosas, no puedo cambiar.
No soy perfecto, lo sé, soy un desastre.

Siempre salgo de casa quince minutos tarde.
Creo que voy con tiempo, pero te hago esperar.
Los platos se pueden quedar una semana entera
                                        [sin lavar.
Pero creo que eres preciosa, preciosa al hablar.

Pregunta a quien quieras. Todos te dirán
Que tú eres la única en la que no dejo de pensar.
Con el tiempo verás que es así.
Eres la única capaz de curarme a mí.
Eres la única capaz de curarme a mí.

Yo soy el caos, que tú recoges tras de mí.
Me pareces graciosa cuando dejas salir al
monstruo que vive en ti.

Desde el principio vi la verdad que hay en ti.
Y desde ese momento, te adueñaste de mí.

Pregunta a quien quieras. Todos te dirán
Que tú eres la única en la que no dejo de pensar.
Con el tiempo verás que es así.

Eres la única capaz de curarme a mí.
Eres la única capaz de curarme a mí, oh, sí.

Fuera de servicio; casi te desquicio.
Te mentí, aunque no fue por vicio.
Me llevó un tiempo, pero me he apartado del
                                    [precipicio.

Pregunta a quien quieras. Todos te dirán
Que tú eres la única en la que no dejo de pensar.
Con el tiempo verás que es así.
Eres la única capaz de curarme a mí.

Pregunta a quien quieras. Todos te dirán
Que tú eres la única en la que no dejo de pensar.
Con el tiempo verás que es así.
Eres la única capaz de curarme a mí, oh, sí.

Cuando Brennan acaba de tocar la canción, Sydney no reacciona. Sigue acurrucada contra mi pecho y se ha aferrado con fuerza a mi camisa. Creo que necesita un momento para asimilarla.

Cuando al fin se separa de mí, veo que tiene los ojos llenos de lágrimas. Se las seca mientras Brennan y yo esperamos sus comentarios, pero ella sacude la cabeza.

—No me hagáis hablar ahora mismo; no puedo.

Brennan me dirige una sonrisa.

—La hemos dejado sin habla. A tu chica le ha gustado. —Levantándose, añade—: Voy al apartamento y la grabaré con el móvil ahora que la tengo fresca en la cabeza. ¿Os llevo?

Sydney asiente y me da la mano.

—Sí, pero no nos quedaremos allí. Tenemos que volver a mi casa, es importante.

La miro sin entender y ella me devuelve una mirada inflexible.

—Puente. Nube. Espinilla. Ahora.

Sonrío mientras tira de mí en dirección al coche de Brennan.

«Creo que le ha encantado la canción.»

17

Sydney

Ridge y Brennan han bajado ya del coche, pero yo sigo sentada en el asiento del acompañante, mirando el vehículo que tenemos aparcado al lado. Es el coche de Hunter, pero no es él quien está cerrando la puerta trasera, sino Tori. Por eso me he quedado paralizada, porque no esperaba verla y no me apetece que me vea. Estoy segura de que esta vez la conversación no acabaría con un puñetazo por mi parte, pero igualmente no tengo ganas de hablar con ella.

Sin embargo, es demasiado tarde, porque Ridge no la reconoce y me abre la puerta para hacer el cambio del coche de Brennan al suyo, justo en el momento en que ella pasa por delante. Tori se detiene en seco cuando nuestras miradas se cruzan.

«Mierda.»

Acepto la mano que me ofrece Ridge y salgo del coche poco a poco. Tori me está mirando como si hubiera visto un fantasma, pero no hace lo que a mí me gustaría que hiciera, que es salir corriendo. En vez de eso, deja las bolsas de la compra sobre el capó del coche y se vuelve hacia mí cruzándose de brazos.

—Hola —me saluda.

Se nota que tiene ganas de hablar, y yo estoy de tan buen humor que no me sale portarme con ella como una borde absoluta.

—Ve tú —le digo a Ridge, signando—. Dos minutos.

Ridge mira a Tori y luego a mí. Asiente y se retira. Alcanza a Brennan en la escalera y suben juntos al apartamento.

Tori tiene buen aspecto, como siempre. Sin darme cuenta, me tenso la coleta y me aparto un mechón rebelde de la cara.

—¿Es tu novio? —me pregunta.

Alzo la vista hacia lo alto de la escalera. Ridge está entrando en su apartamento de espaldas, mirándonos con preocupación. Yo le dedico una sonrisa tranquilizadora antes de que cierre la puerta. Luego me vuelvo hacia Tori y me cruzo de brazos.

—Sí.

Ella me dirige una mirada de complicidad.

—Es el chico del balcón, ¿verdad? El chico al que le escribías letras de canciones...

De repente, siento el impulso de proteger todo lo que está pasando en mi vida. No quiero compartir nada con Tori. Ni siquiera sé qué estoy haciendo aquí. Me ha parecido que ella tenía ganas de hablar conmigo, que tal vez lo necesitara para seguir adelante con su vida, o algo así.

Miro a su espalda, hacia el coche de Hunter, y veo que tiene carteles de SE VENDE en un par de ventanillas.

—¿Hunter vende el coche?

Tori mira los carteles por encima del hombro.

—Sí, creo que tiene humedades o algo, porque lleva una temporada oliendo raro.

Me cubro la boca con la mano, para asegurarme de que no me vea sonreír. Cuando estoy segura de que no se me va a escapar la risa, me descubro la boca y sujeto la correa del bolso.

—Qué mala suerte, con lo que le gustaba este coche.

Cuando a Tori le suena el móvil, le echa un vistazo y luego responde, apartándose un poco de mí, como si no quisiera que escuchara la conversación.

—¿Qué? —susurra. Por su actitud, parece molesta con quien sea que esté al otro lado de la línea. Alza la vista hacia su apartamento y dice—: Todavía no he acabado de subir la compra, me queda otro viaje; espera un momento.

Cuelga y se guarda el móvil en el bolsillo. Regresa al capó del coche a por la compra y luego se detiene ante mí, con dos bolsas en cada mano.

—Bueno, pues... —Hace una pausa, inspira rápidamente y expira a la misma velocidad—. ¿Quieres que vayamos a tomar café en algún momento? Me gustaría que nos pusiéramos al día, que me lo contaras todo sobre tu nuevo novio.

Me la quedo mirando unos instantes, preguntándome qué la debe de llevar a pensar que me parecerá buena idea. Soy consciente de que yo también fui una Tori durante el breve periodo de tiempo en que Ridge y yo fuimos sólo amigos, pero por mucho que me enfadara con Hunter, y por mucho que Maggie se debe de haber enfadado con Ridge, hay pocas cosas que duelan tanto en la vida como la traición de tu mejor amiga. Era la persona con la que compartía mi vida, mi casa y todos mis secretos. Y durante todo el tiempo que vivimos juntas, me había estado engañando constantemente.

No quiero ir a tomar café con ella. Ni siquiera quiero estar charlando con ella aquí, fingiendo que su traición no me rompió el corazón con muchísima más fuerza que la de Hunter.

Niego con la cabeza.

—No, no creo que sea buena idea ir a tomar café. —Rodeo el coche por la parte trasera para no tener que acercarme a ella. Antes de subir la escalera, me vuelvo un momento—. Me hiciste mucho daño, Tori. Mucho más que Hunter. Pero, aun así, creo que te mereces algo mejor que un hombre que no se molesta en ayudarte a subir la compra.

Subo la escalera corriendo, alejándome de ella, del coche apestoso y de la triste realidad de que Tori todavía no ha encontrado la felicidad. Me pregunto si la encontrará algún día.

Al entrar en el apartamento, Brennan está en el sofá, con la guitarra. Con la cabeza señala hacia la habitación de Ridge. Abro la puerta del dormitorio y lo veo tumbado en la cama, boca abajo, abrazado a una almohada. Me acerco y compruebo que se ha quedado dormido. Sé que ha tenido un día muy largo, por lo que no me molesto en despertarlo y lo dejo descansar.

Brennan está en la mesa ahora, tocando la canción que acaba de componer con Ridge. Me dirijo a la cocina y me sirvo un vaso de vino. Sólo queda lo justo para un vaso. Bridgette y yo nos hemos liquidado sus reservas. Me temo que Ridge va a empezar a esconder el vino en una botella de limpiacristales Windex.

—¿Sydney? —Me vuelvo hacia Brennan, que ha apoyado la barbilla en la guitarra, a la que abraza—. Me muero de hambre. ¿Podrías prepararme un sándwich de queso fundido?

Me echo a reír, hasta que me doy cuenta de que lo dice en serio.

—¿Me estás pidiendo que te prepare un sándwich?

—Ha sido un día agotador y no sé cocinar. Ridge siempre cocina para mí cuando vengo.

—¡Por favor! Pero ¿cuántos años tienes? ¿Doce?

—Da la vuelta a los números y tendrás la cifra correcta.

Hago una mueca exasperada, pero abro la nevera y saco el queso.

—No me puedo creer que esté haciéndote un sándwich. Me siento como si estuviera decepcionando a las mujeres que han luchado por la igualdad.

—Sólo se considera una afrenta al feminismo si le preparas un sándwich a tu pareja. Si es un amigo, no cuenta.

—Bueno, dudo que seamos amigos mucho tiempo si me pides que cocine para ti cada vez que vengas a ver a tu hermano.

Brennan sonríe, baja la vista hacia la guitarra y empieza a rasguear una tonada que no había oído nunca. Luego comienza a cantar:

Cheddar, provolone, suizo. Me siento a gusto
[en este piso.
Funde ese queso en el pan. Me gusta más que
[el sexo oral.
Queso fundido.
Queso fundido.
Queso fundido de Sydney
Blake, no la de Australia.

Aunque la canción es espantosa, su capacidad de improvisar me hace reír. Es evidente que tiene tanto talento como Ridge, aunque parece que lo oculta por alguna razón.

Deja la guitarra en la mesa y se acerca a la barra. Coge una servilleta de papel y se la coloca delante. Supongo que es su manera de poner la mesa.

—¿Alguna vez has tenido dificultad para escribir letras, o finges que no te salen por un tema de culpabilidad?

—¿Y de qué debería sentirme culpable? —pregunta él mientras se sienta frente a la barra.

—Tengo la sensación de que odias haber nacido con la capacidad de oír cuando Ridge no puede. Y que por eso finges que lo necesitas más de lo que en realidad lo haces, porque le quieres.
—Le doy la vuelta al sándwich. Como no me contradice, sé que lo he calado.

—¿Ridge también lo piensa?

Me vuelvo para mirarlo a la cara.

—No lo creo. Creo que a él le encanta escribirte letras. No te estoy diciendo que dejes de fingir que serías capaz de escribir canciones tan bien como él. Sólo quería que supieras que entiendo por qué lo haces.

Brennan sonríe, aliviado.

—Eres una chica lista, Sydney. Deberías plantearte hacer algo más con tu vida que preparar sándwiches para hombres hambrientos.

Riendo, levanto el sándwich con la espátula y se lo dejo sobre la servilleta de papel.

—Tienes razón: dimito.

Él le da un bocado mientras se abre la puerta

de la calle. Es Bridgette, vestida con el uniforme de Hooters, que combina con una bolsa y una expresión malhumorada. Al vernos en la cocina, me saluda asintiendo con la cabeza, va directa a su habitación y cierra dando un portazo.

—¿Te ha saludado? —me pregunta Brennan, extrañado—. ¿Ha sido eso un gesto de amabilidad que no incluía usar el dedo corazón? ¿Ya no te odia?

—Qué va, podría decirse que es mi mejor amiga.

Me dispongo a limpiar la cocina, pero Bridgette grita mi nombre desde el lavabo. Brennan alza una ceja, como si estuviera preocupado por mí. Mientras me dirijo al baño, oigo mucho ruido dentro. Al abrir la puerta, ella me agarra de la muñeca, tira de mí y vuelve a dar un portazo. Volviéndose hacia la encimera, vacía sobre el lavamanos el contenido de la bolsa.

Se me abren los ojos como platos al ver cinco pruebas de embarazo, sin abrir. Bridgette me da una, coge otra y empieza a romper la caja frenéticamente.

—Date prisa —me apremia—. ¡Tengo que quitarme esto de encima antes de que me dé un ataque! —Saca el *stick* de la caja y coge otro test.

—Creo que es suficiente con uno para saber si estás embarazada.

Ella niega con la cabeza.

—Tengo que asegurarme de que no estoy embarazada o no podré dormir hasta que me venga la regla doce veces.

Cuando termino de abrir el segundo, ella abre el último y luego coge una taza que usa para enjuagarse la boca y la aclara en el lavamanos. Se baja los shorts y se sienta en el váter.

—¿Has leído las instrucciones? ¿Puedes mear en una taza sin esterilizar?

Sin hacerme caso, se pone a mear en la taza. Cuando acaba, la deja en la encimera.

—¡Sumérgelos! —me grita.

Me quedo mirando la taza con sus meados y niego con la cabeza.

—No quiero.

Ella tira de la cadena, se sube los shorts y me aparta de un empujón. Mete los cinco *sticks* en la taza al mismo tiempo y los mantiene sumergidos un rato. Luego los saca y los coloca sobre una toalla.

Todo está pasando tan deprisa que no logro asimilar que estamos a punto de descubrir si Bridgette va a ser madre. Y Warren, padre.

—¿Alguno de los dos quiere tener hijos? —le pregunto.

Ella sacude la cabeza enfáticamente.

—Ni de broma. Si estoy embarazada, te lo puedes quedar.

No me lo quiero quedar. Me imagino que el infierno debe de ser algo parecido a tener un hijo que sea mitad Bridgette y mitad Warren.

—¡Bridgette! —grita Warren, justo antes de que la puerta de la entrada se cierre de un portazo. Ella hace una mueca; la puerta del baño se abre y, de repente, siento que ya no pinto nada aquí—. ¡No puedes enviarme un mensaje así cuando estoy liado con mi grupo de estudio y luego ignorarme cuando te llamo por teléfono!

¿Warren... en un grupo de estudio? Se me escapa la risa, lo que hace que los dos se vuelvan hacia mí, malhumorados.

—Perdón, perdón. Es que me cuesta imaginarme a Warren en un grupo de estudio.

Él pone la mirada en blanco.

—Es un trabajo de grupo obligatorio —me aclara, antes de volverse de nuevo hacia Bridgette—. ¿Por qué crees que estás embarazada? Tomas la píldora.

—Pepinillos en vinagre —responde ella, como si fuera una explicación razonable—. He robado tres pepinillos de los platos de mis clientes esta noche. ¡Y yo odio los pepinillos! Estoy obsesionada con ellos, no puedo pensar en otra cosa. —Se da la vuelta hacia las pruebas de embarazo y coge una, pero aún no ha pasado el tiempo necesario.

—¿Pepinillos? —repite Warren, atónito—. Por Dios, pensaba que era algo grave, y resulta que todo es por un puto antojo de pepinillos.

Warren se ha quedado estancado en los pepinillos, pero yo todavía no he asimilado la idea de Warren haciendo un trabajo grupal.

—¿Cuándo te gradúas? —le pregunto.

—Dentro de dos meses.

—Bien —replica Bridgette—, porque si estoy embarazada, vas a tener que buscarte un trabajo de verdad para mantener a este niño.

—No estás embarazada, Bridgette. —Warren pone los ojos en blanco—. Se te ha antojado un pepinillo. Eres una diva del drama.

Con esta conversación me están entrando muchas ganas de redoblar las precauciones con Ridge de ahora en adelante. Para mí, el tema del control de natalidad es sagrado, pero una o dos veces nos hemos olvidado del condón. Nunca más.

Bridgette coge una de las pruebas de embarazo y se lleva la mano a la frente.

—Oh, joder. —Se vuelve y le lanza el test a Warren. Lo alcanza en la mejilla y él hace aspavientos, tratando de que no se le caiga al suelo.

—¿Es positivo? —le pregunto.

Bridgette asiente, frotándose la cara con ambas manos.

—¡Hay una rayita! ¡Mierda, mierda, mierda! Hay una raya larga y visible. ¡Joder!

Leo lo que pone en una de las cajas.

—Una rayita significa que funciona. No significa que estés embarazada.

Sujetando el stick con dos dedos, Warren lo devuelve a su lugar, sobre la toalla.

—Está mojado... con sus meados.

Esta vez es Bridgette la que pone la mirada en blanco.

—No me jodas. ¿De verdad? ¡Pues claro! ¡Es un test de embarazo!

—Me lo has tirado. ¡Tengo meados en la cara! —Warren coge una toalla pequeña y la pone bajo el grifo del agua.

—No estás embarazada —la tranquilizo—. No ha aparecido una cruz.

Ella levanta otra de las pruebas y la examina, apoyándose en la encimera

—¿Tú crees?

Finalmente, coge una de las cajas, la lee y suelta un suspiro de alivio. Luego tira el contenido de la taza por el lavamanos.

—¿Por qué no lo has tirado por el váter? —le afea Warren, digiriéndole una mirada asqueada. Y estamos hablando del tipo que se comió un trozo de queso que Bridgette había usado como pastilla de jabón.

—No lo sé —responde Bridgette, mirando el lavamanos. Abre el grifo y deja que corra el agua—. Estoy alterada, no pienso con claridad.

Warren se coloca delante de mí, la abraza y le alza la cara.

—No voy a dejarte embarazada, Bridgette —la calma, retirándole el pelo de la cara—. Tras el primer susto, me envuelvo a Jimmy Choo bien envuelto siempre.

Yo estaba a punto de salir del baño para darles

privacidad, pero me quedo inmóvil al oír a Warren referirse a su pene como Jimmy Choo.

—¿Jimmy Choo? —le pregunto, volviéndome hacia él.

Él me devuelve la mirada a través del espejo.

—Sí, se llama así. ¿Ridge no le ha puesto un apodo molón a su pene?

—¿Molón? Jimmy Choo es el nombre de unos zapatos de diseño.

—No —protesta Warren—. Jimmy Choo es el nombre de un puro habano muy caro. ¿Verdad, Bridgette? —Se gira hacia ella—. Fuiste tú quien eligió el nombre.

Ella trata de mantenerse seria, pero no puede aguantar mucho y acaba salpicándolo de saliva. Pasa corriendo a mi lado en dirección al salón, pero Warren la sigue de cerca.

—¡Dijiste que Jimmy Choo eran unos habanos enormes!

Terminan los dos en el sofá, con Warren sobre ella. Se están partiendo de risa. Es la primera vez que los veo en plan cariñoso.

Es inquietante que un susto por un posible embarazo sea lo que saque lo mejor de ellos como pareja.

Warren la besa en la mejilla y le dice:

—Deberíamos celebrarlo mañana, a la hora del desayuno. —Se sienta y se vuelve hacia mí y hacia Brennan—. Todos juntos. Os invito a desayunar mañana.

Bridgette lo aparta de un empujón y se levanta.

—Iré si me despierto a tiempo.

Warren va tras ella y entra en el dormitorio que comparten.

—Si te crees que te voy a dejar dormir esta noche, estás muy equivocada.

La puerta se cierra.

Miro a Brennan, que aparta la vista de la puerta y se gira hacia mí.

Ambos sacudimos la cabeza a la vez.

—Me voy a casa —dice, levantándose. Se acerca a la guitarra y la guarda en la funda. Coge sus llaves y se dirige a la puerta—. Gracias por el sándwich, Sydney. Perdón por estar tan malcriado. Es culpa de Ridge, por consentirme durante tanto tiempo.

—Me alegra saberlo. Si Ridge es el responsable de haberte malcriado, ya no tendré que cortar con él por miedo a que me pida que le prepare sándwiches.

Brennan se echa a reír.

—Por favor, no cortes con él. Creo que eres lo primero que ha entrado en la vida de Ridge para hacérsela más fácil.

Cuando cierra la puerta, no puedo evitar sonreír. No tenía por qué haberme dicho nada, pero que lo haya hecho me hace pensar que los dos hermanos se parecen más de lo que creí en un principio. Los dos son muy considerados.

Me acerco a la puerta y la cierro con llave.

Cuando oigo unos golpes a mi espalda, me doy la vuelta para ver de dónde vienen.

Del dormitorio de Warren y Bridgette.

«Oh, no. Qué asco. ¡Qué asco!»

Corro hasta la habitación de Ridge, cierro la puerta y me meto en la cama con él. No tenía previsto pasar la noche aquí. Todavía me quedan deberes por terminar; necesito estar a solas para ponerme al día con todo y me es imposible concentrarme si Ridge está cerca. Me distrae.

—Syd —dice Ridge, volviéndose hacia mí. Tiene los ojos cerrados y me parece que sigue dormido—. No... tengas miedo... la gallina.

La última palabra me la dice signando. Está hablando y signando en sueños. Sus palabras sin sentido me hacen reír. Me pregunto si ya hablaría en sueños antes de empezar a verbalizar o si es algo nuevo.

Le doy un beso en la mejilla y me cubro con su brazo mientras me arrebujo a su lado. Espero a ver si sigue hablando, pero no lo hace; sigue durmiendo.

Me he despertado a las siete, pero Ridge continuaba durmiendo. En algún momento de la noche se ha levantado, porque se ha quitado los vaqueros y los zapatos, pero se volvió a dormir.

Estoy preparando una cafetera cuando Warren sale de su habitación y me dice que pare.

—Hoy os invito a desayunar. ¿Lo has olvidado?

Se mete en la habitación de Ridge, pero él le dice que necesita dormir un par de horas más.

—Déjalo descansar —le digo—. Me quito el pijama y nos vamos.

Warren me dice que no, que el sitio al que vamos a desayunar requiere pijama.

No tengo ni idea de adónde vamos. Bridgette también se ha quedado durmiendo, por lo que estamos solos Warren y yo, en pijama, yendo a desayunar a un sitio para celebrar que Bridgette no está embarazada..., sin Bridgette.

No, qué va; no es raro en absoluto.

—¿Es nuevo el restaurante? —le pregunto a Warren—. ¿Es por eso que no he oído hablar de él nunca? —Me ha dicho antes que el local se llama Desayuna y sal corriendo.

—No vamos a un restaurante. —Lo miro mal desde el asiento del acompañante, mientras él se acerca al aparcamiento del hotel y conduce hasta un lado del edificio—. Espera aquí —me dice, bajando del coche y llevándose las llaves.

Me quedo observando cómo él se planta junto a la puerta lateral. Empiezo a escribirle un mensaje a Ridge, preguntándole en qué me he metido, pero no me da tiempo a acabar de redactarlo, porque un ejecutivo sale por la puerta y no se da ni cuenta de que Warren la está aguantando para que no se cierre. Me hace señas para que me acerque, así que bajo del coche y lo sigo al interior del hotel. Por fin entiendo por qué vamos en pijama. Quiere que el personal piense que nos alojamos aquí.

—¿En serio, Warren? ¿Nos estamos colando en un hotel con desayuno continental?

Él me sonríe.

—Oh, no te creas que es un desayuno cualquiera, Sydney. Tienen gofres con la forma del estado de Texas.

No me puedo creer que este sea el concepto de Warren de invitar a sus amigos.

—Esto es robar —susurro, mientras entramos en la zona de desayunos.

Él coge un plato y me lo da, antes de coger otro para él.

—Es posible, pero no cuenta como antecedentes en tu historial porque soy yo quien te ha invitado.

Llenamos los platos y nos sentamos en una zona junto a la ventana que no se ve desde el mostrador de la entrada. Durante los primeros diez minutos, Warren me habla de sus estudios, ya que me vio tan sorprendida cuando dijo que estaba en un grupo de estudio. Está a punto de graduarse en Dirección de Empresas, que es algo que también me intriga mucho, incluso podría decirse que me desconcierta. Me cuesta imaginármelo al mando de otras personas, pero supongo que dirige Sounds of Cedar bastante bien.

Creo que hasta ahora no lo he valorado lo suficiente. Tiene un trabajo, va a la universidad a jornada completa, es el mánager de una banda de éxito a escala local y ha conseguido hacer feliz a Bridgette, dentro de lo posible. Supongo que su adicción al porno y su incapacidad para recoger lo que desordena me han llevado a pensar que le quedaba mucho camino para convertirse en un adulto funcional.

Cuando acabamos de desayunar, Warren coge una bandeja, apila en ella *muffins* y zumos y vuelve a la mesa.

—Para Ridge y Bridgette —me informa, mientras cubre los *muffins* con una servilleta.

—¿Vienes muy a menudo por aquí? Pareces un experto en el arte del robo de desayunos.

—No, no muy a menudo. Frecuento unos cuantos hoteles de la ciudad, pero los voy combinando para que los recepcionistas no sospechen.

Me echo a reír y me acabo el zumo de naranja.

—Ridge nunca me ha seguido el juego. Ya sabes cómo es, siempre defendiendo lo correcto. Pero Maggie me acompañó varias veces. Le gustaba la sensación de riesgo, de que pudieran pillarnos. Por eso le puse el nombre de Desayuna y sal corriendo, porque una vez un empleado del hotel pasó pidiendo nombres y número de habitación y tuvimos que salir por patas.

Agacho la cabeza ante la mención de Maggie, porque no me apetece escuchar lo bien que se llevan. No es que me importe que Warren y Maggie sigan siendo amigos; pero no quiero que me lo cuente, y menos a estas horas de la mañana.

A él no le pasa por alto mi reacción, porque se echa hacia delante y cruza los brazos sobre la mesa antes de comentar:

—Nuestra amistad te preocupa, ya veo.

Yo niego con la cabeza.

—No tanto como probablemente te imaginas. Lo que me preocupa es lo mucho que a Ridge le estresa esta situación.

—Ya. Pues imagínate el grado de estrés de Maggie.

Pongo los ojos en blanco. Ya me imagino que Maggie debe de estresarse más que nadie, pero eso no significa que yo no tenga derecho a estresarme.

—Ya le dije a Ridge que iba a llevarme un tiempo acostumbrarme.

Warren se ríe entre dientes.

—Pues más te vale acostumbrarte pronto, porque, como ya te dije una vez, Ridge no la dejará nunca.

Recuerdo esa noche con total claridad; no necesito que Warren me refresque la memoria. Ridge y yo nos estábamos abrazando en el recibidor. Warren entró en el apartamento y no le gustó lo que vio, porque en aquellos momentos Ridge estaba saliendo con Maggie. Ridge no se dio cuenta de que Warren entraba en el apartamento, pero antes de entrar en su habitación, se aseguró de dejarme clara su opinión sobre nuestro problema. Sus palabras exactas fueron: «Sólo voy a decirlo una vez y quiero que me escuches. Nunca la dejará, Sydney».

Me echo hacia atrás en el asiento y me pongo a la defensiva como cada vez que Warren se mete en nuestra relación. Siempre tengo la sensación de que se pasa de la raya, a pesar de lo comprensiva que he sido siempre con Ridge y su amistad con Maggie.

—Es verdad, lo dijiste —concedo—, pero te equivocaste, porque rompieron.

Warren se levanta y se pone a recoger los restos del desayuno. Encogiéndose de hombros, me dice:

—Sí, rompieron, está claro. Pero yo no te dije que nunca romperían, te dije que nunca la dejaría. Y no lo hará, nunca la abandonará. Así que, en vez de tratar de convencerte de que necesitas tiempo para acostumbrarte a la idea de que Maggie siempre formará parte de su vida, deberías recordarte que ya lo sabías mucho antes de que aceptaras mantener una relación con él.

Me lo quedo mirando, perpleja, mientras lleva la basura a la papelera. Regresa a la mesa y vuelve a sentarse. Se me había olvidado lo poco que le cuesta ser un capullo con cualquiera. Recuerdo sus palabras de nuevo, pero esta vez han cobrado un sentido totalmente distinto.

«Nunca la dejará, Sydney.»

Durante todo este tiempo, he supuesto que Warren se refería a que Ridge nunca rompería con ella, cuando lo que me estaba queriendo decir era que Maggie siempre formaría parte de su vida.

—¿Sabes lo que podría ayudar a que esta situación fuera un poco más sencilla? —me pregunta Warren.

Niego con la cabeza al sentir que ya no tengo nada claro.

Él me dirige una mirada penetrante.

—Tú.

«¿Qué?»

—¿Yo? ¿Qué más tengo que hacer para facilitar las cosas? Por si no te has dado cuenta, he tenido más paciencia que una puta santa.

Me da la razón, asintiendo con la cabeza.

—No estoy hablando de tu paciencia. —Se echa hacia delante—. Te has mostrado paciente, pero no te has mostrado arrepentida. Hay una chica a la que hiciste mucho daño, una chica que es una parte importante de la vida de Ridge. Y aunque ella asegura que no te culpa de la situación, creo que igualmente deberías disculparte con ella. Las disculpas no deberían depender de la respuesta de la persona perjudicada; deberían depender del error cometido.

Da un pequeño golpe en la mesa, indicando que la conversación ha terminado, se levanta y se aleja con la bandeja de comida que ha preparado para Ridge y Bridgette.

Se me forma un nudo en el estómago sólo de pensar en estar cara a cara con Maggie después de todo lo que ha pasado. Y aunque no me siento responsable del resentimiento que Ridge y Maggie han ido acumulando a lo largo de los años, asumo mi responsabilidad por haber sido una Tori durante un breve periodo de tiempo y por no haberle pedido disculpas.

—Vamos. —Warren tira de mí y me saca de mi estado de estupor—. Hay cosas peores en la vida que tener un novio con un corazón del tamaño de un elefante.

Mientras volvemos al apartamento, permanezco en completo silencio. Warren ni siquiera trata de darme conversación. Cuando llegamos, Ridge sigue durmiendo. Le escribo una nota y se la dejo en la cama, a su lado.

No he querido despertarte, porque te mereces descansar. Tengo un montón de tareas de clase y he de ponerme al día. Si quieres, puedo pasarme por aquí mañana después del trabajo.

Te quiero,
Sydney

Siento mentirle, porque no voy a casa para ponerme al día en los estudios; voy a cambiarme de ropa.

Ya hace tiempo que tenía que haberme pasado por San Antonio.

18

Maggie

Mi madre era una mujer muy dramática. Todo giraba siempre a su alrededor, incluso en situaciones que no tenían nada que ver con ella. Era el tipo de persona que, cuando a alguien le pasa algo malo, se lo hace suyo, para apoderarse de su tragedia. No es difícil imaginarse lo que fue para ella tener una hija con fibrosis quística. Fue la situación perfecta para empaparse de la compasión de todo el mundo, para promover que su entorno sintiera lástima por ella y por cómo le había salido la niña. Mi enfermedad se convirtió en un problema más grande para mi madre que para mí.

Pero esa situación no duró mucho, porque aceptó un trabajo temporal en la filial de su empresa en Francia, en París concretamente, cuando yo tenía tres años. Me dejó con mis abuelos, porque hacía «demasiado frío» en París y porque sería «demasiado difícil» aprender a desenvolverse en otro lugar con una niña enferma a cuestas. Mi padre nunca estuvo presente en mi vida, por lo que nadie se planteó que pudiera quedarme con él. Mi madre me prometió que un día volvería a buscarme y me llevaría con ella a París.

Mis abuelos tuvieron a mi madre cuando ya eran mayores y luego mi madre me tuvo a mí a los treinta y tantos. En aquella época, mis abuelos tenían una edad más adecuada para que alguien se ocupara de ellos que no para ocuparse de una niña pequeña. Pero el trabajo temporal de mi madre se convirtió en un puesto fijo. Cada año, cuando venía de visita, me prometía que me llevaría a vivir con ella a París cuando llegara el momento adecuado, pero sus visitas navideñas acababan en Año Nuevo. Ella siempre regresaba a París y yo me quedaba aquí.

Tal vez sí que tenía intención de llevarme con ella algún día, pero creo que las dos semanas que pasaba conmigo en Navidad le recordaban la enorme responsabilidad que suponía cuidarme. Yo solía pensar que no me quería, pero, al cumplir los nueve años, me di cuenta de que lo que no soportaba era la enfermedad, no a mí.

Se me metió la idea en la cabeza de que, si lograba convencerla de que ya era capaz de cuidarme sola, me llevaría a París con ella y al fin podríamos vivir juntas. Durante las semanas previas a la Navidad de ese año, fui extremadamente cauta. Me tomé todas las vitaminas que pude conseguir, para que mis compañeros de clase no me contagiaran un catarro. Usé el chaleco vibrador el doble de veces de las necesarias y me aseguré de dormir ocho horas cada noche. Y aunque ese invierno nevó temprano en Austin por primera vez en muchos años, me negué a salir a jugar con la nieve, por miedo a resfriarme y acabar en el hospital durante la visita de mi madre.

Cuando al fin llegó, una semana antes de Navidad, tuve cuidado de no toser nunca en su presencia. También me negué a tomar la medicación delante de ella. Hice todo lo posible para aparentar ser una niña sana y vivaracha, para que no le quedara más remedio que verme como la niña que siempre quiso tener y, así, llevarme a París con ella. Pero eso no pasó, porque la mañana de Navidad la oí discutir con mi abuela. Mi abuela le estaba pidiendo que volviera a Estados Unidos, porque estaba preocupada por lo que pudiera pasarme cuando mi abuelo y ella murieran de viejos.

«¿Qué le pasará a Maggie cuando nos vayamos, si tú no estás aquí para cuidarla? Tienes que volver a Estados Unidos y mejorar tu relación con ella.»

Nunca olvidaré la respuesta de mi madre.

«Te estás preocupando por cosas que tal vez

no sucedan nunca, madre. Probablemente Maggie fallecerá a causa de su enfermedad antes de que vosotros muráis de viejos.»

Sus palabras me dejaron tan destrozada que corrí a encerrarme en mi habitación y me negué a hablar con ella durante el resto de su visita. De hecho, fue la última vez que hablé con mi madre, que hizo las maletas y se marchó el día después de Navidad.

Su presencia en mi vida se fue desvaneciendo después de aquello. Llamaba a mi abuela una vez al mes, aproximadamente, para preguntar por mi estado de salud, pero no volvió a casa por Navidad nunca más, porque cada año yo le decía a mi abuela que no quería verla. Y luego, un día, cuando ya tenía catorce años, mi madre murió. Iba en tren de París a Bruselas por viaje de negocios y sufrió un infarto fulminante. Nadie se dio cuenta de que había fallecido hasta pasadas tres estaciones.

Cuando me enteré de su muerte, me encerré en mi habitación a llorar. Pero no lloré porque hubiera muerto. Lloré porque, por muy dramática que fuera, nunca hizo ningún intento dramático de ganarse mi perdón. Creo que la vida le resultaba más fácil cuando estaba enfadada con ella. Prefería que la odiara a que la echara de menos.

Dos años después, falleció mi abuela. Fue el momento más duro de mi vida; creo que aún no lo he asimilado del todo. Me quiso más que nadie en el mundo. Por eso, cuando murió, la pérdida de su amor me golpeó con fuerza.

Y ahora mi abuelo —la otra persona que me crio— ha ingresado en un centro de cuidados paliativos a causa de sus problemas de salud, agravados por una neumonía contra la que no le quedan fuerzas para luchar. Mi abuelo morirá cualquier día de estos y, por culpa de mi fibrosis quística y de su neumonía, no me dejan visitarlo para despedirme de él. Probablemente morirá esta misma semana y, tal como temía mi abuela, todos se habrán ido y me quedaré sola.

Al parecer, mi madre se equivocó al pensar que moriría antes que ellos; los he sobrevivido a todos.

Sé que la mala experiencia con mi madre ha marcado todas mis relaciones posteriores. Me resulta inconcebible que alguien pueda amarme a pesar de mi enfermedad, cuando ni siquiera mi propia madre fue capaz de hacerlo.

Y, sin embargo, Ridge lo hizo, y se comprometió conmigo a largo plazo. Aunque supongo que ese fue el problema. Ridge y yo no habríamos aguantado tanto tiempo juntos de no ser por mi enfermedad; éramos demasiado distintos. Así que supongo que da igual en qué extremo del espectro se sitúe la gente —ya sean demasiado egoístas para quererme o demasiado altruistas para dejar de hacerlo—, siempre al final voy a acabar resentida con ellos. Ya que, sea cual sea la razón, siempre acabo perdiendo la batalla frente a la enfermedad.

Me despierto pensando en la enfermedad, me paso los días pensando en ella y me duermo tal como me desperté. Incluso tengo pesadillas con ella. Por mucho que me repita que yo no soy mi enfermedad, en algún punto de mi vida ha acabado por consumirme.

Algunos días soy capaz de liberarme de la telaraña, pero son muchos más los días en los que no lo consigo. Por eso siempre me negué a que Ridge se mudara a vivir conmigo. Puedo mentirme a mí misma o mentirle a él, y afirmar que lo hago porque quiero ser independiente, pero la verdad es que no quiero que sea testigo de mi parte más oscura. La que se rinde más veces de las que lucha, la que se lamenta más que agradece. La parte que querría asumir todo esto con dignidad, cuando en realidad no es capaz ni de aceptarlo con desdén.

Estoy segura de que todo el mundo que lucha por sobrevivir todos los días tira la toalla de vez en cuando. Pero, últimamente, ya no me pasa de vez en cuando; se ha convertido en lo habitual.

Ojalá pudiera regresar al martes. El martes fue genial. Me desperté sintiéndome capaz de comerme el mundo y, por la noche, sentí que lo había conseguido.

Pero luego llegó el miércoles por la mañana. Reaccioné de forma desproporcionada y obligué a Jake a que se fuera. El viernes logré tragarme el orgullo y todo parecía ir bien, pero acabé en el hospital, ahogándome en mi propia humillación. Y después sucedió lo del viernes por la noche. Sólo quería olvidarme un rato de la montaña rusa emocional de los últimos días, pero la pelea con Ridge fue uno de los momentos más deprimentes de la semana.

Y si el viernes por la noche me pareció malo, el sábado por la mañana fue el peor momento de todos.

O tal vez sea hoy. No lo sé. Diría que todos los días son igual de malos.

Ni siquiera logro concentrarme en los estudios. Me quedan dos meses para acabar, pero a veces pienso que Ridge tenía razón. He trabajado muy duramente para graduarme y empezar a trabajar en mi doctorado sólo para sentir que he conseguido algo en la vida. Pero quizá debería haber dirigido todas esas energías hacia algo que mereciera más la pena, como hacer amigos o construirme una vida aparte de los estudios y de la enfermedad.

He trabajado para demostrarme algo a mí misma, pero al final lo único que voy a lograr es un diploma que no enorgullece a nadie más que a mí.

Ojalá existiera una píldora mágica que hiciera desaparecer esta depresión. Sé que, si dependiera de Warren, la píldora tendría la forma de una disculpa. Me ha escrito esta mañana para decirme que se arrepentía de haber mentido; de haberle dicho a Ridge que estaba muy disgustada para hacerlo venir, pero luego me ha reñido por haber subido a Instagram la foto con Ridge y me ha dicho que debería disculparme.

No le he respondido porque esta mañana no estaba de humor para aguantar a Warren cuando se pone en plan virtuoso. Cada vez que hay una arruga en alguna situación, él saca la plancha y trata de alisarlo todo, mientras reparte insultos para todos. Es como aquellas chuches, las Sour Patch Kids, que primero son amargas y luego dulces. Así es Warren. O primero dulce y luego amargo. No tiene punto medio. Además, es completamente transparente, y eso no siempre es bueno.

Pero, eso sí, nunca he tenido que preguntarme qué pensará Warren sobre algo, ni me he tenido que preocupar por haber herido sus sentimientos. No hay nada que lo afecte, pero, justo por eso, se imagina que todo el mundo es igual que él. Y, por mucho que lo aprecie, no estoy de humor para contestarle con algo más elaborado que: «No quiero hablar de ello todavía. Te escribo mañana».

Sé que, si no le digo algo para que se quede tranquilo, se plantará en la puerta para asegurarse de que estoy bien. Por eso le he respondido.

Aunque, al parecer, no ha funcionado, porque están llamando a la puerta. De todos modos, es poco probable que sea Warren. Sospecho que se trata de mi casera. Desde que hace unos meses le informé que pronto me mudaría a Austin para realizar el doctorado, me ha estado trayendo un bizcocho de plátano cada domingo. Creo que lo hace para asegurarse de que sigo viviendo aquí y de que no le he destrozado la casa, pero, ya sea por amabilidad o por cotilleo, me da igual porque el bizcocho está buenísimo.

«Es Sydney.»

Me sorprendo tanto al verla que miro a su espalda para ver si está con Ridge, pero no está, y tampoco veo su coche en la puerta. La miro.

—Vengo yo sola —me confirma.

¿Por qué se habrá presentado en mi casa ella sola? La observo de arriba abajo y me fijo en los vaqueros, tan sencillos como la camiseta que lleva puesta, las chanclas y la coleta en la que se ha recogido el pelo, rubio y espeso. No sé para qué ha venido, pero sé que cualquier otra novia que se presentara en casa de la ex de su novio no lo habría hecho vestida de un modo tan informal, aunque sólo fuera para pedir una taza de azúcar. A las mujeres les gusta poner celosas a las demás mujeres, en especial si se han acostado con los hombres de los que están enamoradas. La mayoría de ellas se habrían presentado con su ropa más deslumbrante, maquilladas como puertas y ni un pelo fuera de sitio.

Ver a Sydney en la puerta me altera tanto que

me vienen ganas de cerrársela en las narices, pero al notar que no ha venido para darme celos, me hago a un lado y la dejo pasar.

Sólo ha podido venir por una cosa.

—¿Estás aquí por el post de Instagram?

«Seguro.»

Sydney no ha estado nunca aquí. De hecho, no había vuelto a hablar con ella desde el día en que descubrí los mensajes que se enviaba con Ridge.

Ella niega con la cabeza, mientras mira a su alrededor con atención. No parece inquieta, pero la cautela con la que entra en mi casa le da un aire de vulnerabilidad. Me pregunto si Ridge sabe que está aquí. No es propio de él enviar a su novia para que luche en su nombre. Y Sydney no me parece del tipo de persona que va a la guerra a pelear por su novio.

Lo que tan sólo puede significar que ha venido a hacer su propia guerra.

—Perdona por haberme presentado así —se disculpa—. Te habría avisado, pero tenía miedo de que me dijeras que no vinieras.

Tiene razón, pero no lo admito en voz alta. La observo durante unos segundos y me dirijo hacia la cocina.

—¿Quieres beber algo? —le pregunto, mirando por encima del hombro.

Ella asiente con la cabeza.

—Un poco de agua me vendría bien.

Saco dos botellas de agua de la nevera y le señalo la mesa del comedor. Algo me dice que esta conversación va a ser más apropiada para la mesa que para el sofá. Nos sentamos frente a frente. Sydney deja el móvil y las llaves a un lado de la mesa y abre la botella de agua. Da un trago largo, vuelve a cerrarla y la abraza contra su pecho mientras se echa hacia delante.

—¿Qué estás haciendo aquí? —le pregunto. No pretendía que mi voz sonara tan tensa, pero es que la situación es incómoda.

Ella se humedece los labios, lo que me hace pensar que está nerviosa.

—He venido a disculparme —responde, escueta.

Entorno los ojos, tratando de encontrarle el sentido a esto. Me paso la noche discutiendo con su novio, luego subo una foto de los dos a Instagram en un momento de estupidez egoísta..., ¿y ella viene diciendo que quiere disculparse? Me he perdido algo.

—¿Disculparte por qué?

Ella suelta el aire bruscamente, pero me sostiene la mirada.

—Por besar a Ridge sabiendo que salía contigo. Nunca te pedí perdón. Me porté como el culo y te pido perdón.

Sacudo la cabeza, sin acabar de entender por qué ha venido hasta aquí para ofrecerme una disculpa que ni siquiera necesito.

—No esperaba que te disculparas, Sydney. No

eras tú la que mantenía una relación conmigo, era Ridge.

Sydney hace un gesto con la boca, como si se sintiera aliviada al ver que no me enfurezco pero fuera consciente de que en esta situación no sería correcto sonreír. En vez de eso, lo que hace es asentir.

—Aun así, no te merecías lo que pasó. Sé lo que se siente cuando alguien a quien quieres te traiciona. Una vez le di un puñetazo a una chica en la cara por acostarse con mi novio; tú, en cambio, ni siquiera me has gritado por haberme enamorado del tuyo.

Agradezco que lo reconozca.

—Me costó saber hacia quién dirigir mi furia cuando leí los mensajes —admito—. Los dos os esforzabais tanto por hacer lo correcto. Pero, por lo que Ridge me contó de tu última relación, aquella experiencia fue muy distinta a lo que pasó entre Ridge y tú. Tu amiga y tu novio no se preocuparon por tus sentimientos cuando se acostaron. Ridge y tú, al menos, sí lo hicisteis por los míos.

Sydney asiente con la cabeza.

—Se preocupa por ti —dice, con un hilo de voz—. Se preocupa mucho. Aunque discutáis. —Bebe otro sorbo de agua.

Sus palabras hacen que me arrepienta todavía más de lo que pasó entre Ridge y yo este fin de semana, porque ya sé que se preocupa. Y siento que es mi culpa que lo siga haciendo. No sólo porque no me cuido como a él le gustaría, sino porque fui yo la que lo puso en esta situación. Permití que iniciara una relación conmigo sabiendo que, aunque algún día rompiéramos, él seguiría pendiente de mí, porque él es así. Y yo no estoy en una situación que me permita apartarlo del todo de mi vida. Y sé que estas circunstancias tienen que afectar a Sydney de algún modo, porque sabe que nunca va a librarse de mí, a menos que yo decida poner fin por completo a mi amistad con Ridge. Pero es imposible apartarlo totalmente de mi vida teniendo un amigo en común.

Me echo hacia delante y apoyo los brazos cruzados sobre la mesa. Tiro del borde de las mangas, con la mirada baja.

—¿Por eso estás aquí? —Le busco la mirada—. ¿Para decirme que quieres que desaparezca del todo de vuestras vidas?

Espero que asienta con la cabeza para confirmarme la razón que la ha impulsado a venir conduciendo desde Austin. Supongo que necesitaba limpiar su conciencia con una disculpa, antes de pedirme educadamente que no vuelva a hablar con Ridge nunca más. Pero no lo hace. Lo que hace es mirarme con atención, como si estuviera buscando la manera de responder sin ofenderme.

—Ridge se preocupará por ti igualmente, formes parte activa de su vida o no. Estoy aquí porque quiero asegurarme de que estás bien. Y, si no lo estás, quiero saber qué puedo hacer para que lo estés. Porque, si tú estás bien, Ridge no se preocupará tanto. Y entonces yo no tendré que preocuparme tanto por él.

Me quedo sin palabras. Ni siquiera sé si debería ofenderme lo que me ha dicho o no. Ha venido hasta aquí no porque esté preocupada por mí, sino porque está preocupada por Ridge. Una parte de mí quiere decirle que se marche, pero otra parte siente alivio, porque si hubiera fingido estar preocupada por mí, no me lo habría creído. En este sentido, me recuerda un poco a Warren. Es tan transparente que a veces resulta doloroso.

Sydney suspira de forma profunda y añade:

—He pasado mucho tiempo tratando de ponerme en tu situación, pensando en cómo haría las cosas si fuera tú. —No me está mirando, está jugueteando con la etiqueta de la botella de agua para evitar el contacto visual—. Me digo que le dedicaría más atención a mi salud, o que no tomaría decisiones irresponsables, como irme del hospital antes de que me dieran el alta. Pero para mí es fácil decirlo, porque en realidad no estoy en tu lugar. No puedo imaginarme por lo que estás pasando, Maggie. No sé lo que es tener que tomar tanta medicación todos los días o ir al médico más a menudo de lo que yo visito a mis padres. No tengo que preocuparme por los gérmenes cada vez que salgo de casa o que alguien me toca. No baso mi agenda en tratamientos que me veo forzada a seguir simplemente para poder respirar. No he de tomar cada una de mis decisiones teniendo en cuenta que es probable que muera en algún momento de la próxima década. Y no puedo sentarme a tu mesa y asumir que, si estuviera en tu situación, no culparía a Ridge por preocuparse tanto por mí cuando lo único que lo ata a mí es el amor, sin otros factores que lo aten a mi vida. Por eso entiendo que te duela que no sea así entre vosotros. Él ha tratado de protegerte, pero lo único que tú querías era que él se olvidara de la enfermedad para poder hacerlo tú también.

Cuando al fin alza la mirada, juro que tiene lágrimas en los ojos.

—Sé que apenas te conozco —sigue diciendo—, pero sé que Ridge no estaría tan preocupado si no viera en ti un millón de cualidades. Espero que una de esas cualidades sea la capacidad de tragarte el orgullo para darte cuenta de que Ridge se merece que te disculpes por hacerlo sentir como se sintió cuando se marchó de tu casa el sábado. Es lo mínimo que se merece después de haberte amado tanto, Maggie.

Se seca una lágrima. Yo abro la boca, pero no logro pronunciar ni una palabra. Estoy en shock, o eso creo. Lo último que esperaba era que hubiese venido para pedirme que me pusiera en contacto con Ridge.

—Tal vez pienses que ya no lo necesitas, y quizá sea cierto —añade—. Puede ser que no lo necesites, pero Ridge te necesita a ti. Necesita saber que estás bien cuidada y que estás a salvo, porque si no tiene al menos esa seguridad, la preocupación y la culpabilidad van a acabar con él. Y, respondiendo a tu pregunta de antes..., no. No quiero que desaparezcas de la vida de Ridge. Tú ya estabas en ella cuando yo llegué; en ella y en la de Warren. Pero ahora que yo también formo parte de ellas, necesitamos encontrar la manera de encajar todos.

Sigo sin poder hablar. Bebo un poco de agua y cierro el tapón lentamente, evitando la mirada llorosa de Sydney. Estoy tratando de asimilar todo lo que ha dicho, pero no quiero tardar tanto en responder, por eso le digo:

—Son muchas cosas de golpe; necesito un momento.

Sydney asiente con la cabeza. Permanecemos sentadas en silencio durante un rato mientras lo proceso todo. Mientras la proceso a ella. No logro entenderla. ¿Cómo puede alguien ser tan comprensivo? Para ella lo más fácil sería estar ahora mismo comiéndole la oreja a Ridge, convenciéndolo de que no lo valoro a él ni lo que ha hecho por mí. Pero, en vez de eso, está en mi casa, y estoy casi segura de que Ridge no sabe que está aquí. No se está esforzando por borrarme de la vida de Ridge; una vida en la que ya no encajo. Se está esforzando por encajar en nuestras vidas tal como eran antes de que ella llegara. Se está esforzando para aceptar a todos los integrantes de esta vida.

«Quiere ser aceptada, ser una más.»

—Eres mejor persona que yo —le digo al fin—. Ahora entiendo por qué se enamoró de ti.

Sydney me dirige una sonrisa discreta.

—También se enamoró de ti una vez, Maggie. Y me cuesta pensar que no encontró un millón de razones para hacerlo.

Me la quedo mirando, preguntándome si será verdad. Siempre he pensado que Ridge se enamoró de mí por culpa de mi enfermedad. Llegué a decírselo. Mis palabras exactas fueron: «Creo que mi enfermedad es lo que más te gusta de mí». Se lo dije aquí mismo, en este salón donde más adelante romperíamos nuestra relación.

Pero tal vez estaba equivocada. Tal vez me amaba por ser como era, y por eso deseaba lo mejor para mí, y no a causa de su personalidad protectora.

Dios mío. Mi madre me dejó la cabeza bien tocada. Aunque supongo que no es de extrañar. Si tu madre no es capaz de quererte, ¿cómo vas a creer que alguien más va a hacerlo?

Sydney tiene razón. Ridge se merece mucho más respeto del que le he mostrado. Y también se merece a la chica que está sentada ante mí, porque esta situación podría haber tomado muchos rumbos, pero Sydney eligió el buen camino y, cuando alguien toma el buen camino, anima a los que están a su alrededor a hacer lo mismo.

Quizá al principio nos cueste hacer encajar todas las piezas, pero me alegro de que Sydney forme parte de nuestras vidas.

19

Ridge

Camino por el apartamento con pies de plomo, con miedo de abrir puertas, de comer lo que hay en la nevera o de irme a dormir. Le toca a Warren gastarme una broma y me paso el día esperándola, pero no llega. Lo que me vuelve cada vez más paranoico.

Tal vez no gastarme una broma sea la broma.

No, Warren no es tan listo.

Ojalá pudiera quedarme a dormir en casa de Sydney esta noche para librarme de la paranoia, pero trabaja en el turno de tarde y le toca cerrar, por lo que no llegará a su casa hasta pasada la medianoche. Además, tiene clase a las ocho de la mañana.

No la he visto desde el sábado. O el domingo,

para ser exactos, pero estaba tan profundamente dormido que no la vi cuando se fue a desayunar con Warren ni cuando me dejó la nota. Ya estamos a martes y tengo síndrome de abstinencia de Sydney.

Por lo menos, ya me he puesto al día con el trabajo. También le he enviado a Brennan la letra de otra canción. Y ahora estoy buscando en Google bromas para gastarle a Warren, porque tengo la sensación de que necesito ir siempre un paso por delante de él. Por desgracia, lo único que me ofrece Google es la broma de los pósits, y los dos nos negamos a caer tan bajo, pero cualquier otra cosa nos sirve.

Estoy viendo un vídeo recopilatorio en You-Tube de compañeros de piso gastándose bromas cuando siento que el móvil vibra sobre la cama.

Sydney: Estoy cansada de devolver libros a su sitio. A estas alturas ya deberían existir robots que se ocuparan de esto.

Ridge: Pero, entonces, te quedarías sin trabajo.

Sydney: A menos que fuera ingeniera. En tal caso podría ocuparme del robot.

Ridge: Tal vez deberías cambiar de asignaturas.

Sydney: ¿Qué estabas haciendo?

Ridge: Buscando bromas para Warren en Google. Se me han acabado las ideas. ¿Tienes alguna?

Sydney: Deberías meter cinco gatitos en una caja y dejarla en su habitación. Porque comprarle a tu amigo un gatito es mono, pero comprarle cinco es una pesadilla.

Ridge: No creo que me hiciera ninguna gracia, porque probablemente Warren se los acabaría quedando y a mí me tocaría pagar cinco depósitos extra al dueño del piso por tenencia de mascotas.

Sydney: Pues sí, ha sido una idea espantosa.

Ridge: Veo que todo sigue igual; sigo siendo el puto amo de las bromas.

Sydney: Dijo el tipo que está sufriendo un caso grave de bloqueo del bromista.

Ridge: *Touché*. Eh, ¿no tienes una pausa para cenar?

Sydney: La he hecho ya, a las seis. :/

Ridge: Mierda. Me temo que tendré que esperar hasta mañana por la tarde. ¿Quieres que vaya a tu casa?

Sydney: Sí, por favor. Te quiero sólo para mí, toda la noche.

Ridge: Soy todo tuyo. Te quiero. Hasta mañana.

Sydney: Te quiero.

Cierro el chat y abro el mensaje de Bridgette que me ha entrado mientras me despedía de Sydney. Bridgette nunca me escribe, excepto para comunicarme que algo del apartamento no funciona. Pero esta vez no se trata de eso. El mensaje dice simplemente: «Hay alguien en la puerta», como si estuviera demasiado ocupada para levantarse y abrir ella. Bridgette nunca abre la puerta, ahora que pienso. Me pregunto si será porque no acaba de sentir que esta es su casa.

Voy al armario, cojo una camiseta y me la pongo mientras me dirijo a la puerta. Miro por la mirilla con la mano en el pomo, pero no acabo de abrir del todo porque reconozco a Maggie. Está delante de la puerta, abrazándose mientras el viento le alborota el pelo.

Los siguientes segundos son un poco extraños. Me la quedo mirando unos instantes, preguntándome qué querrá, pero al parecer la curiosidad no es lo bastante fuerte como para impulsarme a abrir la puerta ya. Me doy la vuelta y me quedo contemplando el comedor mientras me pregunto qué debo hacer a continuación. Es la primera vez que se ha presentado en el apartamento desde que ya no es mi novia. Hasta ahora, cada vez que venía, la besaba inmediatamente. Nunca le he abierto la puerta sin tirar de ella acto seguido para meterla en mi habitación. Ya no tengo el deseo de hacer ninguna de las dos cosas, ni tampoco siento como una pérdida que esa conducta ya no forme parte de nuestra rutina. Tan sólo me siento... distinto.

Me giro hacia la puerta y la abro, justo cuando ella se rinde y se dirige a la escalera. Se detiene con el pie en el aire y luego se vuelve poco a poco hacia mí. Su expresión es serena. No me está mirando como me miraba el fin de semana pasado, como si no me soportara. Alza la mano y se aparta el pelo de la cara, mientras espera a que la invite a entrar. Baja la vista hacia los pies, en un gesto de humildad. Cuando nuestras miradas se cruzan de nuevo, doy un paso atrás y abro más la puerta. Ella entra, con la mirada fija en los pies.

Mientras Maggie se queda quieta en medio del salón, saco el móvil del bolsillo y le escribo un mensaje a Sydney. No quiero que pueda llegar a pensar lo que no es.

Ridge: Maggie acaba de presentarse aquí, sin avisar. No sé qué quiere, pero quería que lo supieras.

Vuelvo a guardarme el teléfono en el bolsillo y miro a Maggie, que señala hacia la nevera y me pregunta si puede coger algo de beber. Es curioso, porque antes nunca lo habría preguntado; lo habría cogido sin más.

Asintiendo, respondo:

—Por supuesto.

Se dirige a la nevera y abre la puerta, pero no coge nada; se queda quieta contemplando el interior. En ese momento, me doy cuenta de que no tengo ninguna lata de Dr Pepper. Siempre solía tener la nevera llena de su refresco favorito, para cuando venía, pero han pasado meses desde la última vez que estuvo aquí. Dejé de comprarlo cuando rompimos. Al principio, me costaba no llevarme un paquete de doce latas cada vez que hacía la compra, pero ya ni siquiera pienso en ello. Sólo me preocupo de que haya en casa agua y té.

Coge dos aguas y me da una.

—Gracias —le digo.

Ella señala la mesa de la cocina y me pregunta signando:

—¿Tienes un minuto?

Asiento con la cabeza, aunque soy muy consciente de que mi teléfono no ha vibrado todavía con una respuesta de Sydney. O no ha leído el mensaje o se ha enfadado. Espero que sea lo primero. Seguro que sí, ya que Sydney es la persona más razonable que conozco. Aunque le molestara que Maggie se haya presentado aquí, me respondería igualmente.

Estamos los dos sentados a la mesa. Yo, en la cabecera y ella, a mi derecha. Se quita la chaqueta y se cruza de manos, con los codos apoyados en la mesa. Inspira hondo para calmarse, con la cabeza agachada. Luego alza la mirada hacia mí y empieza a signar.

—Habría venido antes, pero mi abuelo falleció hace dos días, el domingo por la noche.

Suelto el aire de golpe, le tomo la mano y se la aprieto. Luego tiro de ella y la abrazo. Me siento como un capullo integral ahora mismo. Sabía que estaba enfermo. Da igual cómo acabaron las cosas entre nosotros el sábado; debería haberme interesado por su abuelo. Hace dos días que murió y yo no tenía ni idea. ¿Por qué no avisó al menos a Warren?

Me separo de ella para preguntarle si está bien, pero me responde sin darme tiempo a hacerle la pregunta.

—Estoy bien —signa—. Era algo esperado, no ha sido una sorpresa. Mi tía vino desde Tennessee y me ha ayudado con los preparativos. Hemos decidido que no habrá ceremonia. —Tiene los ojos rojos y un poco hinchados, como si ya hubiera llorado hasta hartarse—. Pero no he venido por eso. Estaba en Austin y he decidido pasar un momento por aquí, porque... —Hace una pausa para beber y recomponerse. No ha de ser fácil pasar de la muerte de un abuelo a otro tema. Parece un poco afectada, por lo que le doy un minuto. Ella se seca la boca con la manga y vuelve a mirarme—. Estoy aquí porque tengo muchas cosas que decir, y me gustaría que me dieras la oportunidad de decirlas todas sin que me interrumpas, ¿vale? Ya sabes lo mucho que me cuesta disculparme.

¿Ha venido a disculparse? Caramba. Esto sí que no me lo esperaba. Entre otras cosas porque, sí, sé lo mucho que le cuesta. Es una de las principales diferencias entre Maggie y Sydney. Todavía no me he acostumbrado a la facilidad que tiene Sydney para perdonar y pedir perdón. Con Maggie todo necesitaba un periodo de adaptación.

Como ahora mismo. Se ha tomado un minuto de preparación para decir lo que ha venido a decir.

—Una vez me dijiste que, cuando llevabas audífonos, te recordaban constantemente que no podías oír. Y que, cuando te los quitabas, ni siquiera pensabas en ello —signa—. Así es como yo me siento siempre respecto a mi enfermedad, Ridge. Los médicos, los hospitales, la medicación y el chaleco son recordatorios constantes de que estoy enferma. Cuando logro evitar todas esas cosas, ni siquiera me acuerdo de ello. Y es muy agradable poder disfrutar de esos breves momentos de normalidad de vez en cuando. Al principio, estar contigo formaba parte de esos preciados momentos de normalidad. Acabábamos de empezar a salir y nunca nos cansábamos de estar juntos. Pero, con el tiempo, te diste cuenta de que me saltaba sesiones de tratamiento o visitas al médico para poder pasar más tiempo contigo.

Se detiene un instante, como si lo que estuviera diciendo requiriera mucho valor. Y supongo que así es. Por eso espero pacientemente, sin interrumpirla, tal como le he prometido.

—Pasado un tiempo, empezaste a preocuparte por mí —sigue diciendo—. Te hiciste cargo de mi agenda para asegurarte de que no me saltaba ni una visita. Me enviabas mensajes varias veces al día, recordándome que era la hora del tratamiento. Una vez te pillé contando las pastillas, para comprobar que me estaba tomando todas las que me tocaban. Y sé que todas esas cosas las hacías por mi bien, porque me querías. Pero al hacerlo, caíste dentro del saco de las cosas que quería evitar, junto a las visitas médicas y a los tratamientos para respirar. —Me mira a los ojos—. Te convertiste en un recordatorio constante de que convivía con la enfermedad, y no sabía cómo enfrentarme a esa situación.

Le cae una lágrima, que se seca con la manga.

—Sé que a veces no lo demostraba, pero agradecía mucho todo lo que hacías por mí. Sigo agradecida, mucho, de verdad. Lo que pasa es que la situación me confunde, porque al mismo tiempo me daba rabia que me trataras así. Pero el resentimiento que siento tiene que ver conmigo, no contigo. Sé que todo lo que hiciste fue porque querías lo mejor para mí. Sé que me amabas. Todo lo que te dije el otro día salió de una parte de mí de la que no me siento orgullosa. Y... —Le tiemblan los labios y las lágrimas han empezado a caerle a pares por las mejillas—. Lo siento, Ridge. En serio. Siento mucho todo esto.

Dejo ir el aire de manera entrecortada.

Necesito levantarme.

Me dirijo a la cocina, cojo una servilleta de papel y se la doy. Pero no puedo volver a sentarme. No me esperaba la visita ni la confesión y ahora no sé qué decir. A veces no le digo lo que ella espera oír, y eso le molesta. Y ya está bastante disgustada. Con las manos en la nuca, recorro el salón un par de veces. Me detengo al notar que el móvil vibra. Lo cojo y leo:

Sydney: Gracias por avisarme. Ten paciencia con ella, Ridge. Estoy segura de que ha tenido que armarse de valor para presentarse ahí.

Me quedo mirando el mensaje, sacudiendo la cabeza y preguntándome cómo es posible que ella se haga cargo de la situación mucho más que yo mismo. Francamente, no sé por qué quiere graduarse en música, cuando es evidente que su gran talento es la psicología.

Vuelvo a guardarme el móvil en el bolsillo y miro a Maggie, que sigue sentada a la mesa, secándose las lágrimas. Sydney tiene razón, esto tiene que resultarle muy duro. Para venir hasta aquí y decir todo lo que ha dicho se necesita mucho valor.

Vuelvo a sentarme en el mismo sitio y le tomo la mano, que sostengo entre las mías.

—Yo también lo siento —le digo, apretándole la mano para que sepa que lo digo de corazón—. Debería haberme esforzado más en ser un novio, y no un... dictador.

Mis palabras hacen que la risa se abra paso entre las lágrimas. Sacudiendo la cabeza, replica:

—No eras un dictador, aunque tal vez sí un pelín... autoritario.

Me río con ella, algo que no pensé que fuera a suceder nunca más después de irme de su casa el sábado por la mañana.

Cuando Maggie vuelve la cabeza, sigo la dirección de su mirada y veo a Bridgette. Se va a trabajar, pero se detiene al ver a Maggie en el comedor, sentada a mi lado. Mira a Maggie primero y después a mí, entornando los ojos.

—Capullo.

Se dirige a la puerta y estoy seguro de que la ha cerrado de un portazo. Me vuelvo hacia Maggie, que está mirando a la puerta.

—¿A qué ha venido eso? —me pregunta, y yo me encojo de hombros.

—Se ha vuelto muy protectora con Sydney. Ha sido... interesante.

Maggie alza una ceja.

—Tal vez deberías enviarle un mensaje a Sydney diciéndole que estoy aquí, antes de que lo haga Bridgette.

—Ya lo he hecho —admito, sonriendo.

Maggie asiente lentamente.

—Cómo no —signa. Está sonriendo y ya no tiene lágrimas en los ojos. Da otro trago y se echa hacia atrás en la silla—. Y, entonces, ¿es Sydney la definitiva?

Guardo silencio durante unos instantes, porque me resulta muy raro hablar de esto con ella. No quiero que piense que ella no era suficiente para mí, pero las cosas con Sydney son muy distintas. Más intensas, más profundas, mejores. Siento un ansia constante, necesito estar con ella. Nunca había experimentado algo así, pero ¿cómo expresarlo sin que resulte ofensivo?

Asiento despacio y signo:

—Sí, es la última, definitivamente.

Maggie también asiente, con expresión triste. Lo odio, pero no puedo hacer nada por evitarlo. Al fin las cosas son como deben ser, por mucho que a Maggie le duela de vez en cuando.

—Ojalá la vida viniera con un manual de instrucciones. Ver lo que tienes con Sydney hace que me dé cuenta de lo idiota que he sido al apartar de mi lado a un tipo genial. Estoy casi segura de que la he cagado con él para siempre.

Me revuelvo en la silla. No sé ni qué decir. ¿Acaso ha venido con la intención de que le diera otra oportunidad a lo nuestro? Si es así, he estado enfocando toda la conversación de un modo equivocado.

—Maggie. No voy... No vamos a volver a estar juntos nunca.

Ella entorna los ojos y me mira de una manera que conozco bien, con la mirada que me dirige siempre que piensa que estoy siendo un idiota.

—No estoy hablando de ti, Ridge. —Se echa a reír—. Me refería a mi doctor buenorro, que es también mi instructor de paracaidismo.

Ladeo la cabeza, aliviado y avergonzado al mismo tiempo.

—Vaya, qué corte.

Ella comienza a reír de nuevo mientras nos señala con un dedo.

—¿En serio? ¿Hablo de un tipo genial y el primero que te viene a la cabeza eres tú?

Se ríe cada vez con más fuerza. Yo trato de mantenerme serio, pero no lo consigo. Me encanta que se ría, y todavía me gusta más que se esté refiriendo a otra persona.

Eso es bueno, muy bueno.

Maggie se levanta.

—¿Estará libre Warren el sábado?

Asiento mientras me levanto yo también.

—Sí, debería. ¿Por qué?

—Quiero que nos reunamos a hablar todos juntos. Creo que hemos de sentar unas bases para nuestra relación en el futuro.

—Sí, claro. Me parece muy bien. ¿Te importa si viene Sydney?

Maggie se pone la chaqueta.

—Ya lo tiene apuntado en su agenda. —Me guiña el ojo.

Vale, ahora sí que me ha dejado fuera de juego.

—¿Has hablado con Sydney?

Maggie asiente con la cabeza.

—Por alguna razón, sentía que me debía una disculpa. Y... yo le debía otra a ella. Tuvimos una buena charla. —Se dirige hacia la puerta, pero se detiene antes de abrirla—. Es... muy diplomática.

Asiento, aunque me siento muy confuso. ¿Cuándo mantuvieron esta charla? ¿Y por qué yo no sabía nada?

—Sí. Definitivamente, es muy diplomática.

Maggie abre la puerta.

—No dejes que Bridgette la estropee. Hasta el sábado.

—Hasta el sábado. —Le sostengo la puerta—. Maggie, siento mucho lo de tu abuelo.

Ella sonríe.

—Gracias.

La contemplo mientras baja la escalera y se dirige a su coche. Cuando arranca, no cierro la puerta. Voy corriendo a por las llaves de mi coche y me pongo los zapatos.

Y voy directo a la biblioteca.

La veo en un rincón apartado, al fondo de la biblioteca. Está junto al carrito de los libros, con un rotulador en la mano, tachando cosas de una lista mientras devuelve los libros a su lugar en las estanterías. Me está dando la espalda, por lo que la contemplo durante un minuto mientras trabaja. El edificio está casi vacío, y no creo que nadie se dé cuenta de que la estoy observando. Es que sigo sin entender cuándo ni cómo Maggie y ella mantuvieron una conversación. Ni por qué. Saco el móvil del bolsillo y le escribo:

Ridge: Maggie y tú tuvisteis una charla, ¿y no me dijiste nada?

Observo su reacción al leer el mensaje. Se queda paralizada, mirando la pantalla, y luego se frota la frente. Inspira hondo mientras se apoya en la estantería.

Sydney: Sí. Debí decírtelo, pero quería que tuvierais la oportunidad de hablar antes de sacar el tema. Fui a su casa el domingo. No fui para montar ningún drama, te lo juro. Es que había varias cosas que quería decirle. Lo siento, Ridge.

Vuelvo a mirarla y veo que está mucho más tensa que antes. Se está frotando la nuca, preocupada, y parece que se niega a apartar la vista de la pantalla hasta que le responda.

Alzo el móvil, le tomo una foto y se la envío. La imagen tarda unos instantes en llegarle, pero, cuando lo hace, ella se vuelve en redondo y nuestras miradas se encuentran.

Sacudo levemente la cabeza, no porque esté

enfadado con ella, en absoluto. Lo hago porque no logro creerme que esta mujer decidiera desplazarse hasta la casa de mi exnovia para mejorar la relación entre Maggie y yo.

Nunca había sentido un agradecimiento tan grande por nada ni por nadie en toda mi vida.

Empiezo a caminar hacia ella. Sydney se separa de la estantería al ver que me acerco y se queda quieta, tensa, esperando a ver cómo reacciono. Cuando llego a su lado no hablo ni signo. No necesito hacerlo. Sydney sabe ya lo que estoy pensando, porque lo único que necesitamos es estar cerca para comunicarnos. Alza la mirada hacia mí, que no aparto los ojos de ella. Con una sincronización perfecta, da dos pasos hacia atrás mientras yo doy dos pasos hacia delante para quedar ocultos entre dos paredes de libros.

«Te quiero.»

No pronuncio las palabras ni las signo. Sólo las siento, pero ella las oye.

Levanto las manos y le acaricio las mejillas con el dorso de los dedos. Trato de acariciarla con la misma delicadeza con la que me acaricia ella. Le rozo los labios con los pulgares, admirando su boca y las palabras amables que salen de ella. Bajo las manos hasta su cuello y lo presiono con los pulgares, sintiendo su pulso acelerado bajo la punta de mis dedos.

Agacho la frente y la apoyo en la suya, cerrando los ojos. Quiero sentir su pulso en mis dedos, su aliento en mis labios. Me tomo unos momentos para disfrutar de estas cosas, mientras en silencio le doy las gracias, sin separar la frente de la suya.

Desearía que no estuviéramos en un lugar público, porque podría darle las gracias de muchas otras maneras, sin necesidad de pronunciar ni una sola palabra.

Sin apartarle las manos del cuello, la empujo hasta empotrarla en la estantería más cercana. Cuando su espalda entra en contacto con los libros, le mantengo la cara elevada para que no deje de mirarme mientras me acerco a su boca, rozándola, sin acabar de unirla del todo a la suya. Noto sus jadeos chocando contra mis labios, y permanezco inmóvil, tragándome varios de ellos antes de deslizar la lengua en su boca, provocándole más jadeos. Su boca es más cálida y acogedora que nunca.

Apoya las manos en mi pecho, pegándome el papel y el rotulador a la camiseta mientras trata de mantener el equilibrio. El papel se cae al suelo. Ella alza la cabeza un poco más y entreabre los labios, buscando profundizar el beso. Sujetándola por la nuca con una mano, cierro la boca sobre la suya e inhalo.

La beso. La amo.

La amo. La beso.

La beso.

Estoy tan enamorado de ella.

Separarme de ella es lo más duro que he hecho en mi vida. Sydney me está agarrando la camiseta con las dos manos, con los ojos cerrados, y aprovecho para contemplarla unos segundos. Tal vez el karma sepa lo que está haciendo después de todo. Tal vez había una razón que justificaba todo lo malo que me ha pasado en la vida. Habría faltado equilibrio si hubiera tenido una infancia feliz y, luego, al crecer, hubiera podido disfrutar de una vida como la que sé que voy a compartir con Sydney. Creo que mi infancia fue el contrapeso que necesitaba poner en la balanza para poder tenerla en mi vida. Es tan buena y perfecta que quizá tuve que sufrir un poco antes de ganarme una recompensa de este calibre.

Deslizo las manos buscando las suyas, que siguen aferradas a mi camiseta. El papel que sostenía se ha caído al suelo hace un rato, pero sigue teniendo el rotulador en el puño. Se lo arrebato y ella abre los ojos cuando le echo hacia abajo el cuello de la camiseta, dejando al descubierto la piel que le cubre el corazón. Destapo el rotulador con los dientes y lo apoyo en su pecho, para escribir tres letras directamente sobre su corazón:

«MÍO.»

Tapo el rotulador y le doy un último beso antes de darme la vuelta y marcharme.

Nunca habíamos hablado tan poco.

Nunca nos habíamos dicho tanto.

20

Sydney

Estoy sentada en el asiento del acompañante del coche de Ridge y voy mirando por la ventanilla. Tengo la mano apoyada sobre el pecho, acariciándome delicadamente la palabra que él escribió sobre mi corazón el martes por la noche: «MÍO». Se ha descolorido un poco porque han pasado cuatro días desde que lo escribió, pero por suerte era un rotulador permanente y he evitado frotarme esa zona en la ducha.

Cuando Ridge se marchó de la biblioteca, tuve que sentarme enseguida. Me había dejado sin aliento hasta el punto de que me empezaba a marear. No estuvo allí ni cinco minutos, pero fueron los cinco minutos más intensos de mi vida. Convencí a mi compañero para que me cubriera hasta el final del turno y me dirigí inmediatamente a casa de Ridge, donde terminamos lo que habíamos empezado. Los cinco intensos minutos de la biblioteca se convirtieron en dos intensas horas en su cama.

Desde ese momento, hemos pasado tres de las cuatro últimas noches juntos.

Me ha contado lo que habló con Maggie. Odio pensar que su abuelo falleció sólo unas pocas horas después de que me fuera de su casa el domingo. Pero a pesar de lo que le ha estado pasando, saber que sacó tiempo para ir a disculparse con Ridge ha hecho que valore su esfuerzo mucho más. Para él su disculpa ha marcado una gran diferencia. Es como si se hubiera quitado un enorme peso de los hombros. Los últimos cuatro días con él han sido los mejores que hemos compartido desde que nos conocimos.

Durante las primeras semanas, todas nuestras conversaciones estaban cargadas de culpabilidad por Maggie. Luego, después de su última discusión, nuestras charlas estaban lastradas por la preocupación. Pero, desde el martes, cuando estamos a solas es como si finalmente estuviéramos a solas de verdad. De algún modo, incluir a Maggie en nuestras vidas ha hecho que no esté tan presente. No debería tener sentido, pero lo tiene. Poner el foco en su amistad y no en el hecho de que son exnovios favorecerá nuestra relación a la larga.

Espero que Bridgette se dé cuenta pronto porque, de momento, la situación no le hace ninguna gracia. Warren y Bridgette van en el asiento de atrás, y Ridge conduce. Bridgette no ha dicho ni una sola palabra desde que salimos para ir a casa de Maggie, porque Warren y ella han discutido justo antes de salir. Bridgette ha dicho que quería ir con él, y Warren le ha replicado que no quería que viniera porque no sabía comportarse con Maggie de manera amable. Se ha puesto como una moto. Se han encerrado en la habitación a discutir mientras Ridge y yo los esperábamos en el sofá.

Para ser más precisos, hemos aprovechado la espera para meternos mano, por lo que no nos hemos preocupado mucho de cuánto rato ha durado la pelea. Lo que pasa es que, en realidad, no ha terminado, porque estamos ya delante de casa de Maggie y las primeras palabras que pronuncia Bridgette desde que hemos salido de Austin son: «Tengo que mear». Lo dice mientras sale del coche y cierra de un portazo.

Bridgette no es la persona más razonable del mundo, pero cada vez me cae mejor y, de hecho, empiezo a entenderla. Vive sus emociones intensamente y siempre las tiene a flor de piel. Son tantas las emociones que no le llega con una sola flor. Es como si las emociones se juntaran formando un ramillete.

Nadie llama a la puerta porque Maggie nos abre

mientras nos acercamos. Warren es el primero en entrar. Al pasar por su lado, le da un abrazo. Bridgette pasa junto a ella sin saludarla, pero Ridge le da un abrazo rápido. Yo le doy otro, porque prefiero empezar la reunión con buen pie.

—Huele bien —signa Ridge, mientras lanza las llaves sobre la encimera.

—Lasaña —responde Maggie—. Estoy leyendo un libro en el que los personajes preparan lasaña cada vez que necesitan hablar de algo importante. Me ha parecido adecuado para hoy. —Maggie me mira mientras entra en la cocina—. ¿Te gusta leer, Sydney?

—Me encanta —le respondo, mientras me quito la chaqueta, que dejo en el respaldo de una de las sillas—. Lo malo es que no tengo mucho tiempo, lo que es triste teniendo en cuenta que trabajo en una biblioteca.

Bridgette entra en el baño y Warren se deja caer boca abajo en el sofá.

—Mátame, camión —murmura, con la cara hundida en un cojín.

—¿Problemas en el paraíso? —pregunta Maggie.

Warren alza la cabeza para mirarla.

—¿Paraíso? ¿Cuándo hemos vivido Bridgette y yo en el paraíso?

—¿Problemas en el Sheol? —corrige Maggie.

Warren se sienta en el sofá.

—No sé ni qué significa eso.

—Es otra manera de llamar al infierno.

—Oh, ya sabes que conmigo no puedes usar palabras grandilocuentes.

—Es una palabra sencilla, sólo cinco letras.

Los observo conversar hasta que Ridge se coloca ante mí.

—¿Tienes sed? —me pregunta.

Cuando asiento con la cabeza, él abre uno de los armarios de la cocina y prepara algo de beber para los dos. Me resulta raro verlo moverse por esta cocina como si fuera la suya. Hace que me dé cuenta de que, de algún modo, lo fue. No sé cuánto tiempo ha debido de pasar en esta casa. Supongo que esta es una de esas sensaciones incómodas a las que voy a tener que acostumbrarme. Ridge me trae un vaso de agua y luego se sienta en el sofá, al lado de Warren.

Yo entro en la cocina.

—¿Necesitas ayuda?

Ella niega con la cabeza, abre la nevera y coloca una ensalada dentro.

—No, gracias. Está todo listo, excepto la lasaña. —Se vuelve hacia Ridge y Warren—. Chicos, ¿os parece que nos quitemos esto de encima antes de comer?

Warren palmea sus muslos.

—Vamos —responde, poniéndose en pie de un salto.

Los cuatro nos dirigimos a la mesa de la cocina, justo cuando Bridgette sale del baño. Maggie ocupa la cabecera de la mesa. Yo me siento junto a Ridge y Warren junto a una silla vacía, pero Bridgette elige situarse en la otra cabecera, para que quede un asiento de separación entre Warren y ella. Él sacude la cabeza, pero la ignora.

Maggie abre una carpeta y luego empieza a signar todo lo que dice.

Me gusta verla signar. No sé por qué me resulta más fácil entenderla a ella que a Ridge o a Warren. Tal vez sea porque tiene las manos más delicadas. El caso es que me parece que signa un poco más despacio y, si puede decirse así, enunciando con más claridad.

Nos mira a todos.

—Gracias por aceptar esta reunión. —Se vuelve hacia mí—. Y gracias a ti —añade, sin especificar más.

Yo asiento con la cabeza, aunque, en realidad, debería estar dándole las gracias a Warren. Fue él quien me dio la patada en el culo que necesitaba para dar el primer paso y desencallar así la situación con Maggie.

—He tomado un par de decisiones de las que quiero hablaros porque van a afectar a mi vida cotidiana durante el próximo año y, por tanto, también a las vuestras —nos informa, señalando hacia el pasillo con la cabeza. Todos miramos en esa dirección y me doy cuenta de que hay cajas de mudanza—. He terminado las prácticas y la tesina, y he decidido regresar a Austin. La casera me informó el miércoles de que ha encontrado ya nuevos ocupantes para el piso, por lo que tengo que dejarlo vacío antes de que acabe el mes.

Aprovecho que hace una pausa para hacerle una pregunta.

—¿Tu doctora no está en San Antonio?

Ella niega con la cabeza.

—Pasa visita aquí un día a la semana, pero el consultorio principal lo tiene en Austin, así que, de hecho, me será más cómodo así.

—¿Has encontrado apartamento ya? —pregunta Warren—. Faltan pocos días para final de mes.

Maggie vuelve a asentir con la cabeza.

—Sí, pero no podré entrar hasta el cinco de abril. Los inquilinos acaban de irse y tienen que pintar y cambiar la moqueta.

—¿Está en el mismo bloque de apartamentos que la última vez? —insiste Warren.

Maggie pasea la mirada entre Warren y Ridge. Hay algo aquí que se me escapa, aunque ella responde tranquila, sacudiendo la cabeza.

—No, no había ninguno disponible. Este está en el distrito de North Austin.

Warren se echa hacia delante y le dirige una mirada que no entiendo. Ridge suspira profundamente. Me he perdido.

—¿Qué pasa? —les pregunto—. ¿Qué tiene de malo North Austin?

Maggie me mira.

—Está bastante lejos de vosotros. Ridge y yo... Cuando yo vivía en Austin... Los dos elegimos pisos que estuvieran cerca del hospital y de la consulta de mi doctora. Era más cómodo.

—¿Has probado en nuestros bloques? —pregunta Warren—. Sé que hay pisos disponibles.

Bridgette hace un ruido de protesta. Se aclara la garganta y suelta el bolso sobre la mesa. Saca una lima, se reclina hacia atrás en la silla y se pone a arreglarse las uñas.

Me vuelvo hacia Maggie, que sigue mirándome a mí.

—No, pero en North Austin estaré bien. Llevo un año en San Antonio y todo ha ido bien.

—Yo no diría tanto.

—Ya sabes a lo que me refiero, Warren. No he estado en una situación en la que hubiera muerto de no teneros cerca. Estaré al otro lado de la ciudad; todo irá bien.

Ridge niega con la cabeza.

—Habrías muerto en mi baño si Sydney no te hubiera encontrado. Que hayas tenido suerte no significa que mudarte allí sea buena idea.

—Tal cual. —Warren toma el relevo—. Tú vives al norte de San Antonio y nosotros al sur de Austin. Tardamos cuarenta y cinco minutos de puerta a puerta. Pero si te mudas a North Austin, cuando haya tráfico nos llevará más de una hora llegar. Aunque estemos en la misma ciudad, está más lejos.

Maggie suspira. Agacha la cabeza y baja un poco la voz.

—Ahora mismo es lo único que me puedo permitir. Los pisos disponibles que quedan cerca del hospital son demasiado caros.

—¿Por qué no buscas trabajo? —le pregunta Bridgette.

Todos nos volvemos hacia ella. Creo que ninguno de nosotros esperaba que abriera la boca. Está mirando a Maggie, con la lima apoyada en la uña del pulgar.

—Es difícil conservar un empleo cuando pasas más tiempo en el hospital que fuera —responde Maggie—. Tuve que pedir una pensión de incapacidad hace tres años para poder pagar el alquiler.

Se ha puesto un poco a la defensiva, pero lo entiendo. Bridgette no se anda con miramientos cuando hablamos de Maggie. O de cualquier otra persona, de hecho.

Bridgette se encoge de hombros y vuelve a limarse las uñas.

—Te lo repito: ¿has preguntado si hay apartamentos disponibles en nuestros bloques? —insiste Warren.

De nuevo, Maggie me mira a mí cuando sale el tema. Me vuelvo hacia Ridge, y él también me mira. Nos comunicamos sin decir ni una palabra.

Asiento con la cabeza, aunque, si me paro a pensarlo, es absurdo. Pero, por alguna razón que no alcanzo a entender, no me parece absurdo. Si Maggie viviera en el mismo complejo residencial que Warren y Ridge, las cosas serían mucho más cómodas para todos. Sinceramente, no creo que Ridge o Maggie quieran volver a pisar un camino tan trillado para ellos. Para mi sorpresa, no me siento amenazada por esa idea. Tal vez estoy siendo ingenua, pero tengo que hacer caso a mi intuición, y esta me dice que Maggie necesita estar más cerca de ellos, no más lejos.

—A mí no me importa que vivas allí, si es eso lo que te lo impide —le aseguro—. Mi exnovio se mudó a vivir con mi ex mejor amiga cuando yo me fui a vivir con Ridge y Warren el año pasado. Desde el balcón de Warren veo su salón. Nada va a ser más raro que eso.

Maggie me dirige una sonrisa agradecida, antes de volverse hacia Bridgette. Ridge apoya el brazo en el respaldo de mi silla y se inclina hacia mí para darme un rápido beso en la sien. Me encanta su manera silenciosa de darme las gracias.

Bridgette levanta la vista hacia Maggie. No parece contenta. Volviéndose hacia Warren, le dice:

—Joder, Warren. ¿Por qué no la instalas en una de las habitaciones disponibles? Podemos jugar a ser una gran familia feliz.

Warren pone la mirada en blanco.

—Bridgette, para.

—No, piénsalo. Cuando yo me mudé, tú empezaste a acostarte conmigo. Sydney se mudó y Ridge empezó a tontear con ella. Es el turno de Maggie, es lo justo.

Cierro los ojos y dejo caer la cabeza mientras la sacudo. ¿Por qué ha tenido que sacar el tema? Alzo la vista hacia Maggie, que está fulminando a Bridgette con la mirada.

—Me parece que te olvidas de que ya he estado con los dos, Bridgette. No necesito repetir turno, pero gracias por ser tan considerada.

—Oh, vete a la mierda.

Cuando parecía que las cosas no podían empeorar, acaban de hacerlo. Creo que Ridge no se ha enterado de lo que acaba de pasar. En cuanto esas palabras salen de la boca de Bridgette, Maggie retira la silla con parsimonia y se levanta. Se mete en su habitación y cierra la puerta. Las dos han perdido el control de la situación. Sujetándome la cabeza entre las manos, lo único que soy capaz de decir es:

—Bridgette, ¿por qué?

Ella me mira como si acabara de traicionarla. Señalando hacia el dormitorio de Maggie, me pregunta:

—¿Cómo puedes estar de acuerdo? Es una desagradecida; siempre lo ha sido. Y ahora pretende mudarse a nuestros bloques y lo ha manipulado todo para que parezca que ha sido idea tuya.

Por un segundo, me siento tentada de dejarme

llevar por su visión de las cosas, pero es sólo un segundo. Un instante después, me levanto y voy tras Maggie. Francamente, creo que Bridgette tiene una idea equivocada de ella. No puedo creer que Ridge fuera capaz de amar a alguien desagradecido y manipulador. No, no puedo.

Al abrir la puerta, veo a Maggie sentada en la cama, con las piernas cruzadas, secándose una lágrima. Me siento en la cama a su lado y ella alza la cabeza y me dirige una mirada cargada de culpabilidad.

—Lo siento. Eso ha sido muy vulgar, pero Bridgette se equivoca. No tengo intención de manipular vuestras vidas —susurra. Se nota que está a punto de echarse a llorar otra vez—. Si de mí dependiera, me iría tan lejos de ellos que tardarían horas en llegar hasta mí, pero estoy tratando de poner las cosas fáciles, Sydney. Quiero que sepan que respeto su tiempo.

Me lo creo. Creo que Maggie preferiría vivir en algún sitio donde le resultara más fácil saltarse las normas.

—Te creo. Y estoy de acuerdo. Estamos aquí porque Warren y Ridge van a ser tus principales cuidadores cuando te encuentres mal. Pienso que debemos dejar al margen los sentimientos de Bridgette. O los míos. Incluso los tuyos. Se trata de ponerles las cosas más fáciles a Warren y a Ridge, y si te mudas a sus bloques, para ellos será mucho más cómodo.

Maggie asiente.

—Lo sé, pero no quiero causar problemas entre Warren y Bridgette. Pienso que la decisión deberíais tomarla Bridgette y tú, pero no creo que ella acceda nunca, y, francamente, no la culpo.

Tiene razón. En una decisión de este tipo, deberíamos estar todos de acuerdo. Vuelvo la cabeza hacia la puerta y grito:

—¡Bridgette!

Oigo una silla arrastrándose por el suelo y luego los pasos de alguien que avanza a grandes zancadas. Cuando Bridgette abre la puerta al fin, se queda apoyada en el quicio, con los brazos cruzados.

Doy golpecitos en la cama.

—Ven aquí, Bridgette.

—Estoy bien aquí.

La miro como si fuera una niña malcriada.

—Sienta tu culo aquí ahora mismo.

Bridgette se acerca a grandes pasos y se deja caer sobre los pies de la cama. Me recuerda a Warren cuando se ha dejado caer sobre el sofá de Maggie hace un rato. Son tal para cual. Se parecen tanto que está a punto de escapárseme la risa. Bridgette me mira, evitando el contacto visual con Maggie.

Me reclino hacia atrás y la miro, apoyada en el cabecero.

—¿Cómo te sientes, Bridgette?

Ella pone los ojos en blanco y se apoya en el codo.

—Bien, doctora Blake —responde, con sarcasmo—, me siento como si la ex de nuestros novios estuviera a punto de venirse a vivir al lado de casa. No me hace gracia.

—¿Y te crees que a mí sí? —pregunta Maggie.

Bridgette la mira. Se nota que ninguna de las dos soporta a la otra. No se tragan.

—¿Cuánto hace que os conocéis? —les pregunto.

—Ella se mudó al piso de Ridge y Warren unos meses antes de que lo hicieras tú —responde Maggie, como si Bridgette no estuviera delante—. Al principio traté de ser amable con ella, pero no sirve de nada, ya lo sabes.

—Creo que lo que necesitamos es juntarnos las tres y emborracharnos —sugiero. A Bridgette y a mí nos funcionó; tal vez funcione con ellas.

Maggie me mira como si hubiera perdido el juicio.

—Eso suena como una pesadilla.

Bridgette le da la razón.

—El alcohol no va a borrar los años de historia que comparten ella y Warren.

Maggie se echa a reír, y esta vez se dirige directamente a Bridgette.

—¿En serio crees que hay la más remota posibilidad de que vuelva a involucrarme en una relación romántica con Warren algún día? Es absurdo.

Bridgette se tumba de espaldas y se queda mirando al techo.

—No me preocupa que tú te enamores de él. Me preocupa que él se enamore de ti. Tú eres muy guapa y Warren, muy superficial.

Maggie y yo cruzamos una mirada. Instantes después, nos echamos a reír a la vez. Sacudo la cabeza, porque la inseguridad de Bridgette me ha tomado por sorpresa.

—Pero ¿tú no eres consciente de lo tremenda que estás? Warren podría ser más superficial que unas salinas y seguiría loco por ti —le aseguro, y Maggie añade:

—A mí no me apetece piropearte porque eres mala como un bicho conmigo, pero Sydney tiene razón. ¿Tú te has visto el culo? Es como si fueran dos Pringles abrazándose.

¿Qué demonios significa eso? El comentario de Maggie hace reír a Bridgette, por mucho que trate de disimularlo.

—Pero si trabajas en Hooters, por el amor de Dios —sigue diciendo Maggie—. Si yo me presentara en Hooters a pedir trabajo, me echarían a patadas, pensándose que soy un crío de doce años.

Bridgette se vuelve hacia Maggie.

—No paréis —nos anima a seguir con los halagos.

Poniendo la mirada en blanco, estiro la pierna y le doy una patada cariñosa en el muslo.

—Warren te quiere, así que supera tus absurdas inseguridades. Eres afortunada por tener a un hombre con un corazón tan grande que quiere cuidar de una de sus mejores amigas.

Maggie asiente.

—Tiene razón, es muy buen tío. Un tipo superficial, algo engreído y extremadamente pervertido, pero buen tío.

Bridgette gruñe y se sienta en la cama. Me mira a mí y luego a Maggie. No dice que le parezca bien que ella se mude cerca de su apartamento, pero, al menos, ya no protesta, así que me lo tomo como una victoria. Se levanta y se dirige hacia la puerta, pero se detiene al pasar frente al espejo de pared de Maggie. Se da la vuelta y se mira por encima del hombro, agarrándose el culo con las dos manos.

—¿En serio te parecen dos Pringles abrazándose?

Maggie coge una almohada y se la lanza. Bridgette se da una palmadita en su propio culo y sale de la habitación.

Maggie se tumba en la cama y hunde la cara en el colchón para amortiguar un gruñido. Luego se sienta y me mira con la cabeza ladeada.

—Gracias. Nunca he sabido tratarla; me da pánico.

Asiento con la cabeza.

—Ya. Y a mí.

Tal vez Bridgette y yo nos llevemos bien ahora, pero sigue dándome mucho miedo que se enfurezca conmigo.

Maggie se levanta de la cama y se dirige al salón-comedor. Yo la sigo. Cuando estamos todos sentados a la mesa, Maggie se coloca la libreta delante. Miro a Ridge, que me sonríe.

—Te quiero —me susurra.

Me lo dice constantemente, por lo que no entiendo por qué me ruborizo esta vez.

—Tienen dos apartamentos disponibles —dice Warren, deslizando su teléfono en dirección a Maggie—. Uno es una primera planta y el otro es un bajo. El bajo está en la otra punta del complejo, pero creo que deberías estar en una planta baja.

Maggie le echa un vistazo al móvil.

—Pone que no estará disponible hasta el día tres. Puedo llamar mañana y reservarlo. Y hasta el tres, puedo quedarme en un hotel.

—Qué manera de tirar el dinero —interviene Bridgette—. Sólo son unos días. Quédate en mi antigua habitación o en la de Brennan; las dos están vacías. —Se está limando las uñas de nuevo, pero las palabras que acaban de salir de su boca son trascendentales. Es lo más cerca que Bridgette va a estar nunca de disculparse, sin pronunciar las palabras: «He sido una maleducada. Lo siento».

Ridge me mira mientras me aprieta la mano por debajo de la mesa. Luego me escribe un mensaje.

Ridge: Me quedaré a dormir en tu casa mientras ella esté en la nuestra, si te parece bien.

Asiento con la cabeza. Probablemente, lo habría obligado a quedarse si él no lo hubiera propuesto.

Aunque, a estas alturas, ya no podría negarme a que se quedara a dormir con ellos, porque todo lo que tiene que ver con las personas sentadas alrededor de esta mesa hace tiempo que dejó de merecer el calificativo de «normal». Una vez, Warren me dijo: «Bienvenida al lugar más raro en el que vivirás en toda tu vida».

Ahora entiendo lo que quería decir. Ya ni siquiera vivo con ellos, pero ese apartamento y su puerta giratoria desafían cualquier tipo de límites.

Warren aparta la silla y se levanta para sentarse junto a Bridgette. Le quita la lima y la tira al suelo del salón. Coge la silla de Bridgette, la atrae hacia él y la besa.

Y ella se lo permite durante, al menos, cinco segundos. Es adorable y muy incómodo al mismo tiempo.

Maggie pone los ojos en blanco, antes de empujar la carpeta en dirección a Ridge.

—He hecho una lista de compromisos. Hay cosas que me gustaría hacer, pero necesito tu aprobación. A cambio, me comprometo a cuidarme mejor. Pero no puedes ser un mandón sin darme algo de tiempo para acostumbrarme. Soy un desastre y me va a costar un poco mejorar esa parte de mi personalidad.

Ridge repasa la lista por encima y le dice algo usando unos signos que no reconozco.

—Sí. —Maggie asiente con la cabeza—. Voy a hacer *puenting* y no puedes negarte. Los dos hemos de ceder en algo.

Ridge suspira y le devuelve la lista.

—Vale, pero tienes que apuntarte a un grupo de apoyo.

Maggie se echa a reír, pero Ridge permanece serio.

—Eso no es un compromiso, es una tortura.

Ridge se encoge de hombros.

—Los dos hemos de ceder —le recuerda—. Si lo odias mucho, puedes dejarlo, pero creo que te conviene asistir. Ninguno de nosotros es capaz de entender realmente por lo que estás pasando. Creo que te irá muy bien hablar con personas que te entiendan.

Maggie gruñe, deja caer la cabeza sobre la mesa y da tres golpes sobre la madera. Se levanta de la silla y me mira, antes de dirigirse a la cocina.

—Y tú irás conmigo —me dice.

—¿Al grupo de apoyo? —pregunto, confundida. No sé por qué quiere incluirme en esta ronda de torturas.

—No. Los grupos de apoyo para fibrosis quística son online. Tú me acompañarás a hacer *puenting*.

«Mmm.»

Puenting, ¿eh? La exnovia de mi chico quiere que me tire de un puente. Bastante irónico, sí. Me vuelvo hacia Ridge y sonrío. La verdad es que siempre he querido hacer *puenting*. Él me devuelve la sonrisa, sacudiendo lentamente la cabeza, como si se diera por vencido.

—¿Por qué no te hacen un trasplante de pulmones? —pregunta Bridgette, mientras Warren va a buscar la lima que ha tirado antes—. Siempre me lo he preguntado. ¿No te curarías?

Yo también me lo había preguntado, pero aún no había encontrado el momento de preguntárselo a Ridge.

—No es tan fácil —responde Warren, mientras le devuelve la lima a Bridgette—. La fibrosis quística no afecta sólo a los pulmones, por lo que un trasplante no es la solución definitiva.

—Además, todavía no sería candidata a trasplante —añade Maggie—. Para que te concedan unos pulmones nuevos, tienes que estar en una situación apurada, aunque no tanto como para no resistir el trasplante. Por suerte, de momento estoy demasiado sana. Es una situación peliaguda. Sería agradable tener unos pulmones nuevos, pero eso significaría que mi salud habría empeorado. Además, un trasplante puede alargar la vida de una persona unos cuantos años, pero también puede reducírsela de manera drástica. No es algo que me apetezca probar de momento, francamente.

—Pero cada día surgen nuevos avances —comenta Warren—. Y por eso hoy sólo estamos hablando de planes a corto plazo, no a largo plazo. Si nos centramos en un futuro demasiado lejano, hay cosas que podrían quedarse sin hacer por el camino. Maggie no quiere ser una carga para nosotros, pero nosotros tampoco queremos ser una carga para ella, así que, de momento, la mejor opción es abordar los próximos meses con las herramientas de las que disponemos.

Ridge asiente y le dice a Warren:

—A veces me da la sensación de que tienes el cerebro en modo reserva de batería. Casi siempre lo tienes desactivado, pero las pocas veces que lo activas, funciona a toda potencia.

Warren le dirige una sonrisa.

—Vaya, gracias, Ridge.

Maggie se echa a reír.

—No estoy segura de que fuera un halago, Warren.

—Oh, sí. Claro que sí —protesta él.

Yo creo que era un insulto y un halago al mismo tiempo, lo que me hace reír.

Pasamos la siguiente media hora comiéndonos la lasaña que ha preparado Maggie y poniéndonos de acuerdo en más compromisos. Bridgette no participa demasiado de la conversación, pero ya no es maleducada, lo que me parece un gran logro, teniendo en cuenta el estado en que ha entrado en la casa.

Tras despedirnos de Maggie y desearle buenas noches, Ridge me da la mano, me lleva hacia el asiento trasero del coche y obliga a Warren a conducir, argumentando que él ha conducido a la ida, lo que me parece estupendo, porque me apetece un montón compartir el asiento trasero con Ridge.

Mientras nos alejamos de casa de Maggie, me busca la mano y entrelaza nuestros dedos. Luego, se saca el móvil del bolsillo y me escribe con una mano.

Ridge: Eres como la mujer que susurraba a las Bridgettes. No sé cómo lo haces.

Sydney: No es tan mala. Creo que siempre está a la defensiva porque nadie se ha tomado la molestia de derribar sus barreras.

Ridge: Exacto. Que tú lo hayas hecho dice mucho de ti.

Sydney: Warren también lo ha hecho.

Ridge: Sólo porque quería acostarse con ella. No creo que tuviera planeado enamorarse también. Eso ha sido una sorpresa para todos, sobre todo para él.

Sydney: Tus amigos son muy especiales. Me gustan.

Ridge: Ahora también son tus amigos.

Me aprieta la mano cuando acabo de leer su mensaje. Me desabrocha el cinturón de seguridad y me atrae hacia él. Cuando estoy en el centro del asiento, me abrocha el cinturón central y vuelve a acercarme a él.

—Mejor así —dice, rodeándome los hombros con el brazo.

Me acaricia el hombro con el pulgar, pero la mano desciende hasta acariciar las letras descoloridas que me escribió sobre el corazón. Con la boca pegada a mi oreja, susurra:

—Mío.

Sonriendo, le apoyo la mano en su corazón.

—Mío —susurro.

Ridge une sus labios a los míos y yo sonrío durante todo el beso. No puedo evitarlo. Cuando se separa de mí, se apoya en la portezuela y vuelve a atraerme hacia él. Subo las piernas al asiento y las doblo mientras me acurruco contra su pecho.

Me siento en paz. Por fin. Solía sentirme mal cuando estábamos juntos, pero ya no hay nada que se interponga entre nosotros, haciéndonos sentir culpables. Sé que se lo debo en parte a la voluntad de Maggie de perdonar, seguir adelante e incluso aceptarme en su vida después de todo lo que ha pasado.

Han cambiado tantas cosas durante el último año. El día en que cumplí los veintidós pensé que sería el peor año de mi vida. No tenía ni idea de

que un chico sentado en su balcón con una guitarra iba a cambiarlo todo.

Y ahora estoy aquí, entre sus brazos, sin poder
ni querer borrar la sonrisa que se ha apoderado
de mi rostro porque su corazón es mío.

MÍO.

21

Ridge

Es muy difícil indicarle a Warren lo que está haciendo mal, porque tengo las manos ocupadas
con el colchón que estamos subiendo por la escalera y él lleva los auriculares puestos. No quiero
ni imaginármelo maniobrando un barco o poniendo una caravana marcha atrás, cuando ni siquiera es capaz de subir un colchón por una escalera.

Lo que tampoco entiendo es por qué estamos
subiendo el colchón de Maggie a casa. Su apartamento estará listo dentro de cuatro días y tenemos un sofá. Además, nadie usa la cama de Brennan. Pero no protesto, porque si va a quedarse en
casa, prefiero que duerma en la habitación más
alejada de la mía, para que la situación sea lo me-

nos incómoda posible, aunque yo duerma en casa de Sydney esta semana.

Warren se detiene a recuperar el aliento cuando faltan tres escalones para llegar arriba. Apoya el brazo en la barandilla y se quita los auriculares.

—No hemos de subir nada más, ¿no? El resto de cosas se queda en el camión de mudanzas, ¿no?

Asintiendo, le indico por signos que vuelva a cargar el colchón. Él pone la mirada en blanco, lo agarra mejor y lo empuja hacia mí.

El nuevo apartamento de Maggie está dentro del complejo, pero en uno de los bloques más alejados del nuestro. Queda más cerca del antiguo edificio de Sydney. Maggie ha tratado de convencernos varias veces de que es mejor que busque otro sitio; tiene miedo de forzar la situación al vivir tan cerca. Pero la verdad es que esto va a ser lo mejor para todos. La salud de Maggie se resiente muy a menudo. El año pasado tuve que quedarme a dormir muchas noches en San Antonio. Aunque viviera sólo a unos cuantos kilómetros de aquí, cada vez que empeorara, Warren o yo tendríamos que quedarnos a pasar la noche en su casa, porque las crisis la dejan tan débil que no puede ni levantarse de la cama.

Al vivir en nuestros bloques, todo será más fácil. No tendré que pasar noches incómodas en su casa. Estando tan cerca, Warren o yo podremos pasarnos por allí cada hora si hace falta, para ver cómo sigue. Francamente, creo que por eso a Sydney le pareció buena idea. La ha visto durante una de sus crisis, y sabe que, en esos momentos, no es capaz ni de ir a buscar un vaso de agua. Ni, por supuesto, tomar las medicinas, hacer el tratamiento para la respiración, controlar sus niveles de azúcar... Si no estuviera tan cerca, necesitaríamos ir a su casa en coche y no podríamos dejarla sola. Al estar aquí al lado, no tendré que dedicarle tantas horas ni estar tan presente. Y, a fin de cuentas, Maggie se sentirá más independiente, que es lo que quiere.

Hemos dejado el resto de sus cosas en el camión de mudanzas, porque uno de los compañeros de Warren trabaja a tiempo parcial en la compañía que nos ha alquilado el vehículo. Nos lo han dejado durante una semana por sólo diecinueve dólares al día, por lo que se quedará aparcado hasta que Maggie se mude a su apartamento definitivo.

Maggie está ahora mismo en el camión, seleccionando las cosas que necesita para pasar estos cuatro días. Sydney ha ido a buscar a Bridgette al trabajo. Warren y yo acabamos de meter el colchón en la habitación, donde lo dejamos caer en el suelo. Warren está respirando pesadamente, con las manos en las caderas. Observándome, me pregunta:

—¿Y tú por qué no estás sin aliento?

—Porque sólo hemos subido una escalera. Una vez. Y porque entreno.

—Tú no entrenas.

—Sí, entreno en mi habitación, todos los días.

Él me mira como si admitir que entreno a diario fuera algún tipo de traición. Vuelve a mirar el colchón.

—¿No te parece raro todo esto?

Bajo la vista hacia el colchón de Maggie, que por fin está en el mismo apartamento que yo. Maggie nunca quiso mudarse a vivir conmigo y a mí me daba rabia. Y ahora se muda con nosotros, aunque sea por unos días, y todo es distinto. Ya no quiero nada de lo quería cuando estábamos juntos y me resulta un poco difícil acostumbrarme a los cambios y a las nuevas sensaciones. Durante muchos años, pensé que Maggie y yo acabaríamos viviendo juntos y que algún día nos casaríamos. Nunca me imaginé que la vida daría el vuelco que ha dado, pero ahora no soy capaz de imaginármela de otra manera.

Asiento con la cabeza, respondiendo a la pregunta de Warren. Sí, esto me resulta raro, pero básicamente porque todo parece estar saliendo bien. No puedo quitarme de encima la sensación de que algo va a salir mal. No sé si por culpa de Maggie, de Bridgette o de Warren, pero tengo claro que no será por culpa de Sydney. Ella es la que está llevando mejor todo esto, a pesar de ser la que tendría más razones para llevarlo mal.

—Si Sydney o Bridgette vivieran juntas y decidieran abrirle la puerta de su casa a un tipo con el

que las dos se hubieran acostado en el pasado,
¿crees que lo llevaríamos bien?

Me encojo de hombros.

—Supongo que dependería de la situación.

—Supones mal —signa Warren—. Te cabrearías. Lo odiarías. Te comportarías como un niño enrabietado, igual que yo. Y luego todos romperíamos con todos.

No me gusta pensar que actuaría así.

—Más razón para demostrarles lo mucho que valoramos su actitud.

Warren le da una patada a una hoja que se ha pegado al colchón de Maggie y luego se agacha a recogerla.

—Anoche le estuve demostrando a Bridgette lo mucho que la valoro. Toda la noche —añade, sonriendo, y decido que es un buen momento para regresar al camión de mudanzas.

Mientras bajo la escalera, recibo un mensaje de texto. Me detengo al ver que es de Sydney. Es un mensaje en un chat compartido con Warren y conmigo.

Sydney: Estamos en el Dairy Queen. Vamos a encargar algo para llevar. ¿Alguien quiere un helado Blizzard?

Warren: ¿Nadan en círculo los perros a los que les falta una pata? Pues claro. Yo quiero un Blizzard Reese.

Ridge: Uno de M&M's.

Miro hacia abajo al camión de mudanzas y veo que Maggie sube la rampa y se mete dentro. Este es uno de esos momentos incómodos con los que vamos a tener que aprender a convivir. Voy a tener que recordarle a Sydney que Maggie está aquí ahora y que tal vez a ella también le apetezca un helado. Pero me resulta incómodo pedirle a Sydney que incluya a Maggie en el grupo. Aunque supongo que no es más raro que todo lo que hemos vivido en estas últimas dos semanas. Parte de mí se debate sobre qué decirle a Maggie. Ni siquiera sé si debería ofrecerle helado a Maggie, sabiendo que no le conviene tomar demasiado azúcar. Pero tampoco quiero ser la persona que se pase el día recordándole sus problemas de salud. Estoy tratando de guardar las distancias, con la esperanza de que sea ella quien empiece a cuidarse más.

Mientras estoy sumido en este mar de dudas, Maggie envía un mensaje al grupo.

Maggie: Un Dr Pepper *light* grande. ¡Gracias!

Ni siquiera me había dado cuenta de que Sydney la había añadido al grupo. Cómo no. Cada vez que alguno de nosotros empieza a sentirse incómodo, Sydney se encarga de aliviar la tensión antes de que esta tenga tiempo de asentarse.

Me acerco al camión y veo a Maggie al fondo, buscando algo en el cajón superior de la cómoda.

Va dejando cosas sobre el mueble. Cuando encuentra la camiseta que buscaba, la mete en una bolsa. Al alzar la cabeza, me ve junto a las puertas.

—¿Puedes llevar esta maleta arriba? —me pide.

Cuando asiento, me da las gracias signando, sale del camión y se dirige a la escalera. Me acerco a la cómoda para coger la maleta que hay sobre ella, pero me detengo al ver un papel en el suelo del camión. Me agacho a recogerlo y lo dejo sobre la cómoda. No quiero invadir su espacio personal, pero el papel está desplegado y veo que se trata de una lista, que lleva por título «Cosas que quiero hacer», pero al lado hay algo que está tachado y han vuelto a escribir encima. La curiosidad me hace cogerlo otra vez, aunque sé que no debería.

Tres de los nueve puntos de la lista están tachados: tirarse en paracaídas, conducir un coche de carreras y tener un rollo de una noche.

Sé que se tiró en paracaídas, pero ¿cuándo condujo un coche de carreras? ¿Y cuándo tuvo un...?

«Da igual; no es asunto mío.»

Al leer el resto de puntos de la lista, recuerdo que solía comentarme alguno de estos deseos. Yo odiaba que quisiera hacer tantas cosas, porque sentía que eso me ponía a mí en la situación de tener que recordarle sus limitaciones, lo que siempre la ponía de mal humor.

Me apoyo en la cómoda y estudio la lista. Una vez planeamos un viaje a Europa. Fue justo después de que yo terminara mi segundo año de carrera, hace unos cuatro años. La idea me aterraba, porque ya sólo las diez horas de vuelo, encerrada en un espacio tan reducido con desconocidos, era un riesgo para su salud. Por no mencionar los cambios de nivel de oxígeno y de atmósfera y el hecho de estar en un entorno turístico, lleno de gente, y en un país en cuyos hospitales no tenían su historial médico. Traté con todo mi empeño de disuadirla, pero se salió con la suya, porque sus ganas de ver mundo eran más grandes que mi miedo, y no quise ser la razón por la que se quedara sin cumplir su sueño.

Al final, no fui yo quien se lo impidió; fue una infección en los pulmones que la retuvo ingresada diecisiete días. Nunca la había visto tan enferma. Durante toda su hospitalización, no dejé de dar gracias porque la infección no hubiera sucedido en Europa.

Después de aquel episodio, no quise volver a oír hablar de un viaje internacional. Supongo que debí hacerlo. Me doy cuenta ahora, que sé lo mucho que ella me reprocha mi cautela. La verdad es que no puedo culparla. Su vida no es mi vida, y por mucho que mi objetivo fuera alargar su existencia al máximo, lo que ella deseaba era llenarla de sustancia.

Veo movimiento por el rabillo del ojo. Es Sydney, que sube al camión con dos helados Blizzard en las manos. Lleva puesta una de mis camisetas de Sounds of Cedar, que le deja un hombro al descubierto porque le va demasiado grande. Si de mí dependiera, llevaría mis camisetas todos los días de la semana. Me encanta su look desenfadado.

Ella sonríe y me da uno de los Blizzard. Arranca la cucharilla del suyo, lame el helado y cierra la boca, con la cucharilla dentro.

Sonrío.

—Creo que me gusta más el tuyo, y eso que aún no sé de qué es.

Sonriendo, se pone de puntillas y me da un pico en los labios.

—De Oreo. —Clava la cucharilla en el helado mientras señala la lista con la cabeza—. ¿Qué es eso?

Bajo la vista hacia el papel, preguntándome si hago bien en compartir algo tan personal con ella.

—La lista de deseos de Maggie; estaba en el suelo. —La dejo sobre la cómoda y cojo la maleta—. Gracias por el helado.

Le doy un beso en la mejilla y me dispongo a salir del camión. Cuando me vuelvo para ver si me está siguiendo, veo que no.

Está cogiendo la lista.

22

Sydney

Cuando tenía ocho años, viajamos en coche a California. Mi padre se detuvo en el parque nacional de las cavernas de Carlsbad justo cuando los murciélagos salían de las cuevas al anochecer. Casi me muero de miedo; no disfruté en absoluto de la visita.

Cuando tenía once, pasamos dos semanas cruzando Europa en tren. Vimos la torre Eiffel, fuimos a Roma, visitamos Londres. Tengo enganchada en la nevera la foto que mi padre nos hizo a mi madre y a mí delante del Big Ben.

Fui a Las Vegas una vez con Tori, por mi cumpleaños. Cumplía veintiuno y nos quedamos allí una noche, porque no nos podíamos permitir más. Recuerdo que Hunter se enfadó por haber pasado mi cumpleaños fuera.

He hecho varias de las cosas que aparecen en la lista de Maggie y, aunque en su momento las valoré, creo que no lo hice lo suficiente. Nunca se me ha pasado por la cabeza hacer una lista de deseos. Nunca he pensado qué anotaría en esa lista si la tuviera. No hago planes a tan largo plazo.

Pero ese es el quid de la cuestión: Maggie tampoco. Lo que pasa es que el concepto de largo plazo para Maggie y para mí son dos cosas distintas.

Dejo el helado sobre la cómoda y me quedo mirando el punto siete de la lista.

«Hacer *puenting*.»

Nunca he ido a hacer *puenting*. Creo que nunca lo habría puesto en una lista de deseos, pero el hecho de que Maggie lo tenga en la suya y de que me haya pedido que salte con ella hace que todo cobre otro sentido.

Doblo la lista y cojo el helado, salgo del camión y subo a casa de Ridge. Lo encuentro en la cocina con Warren. Están apoyados en la encimera, acabándose el helado. Bridgette probablemente se esté duchando, porque olía a alitas de pollo. Me dirijo a la habitación de Maggie y la veo arrodillada ante la maleta, que revuelve, buscando algo. Alza la vista y me ve en la puerta.

—¿Puedo pasar? —Cuando asiente, me acerco y me siento en el colchón. Dejo el helado en el suelo y le muestro la lista—. He encontrado esto.

Maggie está cerca y tan sólo tiene que alargar el brazo para hacerse con el papel. Al ver que se trata de la lista, hace una mueca, como si no valiera nada, y la deja caer sobre el colchón.

—Siempre fui una soñadora. —Vuelve a dedicar su atención a la maleta.

—Esto tal vez haga empeorar tu opinión sobre mí, pero una vez estuve en París y te juro que la torre Eiffel se parece a una gran antena de telecomunicaciones. Creo que está sobrevalorada.

Maggie se ríe.

—Sí, definitivamente no deberías admitirlo delante de nadie más. —Cierra la maleta y se tumba boca abajo sobre la cama. Coge la lista y se la pone ante los ojos—. Taché tres puntos de la lista el mismo día.

Recuerdo el día en que se tiró en paracaídas, porque no ha pasado mucho tiempo desde entonces. Lo que significa... que tampoco hace mucho tiempo de su rollo de una noche. Siento curiosidad, pero no sé si somos lo bastante amigas como para preguntarle por su vida sexual.

—Casi todas las que me faltan son un poco complicadas de conseguir. Me enfermo con demasiada facilidad y frecuencia como para embarcarme en viajes internacionales.

Me fijo en el punto en que menciona Las Vegas.

—¿Por qué quieres perder cinco mil dólares en vez de ganarlos?

Ella se tumba de espaldas y me mira.

—Porque si tuviera cinco mil dólares que pudiera permitirme perder, significaría que soy rica. Ser rica es un punto oculto de la lista.

Me echo a reír.

—¿Tienes previsto llevar a cabo algún otro punto de la lista aparte del *puenting*?

Ella niega con la cabeza.

—Me resulta muy difícil viajar. Lo he intentado un par de veces, pero nunca he llegado muy lejos. Tengo demasiado equipamiento médico del que no puedo desprenderme; demasiada medicación. En realidad, los viajes no me resultan divertidos, pero no era consciente de ello cuando escribí la lista.

Su situación me da mucha rabia. Tanta, que me vienen ganas de añadir un par de puntos en la lista para que pueda tachar algo más.

—¿A qué distancia puedes viajar sin que sea un engorro?

Ella se encoge de hombros.

—Los viajes de un día los llevo bien. Y supongo que podría pasar un par de noches fuera, pero no hay ningún sitio por aquí cerca donde no haya estado ya. ¿Por qué lo preguntas?

—Un segundo. —Me levanto, voy al salón y cojo una libreta de espiral y un bolígrafo que hay en la mesa. Vuelvo a la habitación de Maggie, mientras Warren y Ridge no me quitan los ojos de encima. Me giro hacia ellos y les dirijo una sonrisa antes de volver a sentarme en la cama de Maggie. Coloco la lista sobre la libreta y digo—: Creo que, con alguna pequeña modificación, podrás hacerlo todo.

Maggie se apoya en un codo y observa la lista con curiosidad.

—¿Qué clase de modificaciones?

Voy recorriendo los puntos con la vista y me detengo en las cavernas de Carlsbad.

—¿Qué es lo que te interesa de Carlsbad, los murciélagos o las cuevas?

—Las cuevas —responde—. He visto a los murciélagos volando en masa en Austin un montón de veces.

—Vale. —Abro paréntesis junto a las cavernas de Carlsbad—. Podrías ir a la cueva Inner Space en Georgetown. Probablemente no mola tanto como las de Carlsbad, pero es una cueva.

Maggie se me queda mirando en silencio. Temo que piense que me estoy tomando demasiadas confianzas al alterar su lista de deseos. Estoy a punto de devolvérsela y disculparme, pero ella se echa hacia delante y señala el punto de la torre Eiffel.

—Hay una falsa torre Eiffel en París, Texas.

Sonrío al oírla, porque eso significa que estamos en la misma onda. Escribo: «Torre Eiffel en París, Texas» junto al punto número nueve.

Sigo repasando la lista, señalando los puntos con el bolígrafo, y me detengo en el número tres.

—Ver la aurora boreal.

—¿Has oído hablar alguna vez de las luces de Marfa al oeste de Texas?

Maggie niega con la cabeza.

—No creo que sea lo mismo, ni remotamente, pero he oído que puedes acampar por ahí y observarlas.

—Interesante —comenta Maggie—. Anótalo. —Escribo «Luces de Marfa» entre paréntesis al lado de la aurora boreal y ella señala el número cuatro: «Comer espaguetis en Italia»—. ¿No hay ningún lugar en Texas llamado Italia?

—Sí, pero es diminuto. No creo que tengan restaurante italiano, pero está cerca de Corsicana. Puedes comprar espaguetis para llevar y comértelos en un parque de Italia.

Maggie se echa a reír.

—Eso suena realmente patético, pero sin duda es factible.

—¿Qué más? —pregunto, revisando la lista. Al parecer, ya ha conducido un coche de carreras y ha tenido un rollo de una noche, punto que hasta ahora hemos logrado esquivar con éxito. El último deseo que nos queda por modificar es el de Las Vegas, así que lo señalo con el bolígrafo—. Hay casinos a las afueras de París, Texas. Podrías ir a alguno después de visitar la falsa torre Eiffel. Y te recomendaría... —tacho dos ceros— perder cincuenta dólares en vez de cinco mil.

—¿Hay casinos en Oklahoma?

—Sí, hay casinos enormes.

Maggie me arrebata la lista y la revisa. Cuando acaba, sonríe y me quita la libreta y el bolígrafo de las manos. Coloca la lista sobre la libreta. Leo el título que hay en el encabezado. Pone: «Cosas que quiero hacer. Tal vez un día de estos...».

Maggie tacha parte del título y lo sustituye por: «Cosas que quiero hacer. Tal vez ahora».

23

Maggie

Hoy me han pegado una buena bronca.

Era el primer día que veía a mi doctora desde que salió de mi habitación en el hospital..., justo antes de que yo me largara. La primera mitad de la cita me la he pasado disculpándome y prometiéndole que, de ahora en adelante, me voy a tomar las cosas más en serio. Durante la segunda mitad, me he visitado con varios especialistas. Cuando tienes fibrosis quística, el equipo acude a verte en un único dispensario, ya que no es seguro para el paciente ir recorriendo distintas salas de espera. Es una de las cosas que más me gustan de la consulta de mi doctora, y de la que no pude disfrutar mientras estuve en San Antonio. Creo, sinceramente, que mi salud será más fácil de manejar ahora que he vuelto a Austin. Lo único que tengo que hacer es impedir que la frustración le gane la partida a la voluntad..., lo que es más difícil de lo que parece, porque me frustro con facilidad.

Llevo casi todo el día fuera de casa, pero cuando llego al apartamento, me sorprende ver el coche de Ridge aparcado en la puerta. Ha pasado casi toda la semana en casa de Sydney. Hoy es viernes. Se suponía que iba a entrar en mi nuevo apartamento el sábado, pero al final lo han retrasado al domingo. Seguro que Ridge tiene ganas de recuperar su cama de una vez.

O no. Algo me dice que no le importa demasiado pasar todo el tiempo con Sydney.

Cuando abro la puerta del salón, los veo a los dos en el sofá. Ridge tiene los pies encima de la mesita de centro y sostiene un libro sobre el regazo. Sydney está apoyada en su hombro y lee las palabras del libro mientras Ridge lo hace en voz alta.

Ridge está leyendo. En voz alta.

Me quedo observándolos unos momentos. Cuando Ridge se encalla en una palabra, Sydney hace que la mire y enuncia la palabra lentamente. Lo está ayudando a pronunciar en voz alta. Es un momento tan íntimo que desearía desaparecer cuando, al cerrar la puerta, llamo la atención de Sydney. Al verme, endereza la espalda, poniendo algo de distancia entre Ridge y ella. Me doy cuenta, y Ridge también, porque deja de leer y sigue la mirada de Sydney hasta que me ve.

—Hola. —Sonrío, y dejo el bolso en la barra.

—Hola. —Sydney me devuelve el saludo—. ¿Qué tal la visita?

Me encojo de hombros.

—En general, ha ido bien, aunque se han pasado casi todo el rato pegándome la bronca. —Saco una botella de agua de la nevera y me dirijo a la habitación donde estoy provisionalmente—. Pero sé que me lo merecía. —Entro en la habitación y cierro la puerta. Me dejo caer sobre la cama, porque no hay nada más en la habitación. No hay cómoda ni televisor ni sillas. Sólo tengo una cama y un salón donde no me siento muy a gusto.

No porque Ridge esté allí con Sydney. No me importa verlos juntos, en serio. Lo único que me molesta de verlos juntos es que me hacen pensar en Jake. Siento celos de que no seamos Jake y yo los que estemos acurrucados en un sofá en algún lugar. Siento que Ridge y Sydney encajan del mismo modo en que Jake y yo encajamos. O, mejor dicho, podríamos haber encajado.

Me resulta muy curioso darme cuenta ahora de lo inadecuados que éramos Ridge y yo como pareja. No es que ninguno de los dos tuviera nada malo por separado, pero no éramos capaces de sacar lo mejor del otro. Sydney, en cambio, sí lo hace. Por ejemplo, ahora está en el sofá leyéndole un libro en voz alta. Y lo hace porque es la manera de perfeccionar su comunicación hablada. Yo nunca saqué a la luz esa parte de él. Nunca lo animé a hacerlo. Habíamos hablado del tema alguna vez, pero él se limitaba a encogerse de hombros y a decir que no le gustaba verbalizar. Y jamás le pedí que profundizara en las razones.

Recuerdo el día en que estaba ingresada y encontré los mensajes que Ridge le enviaba a Sydney. En aquel momento no los leí todos, porque era lo último que me apetecía. Estaba herida; me sentía como si me hubieran apuñalado por la espalda. Pero cuando llegué a casa, lo leí todo. Más de una vez. Y la conversación que más daño me hizo fue cuando Ridge le explicó a Sydney de dónde venía el nombre de Sounds of Cedar.

Y si me hizo tanto daño fue porque me di cuenta de que, durante todos los años que habíamos compartido, nunca le pregunté de dónde venía el nombre de la banda. Y al no hacerlo, nunca supe todo lo que Ridge había llegado a hacer por su hermano cuando eran pequeños. Muchas de las cosas que leí en sus mensajes de Facebook y de iMessages deseé no haberlas leído. Me pasé horas leyendo. Y al hacerlo, me di cuenta de una cosa: Ridge era mucho más de lo que aparentaba. Durante el breve periodo de tiempo en que se había estado escribiendo con Sydney, le había revelado cosas que no había compartido conmigo en los seis años que pasamos juntos. Y no porque Ridge me hubiera estado ocultando cosas sobre él o sobre su pasado, ni porque hubiera tratado de mentirme. Simplemente, había aspectos en las vidas de ambos que desconocíamos, porque nunca habíamos indagado lo suficiente. Se me ocurrió que, tal vez, no los habíamos compartido porque eran temas sagrados para nosotros. Y las cosas que nos son sagradas sólo las compartimos con personas con las que conectamos a un nivel muy profundo.

Yo no había conectado con Ridge a ese nivel. Ni él conmigo.

Al final, lo que me hizo romper nuestra relación fue su conexión con Sydney. No porque la tuvieran, sino porque Ridge y yo nunca la tuvimos.

Se supone que las personas debemos sacar lo mejor del otro, pero yo no logré sacar la mejor versión de Ridge, y él tampoco sacó la mejor versión de mí misma. Ver a Sydney en el sofá, a su lado, me lo confirma: ella saca las mejores cualidades de Ridge.

Me he dado cuenta de que ella se apartaba un poco de Ridge al advertir que estaba en el salón con ellos. Me preocupa que sienta la necesidad de hacerlo. Quiero que sepa que no deben reprimir sus muestras de afecto por mí. De un modo difícil de explicar, me alegra ver lo mucho que les gusta estar juntos, ya que me confirma que tomé la decisión correcta al no permitir que Ridge se escudara en mi enfermedad para quedarse a mi lado.

Me levanto y regreso al salón. Lo único que va a aliviar la tensión de estar en una habitación juntos es pasar más rato juntos. Esconderme en mi dormitorio no va a ayudar en nada.

Por desgracia, Ridge ya no está en el sofá con Sydney. Ella está en la cocina, buscando algo en un armario, y Ridge se ha marchado.

—¿Qué vais a hacer mañana? —le pregunto a Sydney.

Se lleva la mano al pecho y se vuelve bruscamente.

—Qué susto me has dado. —Riendo, cierra el armario—. Pues todos pensábamos ayudarte con la mudanza, pero ahora que se ha aplazado, nos ha quedado el día libre.

—¿Qué quieres decir con «todos»? ¿Warren también?

Ella asiente con la cabeza.

—Sí, y Bridgette. Aunque no creo que pensara ayudar demasiado.

Me echo a reír.

—Me quedaría pasmada si lo hiciera.

—Tal cual. ¿Por qué lo preguntas? ¿Habías pensado en algo?

Me encojo de hombros.

—Nada en particular. Había pensado..., no sé, que tal vez nos iría bien pasar más rato juntos, ahora que... bueno...

Sydney asiente, como si ella hubiera estado pensando algo parecido.

—¿Ahora que la dinámica ha cambiado y todo es incómodo que te cagas?

—Sí, eso mismo.

Sydney se ríe y se echa hacia delante, apoyándose en la encimera mientras piensa.

—Tal vez podríamos ir a ver la cueva aquella, la de Georgetown.

—Ah, bueno. Yo pensaba en algo más simple, tipo comer juntos —admito—. No pensaba pediros que pasarais todo el sábado conmigo.

—Pero lo de las cuevas suena divertido, ¿no?

Ladeo la cabeza, buscando en su expresión alguna señal de que sólo lo dice por educación. A veces es tan maja y complaciente que me llega a resultar sospechoso, pero las vibraciones que desprende son del todo auténticas. Tal vez algunas personas no sienten los celos con la misma intensidad que otras. Como si notara mi desconfianza, sigue hablando.

—¿Te acuerdas de la fiesta de cumpleaños de Warren?

Asiento con la cabeza.

—¿Te refieres a la noche en que pensé que tu sujetador era una monada y, como una idiota, decidí que Ridge debería verlo?

Sydney se encoge un poco, haciendo una mueca.

—Exacto, esa misma —confirma, mirándose las manos, que ha unido ante ella en la encimera—. Esa noche me divertí mucho contigo, Maggie. De verdad. En aquel momento, pensé que podríamos ser amigas, y me hizo mucha ilusión, porque necesitaba una amiga después de lo que Tori me hizo. Pero entonces la cagué al romper el código de honor entre chicas y besar a tu novio. —Me mira antes de seguir hablando—. Me da mucha rabia haber estropeado lo que creo que podría haber sido una buena amistad entre nosotras. Y ahora estamos aquí, meses más tarde, y tú quieres fumar la pipa de la paz. Entonces, sí, comer juntos mañana suena bien, pero, francamente, me gustaría ir a visitar las cuevas. Así que, si te ves capaz de compartir la pipa de la paz con todos nosotros, creo que podríamos pasarlo muy bien.

Parece angustiada mientras espera mi respuesta. No tardo mucho en responderle, porque no quiero que se ponga nerviosa. Ni incómoda, ni culpable ni nada; esta chica no se merece ninguna de estas emociones negativas.

—No destrozaste nada al romper el código de honor entre chicas, Sydney.

Mis palabras la hacen sonreír.

—Ya, pero seguro que no vuelves a presentarme a ningún chico. Y lo entiendo.

—No quiero saber nada más de chicos —replico, riendo—. Sobre todo, después de lo que le hice al último.

Sydney alza las cejas, curiosa, y me doy cuenta de que he hablado de más. No quiero hablar de Jake, pero la mirada que me está dirigiendo Sydney dice que quiere detalles.

—¿Es tu rollo de una noche?

Asiento con la cabeza. La verdad es que me extrañó que no me lo preguntara mientras estábamos alterando la lista de deseos.

—Sí. Se llama Jake. Me asusté y lo pagué con él.

—¿Por qué?

—Porque me preparó el desayuno.

Sydney me mira, fingiendo estar horrorizada.

—¿Cómo se atreve?

Su sarcasmo me hace reír, pero enseguida me cubro la cara con las manos.

—Lo sé. Lo sé, Sydney. Traté de rectificar un par de días más tarde, pero entonces me ingresaron en el hospital y descubrí que tiene un hijo. Y..., no sé. En aquel momento me pareció absurdo ni siquiera intentarlo.

—¿Por qué? ¿No soportas a los niños?

—No, no es eso; en absoluto. Estaba en la habitación del hospital, y lo oí en el pasillo hablando con su hijo por teléfono y todo me pareció... demasiado real. Como si no sólo fuera este tipo —que es un tipo increíble, inteligente y divertido— quien estuviera a punto de entrar en mi vida, sino también su hijo, que sonaba como un crío estupendo, y yo... me asusté.

—¿Qué te dio miedo?

Suspiro. Es una buena pregunta, porque ni siquiera yo tengo claro por qué lo aparté de mi vida de esa manera.

—No sé en qué momento el miedo se apoderó de mí. Me dije que no quería ser una carga para él, ni romperle el corazón, pero la verdad es que me daba más miedo que él me rompiera el mío. Me percaté al darme cuenta de que no todo el mundo se compromete tanto como Ridge, y no todo el mundo podría soportar lo que supone estar en una relación conmigo. La idea de que fuera él quien me dejara me aterrorizó, y decidí tomar la iniciativa. Tal vez no quería que las cosas acabaran mal entre nosotros; no lo sé. Cada día me cuestiono mi decisión.

Sydney me contempla en silencio durante unos instantes.

—Si te dieran la oportunidad de borrar lo que has vivido con Ridge en estos últimos seis años, sabiendo que lo vuestro acabaría, ¿lo harías?

No necesito pensarlo ni un segundo. Sacudiendo la cabeza, respondo:

—No, claro que no.

Sydney alza un hombro.

—Si las cosas acabaran mal entre ese tal Jake y tú, también dudo que quisieras borrar el tiempo vivido a su lado. No deberíamos vivir la vida pensando en finales potenciales. Deberíamos vivirla centrándonos en las experiencias que llevan hacia esos finales.

Se hace el silencio a nuestro alrededor.

Sus palabras se quedan conmigo. Se me pegan a la piel. Las absorbo por los poros.

Tiene razón. Y aunque siempre he intentado vivir mi vida sin pensar en el final, nunca lo consigo. Siempre caigo en el mismo error, sobre todo con Jake. No sé por qué me he estado tratando de convencer de que no puedo vivir la vida al máximo y mantener una relación. No tienen por qué ser cosas incompatibles.

—Tal vez deberías darle otra oportunidad —sugiere Sydney.

Dejo caer la cabeza hacia atrás y suspiro.

—Pobre hombre —digo—. Va a acabar con un latigazo cervical de tantas vueltas que le hago dar.

Sydney se echa a reír.

—Bueno, pues asegúrate de que, a partir de ahora, sólo vas hacia delante con él y no das marcha atrás.

Inspiro hondo y me levanto.

—Vale, voy a llamarlo.

Sydney me dirige una sonrisa y yo me trago los nervios mientras vuelvo al dormitorio. Saco el móvil del bolsillo y busco en mis contactos. Me tiembla la mano cuando selecciono su nombre. Apoyándome en la puerta, cierro los ojos y presiono sobre su número.

Tras dos tonos de llamada, salta el contestador.

«Me acaba de colgar.»

Es un golpe duro, aunque supongo que me lo merezco. Espero a oír su voz.

—Hola, está hablando con el doctor Jacob

361

Griffin. Por favor, deje un mensaje detallado y le devolveré la llamada en cuanto esté disponible.

Espero a que suene la señal y tartamudeo como puedo:

—Hola, Jake. Soy Maggie. Carson. Em... llámame si puedes. O, más bien, si quieres. Si no quieres, lo entiendo. Yo sólo... sí. Vale. Adiós.

En cuanto cuelgo, suelto un gruñido y me dejo caer sobre el colchón. No me puedo creer que me haya colgado. Aunque es lo más normal. Y ahora lo único que podría hacerle cambiar de opinión es un bochornoso mensaje de voz que, probablemente, esté escuchando ahora mismo.

Me concedo unos instantes para compadecerme de mí misma, pero luego me levanto de la cama y regreso al salón. Sydney sigue en la barra, pero ahora está acompañada de Ridge, que ha vuelto. Le está mostrando algo en el móvil, pero Sydney se vuelve hacia mí justo cuando me ve salir del dormitorio. Le hago un gesto con la mano, indicándole que no hay nada que valga la pena contar.

—No ha respondido.

Ella hace una mueca.

—Tal vez esté ocupado.

Sacudo la cabeza y me dejo caer en el sofá, mirando hacia el techo.

—O tal vez se haya dado cuenta de que soy una chalada por echarlo de mi casa antes de que acabara de freír el beicon.

—Sí, esa sería otra posibilidad —admite Sydney.

Me cubro la cara con el brazo y busco razones por las que Jake no se merece que me ponga así por él.

No encuentro ninguna. Es evidente que se merece que me ponga así.

Han pasado dos horas. Me he duchado, me he puesto el pijama y he mirado el móvil cinco mil veces. Ridge ha salido a buscar cena para todos. Bridgette y Warren están aquí. De hecho, están sentados en el sofá, conmigo. Warren está en el medio y Bridgette, al otro lado de Warren. Estoy jugando al Toy Blast en el móvil, pero no porque me interese el juego; es que no soy capaz de apartarme de la pantalla. Sigo esperando; no pierdo la esperanza.

—¿*Libidos de lesbianas?* —pregunta Warren.

—Ni te acercas —responde Bridgette.

Miro a Warren de reojo, preguntándome por qué no hace más que soltar títulos raros que parecen salidos de una película porno. Veo que está leyendo una lista en el móvil.

—¿*Nenas en Bali?*

Bridgette se echa a reír.

—Si tuviera que ir a Bali para rodar una peli porno, no estaría trabajando en Hooters.

Warren se vuelve hacia ella.

—Un momento. ¿Cuánto tiempo hace que trabajas en Hooters? ¿La peli tiene relación con Hooters?

Los miro a los dos, sin poder disimular más la curiosidad.

«¿De qué demonios están hablando?»

Sydney está haciendo trabajos de la universidad en la mesa de la cocina. Al parecer, se da cuenta de mi confusión, porque me ofrece una explicación sin que tenga que pedirla.

—Bridgette besó a una chica en una película porno, pero se niega a decirle el título a Warren. Él no para de buscarla, se ha convertido en su misión en la vida.

«Guau.»

—Eso explica tantas cosas —comento.

Warren se vuelve hacia mí y me pregunta:

—¿Cuántas películas porno crees que se filman cada año?

Me encojo de hombros.

—No me veo capaz de dar ni un número aproximado.

—Un puto montonazo. Esa es la cantidad exacta.

Asiento y vuelvo a centrarme en el Toy Blast. No me apetece pensar en la cantidad de porno que Warren se siente obligado a ver.

Alguien llama rápidamente a la puerta y abre sin esperar respuesta. Cuando entra Brennan, me levanto de un salto, contenta de verlo. Creo que no había vuelto a verlo después de la fiesta de cumpleaños de Warren.

—¿Maggie? —Me abraza y luego apoya las manos en mis hombros y me separa para mirarme—. ¿Qué haces aquí?

Señalo hacia la antigua habitación de Bridgette.

—Me he instalado unos días hasta que acaben de poner a punto mi apartamento.

Él sacude la cabeza.

—¿Apartamento? ¿Dónde? ¿Aquí? —me pregunta, francamente confundido. Me sorprende que Ridge no se lo haya mencionado. Se vuelve hacia la mesa y ve a Sydney. Me suelta los hombros y da un paso atrás, sin dejar de mirarme. Luego mira a su alrededor—. ¿Dónde está Ridge?

—Ha ido a buscar la cena —responde Warren—. Tacos. Ñam, ñam.

Regreso a mi sitio en el sofá y compruebo de inmediato que no haya llamadas perdidas, aunque no tengo el móvil en silencio y lo habría oído sonar. Nada. Miro hacia Brennan, que se está rascando la cabeza, sin entender nada. Se está rascando la cabeza, literalmente, y la imagen me hace reír.

—¿Te instalas en uno de los apartamentos de este complejo? —me pregunta. Volviéndose hacia Sydney, añade—: ¿Y a ti te parece bien? —Me mira una vez más—. ¿Qué está pasando aquí?

Miro a Sydney, que se está aguantando las ganas de sonreír.

—Bienvenido a la madurez, Brennan —le espeta.

—¿*Tetas como carretas?* —le pregunta Warren a Bridgette. Cuando todos nos volvemos hacia él, se encoge de hombros como si nunca hubiera roto un plato—. A mí no me miréis. Yo no he madurado todavía.

En ese momento, Ridge entra por la puerta con los tacos y Brennan se olvida al instante del extraño arreglo que lo ha descolocado tanto. Warren se levanta del sofá con la mente fija en algo que, por una vez, no tiene nada que ver con el porno.

Los tacos son capaces de mitigar cualquier crisis. Acabo de comprobarlo.

Estoy preparando mi plato cuando me suena el teléfono.

—Dios mío —susurro.

Sydney está a mi lado.

—Dios mío —repite.

Me voy corriendo al dormitorio. El nombre de Jake aparece en la pantalla. Miro a Sydney, con los ojos como platos.

—Es él.

—¡Contesta! —grita.

Bajo la vista hacia el teléfono.

—¿Quién es? —pregunta Bridgette.

—Un tipo que le gusta a Maggie. Pensaba que no le devolvería la llamada.

Miro a Bridgette, que me está dirigiendo una mirada expectante.

—Va, contesta —me dice, moviendo la mano en dirección a mi móvil, molesta conmigo.

—Maggie, ¡contesta! —grita Sydney, y me encanta que parezca tan inquieta como yo.

Tragándome los nervios, me aclaro la garganta y deslizo el dedo sobre la pantalla.

Entro en la habitación y cierro la puerta antes de responder:

—¿Hola? —Da igual que me haya aclarado la garganta antes de hablar. La voz me tiembla de la agitación.

—Hola.

Dejo caer la cabeza contra la puerta al oír su voz, que puedo sentir en cada centímetro de mi cuerpo.

—Perdona por haberte colgado antes. Estaba en una reunión y me olvidé de silenciar el teléfono.

Su disculpa me hace sonreír. Al menos ya sé que no me ha colgado por estar enfadado conmigo.

—No pasa nada —le aseguro—. ¿Qué tal has estado?

Él suspira.

—Bien, estoy bien. ¿Y tú?

—También. Me mudé a Austin hace unos días, así que he estado ocupada.

—¿Te has mudado? —Por su tono de voz, se nota que mi respuesta lo toma por sorpresa—. Eso es... lamentable.

Me acerco a la cama y me siento.

—No creas. Tengo una regla que me impide

salir con alguien con quien comparta código postal, así que, en realidad, es bueno. Si no, las cosas pueden volverse un poco aplastantes.

Él se echa a reír.

—Maggie, estaría demasiado ocupado para aplastarte, aunque viviéramos en la misma calle.

—No puedes evitar ser algo aplastante, Jake. Nos hemos acostado, y puedo asegurarte que un poco me aplastaste.

Mi intención era hacerlo reír, pero no lo consigo.

—Me alegro de que me hayas llamado —admite, en voz baja.

—Yo también.

Me tumbo de espaldas en la cama y apoyo una mano en mi estómago. La última vez que me puse tan nerviosa por hablar con un hombre fue... nunca. No sé cómo procesar lo que su voz me hace sentir en esta zona, por lo que apoyo la mano ahí, para ver si me ayuda a calmar la tormenta que se está formando en mi interior.

—No puedo hablar mucho rato —me dice—. Sigo en el trabajo, pero me gustaría decirte algo antes de colgar.

Suspiro en silencio, preparándome para el impacto de su rechazo.

—Vale —susurro.

Él suelta un hondo suspiro.

—Creo que no sabes lo que quieres, Maggie. Aceptaste salir conmigo, y durante la cita me dijiste que no querías que hubiera una segunda cita. Luego pasamos una noche de sexo increíble, pero me echaste de tu casa antes de que terminara de prepararte el desayuno. Unos días más tarde te presentas en mi consulta, pero vuelves a darme la patada esa misma noche en el hospital. Y ahora me dejas un mensaje de voz. No pido más que un poco de coherencia, incluso si para conseguirla tenemos que dejar de hablar. Es que necesito que las cosas sean congruentes, lo necesito de verdad.

Cierro los ojos, asintiendo en silencio con la cabeza. Tiene razón. Tiene tanta razón que me sorprende que me haya devuelto la llamada.

—Lo respeto. Y puedo dártela.

Permanece unos instantes en silencio. Me gusta este silencio. Siento que puedo sentirlo más cuando no dice nada. Transcurre casi medio minuto sin que ninguno de los dos diga nada.

—He querido llamarte todos los días.

Sus palabras me provocan una sonrisa, pero enseguida frunzo el ceño, porque sé exactamente lo que ha estado sintiendo y no me gusta haberlo hecho sentir así.

—Yo he querido pedirte disculpas todos los días —confieso.

—No tienes que disculparte por nada. Eres una mujer que tenía claro que no quería mantener una relación con nadie. Pero entonces me conociste y pasamos una noche tan increíble

369

juntos que te revolvió los sentimientos. Me alegro de haber sido el tipo que ha desordenado tus planes.

Me echo a reír.

—Tienes un modo muy particular de interpretar mi extrema incapacidad para tomar decisiones. Me gusta.

—Me lo imaginaba. Tengo que colgar. ¿Quieres que te llame esta noche?

—De hecho... ¿estás libre mañana?

—Tengo que asistir a una conferencia en el hospital de ocho a diez, pero luego estoy libre.

—¿Todo el día?

—Todo el día.

No recuerdo haber invitado a salir a ningún hombre antes. Creo que esta va a ser la primera vez.

—Voy a ir a Georgetown con unos amigos. A la cueva de Inner Space. Si quieres, puedes venir con nosotros. O podemos hacer otra cosa, si ir a ver cuevas con gente a la que no has visto nunca te resulta demasiado incómodo.

—No será incómodo si estás tú. Puedo estar en Austin a las doce, como muy tarde.

Estoy sonriendo como una idiota.

—Vale. Te envío un mensaje con la dirección.

—Vale. —Me parece oír también la sonrisa en su voz—. Nos vemos mañana, Quinientos.

Cuando cuelga, me quedo contemplando la pantalla, acariciándome la sonrisa con un dedo. ¿Cómo puede despertarme tantos sentimientos y emociones, incluso por teléfono?

Cuando salgo al salón, todos se vuelven para mirarme, y Sydney deja de masticar. Saco dos tacos de la bolsa que hay en la cocina y digo:

—Mañana vamos a tener que ir en dos coches para que quepamos todos.

No digo más, pero cuando miro a Sydney, está sonriendo.

Bridgette también, pero su sonrisa es un pelín más siniestra.

—Esto va a ser divertido. Un juguete nuevo para que Warren se entretenga domándolo.

Miro a Warren y luego a Bridgette. Jake va a pasar el día con este par. Todo el día.

«¿Cómo se te ocurre?»

24

Ridge

Esta semana ha sido buena. ¡Por fin! He estado durmiendo en casa de Sydney las últimas noches y, francamente..., no quiero marcharme. Me encanta dormir con ella. Me encanta despertarme a su lado. Me encanta estar con ella sin hacer nada. Pero sé que la nuestra es una relación muy reciente, por mucho que vayamos a una velocidad endiablada. Por eso creo que lo último que nos conviene es vivir juntos.

La de mañana será la última noche que pase en su casa, antes de volver a mi apartamento. Y me cabrea, porque preferiría quedarme aquí con Syd que compartir piso con Warren y Bridgette. Pero eso es lo que haré, porque no quiero acelerar las cosas con Sydney todavía más. Cuando nos vayamos a vivir juntos, será para siempre. Quiero esperar a que ella tenga más experiencia de la vida antes de asumir un compromiso tan importante.

Acabo de lavarme los dientes y me dirijo al salón. Sydney está en el sofá, con el portátil en el regazo. Al verme entrar, me deja espacio a su lado. Como si se tratara de una danza fluida, yo me siento, ella se mueve y quedamos colocados en la posición que hemos adoptado durante toda la semana. Yo reclinado contra el apoyabrazos y ella con la espalda apoyada en mi pecho, mientras le rodeo la cintura con un brazo.

En esta postura no podemos comunicarnos demasiado bien, porque no nos vemos las caras, por lo que solemos usar mensajes, ella desde el ordenador y yo desde el móvil. Nos resulta natural. Me gusta pasar así el rato antes de acostarnos, porque ella se pone auriculares y escucha música mientras charlamos. Me gusta que escuche música. Me gusta ver cómo mueve los pies, siguiendo el ritmo. Y me gusta sentir cómo retumba su voz contra mi pecho cuando canta alguna estrofa. Ahora mismo está cantando mientras mira el iTunes en su portátil. Ha seleccionado el último disco de Sounds of Cedar. Lo publicaron como un disco indie, sin ninguna discográfica que los apoyara, dos semanas después de que Sydney se instalara en nuestro apartamento, por lo que ninguna de las canciones que ella me ayudó a escribir aparece todavía en él. Las canciones que escribí con Sydney aún no están publicadas.

Eso no significa que ninguno de los temas que aparecen en el álbum no esté inspirada en ella, aunque Sydney no lo sabe. La observo mientras abre el Messenger y me escribe un mensaje.

Sydney: ¿Puedo hacerte una pregunta?

Ridge: ¿No te dije una vez que no volvieras a preguntarme si podías hacerme una pregunta?

Sydney: Sí, y yo te llamé capullo a gritos.

Me echo a reír.

Sydney: La canción *Ciego*... ¿va sobre Maggie?

Aparto los ojos del móvil para mirarla a ella, que ladea la cabeza para mirarme con gran curiosidad. Asintiendo, bajo la vista hacia la pantalla, porque no me apetece demasiado hablar sobre las canciones que escribí sobre Maggie, como esta.

Ridge: Sí.

Sydney: ¿Se enfadó ella al oírla?

Ridge: No creo. ¿Por qué?

Sydney: Por la letra. Específicamente el trozo que dice:

«Demasiado espacio para el dolor y ninguno para el apego. ¿En qué momento cuidar de ti me volvió tan ciego?». Creo que, si lo hubiera escuchado, se habría dado por aludida y le habría hecho daño.

A veces pienso que Sydney entiende mis letras mejor que yo.

Ridge: Si Maggie se lo tomó al pie de la letra, nunca lo demostró. Mis letras son muy honestas. Tú lo sabes, pero no creo que Maggie sea tan consciente. Ella no cree que todo lo que escribo coincida con lo que siento, aunque en todas es así, de una manera o de otra.

Sydney: ¿Crees que eso va a suponernos un problema en el futuro? Porque pienso diseccionar cada palabra de cada letra, que lo sepas.

Sonrío, porque está equivocada.

Ridge: Escucha la tercera canción del álbum, la que se titula *Durante un rato*.

Sydney le da al *Play* y me envía un mensaje.

Sydney: Me la sé de memoria.

Ridge: ¿Y crees que sabes de qué va?

Sydney: Sí. Va de que querías escaparte de todo durante

un rato con Maggie. Supongo que trata de su enfermedad y de las ganas que tenías de escapar de ella un rato.

Ridge: Te equivocas. La canción va sobre ti.

Sydney se queda inmóvil y luego ladea la cabeza para mirarme. Parece sorprendida, y no me
extraña. La canción se publicó poco después de
que se mudara a vivir con nosotros, por lo que
supongo que se imaginó que ninguna de estas
canciones tenía que ver con ella. Teclea su respuesta en el ordenador.

Sydney: ¿Cómo va a ser sobre mí? Tendrías que haberla
escrito antes de que fuera a vivir con vosotros. Ya estaban montando este álbum cuando me mudé.

Ridge: Técnicamente, la canción no es sobre ti, pero sí
que me serviste de inspiración. La canción va sobre mí,
sobre cómo, a veces, salir al balcón y tocar música para
la chica que vivía al otro lado del patio se convertía en
mi escape. Durante ese rato de cada día no me sentía
tan estresado. Ni preocupado. No te conocía y tú no me
conocías a mí, pero los dos nos ayudábamos a huir un
rato de nuestras vidas. De eso va la canción.

Sydney detiene la reproducción y vuelve a empezar la canción desde el principio. Busca la letra
en Google y va leyendo a medida que suena la
melodía.

DURANTE UN RATO

No sé lo que quieres, pero tú sí.
Si me lo contaras, lo haría real para ti.
Oh, durante un rato.
Oh, durante un rato.

Algo cambia cuando brilla el sol.
Y se lleva las sombras que oscurecen mi mente
Llenándola de preocupación.
Todo va bien, me siento feliz casi por contrato.
Tú y yo seremos uno esta noche.
Oh, durante un rato.
Oh, durante un rato.

Oh, sí. Durante un rato.
Oh, durante un rato.

Durante un rato, me siento a gusto con mi
destino.
Durante un rato, me siento flotar.
Durante un rato, me puedo quedar.
Durante un rato, mientras voy de camino.

Durante un rato, todo irá bien.
Durante un rato, tú también.
Durante un rato, estaré bien.
Estaré bien.
Durante un rato.
Durante un rato.
Durante un rato.

Cuando la canción termina, cierra el portátil y se lleva una mano al ojo, supongo que para secarse una lágrima. Le acaricio el pelo mientras escribe.

Sydney: ¿Por qué no me habías contado que iba sobre nosotros?

Inspiro hondo, expiro y le aparto la mano del pelo para poder signar.

Ridge: Fue la primera canción que me inspiraste mientras aún estaba con Maggie. Era todo muy inocente porque ni siquiera habíamos hablado en aquel momento, pero igualmente me sentía culpable. Esa canción era mi verdad y supongo que traté de ocultarla, hasta de mí mismo.

Sydney: Lo entiendo. La canción me ha hecho sentir lástima por ti. Es como si estuvieras viviendo una vida de la que necesitabas escapar.

Ridge: Casi todo el mundo necesita huir de la realidad de vez en cuando. Estaba satisfecho con mi vida cuando te conocí.

Sydney: ¿Y ahora? ¿Estás satisfecho con tu vida?

Ridge: No, estaba satisfecho antes de conocerte. Ahora me siento locamente feliz.

Me echo hacia delante y le doy un beso en el pelo. Ella se echa hacia atrás, dándome acceso a sus labios, pero con la cara del revés. La beso y ella se empieza a reír antes de incorporarse y volver a centrarse en la pantalla.

Sydney: Mi padre solía decir: «Una vida de mediocridad es una vida malgastada». Me daba mucha rabia cada vez que lo decía, porque sabía que lo hacía para recordarme que no aprobaba mi decisión de ser profesora de música. Pero ahora creo que lo entiendo. Estaría satisfecha siendo profesora de música, pero lo que mi padre quería era que mi carrera me apasionara. Siempre pensé que estar satisfecha era suficiente, pero ahora tengo miedo de que no lo sea.

Ridge: ¿Estás pensando en cambiar de carrera?

Sydney asiente, pero no teclea ninguna respuesta.

Ridge: ¿A qué te cambiarías?

Sydney: Últimamente le he estado dando vueltas a pasarme a Psicología. Ser orientadora o psicóloga me llama. Lo que pasa es que estoy ya a punto de acabar la carrera. Tendría que volver a empezar casi de cero.

Ridge: Los intereses y las pasiones de la gente cambian. Es normal. Y si te ves haciendo otro tipo de trabajo que no sea profesora de música, es mejor cambiar ahora que dentro de diez años. Y... por si te sirve de algo, creo que serías una gran psicóloga. La música se te da bien, sin duda, pero eres increíble tratando con la gente. Podrías incluso combinar las dos disciplinas y hacerte terapeuta musical.

Sydney: Gracias. Pero no sé. Volver a empezar me desmoraliza, porque, además, tendría que sacarme un máster. Lo que significa que tendría que pasarme cinco años más apurada económicamente. Y eso también sería un problema para ti si acabamos yéndonos a vivir juntos, porque no tendría demasiado dinero para pagar las facturas. Tengo que pensarlo bien. Si no me cambio, habré acabado en menos de un año.

Ridge: No necesitamos gran cosa para ir tirando. Creo que es mucho más importante que hagas lo que tu corazón te dice. Mientras tú hagas lo que quieras, yo te apoyaré en lo que haga falta. Ya sea el año que viene con una diplomatura en Magisterio o dentro de diez años con un doctorado en Psicología.

Sydney: Voy a añadir esto a la lista de «Cosas que dice Ridge», por si tengo que recordártelo en el futuro. Si cambio de carrera, voy a estar pelada. Tan pelada que no voy a poder comprarme ni ropa. Llevaré esta misma camiseta dentro de cinco años.

Ridge: Aunque la ropa esté descolorida, si la llevas tú parecerá nueva.

Siento cómo se ríe.

Sydney: Eh, esa frase es buena. Debería salir en una canción.

Ridge: Saldrá, te lo prometo.

Ella suelta el portátil, se da la vuelta y se sienta sobre mí. Me da un beso y me pregunta:
—¿Quieres helado? Me apetece postre.
Niego con la cabeza.
—Tomaré un bocado del tuyo.
Después de darme otro beso, se levanta y se dirige a la cocina. Yo cambio de postura y le escribo un mensaje a Warren.

Ridge: ¿A qué hora salimos mañana?

Warren: Ni idea. Espera, lo pregunto en el grupo.

Warren: Puré Maggie, ¿a qué hora vamos mañana a las cuevas?

Maggie: Vuelve a llamarme así y me acabaré el agua caliente esta noche. No lo sé. Después de comer. Jake no puede venir hasta las doce.

Ridge: ¿Comeremos por el camino o mejor antes de salir?

Maggie: Comamos por el camino. Me sentiré mal si Jake se queda sin comer.

Warren: Vale. Comemos fuera. Saldré con hambre. Lo pillo. Ridge, ¿Syd y tú vendréis aquí o mejor os pasamos a buscar?

Ridge: Podemos reunirnos todos ahí.

Maggie: ¿Puedo pediros un favor, básicamente a Warren?

Warren: ¡SERÉ AMABLE CON ÉL! ¡DEJA DE PREOCUPAR-TE, MAGGIE!

Maggie: Ya sé que serás amable con él; no es eso lo que me preocupa. Me preocupa que tus comentarios sean totalmente indiscretos y fuera de lugar.

Warren: Ah, vale. Sí, haces bien en preocuparte por eso.

Riendo, dejo el teléfono porque Sydney regresa al sofá con una cucharada de helado en la boca y no me apetece pensar en nada más ahora mismo. Al darse cuenta del rumbo que han tomado mis pensamientos, se retira la cuchara de la boca y me sonríe.

—¿Quieres un poco?

Asiento con la cabeza.

Ella no se sienta en el sofá para compartir el

postre conmigo, sino que se monta sobre mí y deja el bol de helado entre los dos. Coge una cucharadita de helado y me la ofrece. Cuando me lo trago, se inclina hacia mí y me besa. La boca le sabe a vainilla. Noto el frío que me transmite su lengua al deslizarse contra la mía.

La atraigo hacia mí, pero el bol de helado es un incordio. Lo dejo en la mesita y luego tiro de ella otra vez. Mientras la beso, la tumbo sobre el sofá.

Está a punto de derretirse, igual que el helado.

25

Maggie

Anoche soñé que Jake se presentaba con una pareja; una pelirroja alta, con acento francés y unos Louboutin negros.

¡¿Quién se pone tacones para ir a explorar cuevas?!

O tal vez debería preguntarme: ¡¿quién acude a una cita con pareja?!

Me he despertado cubierta en sudor, no sé si porque Jake se ha aparecido en mis sueños o porque Warren y Bridgette se habían fundido y se habían transformado en un monstruo de dos cabezas. Las dos cosas me han dejado muy alterada.

No sé si lo que me tiene tan perturbada es el sueño o el hecho de que todavía no he hablado con Jake sobre las particularidades de nuestro grupo, pero el caso es que estoy a punto de lavarme los dientes y veo en el espejo que me tiembla la mano.

Me gustaría poder hablar con Jake antes de presentarle a todo el mundo, pero llegará dentro de media hora y no puedo llamarlo cuando esté a cinco minutos de aquí y decirle: «Ah, por cierto, estás a punto de pasar el día con mi exnovio. Bueno, en realidad con mis dos exnovios. ¡Va a ser la caña!».

Debería haber cancelado la cita.

Estuve a punto de hacerlo cuando me desperté de la pesadilla. Tenía ya la excusa redactada en el mensaje de texto, pero no me atreví a enviárselo. Sabía que él se daría cuenta de que era una excusa. Le he fallado demasiadas veces; si vuelvo a apartarlo de mi vida sin un buen motivo, sé que no volveré a verlo nunca más. Durante la conversación que mantuvimos anoche me dijo que necesitaba coherencia. Y no quiero que esa coherencia consista en apartarlo de mi lado constantemente. Quiero acabar lo que empezamos. No sé cómo, pero tengo que hablar con él antes de que conozca a Ridge y a Warren. Se merece saber dónde se mete antes de entrar en el apartamento.

Si lograra hacerlo entrar en la habitación sin que se cruzara con nadie por el camino, tendríamos unos minutos para ponernos al día fuera del peligro que suponen las zonas comunes de este apartamento.

Eso haré. Lo arrastraré hasta la habitación antes de hacer las presentaciones.

Cuando acabo de lavarme los dientes, me seco la boca con la toalla y me quedo contemplando mi reflejo. Aparte del miedo que brilla en mis ojos, mi aspecto es el de siempre. Meto el cepillo de dientes en el neceser justo cuando Bridgette abre la puerta que da acceso al baño desde la habitación que comparte con Warren. Se queda quieta al verme. Yo me quedo quieta al verla.

Siempre hemos estado incómodas en presencia de la otra, pero, hasta ahora, nunca habíamos tenido que compartir baño. Así que verla cubierta sólo con una escasísima ropa interior hace que la situación sea algo más que incómoda. Al menos para mí. A ella no parece importarle que la vea casi desnuda, ya que se dirige directamente al váter, se baja las bragas y empieza a mear.

Tiene las mismas manías que Warren: ninguna.

—Y este tipo —me dice, desenrollando el papel higiénico—, ¿ya sabe dónde se está metiendo?

—¿A qué te refieres?

Ella levanta la mano y la mueve formando un círculo.

—Ya sabes, a la historia del grupo con el que va a pasar el día.

Cierro los ojos un instante e inspiro hondo.

—Todavía no —respondo, exhalando.

Bridgette hace algo muy poco habitual en ella: dedicarme una sonrisilla.

No, es una sonrisa de verdad, amplia y entusiasta, que deja al descubierto su perfecta dentadura. Debería sonreír más a menudo. Tiene una sonrisa espléndida, aunque ha aparecido en un momento poco oportuno.

—¿Por qué estás tan contenta? —le pregunto con cautela.

—Hacía tiempo que no esperaba algo con tantas ganas.

Dejo de mirarla y me vuelvo hacia el espejo. Estoy pálida. No sé si se debe a los nervios o a que se me han descompensado los niveles de azúcar. A veces me cuesta distinguir si tengo el azúcar demasiado bajo, demasiado alto o si estoy a punto de sufrir un ataque de pánico.

Salgo del baño y me voy a la cocina. Tengo el bolso sobre la encimera. Rebusco en su interior hasta encontrar el medidor de glucosa en sangre. Apoyada en la encimera, me controlo el nivel de azúcar. En cuanto inserto la tira en el monitor, se abre la puerta de la calle.

Son Ridge y Sydney, que entran en el apartamento de la mano. Sydney me saluda y Ridge inclina la cabeza. Por signos, le dice a Sydney que va a ducharse, pero, de camino a su dormitorio, me mira de reojo y ve el monitor que tengo en la mano. Inmediatamente frunce el ceño, preocupado.

—Estoy bien —signo—. Sólo quería asegurarme de que todo está bien antes de irnos.

No puede ocultar su alivio.

—¿Cuándo nos vamos?

Me encojo de hombros.

—Sin prisas. Jake todavía no ha llegado.

Él asiente y se dirige a su habitación. Sydney deja el bolso en la barra, junto al mío, abre un armarito y saca una bolsa de nachos.

Mis niveles de glucosa son normales. Suspiro, aliviada, y meto el monitor en el bolso. Cojo el móvil y abro los mensajes. He mantenido una breve conversación con Jake esta mañana. Yo le he enviado la dirección del apartamento y, media hora más tarde, me ha respondido: «Conferencia acabada. Voy de camino».

De eso hace ya casi una hora, lo que significa que estará llamando a la puerta en cualquier momento.

—¿Estás bien? —me pregunta Sydney. Levanto la vista del móvil. Ella está apoyada en la encimera, masticando nachos y mirándome con preocupación—. Pareces un poco inquieta.

«¿Tanto se me nota?»

—¿Sí?

Ella asiente débilmente, como si no quisiera ofenderme con su observación.

Estoy más nerviosa ahora que cuando me he despertado de la pesadilla. A medida que pasan las horas, más me arrepiento de haberlo invitado. Me retuerzo las manos mientras miro las puertas de las habitaciones de Ridge y de Warren, para asegurarme de que están cerradas. Me vuelvo hacia Sydney cuando estoy segura de que es la única que puede oírme.

—He estado a punto de cancelar la cita al menos tres veces esta mañana, pero no me he atrevido a enviar el mensaje. Sé que es imposible que disfrute de la excursión; no sé por qué lo invité. Me angustié tanto cuando me llamó ayer que no pensé con claridad.

Sydney ladea la cabeza y me dirige una sonrisa tranquilizadora.

—Todo saldrá bien, Maggie. Es obvio que le gustas, o no habría aceptado venir hasta aquí y pasar el día con gente a la que ni siquiera conoce.

—Ese es el problema. Ya sé que le gusto. Pero a él le gusta una versión de mí que es independiente, segura de sí misma y que tiene rollos de una noche. No ha salido nunca con la versión insegura, la que duerme en un colchón en el suelo de una habitación libre en casa de su exnovio.

Sydney descarta mis dudas sacudiendo la mano.

—Sólo durante un día más. Mañana te mudas y volverás a ser independiente en tu propia casa.

Me encojo de hombros.

—Da igual. Eso no cambia el hecho de que llevo dos semanas con la madurez emocional de un bebé. —Dejo caer la cabeza hacia atrás y suelto un gruñido—. He estado actuando como una veleta. Probablemente ha aceptado venir hoy con la esperanza de que le haga olvidar las últimas malas experiencias.

Sydney suelta la bolsa de nachos. Poniendo los ojos en blanco, se acerca a mí y apoya las manos en mis hombros para obligarme a sentarme.

—¿Sabes qué hice yo durante las dos primeras semanas que pasé en este piso?

Niego con la cabeza.

—Llorar. Me pasé los días llorando porque mi vida era una mierda, y porque perdí el trabajo en la biblioteca por haber tenido una crisis nerviosa y haber lanzado libros contra la pared. Luego mejoré un poco pero, al mudarme a mi nuevo apartamento, volví a llorar todos los días durante semanas.

Alzo una ceja.

—¿Por qué me cuentas esto?

—Porque sí. —Sydney me suelta los hombros y endereza la espalda—. Me pasé meses con los nervios a flor de piel. Pero, cada vez que te veía, me parecías la fortaleza personificada, incluso el día en que descubriste lo mío con Ridge. Tu determinación me intimidaba..., y también me impresionaba, sin duda. Pero parece que tú no eres consciente de esto. Es como si quisieras olvidarlo y centrarte sólo en tus días malos. —Me toma las manos y me dirige una mirada franca—. Nadie es la mejor versión de sí mismo todo el tiempo, Maggie. Lo que marca la diferencia entre la confianza y la inseguridad son los momentos de nuestro pasado sobre los que nos obsesionamos. Y tú te has estado obsesionando sobre los peores momentos en vez de elegir los mejores.

Hace poco tiempo que conozco a Sydney pero, cada vez que estoy con ella, me sorprende más y más porque siempre parece tener razón. Dándole a sus palabras la importancia que merecen, me concentro en respirar. Asiento. Es verdad que he tenido momentos que preferiría olvidar. Pero ella también. Y Ridge. Y Warren y Bridgette. Y, aunque aparenta ser perfecto, estoy segura de que Jake ha vivido malos momentos en el pasado, en los que ha estado muy lejos de ser impecable. Igual que estoy segura de que, si conociera esos momentos de imperfección, no se los echaría nunca en cara. Lo que significa que, probablemente, él no le ha dado tantas vueltas a mis inseguridades como me he estado temiendo. De ser así, no estaría llamando a la puerta ahora mismo.

«Ay, Dios. Está llamando.»

—Ay, Dios —digo en voz alta.

Sydney mira hacia la puerta y vuelve a mirarme a mí.

—¿Quieres que vaya yo?

Niego con la cabeza.

—No, ya voy yo.

Ella espera a que me levante, pero no lo hago. Sigo sentada, inmóvil, con la vista clavada en la puerta.

—Maggie.

—Lo sé. Yo sólo... Creo que no estoy lista para hacer las presentaciones todavía. ¿Podrías...?

Ella asiente y tira de mí para que me levante.

—Sí. Yo desaparezco; tú ve a abrir —me anima, dándome un leve empujón en dirección a la puerta antes de irse a toda prisa al dormitorio de Ridge. Jake vuelve a llamar. Tengo miedo de que, si no respondo pronto, salga a abrir Warren. O peor aún... Bridgette.

Esa idea me da el empujón que necesitaba para ponerme en acción. Abro la puerta y Jake está ahí, frente a mí, más alto de lo que recordaba. Y más mono. Contengo el aliento al verlo, pero no me concedo tiempo para observarlo de arriba abajo. Le tomo la mano y tiro de él, que entra en el apartamento. Cruzamos el salón y no lo suelto hasta que llegamos al refugio que es mi habitación. Cierro la puerta y apoyo la frente en ella. Suspiro, aún de cara a la puerta. Estoy un poco más tranquila ahora que hemos salido de la zona de riesgo, pero sigo muy inquieta mientras me doy la vuelta hacia él.

Jake está a medio metro de distancia de mí, mirándome con cara de estar aguantándose la risa.

Dios, qué mono es. Lleva vaqueros y una camiseta azul marino con un corazón impreso, un corazón anatómicamente correcto.

«Es gracioso.»

Me quedo observando la camiseta unos instantes y enderezo la espalda. Aclaro la garganta y lo saludo.

—Hola.

Él ladea la cabeza y me mira con curiosidad. Seguro que se está preguntando por qué lo he hecho entrar en esta habitación como si hubiera zombis persiguiéndonos.

—Hola, Maggie. —Veo todas las preguntas que no me está haciendo en su modo de entornar los ojos y alzar una ceja.

—Perdona. Es que quería estar un momento a solas contigo antes de hacer las presentaciones.

Él sonríe y yo quiero que se me trague la tierra, y no porque su sonrisa me derrita, sino porque me muero de la vergüenza por la conversación que estamos a punto de mantener. También me avergüenza el estado de esta habitación y saber que él es un médico que tiene su vida perfectamente organizada, mientras que yo no soy más que una estudiante sin dinero, durmiendo en una habitación prestada en un piso de estudiantes.

Jake se mete las manos en los bolsillos traseros de los vaqueros mientras mira a su alrededor.

—¿Es tu habitación?

—Sólo hasta mañana. Mis cosas están en el camión de mudanzas que hay aparcado en la puerta. Me mudo a otro apartamento de estos bloques.

Él ríe, como si se sintiera aliviado de saber que poseo algo más que el patético colchón pegado a la pared de una habitación vacía. Aunque está a cierta distancia, sigo teniendo que mirar hacia arriba para mirarlo a los ojos.

Tras responderle, inspiro hondo, entrecortadamente, y se da cuenta.

—Pareces nerviosa —me dice.

—Lo estoy —admito.

Jake sonríe ante mi honestidad.

—Yo también.

—¿Por qué? —suelto, sin pensar.

Se encoge de hombros.

—Por las mismas razones que tú, supongo.

Si algo tengo claro es que no estamos inquietos por las mismas razones.

—¡Venga ya! —Me echo a reír, poniendo la mirada en blanco—. Eres cardiólogo y tienes un niño medio criado. Yo no soy más que una estudiante universitaria que vive en casa de unos compañeros en un colchón tirado en el suelo. Te aseguro que no estamos nerviosos por los mismos motivos.

Jake se plantea lo que acabo de decirle durante un instante.

—¿Te sientes inferior a mí?

Asiento con la cabeza.

—Un poco —miento, porque la verdad es que me siento tremendamente inferior.

A él se le escapa una risa rápida, pero no dice nada. Retrocede un paso y me da la espalda, observando a su alrededor. El colchón le llama la atención. Me mira por encima del hombro y luego se da un cuarto de vuelta y me ofrece la mano.

Bajo la vista hacia su mano, que busca la mía.

Deslizo la mano en la suya, admirando la fuerza con que aprisiona mis dedos. Tira de mí mientras se dirige hacia el colchón.

Se sienta y se desplaza hasta el centro del colchón, para apoyar la espalda en la pared. Como no me ha soltado la mano, tira de mí para que lo imite, pero cuando apoyo una rodilla en el colchón, él me agarra la pierna y la pasa por encima de su regazo, hasta que quedo sentada sobre él.

«No era esto lo que esperaba.»

Estamos casi a la misma altura, pero no me he relajado, por lo que soy un poco más alta que él en esta postura. Él apoya la cabeza en la pared y alza la cabeza para mirarme.

—Listos —comenta, sonriendo—. Ahora estás en una posición de control. Deberías estar algo menos inquieta.

Apoya las manos en mi cintura. Los hombros se me relajan un poco al darme cuenta de lo que acaba de hacer. Sonrío al recordar lo amable y paciente que es. Él me devuelve la sonrisa y, de repente, vuelvo a tener ganas de hundirme en el suelo y convertirme en un charquito, pero esta vez no es por la vergüenza. Esta vez quiero fundirme porque este hombre es perfecto y está haciendo que me ruborice.

Admito que también me alivia el hecho de que no se haya presentado con una pelirroja francesa con tacones de infarto. Suspiro antes de decirle:

—Gracias. Sí, esto ayuda.

Baja la vista hacia mis manos y entrelaza nuestros dedos.

—De nada.

Ahora que me he relajado un poco, aflojo los muslos y me dejo caer sobre él, hasta que los ojos nos quedan a la misma altura. De pronto, me siento ridícula por haberme puesto tan nerviosa. Me había olvidado de lo relajante que es estar a su lado. Su presencia me ha tranquilizado desde el momento en que nos conocimos. Estaba muerta de miedo ante la perspectiva de saltar en paracaídas hasta que él se sentó a mi lado para ayudarme a rellenar los papeles. Su presencia es como un sedante que fluye por mis venas, amansando mis pensamientos y preocupaciones. En minutos, ha desaparecido el miedo que asomaba a mis ojos. Ahora, en cambio, lo que me cuesta es aguantarme la risa. Me hace sentir mariposas en el estómago, pero no quiero que lo sepa.

—¿Qué tal ha ido la conferencia? —Trato de desviar la atención hacia él.

Jake se ríe.

—Justice me advirtió que no debo ponerme en modo médico cuando esté contigo. Dice que me vuelvo muy aburrido cuando hablo de temas médicos.

No puedo estar menos de acuerdo.

—Para mí, nuestra charla sobre temas médicos fue el punto culminante de la cita. Es la primera vez que alguien se ha mostrado interesado en los detalles de mi tesis.

Él entorna los ojos.

—¿En serio?

Asiento con la cabeza.

—Sí, muy en serio. Probablemente no deberías dejarte aconsejar por un niño de once años en temas de citas.

Jake se echa a reír.

—Sí, supongo que tienes razón. —Se lleva mis manos al pecho y las deja allí, mientras baja las suyas a mis muslos—. El conferenciante nos ha hablado de un estudio que está a punto de publicar en el *Journal of Medical Science*, una de las revistas médicas más prestigiosas. Trata sobre las señales de comunicación que se envían el corazón y el cerebro, y sobre lo que pasa cuando se cortan las vías de comunicación entre ellos.

Definitivamente, Justice no tiene ni idea. Quiero saber más sobre esto; lo necesito.

—¿Y?

Jake vuelve a apoyar la cabeza en la pared, relajándose un poco. Toma una de mis manos que había apoyado en su pecho y la levanta en el aire entre los dos.

—En la antigüedad, los humanos creían que el corazón era el centro donde se generaba todo el pensamiento, y que el cerebro y el corazón no estaban conectados en absoluto. —Apoya dos dedos en mi muñeca, con delicadeza—. Lo creían porque, cuando te sientes atraído por alguien, el cerebro no responde de un modo detectable que te hace ser consciente de esa atracción. El resto del cuerpo, en cambio, sí.

Jake mueve los dedos en círculo sobre mi muñeca, y yo trago saliva con fuerza. Espero que no se dé cuenta de cómo sus caricias me están afectando al pulso.

—El corazón es el órgano que hace que la gente sea más consciente de la atracción física. Late más deprisa y golpea con más fuerza contra las paredes del pecho. Cada vez que estás cerca de la persona que te atrae, el pulso es errático.

Guarda silencio unos instantes mientras presiona los dedos firmemente contra mi muñeca. Se le escapa una sonrisilla y sé que es porque mi pulso se ha alterado mucho desde que ha empezado esta conversación.

—No parece que la atracción se manifieste en el cerebro —añade, presionando su otra mano sobre mi corazón—. Parece que se lleve a cabo justo aquí, tras las paredes de tu caja torácica, en el centro del órgano que se descontrola.

«Madre de Dios.»

Aparta la mano de mi pecho y me suelta la muñeca. Lleva sus manos a mi cintura y me la aprieta ligeramente.

—En la actualidad, somos conscientes de que el corazón no produce ni almacena las emociones. El corazón no es más que un mensajero, que recibe las señales directamente del cerebro, que es quien le avisa de que la atracción ha hecho acto de presencia. El corazón y el cerebro están sincronizados, porque ambos son vitales y actúan en equipo. Cuando el corazón empieza a morir, el cerebro envía una ráfaga de señales, que acaba produciendo la muerte del corazón. Luego, la falta de oxígeno provocada por la falta de actividad del corazón causa la muerte del cerebro. Un órgano no puede sobrevivir sin el otro. —Sonríe—. O eso era lo que creíamos, pero en la conferencia de esta mañana hemos aprendido que un nuevo estudio demuestra que, si se corta la comunicación entre el corazón y el cerebro minutos antes de la muerte, un animal sobrevive un periodo de tiempo tres veces más largo que el de los animales cuya conexión corazón-cerebro sigue intacta. Si se demuestra que el estudio es correcto, significaría que, cuando la conexión química entre los dos órganos se corta, uno no se entera de inmediato de cuándo el otro empieza a morir porque no se pueden comunicar. Por lo tanto, si el corazón empieza a morir y el cerebro no se entera, los médicos tendrán más tiempo para salvar al corazón antes de que el cerebro deje de funcionar, y viceversa.

Francamente, podría pasarme el día entero escuchándolo hablar así.

—¿Estás diciendo que el corazón y el cerebro pueden ser perjudiciales el uno para el otro?

Él asiente con la cabeza.

—Sí. Es como si se comunicaran demasiado bien. El estudio sugiere que, si logramos que un órgano se olvide temporalmente del otro cuando este empieza a fallar, tenemos más posibilidades de salvarlos a los dos.

—Caramba. Eso es... fascinante.

Jake sonríe.

—Lo es. Le he estado dando vueltas durante todo el camino hasta aquí. Si logramos averiguar cómo cortar la conexión entre el cerebro y el corazón en situaciones que no sean de vida o muerte, es posible que consigamos que la atracción no se manifieste de manera física.

Sacudo la cabeza.

—Pero... ¿por qué iba a querer alguien no sentir la atracción en toda su intensidad?

—Porque sí —responde, con naturalidad—. De este modo, cuando un médico desarrolle un caso grave de atracción hacia una chica a la que ha conocido practicando paracaidismo, podría concentrarse en el trabajo y no pasarse las dos semanas siguientes totalmente distraído pensando en ella.

Sus palabras hacen que me ruborice de un modo tan intenso que me inclino hacia delante y oculto la cara en su hombro para que no pueda ver mi reacción. Él se echa a reír y me acaricia la espalda y el pelo antes de darme un beso rápido en la sien.

Al cabo de unos momentos, me reincorporo y lo miro. Con sus palabras me han entrado ganas de volver a agachar la cabeza, pero esta vez no para esconderme sino para unir nuestros labios. Logro contenerme, aunque no me resulta fácil.

Él inspira hondo y sus ojos pierden un poco de brillo al adoptar una expresión más seria. Me acaricia los brazos de arriba abajo.

—El sábado volví a verte al hospital —admite—, pero te habías marchado.

Cierro los ojos brevemente. Me lo había estado preguntando; ahora ya lo sé. No quiero admitir que me fui sin permiso, pero tampoco quiero mentirle ni ocultarle información.

—Me fui el viernes por la noche, antes de que me dieran el alta. —Lo miro a los ojos porque necesito que me entienda antes de que me juzgue—. Sé que, como médico, vas a decirme que fue una tontería por mi parte, pero ya lo sé. Es que no podía soportar estar allí ni un segundo más.

Él me sostiene la mirada, en la que no veo enfado. Sacudiendo la cabeza suavemente, dice:

—Lo entiendo. Tengo pacientes que, de hecho, se pasan la vida ingresados y sé lo agotador que es, tanto física como emocionalmente. A veces tengo ganas de mirar hacia otro lado y decirles que echen a correr, porque sé lo mucho que odian estar allí.

Me quedo sin palabras porque no es una reacción habitual. Me encanta que no me haya reñido.

Supongo que es normal. Debe estar acostumbrado a visitar pacientes con todos los niveles posibles de frustración, por lo que tiene sentido que sea más empático con mi situación.

Jake alza la mano hacia mi pelo, la enreda en unos cuantos mechones y los contempla mientras se deslizan entre sus dedos. Cuando nuestras miradas vuelven a encontrarse, sé que está a punto de besarme. Baja la vista brevemente hacia mis labios. Pero no puedo permitírselo hasta que le haya explicado el motivo real de mis nervios.

—Tengo que decirte algo —digo, dudando. Pero está aquí, a punto de conocer a todo el mundo, y tiene derecho a saber dónde se está metiendo. Él me observa con paciencia mientras hablo—. Este apartamento es de Ridge. ¿El exnovio del que te hablé en la cita?

Jake permanece inexpresivo, por lo que sigo hablando, con la vista fija en nuestras manos, que entrelazo antes de continuar.

—Ridge y su novia Sydney vienen con nosotros, así como también Warren y Bridgette, que son los otros dos compañeros de piso. Luego te los presento a todos. Pero... te he traído a la habitación antes de hacerlo porque, si en algún momento del día alguien hace alguna referencia a nuestra historia pasada, no te tome por sorpresa. —Recupero el contacto visual con él mientras suelto el aire que había estado conteniendo—. ¿Te molesta?

Jake no responde inmediatamente, y no lo culpo, porque es mucho para asimilar de golpe. Le doy unos momentos para hacerlo. Es algo incómodo y sé que no debería haberlo puesto en esta situación.

—¿Te molesta a ti? —me pregunta, apretándome las manos.

Yo niego con la cabeza.

—Ahora somos amigos. Sydney me cae muy bien. Siento que todos estamos justo donde debemos estar, pero, después de invitarte, me entró la paranoia de que tal vez no debería haberlo hecho. No quiero que te sientas incómodo.

Jake levanta una mano y me acaricia la mejilla. Me roza la nuca con los dedos mientras me dirige una mirada penetrante.

—Si a ti no te molesta, a mí tampoco —me asegura, con decisión.

Su rápida aceptación me hace sonreír de alivio. No pienso decirle que para mí es una situación muy violenta.

Sydney se equivoca. Hay personas que siempre ofrecen la mejor versión de sí mismas.

Pensar eso me hace sentir inmediatamente culpable, porque hay mucho que todavía no le he contado a Jake. No tiene ni idea de que Warren y Ridge son básicamente la única familia que me queda. Pero no quiero abrumarlo con tanta información de golpe. No hasta que sepamos seguro que esto que hay entre nosotros puede durar más de un día. Si soy sincera, no sé si quiero nada en firme hasta que él tenga claro quién soy. Lo que pasa es que no sé por dónde empezar. Él pasó conmigo uno de mis mejores días, pero no lo conoce todo de mí. Sabe que soy espontánea e indecisa, pero, aparte de eso, ¿qué sabe de mí?

—Soy voluble —le suelto de sopetón—. Y, a veces, egoísta. —Sé que no debería estar diciéndole esto, pero creo que se merece toda la honestidad que pueda darle. Necesita saber con exactitud dónde se está metiendo. No quiero empezar una nueva relación sin ser del todo honesta con él—. Tengo una vena rebelde que estoy tratando de domar. A veces me tiro días enteros viendo Netflix en ropa interior. He pasado sola casi toda mi vida adulta, por lo que me he acostumbrado a comer el helado directamente del envase y a beber la leche del cartón. Nunca he querido tener hijos. Me apetecería tener un gato, pero me da miedo la responsabilidad de cuidarlo. Me gustan los musicales, las películas ñoñas de Navidad y odio el tráfico de Austin con todas mis fuerzas. Sé que nada de esto importa mucho porque ni siquiera estamos saliendo, pero siento que debes saber todas estas cosas sobre mí desde el primer día.

Al acabar me muerdo el labio inferior, nerviosa, por si él se echa a reír o sale corriendo. Comprendería cualquiera de las dos reacciones.

Pero su reacción no se parece en nada a lo que

esperaba. Suspirando, ladea un poco la cabeza y pone nuestras manos en su pecho. Sus pulgares se rozan de un lado a otro sobre los míos.

—Yo interiorizo todas las cosas negativas que me pasan en el trabajo —me dice—. En los días malos, necesito estar solo. A veces, ni siquiera soporto la compañía de Justice. Y... soy desordenado. Hace cuatro días que no lavo los platos y no he puesto una lavadora en dos semanas. Casi todos los médicos son organizados y tienen las casas impecables. Quizá no debería admitir esto porque soy cardiólogo, pero me encantan los fritos. Me he tragado todos los capítulos de *Anatomía de Grey*, aunque lo negaré si algún día sacas el tema. Y... sólo me he acostado con dos mujeres, por lo que dudo que sea especialmente memorable en la cama.

Me estaba poniendo demasiado emocional con su confesión, pero, por suerte, la última parte me hace reír.

—Eres memorable, Jake. Te lo aseguro.

Él alza una ceja.

—¿Ah, sí?

Asiento con la cabeza y noto cómo me ruborizo tan sólo de pensar en ello.

—¿Podrías especificar un poco? —me provoca—. ¿Cuál fue tu parte favorita?

Recuerdo la noche que pasamos juntos y, francamente, todo fue increíble. Pero, si tengo que elegir sólo un momento, lo tengo claro.

—La segunda vez. Cuando no cerraste los ojos y me miraste mientras... —Dejo la frase a medias; no soy capaz de terminarla.

Jake me dirige una mirada solemne mientras me cubre las manos con las suyas por completo.

—Esa fue también mi parte favorita.

Agacho la cabeza, rompiendo el contacto visual. Pero esta vez no es porque esté inquieta, sino porque me supone un esfuerzo no besarlo.

Me sujeta por la nuca y me alza la cara para que vuelva a mirarlo. Apoya la otra mano en la parte baja de mi espalda y me atrae hacia él.

—Hubo un montón de partes que me gustaron de aquella noche. —Sonriendo, se acerca poco a poco a mi boca—. Me gustó desvestirte al lado de tu cama —susurra, justo antes de unir nuestros labios.

Cierro los ojos, totalmente rendida a su beso, pero él se aparta.

—Y me gustó tumbarte en la cama. —Me roza los labios un instante, pero entonces cambia de postura, echándose hacia delante para tumbarme sobre el colchón. Ya no estoy en una posición de control, pero no me importa. Siento los párpados pesados al mirar hacia arriba mientras él se cierne sobre mí—. Y me gustó mucho cuando me desperté a la mañana siguiente y me estabas abrazando con tanta fuerza que tardé diez minutos en levantarme de la cama sin despertarte.

Abro un poco la boca, preparándome para responder, pero no me lo permite. Agacha la cabeza y me besa. En cuanto sus labios se apoderan de los míos, me asaltan los recuerdos de las sensaciones que me despertó su primer beso. No entiendo cómo fui capaz de apartarlo de mi vida no una vez, sino dos.

A veces demuestro una fortaleza que me sorprende a mí misma. Ahora mismo sería incapaz de elegir otra cosa que no fueran sus besos. Me da igual si no salimos de la habitación en todo el día, porque nuestras lenguas se han reencontrado, he hundido las manos en su pelo y...

«¿Por qué no puedo estar ya en mi apartamento?», me pregunto, consciente de todos los ruidos que me gustaría hacer ahora mismo.

Por suerte, deja de besarme antes de que otras partes de nuestros cuerpos se unan a la refriega. Me da un beso delicado y luego otro; pega la mejilla a la mía y suspira, hundiendo la cara en mi pelo.

Yo suspiro casi al mismo tiempo, consciente de que vamos a tener que salir de la habitación en algún momento.

—Supongo que debería presentarte a mis compañeros de piso.

Él me examina la cara durante un momento.

—Sí, supongo que sí.

Trago saliva y los nervios vuelven a apoderarse de mí al darme cuenta de que está a punto de conocer a todo el mundo, en especial a Warren.

—¿Me prometes una cosa?

Jake asiente en silencio.

—No me juzgues con demasiada dureza basándote en dos de mis compañeros de piso. El único objetivo de Warren hoy va a ser abochornarme tanto como pueda.

A Jake se le escapa una sonrisa malvada.

—Oh, ahora sí que tengo ganas de conocerlo.

Pongo los ojos en blanco y le doy un empujón en el pecho. Jake se tumba a mi lado. Me levanto y me recoloco la camiseta, pero él permanece en la cama, mirándome con una expresión poco habitual.

—¿Qué? —Me pregunto por qué tiene un aspecto tan... saciado.

Me observa un poco más, sacude la cabeza y se levanta. Se acerca a mí y me da un beso en la frente.

—Joder, qué guapa eres —murmura, casi de pasada, mientras me toma la mano y tira de mí hacia la puerta.

Y con esas palabras, cualquier inquietud o duda que tenía antes de que llegara desaparece. De no ser porque está tirando de mí en dirección al salón para ir a conocer a todo el mundo, le diría que esperara un momento mientras anoto otro punto en mi lista de deseos. Sólo escribiría dos palabras.

«Jake. Griffin.»

No escribiría «Hacer el amor con Jake Griffin» ni «Casarme con Jake Griffin».

El punto número diez de la lista consistiría simplemente en su nombre, como si fuera algo que pudiera conseguir en su conjunto.

Deseo número diez:

«Jake Griffin».

26

Jake

Cuando la gente me pregunta por qué quise ser médico, lo que ocurre con bastante frecuencia, le doy siempre una respuesta típica: quiero salvar vidas; quiero que mi vida tenga sentido; me gusta ayudar a la gente...

«Mentira.»

Me hice médico porque me encanta la adrenalina.

Por supuesto que las otras respuestas también son verdad, pero el motivo principal es la adrenalina. Me gusta que el resultado de una situación de vida o muerte dependa de mí. Me encanta el subidón que siento cuando debo poner mi habilidad al servicio de un órgano que está claudicando rápidamente. Adoro la satisfacción que me produce ganar.

Soy competitivo de nacimiento.

Pero una cosa es ser competitivo y otra, competir con otra persona. No soy competitivo con mis colegas o con la gente en general; sólo conmigo mismo. Vivo en una batalla constante por mejorar mis habilidades en todo lo que hago, ya sea en el quirófano, saltando de una avioneta o siendo el mejor padre posible para Justice. Vivo en una perpetua cruzada para lograr ser mejor mañana de lo que era ayer. Nunca he tratado de rivalizar con nadie que no fuera yo.

Hasta este momento. Porque en este preciso momento, me sorprendo deseando que Ridge no me llegue a la suela de los zapatos. Ni siquiera nos han presentado, pero es que es la primera vez que me presentan al exnovio de la chica que me interesa. Hoy no venía preparado para esto, aunque supongo que nunca lo habría estado. Cuando empecé a salir con Chrissy en el instituto, fui su primer novio oficial. Le di su primer beso, su primera cita, su primer todo. Teniendo en cuenta que estuvimos diez años juntos, no sentí la necesidad de competir con ningún otro hombre durante ese tiempo.

Creo que no me gusta.

Cuando Maggie me habló de Ridge durante nuestra cita, comentó que él había conocido a otra persona mientras estaba con ella, lo que propició la ruptura. No conozco al tipo, pero al saber lo que hizo, ya se me cruzó. Maggie también mencio-

411

nó que escribe canciones para un grupo, lo que hizo que se me cruzara todavía más. No porque ser miembro de una banda sea malo, sino porque es casi imposible competir con un músico, incluso si eres médico.

Por lo poco que me contó sobre Ridge, me dio la sensación de que no lamenta que su relación haya acabado. Pero me siento un poco incómodo sabiendo que este es su apartamento. Maggie es su ex y estoy a punto de pasar el día con sus amigos. No me imagino a muchos tipos a los que les pareciera bien que su ex trajera a un desconocido a su casa, así que, a menos que se trate de una especie de santo, supongo que tengo motivos para sentirme tenso, a la defensiva. Estoy experimentando celos por una chica por primera vez en la vida, y no me gusta. Y eso que todavía no he conocido al tipo causante de estos celos irracionales.

Pero esto está a punto de cambiar, porque estamos saliendo de la habitación de Maggie, precisamente para hacer las presentaciones. Abro la puerta y me hago a un lado para que ella salga primero. Me mira al pasar junto a mí y me dedica una mirada de agradecimiento, a pesar del nerviosismo que no la abandona.

Es la misma mirada que me dirigió mientras la ayudaba a rellenar los papeles, antes de lanzarse en paracaídas el día en que nos conocimos. Estaba hecha una bola de nervios, tanto que los noté desde el otro extremo de la habitación. Pero tan pronto como me senté a su lado, me ofreció una sonrisa agradecida que me hizo sentir como si estuviera a punto de saltar en paracaídas antes de haber subido al avión. Maggie comunica mucho sin necesidad de palabras. Nunca he conocido a nadie capaz de mantener conversaciones enteras sólo con la mirada.

Ahora mismo, me está diciendo: «Esto es incómodo, lo sé, pero todo saldrá bien».

Deja la puerta del dormitorio abierta y avanza delante de mí hacia el salón. Hay un tipo en la cocina, de espaldas a nosotros. No estoy seguro, pero podría ser que estuviera pendiente del móvil. Cerca de la barra hay una chica rubia que se está poniendo los zapatos. Alza la vista en cuanto nos ve acercarnos y se le ilumina la cara al verme junto a Maggie.

Maggie la señala con la mano.

—Jake, te presento a Sydney.

Sydney sigue retorciendo el zapato sobre la moqueta para que le entre el pie. Cuando al fin lo consigue, se dirige hacia mí, dando saltitos con la mano extendida.

—Me alegro muchísimo de conocerte —me asegura, mientras se pone el otro zapato.

Le devuelvo el apretón de manos.

—Igualmente.

Maggie ha mencionado su nombre antes y me ha dicho que es la novia actual de Ridge. No sé exactamente cómo fueron las cosas, pero da la sensación de que Maggie y Sydney se llevan muy bien, lo que dice mucho de ellas como personas. Hay algo en Sydney que parece auténtico, sincero. Me cae bien casi al instante.

No puedo decir lo mismo del tipo que está a su espalda, en la cocina, sin volverse hacia nosotros. Es obvio que no está interesado en presentaciones. Me imagino que se trata de Ridge, pero antes de poder darle demasiadas vueltas a lo que significa esa reacción tan competitiva por su parte, dos personas salen de otra de las habitaciones.

Basándome en la mirada alterada de Maggie al volverse hacia ellos, me imagino que el tipo que se acerca a mí es Warren. Sus ojos tienen un brillo gamberro, y Maggie ya me ha advertido que su único objetivo del día es abochornarla.

El tipo camina hacia mí con los brazos abiertos y, cuando llega a mi altura, me abraza. Yo le devuelvo el abrazo con poco entusiasmo. No recuerdo la última vez que un tío me saludó con un abrazo. En mi entorno laboral, las presentaciones suelen ser más formales, con apretones de manos y preguntas sobre el campo de golf que frecuentas los domingos.

Nadie da abrazos de oso ni palmaditas en las mejillas.

Y este tipo ¡me está dando palmaditas en las mejillas!

—¡Guau! —exclama—. Eres muy guapo. —Se vuelve hacia Maggie—. Buen trabajo, Maggie. Se parece al Capitán América.

Doy un paso atrás, riendo. No estoy seguro de que su objetivo sea sólo abochornar a Maggie. Creo que quiere avergonzarnos a los dos.

—Warren, él es Jake —nos presenta Maggie, que ya parece harta del recién llegado.

—Me alegro de conocerte, Jake. —Warren me saluda.

Y mientras Warren es puro entusiasmo, el otro tipo es todo lo contrario. Sigue ignorándonos a todos, sin mostrar el menor interés en mi presencia. Tal vez por eso Maggie ha tratado de advertirme, porque no todo el mundo va a darme la bienvenida.

Devuelvo mi atención a Warren.

—Yo también me alegro de conocerte.

Warren señala a la chica morena que está a su lado.

—Ella es mi novia, Bridgette.

Pero ella no me dice nada. Me saluda inclinando la cabeza y se dirige hacia la nevera.

Warren señala a Ridge.

—¿Te han presentado a Ridge?

Niego con la cabeza.

—Todavía no.

Y, la verdad, a estas alturas ya no me apetece demasiado. Es evidente que él no tiene ningún interés en conocerme.

Warren va a la cocina y le da palmaditas a Ridge en el hombro. Cuando él lo mira, Warren empieza a signar, diciendo al mismo tiempo:

—Ha llegado Jake.

Ridge se gira completamente y, por fin, hace contacto visual conmigo.

Siempre le digo a Justice que no haga suposiciones sobre las demás personas. Y, sin embargo, yo acabo de hacer suposiciones como un idiota. A Ridge no le importa que esté en su casa; no se había enterado de que estaba aquí.

Rodeando la barra, se acerca a mí.

—Hola —me saluda, dándome la mano—. Ridge Lawson.

Su tono de voz me deja claro que no me estaba ignorando deliberadamente a propósito y confirma que, en efecto, soy un idiota.

Le devuelvo el apretón de manos, sintiendo un gran alivio.

—Jake Griffin.

No sé si Maggie obvió mencionar que Ridge es sordo expresamente, o si están tan acostumbrados a su sordera que no la consideran digna de mención. En todo caso, es un alivio, porque hace cinco minutos he estado a punto de rendirme y volver a casa, porque no tenía ganas de estar en un sitio donde no era bienvenido; pero su saludo me ha parecido tan sincero y reconfortante como el de Sydney.

Ya no me siento competitivo ni celoso como

416

hace un rato. No conozco la historia que une a estas personas. Sólo sé lo que Maggie me ha contado, que no es gran cosa, pero no parece haber rencores entre ellos.

Aunque todavía no he hablado con la novia de Warren. Tal vez sea tímida.

Los siguientes momentos son un barullo. Ridge se pone los zapatos; Sydney, la chaqueta; Warren se acerca a la chica que acaba de cerrar la nevera..., Bridgette, y trata de besarla, pero ella lo aparta de un empujón.

Me vuelvo hacia Maggie, que me dirige una sonrisa.

—Voy a buscar mi jersey.

Mientras ella regresa a su dormitorio, miro a mi alrededor y veo que hay varias puertas que llevan a las demás habitaciones. Maggie me ha comentado de qué se conocen ella y Ridge, pero todavía no sé cuál es la conexión con los demás.

—¿Sois todos compañeros de piso? —pregunto, mirándolos a los cuatro—. ¿De eso os conocéis?

Bridgette está dando un trago a su botella de agua, pero parece animarse al oír mi pregunta.

—Oh, yo te explico encantada cómo nos conocimos todos —me dice, tapando la botella, mientras Maggie sale de la habitación con un jersey. Maggie pronuncia su nombre en tono de advertencia, pero Bridgette la ignora—. Warren y Ridge han sido amigos íntimos desde pequeños —explica, señalando a ambos con la botella de agua. Luego dirige la botella hacia Maggie—. Warren salió con Maggie primero, pero no duraron mucho. Ridge se interpuso entre ellos y se quedó con ella.

Un momento. ¿Maggie ha salido con los dos?

—Maggie y Ridge salieron durante seis años —sigue contando Bridgette—, hasta que Sydney se mudó a vivir aquí el año pasado. Ahora es Sydney la que sale con Ridge, aunque ya no vive aquí con nosotros. Maggie sí, pero sólo hasta que esté listo su nuevo apartamento, que está aquí al lado, en los mismos bloques que sus dos exnovios. —Bridgette se vuelve hacia mí—. No, qué va; no es raro. Es todo muy normal. Sobre todo ahora, que todos fingimos que somos muy amigos y nos pasamos los días juntos haciendo cosas de amigos. Yuju.

Bridgette pronuncia la última palabra sin rastro de entusiasmo.

Al parecer, también me he precipitado al juzgarla; no es tímida en absoluto.

Durante los siguientes diez segundos reina el silencio en el salón. Es un silencio profundo; no recuerdo un silencio igual en toda mi vida. Miro a Maggie, cuya cara se ha quedado paralizada en una mueca de horror. Sydney está fulminando a Bridgette con la mirada, riñéndola en silencio, pero esta se encoge de hombros, como si no hubiera hecho nada malo.

En ese momento, me suena el teléfono.

Todo el mundo aprovecha la interrupción para dispersarse. Todos menos Maggie, que se queda a mi lado, a la espera.

Me saco el móvil del bolsillo. Por el tono, sé que se trata de Chrissy. Nunca me llama, a menos que sea importante. Los años en que nos llamábamos simplemente para charlar han quedado atrás. Deslizo el dedo por la pantalla y me llevo el móvil a la oreja, mientras señalo la habitación de Maggie con la otra mano, para que sepa que me voy a hablar allí. Sin acabar de cerrar la puerta del todo, respondo:

—Hola.

—Hola —me saluda Chrissy, sin aliento. Se nota que va con prisas; es probable que se esté poniendo la ropa de quirófano—. Me han llamado del hospital, una urgencia. ¿Puedo dejarte a Justice?

Cierro los ojos. Tiene ya casi doce años. A veces lo dejamos a solas, pero únicamente cuando yo estoy cerca.

—Estoy en Austin. —Me presiono la nuca—. Me llevará una hora volver.

—¿Austin? Ah, vale. Lo dejaría en casa de Cody, pero ha pasado mala noche por un virus intestinal. ¿Aviso a mi madre?

Miro hacia la puerta del dormitorio de Maggie.

—No, no, ya salgo. Iré a buscarlo y me lo llevaré a pasar la noche a mi casa.

Chrissy me da las gracias y cuelga. Me quedo mirando el teléfono, preguntándome cómo se lo va a tomar Maggie. Casi desearía haberme quedado a su lado para que hubiera escuchado la conversación y no pensara que estoy poniendo una excusa para salir huyendo de aquí después del discurso de Bridgette.

Me guardo el móvil en el bolsillo y me dirijo a la puerta. Al abrirla, Maggie me está mirando desde la cocina, donde está charlando con Sydney.

—¿Podemos hablar? —Señalo hacia su habitación por encima del hombro, indicando que me gustaría que la conversación tuviera lugar en privado. Ella me sigue y cierra la puerta.

—Lo siento —me dice—. Bridgette ha hecho que todo sonara muy incómodo, pero te juro que...

Alzo la mano para interrumpirla.

—Maggie, no pasa nada. Sé que no me habrías invitado a venir si siguieras colgada de otra persona.

Ella parece aliviada por mis palabras.

—Sé que el momento no podría ser peor, pero la que llamaba era Chrissy, mi exesposa. Justice está enfermo y la han llamado del trabajo. Tengo que volver a casa.

En la cara de Maggie no veo ni rastro de duda, tan sólo preocupación.

—¿Se pondrá bien?

—Sí, es sólo un virus estomacal.

Maggie asiente, aunque noto que le sabe mal que tenga que marcharme. A mí también, para qué engañarme. Tiro de ella para darle un abrazo de despedida. Ella se amolda a mi pecho y hace que me cueste soltarla.

—Es la parte mala de que los dos seamos médicos —le digo—. Pueden llamarte incluso los fines de semana en que no estás de guardia.

Se aparta un poco y alza la cabeza hacia mí. Llevo las manos a sus mejillas y me agacho para besarla. No puedo dejar de notar que nuestra interacción física va por delante de nuestra relación. Ni siquiera estamos saliendo, pero mi modo de abrazarla, de besarla y la manera en que mi cuerpo responde al suyo harían pensar lo contrario. Por eso me aseguro de que el beso de despedida no sea más que un pico. No quiero que vuelva a sentirse abrumada.

—Pásatelo bien —le deseo.

Ella sonríe.

—Lo haré. Espero que Justice se mejore pronto.

—Gracias. Envíame fotos de las cuevas. Te llamaré esta noche si no vuelves muy tarde.

—Me encantaría. ¿Quieres que te acompañe hasta el coche?

—Me encantaría.

Uno pensaría que a un hombre acostumbrado a abrir torsos humanos no debería molestarle un poco de vómito.

No es mi caso.

Estoy seguro de que Justice ha vomitado más hoy que durante sus primeros cinco años de vida. O tal vez me lo parece porque es más mayor, su cuerpo es más grande y produce más vómito, pero, joder, cuánto vómito. No podría alegrarme más de que ya se haya acabado. Al menos, de momento. No puede quedar nada dentro del cuerpo del pobre crío.

Cuando acabo de limpiar el baño y ducharme, compruebo que Justice sigue bien y, por fin, me siento en el sofá para charlar con Maggie. Volvieron de las cuevas hace poco más de una hora. Me envió unas cuantas fotos y yo le dije que la llamaría para hacer un chat de vídeo por FaceTime en cuanto Justice se fuera a dormir.

Ella responde casi inmediatamente. La sonrisa que me dirige me duele, pero sólo porque no puedo verla en persona.

—¿Cómo está Justice?

Me encanta que me lo pregunte sin darme tiempo a decirle «hola».

—Dormido. Y vacío. Creo que ha echado todo lo que había comido desde enero.

Ella hace una mueca.

—Pobrecito.

Está tumbada en la cama y tiene el pelo extendido sobre la almohada. Sostiene el teléfono en alto sobre su cara. Es la misma perspectiva que tenía de ella ayer, mientras me disponía a besarla.

Me obligo a dejar de pensar en ello antes de que se dé cuenta.

—¿La excursión ha sido tan divertida como aparenta por las fotografías?

Asiente con la cabeza.

—Sí, bueno, casi todo el rato. —Se aparta el pelo de la frente, dejando a la vista una tirita cerca de la sien—. A Warren le pareció que sería buena idea esconderse y darnos un susto. Me di la vuelta muy bruscamente y choqué contra la cabeza de Bridgette. —Riendo, vuelve a dejar caer el pelo en su sitio—. Warren se ha sentido tan culpable que nos ha invitado a cenar a todos. A ver, en un Taco Bell, pero bueno. Warren nunca paga nada, nunca.

Sonrío. Me alegra ver que se lo ha pasado bien.

—¿Lista para la gran mudanza de mañana?

Ella asiente, se pone de lado y baja el teléfono.

—Sí, sobre todo, lista para volver a tener mi propio baño.

—Me ofrecería a ayudar, pero Chrissy está de guardia hasta el lunes y prefiero que Justice se quede en mi casa hasta que se reponga del todo, para no marearlo llevándolo arriba y abajo.

—No hace falta. Tengo ayuda de sobra para mis cuatro cosas. Mañana, cuando acabemos, te llamo por FaceTime y te enseño mi nueva casa.

—Me gustaría más poder verla en persona.

Maggie sonríe.

—¿Cuándo vuelves a tener el día libre?

—El miércoles acabo pronto. Podría ir a tu casa y encargar cena para llevar. No podré quedarme a pasar la noche, pero podría pasar allí unas horas.

—Eso suena muy bien. Te prepararé algo de cenar.

—¿Sabes cuánto tiempo hace que no tomo comida casera?

Ella vuelve a sonreír y luego suspira. Abro la boca para decirle lo guapa que está, pero me interrumpe Justice, que acaba de entrar en la habitación.

—Hola, colega —lo saludo, apartando la vista de la pantalla—. ¿Te encuentras bien?

Justice asiente en silencio, pero no me mira. Va hacia la cocina y abre la nevera.

—Te dejo —susurra Maggie.

Vuelvo la vista a la pantalla y le sonrío, agradecido.

—Llámame mañana cuando ya estés instalada.

—Lo haré. Buenas noches.

Permanezco observándola en silencio. No quiero dejar de hablar con ella tan pronto, pero tampoco me apetece seguir hablando mientras Justice está aquí al lado.

—Buenas noches, Maggie —susurro.

Ella se despide con la mano y finaliza la llamada. Suelto el móvil en el sofá y me acerco a Justice, que sigue en la cocina.

Tiene la puerta de la nevera abierta. Ha abier-

to el queso en lonchas y le ha dado un mordisco.
Con media loncha colgando de los labios, abre el
jamón y se lo mete en la boca, junto con el resto
del queso.

—¿No sería más fácil que te preparara un
sándwich? —le ofrezco.

Justice se queda el paquete de jamón y cierra
la nevera.

—No podía esperar tanto; estoy a punto de
morirme de hambre. —Coge una bolsa de patatas
fritas y se sienta en la barra del desayuno con el
paquete de jamón delante. Abre la bolsa de patatas fritas y se mete unas cuantas en la boca—.
¿Con quién hablabas?

—Supongo que ya te encuentras mejor.

—Si consideras que morirse de hambre es encontrarse mejor, sí. ¿Con quién hablabas? —repite.

—Con Maggie.

—¿La chica que fuiste a ver al hospital?

Por eso no quería charlar con ella delante de
Justice, porque no se corta a la hora de hablar. Pro-
curo ser siempre honesto con él, así que asiento
con la cabeza.

—La misma.

—¿Por qué estaba en el hospital?

—Porque tiene fibrosis quística.

—Suena grave.

—Lo es. Deberías investigar sobre ello.

Justice me dirige una mirada exasperada, porque sabe que lo digo en serio. Cada vez que me pregunta algo y le digo que lo investigue, al día siguiente me aseguro de comprobar que lo ha hecho. Y entonces le hago notar las partes que son imprecisas o incorrectas. Eso es lo malo de Google. Puedes encontrar mucha información, pero tienes que saber separar la buena de las tonterías. Supongo que esa es la auténtica razón por la que siempre le digo que investigue cosas, para que aprenda a detectar las tonterías.

—¿Es tu novia?

Niego con la cabeza.

—No.

—Pero ¿te has acostado con ella?

Ver a mi hijo de once años engullir jamón mientras me pregunta si me he acostado con alguien es raro, pero entretenido.

—¿Qué?

—Le has dicho que no ibas a poder volver a pasar la noche con ella, lo que significa que ya has pasado alguna noche con ella, lo que quiere decir que probablemente habéis practicado sexo, porque Cody dice que eso es lo que hacen los adultos que pasan la noche juntos.

—Cody tiene once años; no siempre tiene razón.

—¿Eso es un «no»?

Me siento culpable, porque ahora mismo estoy deseando que Justice estuviera en la cama, demasiado enfermo para levantarse.

—¿Podemos dejar esta conversación en pausa hasta que tengas catorce años?

Justice pone la mirada en blanco.

—Siempre dices que te gusta que sea un niño curioso, pero luego nunca alimentas mi curiosidad.

—Me gusta que seas curioso y me gusta alimentar tu curiosidad, pero a veces tienes un apetito demasiado grande. —Abro la nevera y saco una botella de agua—. Bébete esto. No has bebido suficiente líquido hoy.

Justice agarra la botella mientras me advierte:

—Vale, pero el día en que cumpla los catorce, prepárate para mantener esta conversación.

Me echo a reír. Dios. Adoro a este crío, pero a este paso dudo que yo llegue con vida a su decimocuarto cumpleaños. Su curiosidad matará al gato. Y yo soy el gato.

—¿Quieres que te prepare algo de comer?

Justice asiente y cierra el paquete de fiambre.

—Una tostada con canela. ¿Podemos ver *Señales*?

Mi primer impulso es decirle que no, porque la idea de volver a ver una de sus películas favoritas que ya he visto como veinte veces me parece una tortura, pero sé que pronto ya no querrá ver películas con su padre. La paternidad me ha enseñado a disfrutar de lo que toca cuando toca, porque ninguna de las fases de un niño dura eternamente. Llega un día en que darías lo que fuera por revivir aquellas cosas que te resultaban repetitivas y tediosas.

—Sí, podemos ver *Señales*. Ve a prepararla mientras te hago la tostada.

27

Sydney

Busco en la radio una canción que pueda cantar.
Me apetece cantar. He bajado las ventanillas porque hace un día precioso y, mientras volvía a casa,
me he dado cuenta de que hacía mucho tiempo
que no sentía ganas de cantar en el coche a todo
pulmón. No sé si se debe al curso que tomó mi
vida durante el año pasado o si es culpa de la universidad, o de todo un poco. Pero algo cambió la
semana pasada. Es como si mi vida hubiera sido
una montaña rusa que me hubiera llevado a toda
velocidad por túneles oscuros y dando vueltas en
bucles, sacudiendo mi cuerpo de derecha a izquierda y de delante atrás, y de repente... buff. La
montaña rusa emocional ha alcanzado la parte
lenta y suave del circuito, en la que puedo respi-

rar tranquilamente y relajarme, sabiendo que estoy a salvo y que el estómago está empezando a asentarse.

Así es como me siento. Como si mi vida estuviera empezando a asentarse.

Tras ayudar a Maggie con la mudanza el domingo, acabamos todos agotados, por lo que nos tumbamos en los muebles de su nuevo salón: Ridge y yo en un sofá, Maggie y Bridgette en el otro, y Warren en el suelo. Miramos juntos la final de *The Bachelor*, el programa de citas del que ninguno de nosotros ha visto ni un capítulo en toda la temporada, pero fuimos incapaces de encontrar el mando a distancia y nadie tenía ganas de levantarse a cambiar de canal. Warren enseguida se enganchó y empezó a discutir con el televisor cuando el soltero eligió a una candidata que no era por la que Warren habría apostado si hubiera tenido dinero.

Cuando se acabó, Ridge y yo volvimos a su apartamento y nos quedamos dormidos. Estaba demasiado agotada para volver a casa. Estábamos tan cansados que ni nos duchamos. Fuimos directos a la cama y nos lanzamos sobre ella. Debimos de quedarnos dormidos inmediatamente, porque cuando me he despertado a media noche, Ridge me estaba quitando los zapatos y tapando con la colcha.

Desde ese momento han pasado tres días y todo ha sido genial. Extraordinario. Es curioso porque sigo siendo una estudiante universitaria que vive a salto de mata, pero siento que podría ser feliz viviendo así toda la vida. Lo que viene a demostrar que, en realidad, una persona no necesita gran cosa si está rodeada y se siente amada por la gente apropiada.

Si pudiera embotellar el amor que siento por la vida ahora mismo, lo haría. Merece la pena guardar algo así.

Aparco frente a mi bloque y cojo el teléfono para revisar los mensajes mientras salgo del coche. No hay ninguno de Ridge. Me dijo que me escribiría cuando acabara de trabajar hoy, pero ya pasan de las siete y no me ha dicho nada.

Sydney: ¿Vas a venir hoy?

Ridge: ¿Quieres que vaya?

Sydney: Siempre quiero que vengas.

Meto la llave en la cerradura y abro la puerta. Tengo la vista fija en la pantalla mientras entro, esperando la respuesta de Ridge, cuando alguien me agarra por detrás. Empiezo a gritar, pero enseguida me doy cuenta de que es Ridge, por su modo de abrazarme. Al darme la vuelta entre sus brazos, me encuentro con su sonrisa.

—Me alegra que no hayas dicho que no, porque ya estoy aquí.

431

Me echo a reír, con el pulso alborotado. No esperaba encontrarme a nadie aquí, pero verlo no podría hacerme más feliz. Me besa y, aunque parecía imposible, el día acaba de mejorar.

Ahora mismo no me soporto a mí misma. No recuerdo haber estado nunca tan enamorada de mi vida y no sé cómo adaptarme a esta nueva versión de mí. Me acostumbré a estar siempre triste y melancólica y pasé así tanto tiempo que es como si estuviera descubriendo una Sydney que no existía y acaba de nacer.

Aunque, tal vez sí que existía. Tal vez simplemente no conocía a nadie capaz de sacar a la superficie la mejor versión de mí, como hace Ridge.

Me pongo de puntillas y le doy un beso. Él me toma las mejillas entre sus manos para devolvérmelo y camina, empujándome hasta que me choco con la encimera. Nos besamos durante un minuto hasta que me doy cuenta de que mi casa entera huele como si fuera un restaurante. Me separo de él y, al darme la vuelta, veo la cena preparada en los fogones. Me vuelvo hacia él, que me está sonriendo.

—Sorpresa: he cocinado.

—¿Qué celebramos?

—No hace falta celebrar ninguna fecha especial para querer hacerte feliz. Así es como voy a tratarte durante el resto de tu vida.

Me gusta cómo suena.

Ridge se inclina hacia mí y me traza un reguero de delicados besos en el cuello antes de apartarse y dirigirse a los fogones de la cocina.

—Estará listo en cinco minutos; te da tiempo a cambiarte, si quieres.

Voy al dormitorio con una sonrisa en la cara. Me conoce demasiado bien. Sabe que, da igual la hora que sea, cuando llego a casa, me gusta estar cómoda. Y eso implica librarme del sujetador en cuanto cruzo la puerta, quitarme los vaqueros y ponerme unos pantalones de pijama y una camiseta grande de Ridge; recogerme el pelo en un moño alto y olvidarme de todo lo que no sea la comodidad.

Me encanta que a él le encante eso tan mío.

Cuando vuelvo a la cocina, Ridge está poniendo la mesa. Ha hecho pollo al horno con verduras y un risotto para acompañar. Creo que en mi cocina no se había preparado nunca un menú tan elaborado. Nunca preparo nada serio, porque estoy sola. A veces con Ridge. Pero no es habitual que hagamos algo tan drástico como usar el horno. El microondas, sí, claro. Los fogones, alguna vez. Pero el horno implica que se está preparando una comida seria, y no solemos tener tiempo para eso. Mediante signos, le indico que tiene un aspecto delicioso, y luego procedo a comerme la mitad de lo que ha preparado casi sin parar. Está todavía más bueno de lo que su aspecto hacía presagiar.

—En serio, Ridge. Está delicioso.

—Gracias.

—Yo no sé cocinar así.

—Sí sabes. Y, si te sabe tan bueno, es porque no lo has preparado tú. Es la clave de la cocina.

Me echo a reír. Ojalá sea verdad.

—¿Qué tal te ha ido el trabajo?

Él se encoge de hombros.

—Me he estado poniendo al día. Y Brennan me ha escrito pidiéndome que me necesitan porque se han quedado sin guitarrista para el concierto del fin de semana que viene.

—¿Dónde es?

—En Dallas. ¿Quieres venir? Podríamos pasar allí el fin de semana.

Asiento con la cabeza. No hay nada que me guste más que ver a Ridge en un escenario.

—Por supuesto. ¿Estará Sadie? —Ridge me dirige una mirada que indica que no tiene ni idea de a quién me refiero—. Sadie la cantante —especifico—. La telonera. Creo que a Brennan le gusta.

—Ah, sí. Seguro que estará. —Ridge sonríe—. Será interesante.

Por lo que me han contado, Brennan no suele enamorarse demasiado a menudo, lo que me despierta la curiosidad. Espero conocer a Sadie.

Y de esta idea salto a la siguiente. No puedo ir a Dallas sin pasarme a saludar a mis padres.

—Ya que estaremos en Dallas, ¿te apetecería cenar con mis padres?

Ridge responde inmediatamente.

434

—Me encantará conocer a tus padres, Sydney.

No sé por qué, pero sus palabras hacen que me derrita un poco. Sonrío y bebo un trago.

—¿Les has hablado a tus padres de mí?

—Le conté a mi madre que tenía novio y ella me sometió a un interrogatorio de veinte preguntas.

Él sonríe.

—¿Sólo veinte?

—Tal vez fueran veinticinco.

—¿Qué le dijiste? ¿Cómo me describiste?

—Les dije que tenías mucho talento y que eras muy mono. Que eras bueno haciendo bromas..., y en la cama.

Ridge se empieza a reír.

—Ya, seguro. —Se echa hacia atrás en la silla, y sin querer su rodilla choca con la mía. Está rebañando el plato, comiéndose lo que queda del risotto—. ¿Les has dicho que soy sordo?

No se lo he contado, por la simple razón de que nunca ha salido el tema en la conversación y no he pensado en ello.

—¿Debería haberlo hecho?

Se encoge de hombros.

—Quizá valdría la pena mencionarlo. No me gusta tomar a la gente por sorpresa, si puedo evitarlo. Prefiero que estén avisados.

—A mí no me avisaste.

—Contigo fue distinto.

—¿Por qué?

Él ladea la cabeza, pensativo. Coge el móvil, lo que significa que está a punto de escribir algo que siente que explicará mejor por escrito que verbalizando.

Ridge: En la mayoría de los casos, me gusta avisar a las personas antes de conocerlas. Así no se sienten incómodas cuando lo descubren. A ti no te avisé porque... No lo sé. Contigo fue distinto.

Sydney: ¿Distinto para bien o para mal?

Ridge: El mejor tipo de distinto que puede existir. Durante toda mi vida he sido el tipo sordo. Es lo primero que les llama la atención a todos. Y es lo primero en lo que yo pienso cuando conozco a alguien, en cómo va a reaccionar esa persona ante mi sordera. Supongo que para ellos será algo parecido. La sordera define cómo me tratan, cómo reaccionan ante mí, y cómo reacciono yo ante ellos. Pero contigo a veces me olvido de esa parte de mí mismo; contigo me olvido de esa característica que me define ante todos los demás; contigo, simplemente soy yo.

Me alegro de que me lo haya enviado por escrito, porque es otra de las cosas que pienso conservar y recordar siempre.

—Mis padres van a quererte tanto como yo.

Ridge sonríe, pero es una sonrisa fugaz. Trata de ocultarlo, cogiendo el vaso para beber, pero he visto la preocupación en sus ojos durante un segundo, lo que me hace preguntarme si únicamente habrá accedido a ver a mis padres para contentarme. ¿Y si no está listo para dar ese paso? No llevamos saliendo tanto tiempo.

—¿Estás bien? —signo.

Él asiente con la cabeza y me toma la mano. La deja en la mesa, apoya su mano encima y me la acaricia con el pulgar.

—Sí. Es sólo que, a veces, haces que desee que mis padres fueran mejores. Me gustaría tener unos padres a los que poder presentarte y que supieran que eres perfecta para mí. Unos padres que te quisieran.

Sus palabras me retuercen el corazón.

—Tienes a Brennan. Él se alegra mucho de que seas feliz.

—Sí —admite, sonriendo—. Y a Warren.

—Y a Bridgette.

—Por extraño que parezca. —Hace una mueca.

—¿Verdad? Cada vez me cae mejor. —Me echo a reír—. Si alguien me hubiera dicho hace seis meses que Bridgette y yo seríamos buenas amigas, no me lo habría creído y habría apostado todos mis ahorros en contra. Sólo son quinientos dólares, pero eso da igual.

Ridge se ríe.

—Si me hubieran dicho hace seis meses que tú y yo estaríamos saliendo y que nos pasaríamos un domingo ayudando a Maggie a mudarse a mi bloque de apartamentos, habría usado tus ahorros para apostar en contra.

—Qué rara es la vida, ¿verdad?

Ridge asiente.

—De una rareza preciosa.

Le sonrío y terminamos de comer en un silencio cómodo. Recojo los platos y los meto en el lavavajillas. Ridge conecta su móvil al Bluetooth de mi equipo de música y reproduce una de mis listas de Spotify.

Y por cosas como esta sé que me quiere. Hace cosas que a él no le afectan en absoluto, como asegurarse de que siempre suena música, aunque él no pueda oírla. Sabe que me gusta, así que lo hace para hacerme feliz. Me acuerdo de la primera vez que lo hizo. Estábamos en su coche, volviendo del club, y él encendió la radio.

Son las pequeñas cosas que las personas hacen por los demás las que mejor las definen.

Ridge apoya los brazos cruzados sobre la barra y se echa hacia delante, sonriéndome.

—Tengo un regalo para ti.

Sonrío mientras pongo en marcha el lavaplatos.

—¿En serio?

Él me ofrece la mano.

—Está en tu dormitorio.

No tengo ni idea de qué puede ser, pero le tomo la mano entre las mías y tiro de él hacia el dormitorio, entusiasmada. Él tira de mí y me barra el paso, soltándome las manos para signar mientras habla.

—Una vez, mientras componíamos una canción, mencionaste lo mucho que te gustaría tener uno de estos.

Abre la puerta, se acerca a la cama y saca una caja enorme de debajo. Es un teclado electrónico, con soporte y taburete. Reconozco la marca enseguida. Es la misma que usamos en mis clases de música, por lo que sé exactamente el dinero que se ha gastado en este regalo. Mi primer impulso es decirle que no puedo aceptarlo, pero, al mismo tiempo, me hace tanta ilusión que quiero correr hacia la cama para acariciar la caja.

Le echo los brazos al cuello y lo beso por toda la cara.

—¡Gracias, gracias, gracias!

Él se ríe al ver lo feliz que me ha hecho.

—¿Es el que querías?

Asiento con la cabeza.

—Es perfecto.

En casa de mis padres tenía un piano, pero es muy grande y no puedo llevarlo de un lado para otro. Crecí tocando el piano, lo que alimentó mi amor por la música. Poco a poco me he ido familiarizando con otros instrumentos, pero el piano siempre tendrá un lugar especial en mi corazón. Cuando Ridge monta el teclado sobre el soporte y lo coloca contra la pared, me siento y empiezo a tocar una canción. Ridge se sienta en la cama y me observa las manos con la misma devoción como lo haría alguien que fuera capaz de oír el sonido que estoy creando.

Cuando termino de tocar la canción, acaricio el teclado con admiración. Me cuesta creer que haya recordado un comentario que hice hace tiempo sobre lo mucho que me gustaría tener un teclado como los que usamos en la facultad.

—¿Por qué me lo has comprado?

—Porque sí. Eres buena componiendo canciones, Syd. Muy buena. Te mereces tener un instrumento que te ayude a crear música.

Arrugo la nariz, porque sabe que no se me da bien aceptar cumplidos. A él le pasa lo mismo. Subo a la cama con él y lo abrazo, mirándolo a los ojos.

—Gracias.

Me aparta el pelo de la cara y me acaricia la mejilla y la sien.

—De nada.

Me siento inspirada. Por él, por el regalo, por las emociones que me han asaltado durante el camino de vuelta, mientras conducía con las ventanillas bajadas y la música a todo volumen.

—Escribamos una canción, ahora. Se me ha ocurrido una idea mientras volvía. —Me inclino hacia la mesita de noche y cojo el bloc de notas y los bolígrafos. Nos sentamos con las espaldas apoyadas en el cabecero. Ridge tiene una guitarra en mi casa, pero está apoyada en la pared. En vez de ir a buscarla, decidimos empezar con la letra.

Mientras iba en el coche, lo que pensaba era que quería sentirme así eternamente. Quería embotellar su amor y conservarlo para siempre. Y me han venido ganas de componer una canción sobre ese sentimiento. En la parte superior de la página escribo un posible título: *Un amor que valga la pena conservar*. Escribo los primeros versos tal como me vienen a la cabeza.

Tenemos el dinero justo
Para un plato de alubias.
Nuestra casa no es de revista
Pero nos protege de la lluvia.

Nuestros amigos no son ricos ni famosos,
aunque fingimos serlo durante el fin de semana.

Señalo la página mientras marco el ritmo de la canción para que Ridge se haga una idea. Él se da palmaditas en la rodilla, siguiendo el ritmo que le marco. Coge un boli y anota «Estribillo» antes de escribir:

Aunque la ropa esté descolorida,
Si la llevas tú, parece nueva.
Cambiarán los tiempos; la vida cambiará,
Pero mi opinión sobre ti no se va a alterar.
Tenemos un amor que merece la pena
                     [conservar.

En cuanto veo la frase «Aunque la ropa esté descolorida, si la llevas tú, parece nueva», sonrío. La semana pasada estábamos charlando sobre la posibilidad de que cambiara de carrera universitaria. Todavía no sé lo que voy a hacer, pero Ridge me apoya decida lo que decida, aunque para ello tengamos que apretarnos el cinturón durante una temporada. Y esas fueron las palabras que usó, que la ropa parecería nueva si la llevaba yo, aunque estuviera desgastada. Yo le dije que una frase tan bonita merecería aparecer en una canción y acaba de hacerlo. Es como si hubiera estado esperando el momento adecuado para poder usarla. Es increíble la facilidad que tenemos para trabajar juntos. Escribir música es una tarea solitaria, tal como me imagino que debe de ser escribir un libro, pero cuando estamos juntos, todo fluye. Es como si nos saliera mejor estando juntos que por separado.

Él está marcando el ritmo del estribillo, pero yo me he quedado anclada en la letra que ha escrito. Dibujo un corazón junto a los versos para que sepa que me han encantado. Luego me quedo pensando unos momentos hasta que se me ocurre cómo seguir con la letra.

No necesito oro ni diamantes.
Si quiero brillo, lo encuentro en tus ojos.
Si tu amor está en venta,
Lo compro todo, hasta los despojos.

Juntos somos capaces de crear algo donde no
[había nada.
Quiero sentirme así siempre, ayer, hoy y
[mañana.

Ridge salta de la cama y coge la guitarra. Me parece un buen momento para probar la función de grabación en el teclado, por lo que me siento en el banco y él se sienta en la cama. Pasa quince minutos trabajando en la música de la canción y yo utilizo la tonada que está creando para reproducirla al piano.

Él añade alguna estrofa más y otro estribillo. Antes de una hora tenemos la canción casi completada. Ya sólo hemos de pasársela a Brennan para que haga una primera prueba de grabación, a ver qué tal suena. Esta es una de las canciones que menos nos ha costado componer. Nos grabo mientras la tocamos de nuevo y luego le doy al reproductor del teclado para escucharla. Es más animada que la mayoría de las canciones que hemos creado hasta ahora.

Me encanta componer con dos instrumentos. Las opciones para incluir variaciones que aporta el teclado hacen que la canción suene más pulida que las que le hemos enviado a Brennan hasta ahora, tocadas tan sólo a la guitarra. Estoy tan entusiasmada con la canción y con el regalo de Ridge que siento unas ganas irresistibles de bailarla mientras la escuchamos.

Ridge deja la guitarra a un lado y me observa bailar por la habitación. Cada vez que nuestros ojos se encuentran, me echo a reír porque estoy de mejor humor que nunca. Pero una de las veces en que lo miro, veo que se le ha borrado la sonrisa de la cara. Me detengo, preguntándome qué le ha provocado ese cambio de humor.

—Ojalá pudiera bailar contigo —signa.

—Puedes hacerlo. Ya lo hemos hecho.

Él niega con la cabeza.

—No me refiero a una canción lenta, en la que no tengo que hacer nada. Me refiero a eso. —Me señala con la mano—. A las canciones animadas.

Se me forma un nudo en el pecho al oírlo. Me dirijo hacia él y agarro su mano para ayudarlo a levantarse.

—Ridge Lawson, puedes hacer todo lo que quieras.

Le echo un brazo al cuello mientras me abraza por la cintura. Con la otra mano, le marco el ritmo de la canción en el pecho. Me muevo de derecha a izquierda, y él me imita. Canto la letra para que me lea los labios y sepa por qué punto de la canción vamos. Cuando llega al final, la vuelvo a poner para seguir bailando con él.

Ridge empieza a seguir el compás cada vez con más facilidad. Cuando al fin lo consigue, me echo a reír. Él también se ríe y comienza a marcar el paso de una canción que ni siquiera oye. Me lleva dando vueltas por la habitación mientras yo canto y marco el ritmo en su pecho. Al final del último estribillo, me hace dar una vuelta y luego me pega a su pecho mientras ambos nos detenemos lentamente.

Sin soltarme, me mira mientras yo alzo la cabeza hacia él. Los dos sonreímos. En sus ojos leo admiración y un gran agradecimiento, como si acabara de regalarle algo que pensaba que nunca iba a ser capaz de experimentar.

Para mí ha sido un simple baile, algo que hago todo el tiempo y a lo que no doy importancia, pero para él ha sido un gran logro. Algo que no había hecho nunca antes y que pensaba que no podría hacer.

Lo que está sintiendo ahora mismo debe de parecerse mucho a lo que yo siento cada vez que pone música para mí. Son las cosas pequeñas las que crean los momentos más importantes para nosotros.

Me toma la cara entre las manos, y se prepara para decirme algo. Pero, en vez de hablar o de signar, inspira hondo mientras me contempla en silencio. Agacha la cabeza y me besa delicadamente en los labios. Luego me mira a los ojos, transmitiéndome más con la mirada de lo que me ha comunicado nunca usando cualquier otra forma de comunicación.

—Sydney —me dice en voz baja—. Todo lo que hemos pasado para llegar hasta este momento, para llegar hasta aquí, ha merecido la pena.

No hay nada que pueda signar ni palabra que pueda pronunciar que supere lo que me acaba de decir.

Alargo la mano y le doy al *Play* para volver a reproducir la canción. Él sonríe cuando le echo los brazos al cuello. Apoya la frente en la mía y bailamos.

28

Ridge

Quería enviarle a Brennan una primera versión de la canción que Sydney y yo hemos compuesto esta noche, pero para hacerlo necesito mi portátil, y esa es la razón por la que nos encontramos en esta horrible situación.

Nosotros, en la puerta.

Y el culo de Warren, devolviéndonos la mirada desde el sofá.

Es tan... pálido.

Sydney se da la vuelta en cuanto cruza el umbral, y se cubre los ojos, aunque ya no tiene el culo de Warren delante. Está sacudiendo la cabeza, como si deseara poder *desver* lo que acaba de ver. Yo también, la verdad.

Creo que Bridgette está chillando. Gracias a

Dios, no puedo oírla. Warren la está tapando con la mantita del sofá.

«Nota mental: lavar la manta mañana.»

Warren se tapa sus cosas con un cojín.

«Lavar el cojín también.»

—Ya veo cómo llamas —signa.

—Ya veo cómo cierras con llave —replico.

Tomo la mano de Sydney y la empujo con suavidad en dirección a mi habitación. Cuando estamos a salvo de la desnudez de Warren, finalmente abre los ojos.

—No pienso volver a sentarme en ese sofá nunca más —declara, mientras se dirige a la cómoda. Se quita las chanclas de un par de patadas y yo señalo hacia el baño. Ella asiente. Justo antes de que me aleje, añade—: ¿Me dejas unos botines?

Estoy en el baño con la puerta cerrada cuando me doy cuenta de que lo que me ha preguntado no tiene sentido. Creo que no le he leído bien los labios. ¿Botines? ¿Para qué los quiere para estar por casa? Además, sabe que yo no tengo botines. Pero si no es eso lo que ha dicho, ¿qué es lo que me ha dicho?

¡Calcetines!

Me ha pedido prestados unos calcetines.

¡Mierda! ¡El anillo!

Abro la puerta con ímpetu, pero ya es tarde. El cajón de los calcetines está abierto. Tiene el estuche en una mano. Está abierto, y ella está contemplando el anillo de compromiso cubriéndose la boca con la otra mano.

29

Maggie

Mi antigua casera me ha enviado un mensaje diciéndome que me está guardando unas cartas, así que he decidido ir yo a San Antonio para encontrarme con Jake y así ahorrarle el viaje hasta Austin. Le he escrito un mensaje tras recoger el correo para que supiera que no hacía falta que fuera a Austin. Me ha respondido casi inmediatamente y me ha dado su dirección. Instantes después, me ha llegado otro mensaje que decía: «Llave bajo la piedra junto a la barbacoa del patio trasero. Llegaré en un par de horas».

Desde ese momento, han pasado siete horas.

Me ha escrito varias veces, deshaciéndose en disculpas. Lo avisaron para una cirugía de urgencia. Yo le he asegurado que no pasaba nada. Incluso me he ofrecido a volver otro día, pero me ha hecho jurarle que no me iría antes de que llegara.

Así que, en un intento por hacer que estas horas pasadas en casa de un tipo con quien ni siquiera estoy saliendo oficialmente sean un poco menos raras, me he mantenido ocupada. Creo que infravaloré la honestidad de Jake cuando confesó ser muy desordenado. Porque..., incluso después de un viaje a la tienda en busca de productos de limpieza y de varias horas de trabajo... la casa sigue sin estar impoluta. He puesto cuatro lavadoras, dos lavaplatos, he hecho la cama —seguro que por primera vez en su vida—, he limpiado los dos baños y ahora estoy preparando la cena.

He venido a su casa con la intención de quedarme a dormir. No sé si él me invitará a quedarme, pero, por si acaso, me he traído la medicación, una muda de ropa y el chaleco vibratorio. Me da vergüenza pensar en usarlo delante de él, pero la idea de rehuir mis responsabilidades y volver a acabar en el hospital me resulta todavía más embarazosa.

La intuición me dice que querrá que me quede. Los mensajes que nos hemos estado enviando han ido subiendo de tono, sobre todo desde hace un par de horas. El último que le he mandado es una foto de mi mano tocando el reluciente grifo de la cocina y él ha respondido con: «Esa es la foto más jodidamente sexy que he visto en mi vida».

Estoy colocando las lonchas de queso sobre la pizza cuando oigo que abre la puerta. Al verlo, siento un ligero cosquilleo en el estómago. Sé que es absurdo, pero es que me gusta tantísimo. No sólo es guapo, también es divertido, lo que hace que no me canse de mirarlo. Lleva unos vaqueros desgastados y una camisa azul cielo que combina con una corbata negra... y una sonrisa. Trata de mirar los cambios que he hecho en su cocina mientras se acerca, pero no puede apartar la vista de mí. Por su forma de mirarme, sé que se ha pasado el día esperando este momento.

—¿Llevas pijama de quirófano en el trabajo?

Él lanza las llaves sobre la encimera.

—Sí, casi todos los días, pero me cambio antes de salir del hospital, por lo de la esterilización. —Se afloja la corbata sin dejar de observarme—. Deberías venirte a vivir conmigo.

Su forma de gastar bromas mientras se mantiene totalmente serio siempre me hace reír.

—No, gracias. No tengo ningún interés en ser tu asistenta. —Me vuelvo hacia la encimera y acabo de colocar los ingredientes en la pizza.

Jake se aproxima y me abraza por detrás. Me apoyo en él y me doy cuenta de lo mucho que echaba de menos su tacto y su olor.

—Si fueras mi asistenta, podría pagarte en orgasmos —me susurra al oído.

—Después de todo lo que he hecho hoy, creo que ya me debes uno o dos.

—Teniendo en cuenta el inmaculado aspecto de la cocina, yo diría que te debo unos cuantos.

Lanzo la cebolla cortada sobre la pizza y me lavo las manos. Sigue a mi espalda, sin dejar de abrazarme.

—¿Te quedas a dormir? —Suena esperanzado.

No quiero parecer desesperada, por lo que no le comento que tengo ya una muda de ropa en su habitación, dentro de la mochila.

—Lo vamos decidiendo sobre la marcha —respondo, para hacerlo rabiar.

Noto que sacude la cabeza y luego me da la vuelta para que lo mire a los ojos.

—No. Prefiero que lo decidamos ahora. Quédate.

—Vale.

«Soy demasiado facilona.»

Lo rodeo para meter la pizza en el horno.

—¿Cuánto tardará en estar lista?

Cierro la puerta del horno y me vuelvo hacia él.

—Más o menos el mismo tiempo que te va a llevar darme el primero de esos orgasmos que me debes.

Por fin me besa. Luego me levanta en brazos, me lleva a su dormitorio y me tumba sobre su cama perfectamente hecha. Mira a su alrededor cuando se da cuenta de que también he limpiado el dormitorio. Me deja en la cama y se asoma al baño. Cuando ve su impecable estado de limpieza, se dirige al lavadero.

Al final regresa a la cama y avanza a cuatro patas sobre mí.

—Maggie Carson.

Es todo lo que dice. Sólo mi nombre, acompañado de una sonrisa. Y luego desaparece de mi línea de visión mientras desciende por mi cuerpo hasta llegar al botón de los vaqueros.

Me da las gracias y, cuando termina, aún nos sobran cinco minutos hasta que la pizza esté lista.

30

Sydney

—No es lo que piensas —dice Ridge.

Alzo la cabeza y dejo caer la mano que me he llevado a la boca.

—Pienso que es un anillo de compromiso. ¿Me equivoco?

Ridge niega con la cabeza mientras se dirige hacia mí.

—No. Quiero decir... sí, es un anillo de compromiso, pero no lo es. Lo es..., pero... no es para ti.

Está andándose con mucha cautela; por eso tardo unos instantes en darme cuenta de la razón por la que su mirada refleja arrepentimiento. Vuelvo a bajar la vista hacia el anillo que no es para mí.

—Oh. No sabía que le habías pedido matrimonio.

Él niega con la cabeza con mucha decisión.

—No lo hice.

El pobre parece estar aterrorizado por mi posible reacción. De lo que no parece darse cuenta es de lo aliviada que me siento. Ni siquiera llevamos un mes saliendo juntos de manera oficial. Si ya me hubiera comprado un anillo con la intención de pedirme matrimonio, seguramente me habría echado a llorar, pero no de felicidad. Por cómo me siento ahora mismo, estoy casi segura de que habría sentido miedo. Lo que no deja de ser raro. Amo a Ridge más de lo que amaré nunca a nadie y me encantará ser su esposa. Me encantará estar casada con él algún día, pero prefiero disfrutar de todas las etapas previas de nuestra relación.

Me gustaría ser su prometida, pero ser su novia me gusta igual. Quiero pasar más tiempo disfrutando del rollito de ser novios antes de pasar al siguiente nivel.

Me echo a reír, llevándome las manos al pecho.

—Por Dios, Ridge. Pensaba que estabas a punto de pedirme matrimonio. —Me siento en la cama, sin soltar el estuche—. Te quiero, pero... es demasiado pronto.

La tensión que se había acumulado en los hombros y la mandíbula de Ridge desaparece con mi respuesta.

—Gracias a Dios —me dice, pasándose una mano por la cara. Luego, rectifica enseguida—. No es que no quiera casarme contigo. Pero, bueno, eso, algún día.

Se sienta a mi lado en la cama y yo le doy un empujón con el hombro.

—Eso, tal vez algún día. —Con una sonrisa cómplice, añado—: Tal vez mañana.

Me devuelve la sonrisa.

—Tal vez mañana.

Examino de nuevo el anillo y lo acaricio con un dedo. Parece una antigüedad.

—Es muy bonito.

Él coge el móvil y empieza a escribir. Cojo el mío para leer lo que me cuenta.

Ridge: Era de la abuela de Maggie. Su abuelo me lo dio mientras salíamos, pero nunca llegué a pedirle matrimonio. He querido devolvérselo desde que rompimos, pero nunca he encontrado el momento oportuno. Ella no sabe que lo tengo.

Sydney: Lo guardas en el cajón de los calcetines; el lugar más obvio donde esconder un anillo. Seguro que sabe que lo tienes.

Ridge: Lo he guardado en el armario durante tres años. Lo dejé en el cajón hace un par de semanas, para tenerlo más a mano y acordarme de devolvérselo.

Sydney: ¿Has tenido el anillo durante tres años y no le pediste matrimonio? ¿Qué te lo impidió?

Ridge se encoge de hombros.

—Nunca me pareció buen momento.

Quiero sonreír, pero no lo hago. Oírlo decir que nunca sintió que fuera buen momento me hace sentir bien. ¿Soy mala persona? No lo sé. Y, francamente, estoy harta de analizar cada cosa que siento.

De ahora en adelante, quiero limitarme a sentir. Sin complejos, sin culpabilidad. Y ahora mismo lo que siento es alivio. Me siento aliviada porque el anillo no es para mí, pero también porque nunca se lo dio a Maggie.

—Mañana mismo se lo devolveré. —Ridge trata de cogerlo, pero yo lo alejo de su alcance.

—No, creo que deberías esperar.

—¿Esperar? ¿Por qué?

Escribo mi respuesta. Es demasiado largo para signar y quiero que se me entienda bien.

Sydney: Creo que este anillo es muy importante para Maggie. Y, aunque todavía están empezando, pienso que Jake también es muy importante para ella. Tal vez deberías esperar a ver cómo avanzan las cosas entre ellos. Y, si se enamoran, creo que deberías darle el anillo a Jake, no a Maggie.

Ridge sonríe al acabar de leer mi mensaje. Se vuelve hacia mí y me dirige una mirada agradecida.

—Vale.

Le doy el anillo y él vuelve a guardarlo en el cajón. Con las manos en los bolsillos, me pregunta:

—¿Qué quieres hacer esta noche?

Me encojo de hombros.

—Verle el culo a Warren me ha quitado las ganas de un segundo asalto.

Ridge se echa a reír y se deja caer en la cama a mi lado.

—Podríamos ir a ver una película.

—No. —Sacudo la cabeza con decisión—. No pienso volver a sentarme en ese sofá.

—No, me refería a ir al cine.

—Pero... ¿te lo pasarás bien en el cine? Las películas no están subtituladas.

—Pues llévate tapones para los oídos y la miramos los dos en igualdad de condiciones.

Me levanto, entusiasmada. Una cita. Tal vez no esté de humor para otras cosas, por cortesía de Warren, pero me apetece muchísimo ir al cine con mi novio, con el que todavía no hace ni un mes que salgo; al que amo con toda mi alma, pero del que no espero recibir un anillo de compromiso de momento.

31

Jake

Cuando me he despertado esta mañana, le he preparado el desayuno. Beicon, huevos, galletas y toda la pesca. Tal como esperaba, el resultado ha sido lo opuesto a lo que pasó cuando le preparé el desayuno en su casa, tras la primera noche que pasamos juntos. Se ha acercado a mí, vestida sólo con el sujetador y mi camisa, la que llevaba ayer cuando llegué a casa. Desabrochada. No podía apartar los ojos de ella. Al final, casi se me queman los huevos revueltos.

Me ha dado un beso en la mejilla y se ha servido algo de beber. Ya llegaba un poco tarde al trabajo, pero me daba igual. Quería desayunar con ella, así que me he quedado media hora más. Cuando estaba a punto de irme, se estaba vistiendo. La idea de no volver a verla durante una semana o dos se me ha hecho insoportable.

—Quédate —le pido, mientras la atraigo hacia mí junto a la puerta.

Ella me ha sonreído.

—¿Por qué? ¿Quieres que vuelva a limpiar la cocina que acabas de dejar hecha un desastre al preparar el desayuno?

Me da mucho apuro que me limpiara la casa ayer. Se lo agradezco, claro, pero es que nunca había estado tan desastrosa. Estas dos últimas semanas han sido una locura en el trabajo y, al llegar a casa, me caigo redondo en la cama. Además, Justice ha estado enfermo y tampoco ha podido hacer sus tareas domésticas. Soy muy desordenado, pero la casa no suele estar tan mal como lo estaba ayer.

—Quédate y no hagas nada. Mira Netflix. Tengo chocolate en la despensa.

Ha vuelto a sonreír.

—¿Qué clase de chocolate?

—Reese's. Tal vez quede algún Twix.

Ha arrugado la nariz.

—Suena tentador, pero tengo que controlar los niveles de azúcar.

—También hay chocolate sin azúcar.

—Aaah —ha exclamado, dejando caer la cabeza hacia atrás, en señal de derrota—. No puedo resistirme a eso. Ni a ti. ¿A qué hora volverás?

—No lo sé. Trataré de adelantar las últimas visitas.

—Vale. Pero te voy a tomar la palabra y no limpiaré nada. —Me ha dado un beso en los labios y se ha tumbado en el sofá—. No me voy a mover de aquí en todo el día.

—Bien. —Me he inclinado sobre ella y le he dado otro beso, pero este de los buenos. No, de los extraordinarios; uno que he estado reviviendo todo el día y que me muero de ganas de llegar a casa para poder repetir.

He podido recolocar las tres últimas visitas de hoy. Es la segunda vez en dos semanas que lo hago. Es tan poco habitual en mí que Vicky, mi enfermera, se ha dado cuenta de que pasaba algo. Cuando ya estaba en la puerta, a punto de irme, me ha dicho:

—Pásatelo bien en la cita.

Me he dado la vuelta para mirarla y ella me ha dirigido una mirada cómplice y se ha alejado por el pasillo.

No sabía que estaba siendo tan transparente, pero es difícil ocultar esta clase de euforia. No recuerdo haber experimentado nunca esta fase de la relación. Con Chrissy nos convertimos en padres tan pronto que nos perdimos muchas cosas, porque antes éramos unos niños. Entre la universidad y criar a Justice, nunca nos tomamos el tiempo de disfrutar el uno del otro.

Me gusta.

Estoy disfrutando mucho de la compañía de Maggie. Odio pensar en que probablemente se irá esta noche o mañana por la mañana, pero me he jurado no volver a rogarle que se quede como he hecho esta mañana. Ha sido un momento de debilidad. Tengo que recordar que se trata de la misma chica que ya me ha dejado dos veces. Soy nuevo en esto de las citas y no quiero volver a asustarla.

¿La promesa que me hice hace un rato? Ha durado tres horas.

Acabamos de venir de cenar y Maggie está guardando sus cosas en la mochila.

—Vete mañana por la mañana —le pido.

Se echa a reír y sacude la cabeza.

—Jake, no puedo. Tiene que haber alguna ley que prohíba quedarte dos noches seguidas en casa de alguien que ni siquiera es tu novio de manera oficial.

—Pues hagámoslo oficial: sé mi novia, quédate a dormir. —Ella me mira raro—. Ah, ¿no era una indirecta para que lo hiciéramos oficial?

—No. Lo he dicho porque es un tema que me preocupa. No quiero asfixiarte.

Le aparto el pelo de la cara.

—No me importaría que lo hicieras.

Deja caer la cabeza, apoyando la frente en mi pecho mientras suelta un gruñido.

—Tenemos responsabilidades. A mí me quedan tres semanas de clases y tú tienes que ir a trabajar mañana. No podemos fingir que la vida va a ser un romántico torbellino de felicidad.

—¿Quién está fingiendo?

Ella alza una ceja, en un gesto que parece una advertencia, como si estuviera a punto de volver a asustarla. Noto cómo alza las barreras defensivas.

La agarro por la muñeca y tiro de ella hacia mí.

—¿Sabes una cosa?

—¿Qué?

—Yo no soy tu ex.

—Soy plenamente consciente de ello.

—Y el hecho de no haber estado presente durante un largo periodo de tu vida no significa que no sea consciente del presente. O de las cosas que pueden pasar o no en el futuro. Deja de decirte que debemos ser más responsables sólo porque tienes miedo de comprobar hasta dónde nos llevará este torbellino.

—Muy profundo.

—Pues estoy tratando de ser superficial. No quiero que estés pensando en responsabilidades ni en enfermedades ni en reglas de relación. Quiero que sueltes la mochila, me beses y dejes de preocuparte tanto. —Apoyo la frente en la suya—. Vive el momento, Maggie.

Ella ha cerrado los ojos, pero veo cómo se le escapa la sonrisa mientras deja caer la mochila al suelo.

—Eres muy bueno para mí, Jake Griffin, pero malo al mismo tiempo.

Me besa en la barbilla y luego alza la cabeza para besarme en la boca. Cuela las manos por debajo de mi camisa y me acaricia la espalda.

La ayudo a quitarse la camiseta y la acompaño al dormitorio. Contando nuestro rollo de una noche, esta es la quinta vez que nos acostamos juntos. Me pregunto cuándo dejaré de llevar la cuenta.

Pasamos la media hora siguiente viviendo el momento. Primero conmigo encima, luego ella, luego de nuevo yo. Cuando hemos exprimido el momento, me tumbo de espaldas en la cama para recuperar el aliento. Ella apoya la cabeza en mi pecho, subiendo y bajando al ritmo que marca mi respiración.

Dios, podría acostumbrarme a esto. Hundo los dedos en su pelo, preguntándome si ya lo hemos hecho oficial. Creo que no ha dicho que no, pero tampoco recuerdo que haya dicho que sí.

—¿Maggie?

Ella levanta la cabeza y me mira, con la barbilla apoyada en mi pecho.

—¿Sí?

—¿Ya es oficial?

Asiente con la cabeza.

—¿Después de este asalto? Sí, totalmente oficial.

Sonrío, pero la sonrisa se me borra de golpe de la cara cuando oigo que se abre la puerta de la calle.

—¿Papá?

—¡Mierda! —Salto de la cama y cojo los vaqueros.

Maggie se levanta y coge los suyos.

—¿Qué hago? —susurra—. ¿Quieres que me esconda en alguna parte?

Me dirijo a la puerta del armario.

—Sí, escóndete aquí.

Ella va hacia el armario sin dudarlo. Cuando está a punto de entrar, se me escapa la risa. La agarro de la muñeca para detenerla.

—Era broma, Maggie. —Trato de no reírme, pero no lo consigo. Es que... ¡estaba a punto de meterse en el armario!—. Ya sabe que existes, Maggie. Vístete y sal a conocerlo.

Se me queda mirando unos instantes y me da un golpe en el pecho.

—Idiota.

Sin dejar de reír, recojo la camisa del suelo.

—¿Papá? —me llama Justice otra vez.

—Ya va.

Cuando estoy vestido, le doy un beso rápido a Maggie y dejo que se acabe de vestir. Justice está en la cocina con su amigo Cody.

—¿Qué pasa? —Trato de sonar lo más natural posible.

Justice se vuelve hacia mí.

—A mí poca cosa, papá. ¿Qué pasa contigo?

No le respondo. Sabe algo, lo noto en su sonrisilla irónica.

Cody me muestra la camiseta de Maggie.

—Y esto, ¿de quién es?

Los dos se echan a reír. Cojo la camiseta y regreso al dormitorio. Abro la puerta, le devuelvo la camiseta a Maggie y espero a que se la ponga.

—Gracias —me dice—. Tenía miedo de que la vieran.

No le digo que ya la han visto. Cuando acaba de vestirse, me sigue y salimos juntos del dormitorio. Entramos en la cocina, y Cody se queda boquiabierto al ver a Maggie.

—Tío —le dice a Justice, dándole un codazo en las costillas—. Tu nueva madrastra está muy buena.

Justice pone los ojos en blanco.

—Vale. No está siendo incómodo en absoluto.

Maggie se echa a reír.

«¡Gracias a Dios!»

Hago las presentaciones.

—Maggie, él es mi hijo, Justice. —Justice la saluda con la mano—. Y él es su mejor amigo, Cody.

Ella les dedica una sonrisa.

—Hola, yo... no soy la madrastra de nadie.

—Mejor me lo pones —comenta Cody. Cuando lo fulmino con la mirada, se le borra la sonrisilla idiota de la cara.

El microondas suena y Justice saca una bolsa de palomitas.

—Mamá ha tenido que ir de urgencia al hospital. Me ha dicho que te llamara antes de venir y que me asegurara de que te iba bien que viniéramos.

—¿Y por qué no lo has hecho?

Sonriendo, responde:

—Porque entonces habrías sabido que venía. —Volviéndose hacia Maggie, le pregunta—: ¿Sabes quién es M. Night Shyamalan?

—¿El director? Por supuesto.

Justice me dirige una mirada de aprobación antes de volverse de nuevo hacia Maggie.

—¿Cuál es tu película favorita de las suyas?

Maggie se acerca a la barra y se sienta. Parece cómoda, lo que me alegra. No quería ponerla en una situación embarazosa, por lo que no pensaba presentarle a Justice tan pronto, pero tratar de ocultarla habría sido todavía más raro.

—No es fácil elegir una. *Señales*, obviamente, pero *El sexto sentido* siempre ocupará un lugar especial en mi corazón.

—¿Qué opinas de *El incidente*? —pregunta Justice.

—No la he visto.

Cody abre la bolsa de las palomitas y dice:

—Bien, bien, Maggie que no eres madrastra de nadie, hoy es tu noche de suerte.

Justice reparte las palomitas en dos boles y le da uno a Maggie, quien se mete una en la boca mientras los dos niños se dirigen al salón.

Exhalo con fuerza, aunque no estoy seguro de por qué. Son dos niños de once años; no sé por qué me he puesto nervioso.

—Me gusta —dice Maggie.

—Ya te dije que era un gran chico.

Maggie se levanta y me mete una palomita en la boca.

—Creo que me gusta más que tú. ¡Mira que pretender meterme en un armario! —Me mira al pasar por mi lado—. A Maggie nadie la arrincona.

—Chica lista.

Me echo a reír y la sigo hacia el salón, porque eso es lo que hacen los novios, ¿no?

Justice y Cody han ocupado el sofá principal, el que queda frente al televisor, por lo que Maggie y yo nos sentamos en el biplaza. Ella se sienta de lado y se apoya en mí para ver mejor la pantalla. Se pone cómoda, con los pies sobre el reposabrazos.

Justice le da al *Play* y ni se me ocurre protestar por haber visto ya la película cuatro veces. Me hace muy feliz que la noche haya acabado así.

Es posible que mañana me asuste al pensar en dónde me estoy metiendo al entregarle mi corazón a esta chica.

Pero, ahora mismo, únicamente quiero vivir el momento.

32

TRES MESES DESPUÉS

Sydney

Llevo meses tratando de lograr que Bridgette actúe de manera más cálida con Maggie, pero de momento sigue fría como un témpano.

Está sentada en la cama de Maggie, mientras yo la ayudo a elegir un modelo para esta noche, así que algo hemos avanzado. Es la primera vez que viene a su casa, si no contamos la vez que Maggie tuvo que pasar varias noches ingresada en el hospital. Bridgette vino a buscarle ropa de recambio, pero sólo porque Warren la obligó.

—Creo que la blusa negra quedaría mejor con eso —comenta Maggie—. Me la voy a probar.

Coge la camisa que le he traído, se la lleva al

baño y cierra la puerta. Me vuelvo hacia Bridgette, que está tumbada sobre la cama, mirando hacia el techo y bostezando. Saco el móvil y le escribo un mensaje, porque no quiero que Maggie oiga nuestra conversación.

Sydney: Estás haciendo que esto resulte incómodo.

Ella lee el mensaje y me mira, levantando la mano en un gesto de frustración.

Bridgette: ¿Por qué? Simplemente estoy siendo yo misma.

Sydney: Ya. Sin ánimo de ofender, ese es precisamente el problema. Algunas veces, las personas tienen que esforzarse en NO ser ellas mismas para que la situación resulte más tolerable. No le has dicho ni una palabra. Haz un esfuerzo, pregúntale algo.

Bridgette: Me ESTOY esforzando. Estoy aquí. Además, no sé qué preguntarle. A mí no me sale ser falsa.

Sydney: Pregúntale por la graduación. O por cuando fuimos a hacer *puenting*. Pregúntale cómo le van las cosas con Jake. Hay un montón de maneras de iniciar una conversación si lo intentas.

Maggie sale del baño mientras Bridgette suelta el móvil y pone la mirada en blanco.

470

—Te queda bien la camisa —le digo a Maggie, que se está volviendo a un lado y a otro para verse por delante y por detrás en el espejo.

Miro a Bridgette y le hago una mueca. Ella se sienta teatralmente y golpea la cama con ambas manos. Se aclara la garganta antes de preguntar:

—Y bien..., Maggie. ¿Cómo van... las cosas entre Jake y tú? ¿Bien? ¿Eso espero? —Se esfuerza en sonreír, pero está tiesa como un robot.

Tal vez esto no sea buena idea. Me vuelvo hacia Maggie, que está quieta, mirando a Bridgette con la cabeza ladeada. Miro de nuevo a Bridgette, sacudo la cabeza y le digo:

—Vaya, pues va a ser verdad que no sabes hablar con la gente.

Ella alza las manos.

—¡Te lo dije!

Maggie se vuelve hacia mí.

—¿Le has dicho que me pregunte eso?

Me encojo de hombros.

—Sólo trataba de enseñarle cómo interactuar con seres humanos de manera natural.

Maggie mira a Bridgette para decirle:

—No te pega.

—¿Lo ves? —Bridgette se deja caer en la cama—. Debería seguir siendo yo misma. Ser yo misma se me da bien.

—Vale. Siento haberlo intentado. —Me vuelvo hacia Maggie—. Pero ¿va todo bien entre Jake y tú?

Bridgette vuelve a sentarse y se señala, molesta.

—¿Por qué suena natural cuando lo preguntas tú?

Maggie y yo nos echamos a reír. Ella se mira en el espejo y se pasa los dedos por el pelo.

—Sí, todo va bien —responde, sonriendo—. Con él, todo es fácil. Es un hombre... sencillo. Le gusta divertirse y no se toma nada demasiado en serio... a menos que sea necesario.

—Pero ¿es bueno en la cama? —pregunta Bridgette.

Empiezo a detectar un patrón de conducta. Las únicas conversaciones en las que Bridgette se siente cómoda están relacionadas con el sexo: «¿Gime Ridge en la cama?», «¿Jake es bueno en la cama?».

—Muy bueno —contesta Maggie sin dudar.

—¿Cuál es el mejor de los tres? —insiste Bridgette—. ¿Ridge o Jake? ¿O Warren? Guau, te has acostado con todos nuestros novios.

Me llevo la mano a la frente. Es un caso perdido.

Por suerte, Maggie se empieza a reír.

—Sí, Bridgette. Mejor olvídate de conversar con la gente, ¿vale?

Bridgette pone morritos.

—Pero es que quiero saber la respuesta a esa pregunta. Seguro que el mejor es Warren.

Maggie me mira y arruga la nariz mientras sacude la cabeza.

«No lo es», vocaliza sin pronunciarlo en voz alta.

Murmurando que le apetece picar algo, Bridgette se dirige a la cocina. Le muestro a Maggie una camisa lila.

—Pruébate esta. Creo que te gustará más que la negra.

—¿Qué más da? Jake está de guardia localizada este fin de semana. No lo voy a ver. —Maggie entra en el baño mientras Bridgette vuelve a la habitación, comiendo ruidosamente patatas fritas. Se mira en el espejo, dándose la vuelta para verse el culo. Levanta una Pringle y la coloca de tal manera que le cubra el culo en el espejo.

—¿Qué haces? —le pregunto, mientras Maggie sale del baño con la camisa lila puesta—. Decidido, me pongo esta. Es perfecta.

—Maggie. —Bridgette se sigue observando en el espejo—. Cuando dijiste que mi culo se parecía a dos Pringles abrazándose, ¿era un piropo?

Maggie se echa a rcír.

—¿Tú te has visto el culo? Por supuesto que sí.

—No lo pillo. —Bridgette saca otra Pringle de la lata y sostiene las dos patatas en el aire, espalda contra espalda, formando una especie de mariposa—. ¿Qué tiene esto de atractivo?

Maggie se acerca, coge las patatas y les da la vuelta.

—Así.

Bridgette observa la forma redondeada y asiente, como si al fin le hubiera quedado claro.

—Ah, vale. Sí, es verdad que se parece un poco.

Ridge y Warren han ido temprano al local para ayudar a la banda con los preparativos del concierto, por lo que Maggie y yo vamos con Bridgette. Esta noche Ridge no toca. Dice que, de vez en cuando, le gusta asistir a los conciertos como espectador.

Maggie baja del coche sonriendo, pero es una sonrisa tensa. Echando un vistazo al edificio, suspira.

—Ojalá hubiera podido venir Jake —se lamenta en voz baja.

La tomo de la mano.

—Ya vendrá al siguiente. Trata de pasártelo bien.

Me pierden las ganas de entrar, así que tiro de ella mientras le escribo un mensaje a Ridge con la otra mano para que sepa que estamos frente a la puerta de atrás. Instantes después, abre la puerta y sale, seguido de Warren. Me siento un poco mal porque Ridge me está abrazando, Warren está abrazando a Bridgette y Maggie está ahí, incómoda y sola.

«No por mucho tiempo.»

La puerta, que acababa de cerrarse, vuelve a abrirse desde dentro y aparece Jake.

474

Me ha costado la vida misma ocultárselo, pero Jake insistió en que quería que fuera una sorpresa. Logró cambiar el fin de semana de guardia, pero no quería que Maggie se enterara. Su plan es quedarse con ella hasta el lunes por la mañana.

En cuanto ella asume que Jake está realmente aquí y no se lo está imaginando, su rostro se ilumina y corre hacia él. Se lanza de un salto a sus brazos y le rodea la cintura con las piernas, como si fuera un mono araña. Se agarra con fuerza de su nuca, cruzando los tobillos a su espalda. Él la sostiene sin esfuerzo, y me da envidia, porque yo no puedo saltar así sobre Ridge. Es decir, poder, sí que podría, pero yo no soy tan diminuta como Maggie. Necesitaríamos organizarlo. Nos haría falta un ayudante. Y un colchón para cuando nos cayéramos.

Están tan enamorados... Es tan adorable.

Ridge se inclina hacia mí y me susurra:

—Estás preciosa.

Su comentario le hace ganarse un beso.

«Somos tan adorables.»

Warren abre la puerta y la mantiene abierta para que entremos todos. Al notar que me vibra el móvil, me vuelvo hacia Ridge, que me confirma que acaba de enviarme algo.

Ridge: Le he dado el anillo a Jake.

Sydney: ¿En serio? ¿Se ha agobiado o se ha alegrado?

Ridge: Me ha dado las gracias como cinco veces y no ha dejado de contemplarlo durante todo el camino. Dudo que tarde en regalárselo.

Se me escapa una sonrisa. Sé que el matrimonio no era una de las cosas que Maggie escribió en su lista, pero creo que está en un punto de su vida en que esa lista pronto se le va a quedar corta y va a querer añadir más cosas. Y Jake no tiene ninguna intención de desaparecer de su vida. Lo noto en su modo de mirarse.

Cuando entramos, la sala está ya abarrotada. Por suerte, miembros del equipo nos han reservado sitio en primera fila.

«Ventajas de escribir canciones para el grupo.»

Jake y Maggie están a nuestro lado. Jake está detrás de ella, abrazándola por la espalda, pero cuando Brennan y el resto de la banda salen al escenario, Maggie se suelta y empieza a aplaudir y a saltar. No sé cuánto tiempo hacía que no los veía tocar, pero se la ve entusiasmada por estar aquí. Su actitud me hace reflexionar sobre las dinámicas del grupo, ya que Maggie ha formado parte de las vidas de todos ellos desde los inicios de la banda. No me había dado cuenta de lo importantes que deben de ser para ella Brennan y los demás.

Y eso hace que valore aún más todo lo que hemos tenido que pasar para llegar hasta aquí. Si no hubiéramos encontrado entre todos una fórmula para coexistir, Maggie habría tenido que renunciar a grandes parcelas de su vida y yo me habría sentido culpable.

Me vuelvo hacia Warren y Bridgette. Incluso ella está aplaudiendo y sonriendo mientras Brennan presenta a la banda. Warren ha formado un altavoz con las manos y está gritando. Luego baja un brazo y agarra a Bridgette por la cintura. Cuando ella lo mira, él le dedica una sonrisa y le da un pico en los labios. Es raro presenciar momentos así entre ellos, pero las pocas veces que lo hacen, me parece algo muy bonito. Es evidente que se quieren, aunque su manera de demostrarlo se aleje de la habitual.

Y eso es lo bonito del amor, ¿no? Que se presenta en todo tipo de formatos, tallas, formas, texturas... Y cambia constantemente. Como el amor que Ridge sentía por Maggie. Sigue existiendo, pero ha cambiado de forma.

Y eso es lo que más me gusta de él. Nunca dejó de quererla; nunca dejó de preocuparse por ella. Y, gracias a eso, ahora es una de mis mejores amigas. Me alegra mucho que haya conservado su amistad con Ridge, porque se lo merece. Se merecía su amor cuando era su novia y se merece que la quiera ahora que es una de sus mejores amigas.

Ridge se acerca a mí por detrás y me abraza por la cintura. Luego levanta una mano y pone su palma bajo mi garganta, mientras apoya su cabeza en mi sien. Quiere escuchar el concierto a través de mí, por lo que empiezo a cantar siguiendo la música. Y aunque no me doy cuenta hasta que voy por la mitad de la canción, estoy llorando.

Ni siquiera sé por qué.

Es que lo quiero tanto. Quiero estar aquí con él, quiero estar con sus amigos. Los quiero a todos; me siento llena de amor.

Simplemente... amo.

33

Ridge

Se sabe de memoria la letra de todas las canciones. No sé en qué momento se aprendió las letras de los temas que compusimos antes de conocerla, pero me pregunto si se las habrá aprendido por mí, para poder cantármelas mientras asistimos a los conciertos de la banda.

Cuando la canción acaba y empieza a aplaudir, me fijo en que tiene las mejillas llenas de lágrimas. Le seco una y luego me inclino y le doy un beso antes de alejarme. Ella trata de sujetarme por la camiseta, pero yo desaparezco entre la multitud para subir al escenario. Brennan me dijo que subiera cuando acabara la primera canción para tocar la que he compuesto para ella, una que Sydney no sabe que existe.

Una vez en el escenario, percibo el entusiasmo del público. Da igual que no pueda oír sus voces, porque me llegan las expresiones de sus caras, los saltos de los que están en las primeras filas, el calor de los focos y la sonrisa de Sydney, cuando al fin la localizo entre los espectadores. Me acerco al micrófono y signo mientras explico en voz alta por qué compuse esta canción.

—Sydney. —Tiene una sonrisa tan radiante en la cara que me hace sonreír—. Te he escrito una canción feliz esta vez. Porque... bien... porque me haces feliz. Da igual lo que pase o adónde nos lleve la vida... estamos en esto juntos. Y eso me hace jodidamente feliz.

Ella se ríe mientras se seca una lágrima. Después signa: «Tú también me haces feliz».

Cojo la guitarra que me acerca Brennan y espero a que me dé la señal. Luego cierro los ojos y empiezo a tocar los acordes, repitiendo la letra mentalmente, mientras Brennan usa su voz para cantarla ante el público.

Tal vez nos podamos encontrar
Allí donde la tierra se una con el mar,
Donde las preocupaciones no tengan lugar
Y sólo quepamos tú y yo.

Tal vez el sol se levante
Y se asome por las persianas de bambú,
Reflejándose en tu pelo alborotado,

Que es perfecto igual que tú.
Y todo nos dará igual.
Sí, nos dará todo igual.

Porque lo tenemos todo, todo lo que
necesitamos está aquí.
Tal vez el mundo trate de arrebatárnoslo,
Pero resulta que sé una cosa y te lo voy a decir:
Vayamos donde vayamos, siempre nos vamos
                              [a sentir así.
Siempre así.

Podríamos pasarnos los días
Viendo cómo danza la lluvia en el tejado,
Cómo el agua del mar se lleva la arena pegada
                              [a nuestros pies,
O cómo se mecen los árboles que el viento ha
                              [agitado.

Tal vez no sepamos nada, ni tengamos opinión.
Tal vez el bien y el mal hayan perdido la razón.
Tal vez el día se tuerza y la vida pierda el
                              [control.
Y todo nos dará igual.
Sí, nos dará todo igual.

Porque lo tenemos todo, todo lo que
                    [necesitamos está aquí.
Tal vez el mundo trate de arrebatárnoslo,
Pero resulta que sé una cosa y te lo voy a decir:

Vayamos donde vayamos, siempre nos vamos
[a sentir así.
Siempre así.

Esto no va a acabar ni hoy ni mañana,
Así que más nos vale echarle ganas.
Exprimamos cada día al máximo
Porque todo va a salir bien.

Porque lo tenemos todo, todo lo que
necesitamos está aquí.
Tal vez el mundo trate de arrebatárnoslo,
Pero resulta que sé una cosa y te lo voy a decir:
Vayamos donde vayamos, siempre nos vamos
[a sentir así.
Siempre así.

Cuando la canción acaba, le paso la guitarra a
Brennan y bajo del escenario. Encuentro a Warren
y a Bridgette; veo a Maggie y a Jake. Miro a mi
alrededor, pero no veo a Sydney por ninguna parte. Volviéndome hacia Maggie, signo: «¿Adónde
ha ido?».

Ella señala hacia el escenario.

Me doy la vuelta en redondo y miro hacia el
lugar donde estaba actuando.

«¿Qué hace Sydney en el escenario?»

Brennan le está comentando algo mientras ella
se sienta en el taburete. Mirando al público, él dice
algo frente al micrófono, mientras signa para mí.

—Ella es Sydney Blake, una de nuestras compositoras, y esta es la primera vez que sube a un escenario. Démosle un fuerte aplauso.

Se la ve nerviosa, pero no creo que esté ni la mitad de nerviosa que yo al verla. No tenía ni idea de que pensara hacer esto.

Brennan comienza a tocar. Me acerco un poco más al escenario para ver qué acordes está tocando y reconocer la canción. Me doy cuenta enseguida de que se trata de *Tal vez mañana*, nuestra canción. Cuando la letra está a punto de empezar, miro a Sydney, pero no tiene ningún micrófono delante.

Y entonces se pone a signar las palabras.

«¡Coño!»

Está signando la canción para mí. Joder, ¿se supone que debo permanecer impasible, sin emocionarme?

Sacudo la cabeza cuando nuestras miradas se cruzan, abrumado al darme cuenta de que ha reescrito la letra.

TAL VEZ MAÑANA AHORA

Estoy aquí, frente a ti,
Y cada día me cuesta un poco menos respirar.
Ahora que soy tuya, y tú eres para mí,
Me preguntas qué querré mañana.
Pues lo mismo que ayer,
Sólo te quiero a ti.

A tu lado soy mi mejor versión.
Mi alma ya no piensa en el mañana y llora.
Estoy lista para jurarlo ante algún altar,
Tal vez mañana,
Tal vez ahora.

Cuando hablas, escucho con atención
todas las palabras que salen de tu corazón.
Solo los besos pueden hacernos callar.

Huelo mi aroma en tu cama.
Vives en mi cabeza, me robas la calma.
Las verdades que escribimos ayer, ahora
                              [puedo cantarlas.

A tu lado soy mi mejor versión.
Mi alma ya no piensa en el mañana y llora.
Estoy lista para jurarlo ante algún altar,
Tal vez mañana,
Tal vez ahora.

Escuchas cada noche el latido de mi corazón.
La vida contigo no puede ser mejor.
Somos eternos, como nuestra canción.
Sé que nos espera una vida de poesía.
A tu lado las noches se convierten en días.
Siempre tuyo, siempre mía.

A tu lado soy mi mejor versión.
Mi alma ya no piensa en el mañana y llora.

Estoy lista para jurarlo ante algún altar,
Tal vez mañana,
Tal vez ahora.

Escuchas cada noche el latido de mi corazón.
La vida contigo no puede ser mejor.
Somos eternos, como nuestra canción.
Sé que nos espera una vida de poesía.
A tu lado las noches se convierten en días.
Siempre tuyo, siempre mía.

A tu lado soy mi mejor versión.
Mi alma ya no piensa en el mañana y llora.
Estoy lista para jurarlo ante algún altar,
Tal vez mañana,
Tal vez ahora.

No recuerdo cuándo acabó la canción, ni cuándo ella bajó del escenario, ni cuándo apareció a mi lado. Sólo sé que la estaba viendo en el escenario y, un instante más tarde, la estaba besando. Cuando la banda empieza a tocar la siguiente canción, sigo besándola. Con las manos hundidas en su pelo, me aparto lo justo para apoyar la frente en la suya.

—Te quiero —susurro.

«Porque es así, joder. No puedo quererla más.»

Ni siquiera tengo claro qué canciones tocaron después de aquello. No podía pensar en nada que no fuera Sydney. Al acabar el concierto, nos reunimos todos con la banda en el *backstage*, para decidir adónde íbamos a cenar. Mientras los demás charlaban, Sydney y yo nos quedamos en el pasillo, enrollándonos. Ahora estamos cenando y está siendo una tortura mantener las manos quietas.

Brennan y los chicos se han ido ya porque tenían que desplazarse al lugar de su próximo concierto, por lo que volvemos a estar solos los seis: Syd y yo, Maggie y Jake, Warren y Bridgette. No sé para qué hemos pedido una mesa de grupo, porque ninguna de las parejas está prestando atención a las otras.

Al menos hasta ahora. Pero Warren acaba de volverse hacia Sydney.

—Acláranos una cosa —le pide, refiriéndose a Bridgette y a él.

—¿Qué pasa?

—En la canción que has reescrito, has hablado de juramentos ante el altar. ¿Estabas sugiriendo que quieres casarte?

Sydney se echa a reír y se vuelve un momento hacia mí antes de responderle.

—Hace unos meses lo hablamos y comentamos que no estábamos listos, pero, mientras reescribía la canción, me di cuenta de que tal vez ya lo estoy. Lo que quiero decir es... —Me mira—. ¿Tú también lo has entendido así? No quería decir que estuviera esperando una declaración. Sólo quería decir que, cuando tú te sientas listo, yo también lo estaré.

«Oh, sí. Estoy más que listo.» Pero no se lo digo en voz alta. Se merece una declaración más elaborada.

—Un momento —dice Warren, sin darme tiempo a contestar—. Frena un poco. Bridgette y yo llevamos más tiempo juntos. Deberíamos ser los primeros en casarnos.

—No —replica Bridgette—. Creo que los primeros deberían ser Jake y Maggie. A ella le queda menos tiempo.

Tenía la esperanza de haberle leído mal los labios, pero Sydney acaba de escupir su bebida, así que sospecho que la he entendido a la perfección. Bridgette tiene suerte de que a Maggie le haya dado por reír en vez de estrangularla.

—¿Qué pasa? —protesta Bridgette en tono inocente—. Es la verdad. —Se vuelve hacia Maggie—. No lo he dicho con mala intención. Pero, en serio, creo que deberías hacer todo lo que puedas cuanto antes. Tiene todo el sentido del mundo. Añade el matrimonio a tu lista de deseos y quítatelo de encima.

Maggie se ruboriza al notar que todos la estamos observando. A Bridgette no parece importarle verla avergonzada. O tal vez ni siquiera se da cuenta.

—No nos vamos a casar —replica al fin—. Nos conocemos desde hace sólo unos meses. Estadísticamente hablando, cuanto menos tiempo lleva saliendo una pareja antes de casarse, mayores son las posibilidades de que se divorcien.

Warren se echa hacia delante, alzando un dedo en señal de reflexión. Siempre me pone nervioso cuando trata de impartir sabiduría.

—Es posible. Pero ¿no crees que valdría la pena añadir el matrimonio a tu lista? Si Jake y tú seguís así hasta la eternidad, nunca sabrás lo que se siente al casarse. Si te arriesgas y sale mal, habrás experimentado lo que es casarse y divorciarse antes de morir.

Jake mira a Maggie con una ceja alzada.

—A mí me parece un plan sin fisuras —comenta, y a Maggie se le abren mucho los ojos al oírlo. Jake le sonríe y le da un trago a su bebida. Luego añade—: Si lo piensas, tiene sentido. A riesgo de sonar como un profesional de la medicina, tu esperanza de vida es inferior a la mía. Así que, cuando estés lista, yo también lo estaré.

Maggie se lo queda mirando pasmada. En realidad, todos lo hacemos. Creo que ninguno de nosotros esperaba que le diera la razón a Warren.

—Espero que eso no haya sido una petición de matrimonio —le dice Maggie a Jake—. No ha habido ni un «te quiero». Ni un anillo de compromiso.

Jake contempla a Maggie en silencio durante unos segundos. Luego extiende la mano por encima de la mesa.

—Dame las llaves, Ridge.

No lo dudo ni un momento. Le doy mis llaves

y Maggie observa, sorprendida, cómo se marcha del restaurante.

—¿Qué hace? —pregunta—. ¿He metido la pata?

Warren niega con la cabeza.

—El muy cabrón se me va a adelantar.

—¿En qué? —insiste Maggie, que parece no entender nada.

Los demás sí sabemos lo que está a punto de pasar, pero no le damos ninguna pista. Cuando Jake vuelve a entrar en el restaurante, se acerca a la mesa con decisión. Lleva el anillo que le he dado hace un rato. Sin abrir el estuche, se queda de pie en la cabecera de la mesa mirando a Maggie, mientras Warren signa todo lo que va diciendo.

—Maggie, sé que sólo hace unos meses que nos conocemos, pero han sido los mejores meses de mi vida. Desde el primer momento en que te vi, tu presencia me consumió. Ojalá hubiera preparado este momento y este discurso, pero son espontáneos. —Clava una rodilla en el suelo y abre el estuche.

Ninguno de nosotros sabemos qué está pasando por la cabeza de Maggie. Esto puede acabar de dos maneras, y no estoy seguro de que vaya a hacerlo del modo en que le gustaría a Jake.

—Este anillo perteneció a tu abuela. Ojalá hubiera podido conocerla, porque le habría dado las gracias por criar a una mujer tan increíble, independiente y perfecta. Perfecta en todo y perfecta para mí. Te cases o no conmigo, este anillo es tuyo. —Jake le toma la mano y le coloca el anillo en el dedo tembloroso—. Pero me gustaría mucho que te arriesgaras a dar el salto de casarte conmigo, a pesar de saber muy poco sobre mí y sobre si seremos compatibles para toda la vida o...

Maggie lo interrumpe asintiendo con la cabeza y lanzándose sobre él para besarlo.

«Joder, lo ha hecho.»

Sydney está llorando. Incluso Bridgette se está secando una lágrima.

Warren se levanta, coge la copa de vino y la alza para brindar.

—Felicidades, pareja —les desea, a pesar de que Maggie y Jake siguen besándose, ajenos a todo—. Pero que conste que me has hecho una putada porque se suponía que esta era mi noche.

Para sorpresa de todos, Warren se saca un estuche del bolsillo. Lo abre y se vuelve hacia Bridgette.

—Bridgette, había decidido pedirte matrimonio esta noche. Sigo decidido a hacerlo, aunque me jode que Jake se me haya adelantado. Por tanto, antes de que a Sydney y a Ridge les dé por robarme el poco protagonismo que me queda, ¿quieres casarte conmigo, por favor?

Bridgette lo mira como si hubiera perdido el juicio. Porque lo ha perdido por completo.

—No te has puesto de rodillas —le recuerda.

—Oh. —Warren apoya una rodilla en el suelo—. ¿Quieres casarte conmigo? ¿Mejor así?

Bridgette asiente con la cabeza.

—Sí.

—Sí... ¿a qué? —pregunta Warren—. Sí a que es mejor así o a que te casarás conmigo.

Ella se encoge de hombros.

—A las dos cosas, supongo.

«Me cago en la puta.»

¿Qué coño está pasando hoy? Nos hemos sentado a la mesa tres parejas que estaban saliendo juntas. Y, de pronto, cuatro de esas seis personas están prometidas.

Me vuelvo hacia Sydney, que está... radiante, sonriendo como siempre mientras contempla a todos a su alrededor. Jake, Maggie y Sydney están aplaudiendo a Warren y a Bridgette.

Warren se aparta de Bridgette y se vuelve hacia Jake y Maggie.

—Enhorabuena. Puede que llevéis comprometidos más tiempo que nosotros, pero nosotros nos casaremos antes.

Maggie se ríe.

—Adelante, señor Competitivo.

—O... —Warren se vuelve hacia mí—. Tal vez deberíamos hacerlo ahora mismo. Ridge, pídele a Sydney que se case contigo y vámonos todos a Las Vegas.

Me echo a reír. Si hay algo en nuestra relación que quiero tomarme en serio es el momento en que le pida a Sydney que se case conmigo. Ya lo tengo todo planeado. Le estoy escribiendo una canción especial para ese momento. Subiré al escenario a tocarla en uno de los conciertos de Brennan. Sydney se merece algo mejor que una petición de matrimonio espontánea.

—¡Oh, vamos! —protesta Warren—. ¿A qué esperas? ¿Vas a escribirle una canción de amor y cantársela en el escenario? Te recuerdo que eso ya lo has hecho dos veces.

«¡Qué cabrón!»

—Bueno, sí, ese era el plan —admito, derrotado.

—Ya, muy predecible, tío. Y poco enrollado. Seis amigos casándose a la vez, en cambio, es legendario y jodidamente épico. ¡Vámonos a Las Vegas y hagámoslo!

Bridgette me está mirando con las manos enlazadas bajo la barbilla y repitiendo: «Por favor, por favor, por favor, por favor».

El corazón me late al doble de velocidad que hace dos minutos. Me vuelvo hacia Sydney, para hacerme una idea de su reacción, y ella me sonríe.

—Sólo di cuándo —signa.

—Cuándo —suelto, hablando, más rápido de lo que habría podido signar.

Sydney se apodera de mi boca y nos besamos, riendo. Y...

«Creo que acabamos de comprometernos. La madre que me parió.»

492

—Mañana te compraré un anillo; el que quieras.

Ella niega con la cabeza.

—No quiero un anillo; prefiero que nos hagamos un tatuaje.

—En Las Vegas —Warren se saca el móvil del bolsillo—. Voy buscando vuelos.

—Estoy en ello —dice Jake, mirando su móvil—. Hemos de tener en cuenta la salud de Maggie, por lo que debemos elegir el vuelo más corto posible. Y luego, al llegar allí, iremos a ver a un colega mío para que le haga una revisión. Y después ya nos ponemos con lo de las bodas.

A mí nunca se me habría pasado por la cabeza ir a Las Vegas con Maggie. Me habría negado en redondo. Ciertamente, Jake le conviene más que yo. Se está tirando a la piscina, sin perder de vista lo que le conviene al mismo tiempo. Vuelvo la mirada hacia Maggie, que está contemplando el anillo con los ojos llenos de lágrimas. Cuando se da cuenta de que la estoy mirando, sonríe y susurra:

—Gracias.

Porque sabe cómo ese anillo ha llegado a las manos de Jake. Le devuelvo la sonrisa, feliz de haber podido ser testigo de este momento. Siempre he querido lo mejor para Maggie y, ahora que lo ha encontrado, no podría alegrarme más por ella.

De verdad, no podría.

El momento no puede ser más perfecto. Todas las personas que quiero han encontrado su lugar en el mundo. El loco de mi mejor amigo ha acabado con la única chica del planeta que diría que es perfecta para él. Mi increíble exnovia está a punto de lanzarse a experimentar la vida junto a un tipo que la complementa como yo nunca habría podido hacerlo.

Y Sydney. La chica del balcón de la que traté con tantas fuerzas de no enamorarme.

La chica de la que me enamoré sin remedio.

La chica de la que estoy seguro de que seguiré locamente enamorado cuando ya haya exhalado mi último aliento.

Le tomo la mano y me la llevo a los labios para besarle el dedo anular, que pronto dejará de estar desnudo.

—Nos vamos a casar —le digo.

Ella asiente, sonriendo.

—Espero que esto no sea una de vuestras bromas.

Me echo a reír. Me río con ganas. Y luego la atraigo hacia mí y le susurro al oído:

—Mi amor por ti queda excluido para siempre de nuestras bromas. Mañana serás mi esposa.

La abrazo y hundo la cara en su pelo. Tal vez Warren tenga razón después de todo. Tal vez no siempre sea preferible ser predecible, porque ya no puedo imaginarme lo que acaba de ocurrir de otra manera. He podido presenciar cómo tres de las personas que más quiero en la vida han obtenido todo lo que se merecen, y más.

Y, por lo que respecta a Sydney y a mí, nuestro «tal vez mañana» acaba de convertirse en nuestro «absolutamente para siempre».

Epílogo

SYDNEY

Querido Bebé Lawson:

Está previsto que llegues al mundo dentro de veintisiete días. No puedo expresar con palabras las ganas que tu padre y yo tenemos de conocerte.

Todo el mundo está igual de entusiasmado. El tío Warren te ha estado buscando apodos desde que les conté que estaba embarazada. De momento, te ha llamado Alubia, Tomate, Hamburguesa de Salchicha y, más recientemente, Plastilina. Espero que ninguno de esos motes cuaje, porque me parecen odiosos. No te preocupes, yo te protegeré. Me encargaré de que, te llame como te llame, nunca sea un mote demasiado bochornoso.

La tía Bridgette tiene todavía más ganas de co-

nocerte que Warren. Él quiere tener una sobrina, pero ella se inclina por un niño, y se han apostado quinientos dólares. Bridgette dice que prefiere un sobrino porque se relaciona mejor con los chicos que con las chicas, pero yo no estoy de acuerdo. Se lleva estupendamente con todo el mundo que se toma la molestia de conocerla a fondo.

A mí, lo que más ilusión me hace es que, de momento, el embarazo ha ido muy bien y que estás sano y creciendo como toca. Espero que te parezcas a tu padre y que heredes su talento.

Tu padre te escucha mucho. Cuando crezcas, te darás cuenta de que él no oye las cosas a la manera tradicional, pero nunca he conocido a nadie que escuche mejor. Duerme con la mano apoyada en mi vientre todas las noches, porque quiere notar cómo te mueves y no quiere perderse ni una de tus pataditas ni de tus vueltas. Creo que no lo había visto tan entusiasmado desde que nos casamos en Las Vegas hace cuatro años y presenció su primer espectáculo del Cirque du Soleil.

Quedó tan fascinado por todo lo que sucedía a nuestro alrededor —las luces, el movimiento, las vibraciones, el ambiente— que acabamos acudiendo a todas las sesiones que se realizaron aquel fin de semana. Y hemos vuelto en dos ocasiones más para ver sus nuevas representaciones. Estoy segura de que te llevará a verlos en cuanto seas lo bastante mayor como para apreciarlo. Volvemos a Las Vegas cada año para celebrar nuestro aniversario, y dudo que dejemos de hacerlo cuando nazcas. Te llevaremos con nosotros y lo celebraremos con un ser querido más.

Creo que algunas personas piensan que una boda relámpago en Las Vegas es un poco chabacano, pero, francamente, fue el mejor fin de semana de nuestras vidas; no me he arrepentido nunca. Tu padre y yo pronunciamos los votos junto a la tía Maggie y el tío Jake, y a la tía Bridgette y el tío Warren. Sé que no son tus tíos legítimos, pero te prometo que estarán a tu lado siempre que lo necesites, igual que tu tío Brennan.

A lo largo de tu vida tendrás muchos amigos, pero cuando encuentres a los de verdad, los leales, no los dejes escapar. Hay algo mágico en poder elegir a la gente que formará parte de tu vida. No importa si a ratos te sientes solo, porque todos sentimos soledad en algún momento de nuestras vidas. Lo importante es saber que nunca estarás realmente solo si te rodeas de las personas adecuadas.

A veces me vienen ganas de contarte cómo conocí a tu padre y a sus amigos, pero son temas que yo desconozco sobre mis padres, y no sé si tú querrás saberlo algún día. Todavía faltan veintisiete días para que llegues al mundo, así que tal vez me anime a escribir todo lo que pueda sobre el tiempo que tu padre y yo hemos compartido antes de tu llegada. Tal vez quieras saber más sobre estas cosas algún día. Te aseguro que es una historia interesante, aunque no me parece que deba incluirla en la primera carta que te escribo.

Lo que sí puedo avanzarte es que todo en nuestra relación se sale de lo común, desde cómo nos conocimos hasta la boda; esta fue algo que surgió espontáneamente, sin planearlo. Por eso nos casamos así, de repente, en Las Vegas.

Nos decidimos a hacerlo porque fue uno de esos momentos perfectos que compartimos con nuestros amigos. Las tres parejas acabábamos de darnos cuenta de que queríamos estar juntas para siempre y éramos tan felices que quisimos compartir esa dicha y, tras una breve charla, decidimos ir a casarnos a Las Vegas.

Fue una boda triple. El tío Warren y la tía Bridgette se pasaron el viaje discutiendo sobre si querían que nos casara un oficiante disfrazado de Elvis Presley o no. Estoy segura de que pronto te darás cuenta de que, cuando discuten, no se pelean en serio. A tu padre y a mí nos daba igual si nos casaba Elvis o no, igual que a Maggie y a Jake, pero Bridgette protestó, diciendo que no quería que nos casara un cantante cuya música desconocía, mientras que Warren insistía en que quería la boda más típica y hortera que Las Vegas pudiera ofrecer.

Finalmente llegaron a un acuerdo. Warren renunció a que nos casara un doble de Elvis a cambio de que Bridgette le revelara el título de una película que llevaba dos años tratando de descubrir.

No hace falta que diga que, tras su acuerdo, nadie volvió a mencionar a Elvis. Nos casamos en una capilla abierta las veinticuatro horas; ni siquiera recuerdo el nombre de la persona que nos casó. Lo único que recuerdo es que fue la triple boda menos tradicional que podría haberme imaginado nunca. Y que no cambiaría nada de aquel día. Poder compartirlo con nuestros amigos fue un sueño, y poder signar mis votos frente a tu padre, mientras él vocalizaba los suyos, fue pura magia. Los tres días que pasamos en Las Vegas después de la boda fueron de los mejores de mi vida. Estoy segura de que palidecerán al compararlos con el momento en que te veamos la cara por primera vez, pero saber que hay más de un día en mi vida que daría cualquier cosa por revivir es una prueba de que estoy donde debo estar y con quien debo estar.

Sin embargo, el recorrido para llegar hasta aquí no ha sido siempre fácil. Cuando conocí a tu padre y a sus amigos, estaba en un momento muy bajo de mi vida, en el que me sentía muy sola. El camino estuvo lleno de obstáculos, pero me enseñó muchas cosas. Aprendí muchísimo gracias a la paciencia y al amor que tu padre siente por los demás. Sé que, cuando crezcas, sabrás perfectamente a lo que me refiero. Tu padre no se parece a ningún otro hombre que he conocido. Me siento una privilegiada por poder amarlo y todavía más por haber sido la persona que él ha elegido para amar durante el resto de su vida.

Tú y yo tenemos mucha suerte de que un hombre con un corazón como el suyo nos quiera. Con total sinceridad, puedo asegurar que nunca me he encontrado con una persona así. Y, aunque todavía no te conocemos, tu padre y yo nos sentimos muy afortunados y bendecidos por poder criarte juntos. Nos morimos de ganas de verte, de tomarte en brazos, de oírte llorar y reír, de verte caminar y de escuchar cómo hablas y cantas.

Eso sí, te advierto que a las personas con las que crecerás les encanta gastarse bromas. A mí cada vez se me da mejor y estoy deseando compartir mis trucos contigo, siempre y cuando no los compartas con tu padre.

Todavía no sé cómo serás ni qué nombre vamos a ponerte, pero ya te quiero más de lo que pensaba que un corazón era capaz de amar. Seas niña o niño, o si algún día decides que no te identificas con ninguna de esas dos categorías, aquí estaremos, siempre dispuestos a apoyarte y a quererte. Incondicionalmente. Por siempre.

Te quiere,
Tu madre, Sydney Lawson

Agradecimientos

¡Ya los echo de menos! Esta serie ocupa un lugar muy especial en mi corazón, y no estoy segura de que hubiera sido así de no ser por vosotros, los lectores. Especialmente los que leísteis estas historias a medida que las iba publicando en Wattpad. El entusiasmo, los enfados y las alegrías que os provocaban los personajes es lo que me impulsó a escribir esta entrega y (por fin) acabarla.

Cuando terminé de escribir *Tal vez mañana*, sentí que la historia de Ridge y Sydney estaba acabada, pero con Maggie no me sentía del todo tranquila, porque su historia no había quedado bien cerrada con un bonito lazo rosa. Tenía la sensación de que se merecía que volviera a bucear en las vidas de estos personajes y averiguara de qué manera habían conseguido hacer encajar las piezas de los puzles de sus vidas. Espero que

503

hayáis disfrutado explorando tanto como disfruté yo escribiéndolo.

Y, ahora sí, pasemos a los agradecimientos.

Este libro fue escrito en directo, y lo fui subiendo a la web, capítulo a capítulo. He querido mantener ese tono, y por eso no he querido someter el libro a demasiadas correcciones y reescrituras. Murphy Rae y Marion Archer, gracias por ser tan rápidas y por vuestros perspicaces comentarios. Murphy siempre es un poco más malvada que Marion, pero para eso están las hermanas.

Gracias, CoHorts. Como siempre, me completáis.

Gracias a los miembros del grupo de debate de *Tal vez ahora*. Siento haber tenido que dejar el grupo para poder terminar la novela, pero vuestra pasión me impulsó y me dio fuerzas para llegar hasta el final. Quiero daros las gracias a todos y cada uno de vosotros por vuestra ayuda. Y, por supuesto, muchas gracias a las administradoras del grupo: Tasara Vega, Laurie Darter, Anjanette Guerrero, Paula Vaughn y Jaci Chaney. Vuestros mensajes me han dado la vida.

Gracias a Sean Fallon por ser la Stephanie de Griffin. Si no sabes lo que esto significa, te aseguro que es lo mejor que puedo decir de alguien.

Y en último lugar, pero, obviamente, no por ello menos importante, quiero dar las gracias a Griffin Peterson. Da igual si es medianoche o primera hora de la mañana, o si necesito algo para ayer, siempre estás dispuesto y con la mejor actitud. Colaborar contigo en esta serie, combinando giras literarias y conciertos, ha sido una de las mejores experiencias de mi vida. Valoro tu talento pero, sobre todo, te valoro como ser humano. #GriffinIsLegit

La TRILOGÍA *TAL VEZ* en Booket: